暗夜尽头，深水之下

之后如何■作品

重庆出版集团 重庆出版社

图书在版编目(CIP)数据

暗夜尽头,深水之下 / 之后如何 著. – 重庆:重庆出版社,2011.4
ISBN 978-7-229-03907-3

Ⅰ.①暗… Ⅱ.①之… Ⅲ.①长篇小说—中国—当代
Ⅳ.①I247.5

中国版本图书馆 CIP 数据核字(2011)第 046960 号

暗夜尽头,深水之下

AN YE JIN TOU SHEN SHUI ZHI XIA

之后如何 著

出 版 人:罗小卫
策　　划:华章同人
特约策划:韦　一
责任编辑:刘学琴
特约编辑:刘美慧　李　洁
责任印制:杨　宁
营销编辑:田　果　闫国栋
封面设计:主語設計·13466660482

重庆出版集团
重庆出版社　出版
(重庆长江二路 205 号)

北京中印联印务有限公司　印刷
重庆出版集团图书发行公司　发行
邮购电话:010-85869375/76/77 转 810
E-mail:bjhztr@vip.163.com
全国新华书店经销

开本:787mm×1092mm　1/16　印张:16.5　字数:264千
2011年5月第1版　2011年5月第1次印刷
定价:26.80元

如有印装质量问题,请致电023-68706683

版权所有,侵权必究

题记

  在写下这段文字之前，我常常想，作为一个行将就木的老者，也许应该把这些不可思议的故事带到坟墓中去，毕竟这些诡异的经历已经随着岁月的流逝变得模糊不清，靠我年迈迟钝的大脑甚至已经无法分清哪些是真实的、哪些是梦境。但几十年来，我的眼前始终摇晃着一些熟悉的面孔，他们在我的睡梦中微笑着融化，仿佛在提醒我那段不平凡的日子，这常常让醒来后的我老泪纵横，不能自已。

  我的日子不多了，直到今天我才下决心将那段无与伦比、充满着神秘与疯狂的时光铭记下来，无论众人如何认为，但我始终对那段与他们同行的日子无怨无悔。也许现在看来这只是一个故事，但请记住，这些略显苦涩的文字背后站立着的，是一群有着无比勇气和惊人毅力的英雄们。

  没有亲身经历过那个时代的人们是永远无法体会那份苦难和惊险的，今日很多年轻人已经将轻狂与浮躁变成这个时代青春的象征，当年有着同样激情与梦想的我们把青春的冲动和执著的勇气溶于自己的血液，永世无法分离。即便今日我已风烛残年，但一回想起那些风餐露宿、披星戴月的日子，同样禁不住感慨万千，仿佛又迎风站立在陡峭的崖壁旁，凝视着神秘无垠的蓝色海域。

  那是我毕生的荣耀所在，我坚信。

  是为题记。

第一章　恐怖旅途

正当我紧张地等待这些神秘的来客落地的时候，周围突然没有声音了，只能听见一阵阵细微的风声传来。刚才我始终像雕像一般纹丝不动，现在忍不住扭了扭头，往车尾的方向瞟了一眼。

这一看不要紧，几乎让我叫出声来：车尾处，一张长长的脸正直勾勾地盯着我们，因为光线黑暗，看不清五官，但却能看到一双绿莹莹的眼睛灯泡一样放着寒光。

诡异旗杆

那年,我只有20岁。

虽然年纪不算大,但我已经是一名资深的司机了。如同那个年代所有的热血青年一样,一辆大解放承载着我的奋斗和理想。每天十几个小时的奔波并没有消磨掉我的激情,反而让我与这个圆头圆脑的大家伙产生了深厚的友情,我觉得它就像是我的马匹,懂得我的心思与想法,载着我奔向祖国的四面八方,为建设美丽富饶、国富兵强的新中国贡献力量。

我叫孙海潮,是一名运输工人,负责长途运输建筑器材。因为刚建国,国家一穷二白,仅有的一些器材还都是苏联老大哥提供的,虽然少,但却成为工程改造不可或缺的仪器。新中国需要建设的项目多如牛毛,开山、造林、建桥、修路,处处都需要设备,因此我便终日奔波,几乎没有休息的时间,但因为年轻,精力充沛,并没有觉得劳累,反而因为能够在大江南北来往自如而感到新奇有趣。

6月的一天,我像往常一样疾驰在山间小道上。别看我开车快,却非常注意安全,这山间小道不似大路,稍有不慎即落得个车毁人亡的下场,以前这种情况时有发生。但今天不似平常,有件重要的仪器急需运抵南京,因此我与押车的同志连夜疾驰。

押车的叫吴宏,生得五大三粗,一脸黑漆漆的胡茬,一声不吭地抱着枪坐在副驾驶的位置上闭目养神。我不太喜欢他,在此之前并没有和他一起跑过车。虽然我只是运输司机,但与普通的司机有所不同,因为设备基本都是部队提供的,不同的部队持有的设备不同,所以押车的战士基本上次次不一样。林子大了什么鸟都有,碰上这种闷葫芦,只能自认倒霉,要知道,几百公里的路程没有人和你说话可是十分难受的事情。看看眼前这位同志,我自觉地断了攀谈的念头,还好行路的紧张也不允许我有空隙聊天。

一路走来天已经渐渐黑了,驾驶中偶尔瞟一眼埋头在副驾驶座上的吴宏,发现他其实并没有睡着,粗大的手指不时慢慢抚摸一下雪亮的枪管,显然警惕性很高,这令我非常安心。虽然他不善言辞,但有这样一位称职的保镖,至少能让我一路放心。

这绝不是危言耸听。那时危险无处不在,偶尔也有重要设备被抢、人被杀的事情发生,因此部队才特意配备一名或几名押运战士跟车同往,以保证安全抵达。吴宏就是这样被派到这里来的。通常这种差事并不累,因慑于我军强悍的战斗力,一般人不会冒这种风险沿途劫车,但凡事有例外,小心点总是上策。

天已经完全黑下来了,只有硕大的车灯照出前方几米的距离,周围的群山隐藏于静谧的夜色中,悄无声息地注视着我们。

突然,车灯前有个黑影一闪而过,我感到眼前一黑,定睛看去,道路中央不知什么时候多了一个高高的物体,近在咫尺。由于条件反射,我猛地一踩刹车,解放车大吼一声,生生钉在道路中央。

吴宏完全没有准备,一头撞在前挡风玻璃上,头几乎冲出了车外。他来不及抬起头,就下意识地将手中的枪贴近身旁,等回过神来,刚要问我,却一眼看见前方的黑影,他陡然握紧了手中的枪。

我的心咯噔一下,虽然不知道这东西是什么,但从刚才黑影出现的速度和个头来看,这绝不是一个人。

汽车的光线照不到那么远,只能隐约估计那东西有两米高,似乎还在微微摇摆。我和吴宏谁都没有说话,就这么死盯着它。其实这东西并不可怕,我们觉得诡异的是它出现的方式,谁都没有发现它是从什么地方冒出来的,怎么就在道路中央凭空出现了呢?

我正胡思乱想,吴宏小声道:"我去看看。"

我眼看着他慢慢打开车门,悄无声息地从门缝中溜下车去,健硕的身体居然像猫一样从车门狭小的空隙中消失了。吴宏很小心地将自己隐藏在车灯光线旁的黑影中,悄悄地摸了过去。

我正感慨刚才低估了这小子,没想到他这么胆大心细,就看见吴宏在距离那东西一米左右的位置,慢慢冲我打了个下车的手势。

我不知道他看见了什么,但既然让我过去,想必没什么危险,遂放心地开门学着吴宏的样子上前。

没想到首先看到的是吴宏微笑的脸,只见他往前方一指,小声道:"姥姥的,就是这么个玩意,让你差点撞死我。"

我一看,差点笑出声来。只见道路中央斜插着一杆鼓鼓囊囊的红旗,不知道上面浸着些什么液体，正簌簌地滴下水来，因为旗帜被浆泡得纠缠在一起，因此看上去像一个巨大的纺锤。

吴宏看了看头顶黑漆漆的天空，道："估计是有人从上头把这旗子扔下来的，如果我们运气不好被当头插中，难保不出什么事故啊。"

听闻他的话，我出了一身冷汗，道："奶奶的，这不是要我俩的小命吗？"

吴宏不语，反身靠近旗子，用枪头小心地杵了杵那黏糊糊的旗身，脸色突然变了："奇怪，这里面有东西。"

我觉得匪夷所思，这旗子里能有什么东西？不过是一团缠在一起的破布罢了。正心想吴宏多疑时，却发现他已经在用枪头一层层地开始翻揭旗帜，因为上面滴的液体十分黏稠，这活儿并不好干。谨慎起见，他一直用枪杆挑，我手头没有工具又不敢下手，只好在旁边眼巴巴地看着。一阵风吹来，能够闻到滴下的液体上有一股腥臭的味道，让人作呕。

这旗布非常长，吴宏只能一小点一小点地往外扒拉，忙活了半天才将卷曲的旗展开一半，但剩下的布已经比较薄了，能够看见布的中央凹陷和突起，并不规则，显然的确包着东西。只是层层叠叠包裹得十分严实，一时也无从判断是什么。

我无意中顺着灯光的方向瞟了吴宏一眼，竟然发现他脸上出现了一层细密的汗珠，忙捅了捅他，问："怎么了？"

吴宏慢慢看了我一眼，轻轻地说："这里面好像是个人。"

听了这话，我一下感觉手脚冰冷，巨大的恐惧向我笼罩过来。说实话，虽然跑运输的时间比较长，古怪之事也算见过不少，但这种诡异的情形还从来没有碰到过。且不说这中间的东西到底是不是人，仅是这种出现的方式已经让我觉得后背冷飕飕的。

吴宏到底是军人，即便已经判断出了大概，仍然冷静地一层层挑旗布，直到一具完整的尸体出现在我们面前。因为光线的原因，我们看得并不真切，尚不能判断是不是人的尸体，但是可以断定，这东西有细长的四肢、惨白的皮肤，身上不时散发出浓重的腥臭，显然已经死去多时了。

吴宏脸色铁青，他始终没有触摸尸体，只是近距离小心地观察。因为光线不好，我们又位于阴影中，其实看得并不清楚。我也凑过去想一看究竟，怎奈实在受不了那种恶臭，几次差点吐出来，只好退后。

吴宏似乎并不在意这恶心的气味,他皱着眉头看了一会儿,突然抬了抬头,意味深长地看了我一眼,挥了挥手,示意我靠近他。

难道又有什么古怪?

我忙将脸凑过去,正赶上吴宏靠过来,这一下我俩几乎贴上了面。看着吴宏那双大牛眼,我无端地抖了一下,却听见吴宏压低声音说:"你看看这东西的姿势,有没有觉得什么地方不对劲?"

吴宏一提醒,我回过神来,忙按他的意思低头看去,一看之下大吃一惊。

虽然现在还无法判断是什么,但是却可以发现,尸体以一种奇怪的姿势缠绕在旗杆上,四肢扭曲成"S"型,两个类似脚掌的部位十分修长,像一对蹼一样依附在旗杆的两侧。看着这恐怖的一幕,吃惊之余我居然有种异样的感觉,总觉得有什么地方似曾相识,却又想不起来。

正在我胡思乱想时候,吴宏突然使劲捅了捅我,低声说:"坏了,这山顶上面可能还有东西,扔旗杆只是为了阻止我们前进,看样子就是冲着我们来的。千万不要出声,我们是从车上溜下来的,天色暗,我们又在灯光照射范围外,它们应该看不见我们。我回车上去关灯,你小心从边上走,避开灯光,钻到车下去!"

听完这话,我脑袋嗡的一声,还有东西?连对方是什么东西都不知道,居然还被算计了?这夜深人静的荒山深处还有什么东西在无声地注视着我们?有完没完了?

还没等我反应过来,吴宏已经沿着潮湿的山壁一路摸了回去,我到达车子前面的时候,他已经将车灯关闭,车门也从外面轻轻掩上,然后冲我挥挥手,示意我躲在车子底下。

我一头雾水地跟着吴宏钻进车下,紧紧倚靠在车底盘中央,吴宏才用极细微的声音告诉我:"刚才我听见有声音从侧壁传来,好像有什么东西从山上下来了,我估计是冲着我们来的,小心点,我要是开枪你就朝车外跑,然后冲进驾驶室发动汽车。"

听了他的话,我的神经立刻紧绷起来,吴宏说得不错,车灯已经关闭,现在对方视力完全受限,应该安全许多。细小的石子将我的胸口硌得生疼,在这静无声息的夜里,我能够清楚地听到自己的心脏在急剧地跳动,这是一种令人焦躁不安的等待。

第一章 恐怖旅途

开始的时候耳朵里什么声音都没有。过了几分钟，明显能够听到有种"窸窣"声从车的一侧传来，似乎是什么东西从山上爬了下来。

正当我紧张地等待这些神秘的来客落地的时候，周围突然没有声音了，只能听见一阵阵细微的风声传来。刚才我始终像雕像一般纹丝不动，现在忍不住扭了扭头，往车尾的方向瞟了一眼。

这一看不要紧，几乎让我叫出声来。车尾处，一张长长的脸正直勾勾地盯着我们，因为光线很暗，看不清五官，但却能看到一双绿莹莹的眼睛像灯泡一样放着寒光。

由于条件反射，我身子猛地一弓，想要站立起来，但忘记了是在车底，硬生生地把车子撞了一下。我刚感受到腰部的剧痛，就听见耳边一声清脆的炸响。

吴宏开枪了。

我毫不犹豫地从车底爬出，一把拉开驾驶室的门，哆嗦着发动了汽车。刚启动，就看见对面车门猛地被拉开，吴宏一脸凶相地出现在副驾驶的位置上，冲我大吼："开车！赶紧开车！"

汽车像疯了一般大吼一声，猛地向前方冲去。因为是在山路上，我不敢开太快，只能尽量靠近路内侧疾驰，同时暗暗祈祷前方不要出现急转弯道，不然我们就可能直接去见马克思了。

转眼间几分钟过去了，没有发现什么异常，我的情绪渐渐平复下来，扭头看看吴宏，他正警惕地盯着后视镜，手中紧紧地握着枪，脖子上的青筋暴突，十分紧张。

我小声问他："吴同志，刚才什么……什么东西？是猴子吗？"

吴宏头都没回："不知道，我没看清。肯定不是猴子，猴子没有那么大的眼睛，更没有那种奇怪的脚。要不是感到你突然变了脸色，我那枪不会开得那么及时，虽然没有看清楚，方向应该不会错，就是不知道打中没有。"

我一想觉得不对，问："你怎么知道它出现在哪个方向的？"

吴宏在后视镜里意味深长地看了我一眼，说："我一直在注意你，你一侧脸我就发现了。我只看见了一双眼睛和那东西的一只脚，和我们在旗子中发现的脚很相似。"

我听了心里十分不是滋味。娘的，莫名其妙，你观察我干什么？难道还怀疑我不成？语言上就有些情绪："你观察得可真是仔细。"

吴宏似乎没有听出我话中有话，他的语调突然变得低沉起来："今天晚上一定要小心，至少要开到天亮再休息，一定要尽早走出这座山。"然后他顿了顿，似乎作出一个艰难的判断："那东西好像跟着我们，而且不是一只。"

冰冷的路人

刚刚放松的神经因为吴宏的这句话又紧张起来，我看了看后视镜，只见狭窄的小路急速地向后退去，黑漆漆的夜里完全看不到后面的情况。吴宏已经回过头来，将注意力转向前方，他皱了皱眉头，问我："刚才那旗里面裹着的东西，你有没有觉得像什么？"

没想到吴宏也有这样的感觉。即便如此，要问我那像什么，一时还真是说不出来。但是那种奇怪的感觉总是在脑海中游荡，仿佛要打喷嚏又找不到感觉一样，十分难受。

一连串的问号冲击着我的大脑，让我头昏脑涨，索性不去想，一门心思开车，随着时间的推移，情绪渐渐稳定下来。因为刚才发生的事，我与吴宏的关系变得亲密了许多。

极度的紧张后突然放松容易产生疲惫，随着时间一点点流逝，我和吴宏慢慢从刚才的情绪中解脱出来，人已经困得无法自控。吴宏也敌不过强大的生理作用，在副驾驶的座位上点头，握枪的手也垂在一边，呼噜声不时响起。我开了一夜车，从极度兴奋到松懈，已经到了身体的极致，眼前的一切都变得模糊起来，马上就要睡过去的时候，我几乎是下意识地停好车，一瞬间就昏睡了过去。

醒来的时候，天居然还没有亮，但天空中已经有了一轮弯月。一阵口干舌燥的感觉从胸口涌上来，我一把推开驾驶室的铁门，跳下车一屁股坐在地上使劲干呕起来，几分钟的难受过去后，我才恢复了正常的神志。摸回驾驶室时，月光从车窗中洒下，正照在副驾驶的位置上，刚才醒来时太仓促，没有注意，现在一看不由一惊。

吴宏不见了。

我忙回身来到车厢检查设备，还好一件未少。驾驶室内副驾驶的座位上空空如也，皮质的座子稍显鼓胀，说明吴宏消失已经有一段时间了。想是他早就已经醒来，不知出于什么原因离开了驾驶室。不知这小子为什么不辞而别，我十分担心，一方面因为刚才吴宏说过那些奇怪的东西还在跟着我们，另一方面也因为吴宏离开时带走了枪械，现在我没有任何武器。不过设备原封未动，我也毫发未损，这显然不是歹徒的做法。本来应该因此放心点，然而刚才的遭遇之后，这反而让我更加担心。说实话，现在我宁可碰上几个歹徒，也不愿在这深山之中与那些不知是什么的怪物打交道。

我从来没有感觉时间如此漫长。山风徐徐吹过，我不断地张望，希望看到吴宏的身影。时间一分一秒地过去，终于在远方月光照到的一段小路上，看到一个瘦高的黑影正慢慢向我走来，距离太远看得并不真切，但其行走的样子却让我的心揪了起来，晃晃悠悠全然不似吴宏稳健的步伐，并且似乎有一条细长的右肢，十分怪异。

眼看着那黑影一步步向我走来，我慢慢打开驾驶室的门，顺手抄起一个扳手，准备一有情况就先发制人，脑子里一股热血冲得太阳穴生疼：妈的，大不了老子拼上一条命，管你是什么东西！

一双牛眼让我长舒一口大气，明亮的月光下，我看见了吴宏疲惫的脸。

我正暗笑自己的时候，吴宏已经走到我面前，蓬头垢面的样子十分狼狈，手里拿着一根木杆，难怪看上去如此奇怪。看他一脸疲惫的样子，显然体力已经接近透支，看着我质疑的眼神，他只是摆摆手，扶着轮胎坐下，已经没有力气说话。我忙把车上的军用水壶拿来，他一把抓过"咕嘟咕嘟"喝了一通，然后一抹嘴巴，大喊："唉，真他娘的累！"

他调整了一下坐姿，把一条腿伸直，抹了抹脸上的灰尘，略带笑意地说："你睡醒了？刚才我看你睡得香，也没叫你，自己就去了，嘿嘿！"

我心里有些感动，这就是同志的感情了。吴宏定然是去刚才我们逃离的地方一探究竟了，我不由心生敬佩，果然是胆大心细。估计是料到旗杆掉下的地方非常危险，所以故意将我留在这里自己上路，不然将我叫醒乘车过去要省力得多，何况还多个人照应。想必他也考虑到物资在我车上，不敢拿国家的东西冒险。在那个年代这是非常平常的想法，国家的利益高于一切，别说是累点，为了保护国家财产我们搭上性命也是在所不惜的，况且吴宏还是个军人。

我忍不住问他："好不容易才逃出来，你又回去干什么？"

谁料吴宏听到这话比我还要吃惊,他愣愣地盯着我问:"你说啥?回去?回哪里去?"

这下轮到我摸不着头脑了:"昨晚离开的地方。难道不是?不然你能累得死狗一样?"

吴宏闻言露出一丝尴尬的神色:"你误会了。好容易从那里逃出来,我回去干啥?我去前面探路了。"

原来我白感动了,我比吴宏还尴尬,面上却只好不动声色,只是不解地问他:"你叫醒我一起开车去多省力,这又是何必呢?"

吴宏叹口气:"你走错路了,还是省点油吧,我们还不知道什么时候……"他看了我一眼,突然说:"你自己去看看地图,我们路线错得太多了。"

经他一提醒,我也意识到这个问题,刚才一路狂奔哪里记得走的什么路线。我几乎没有勇气继续想下去,只好把话题扯开:"那你这杆子哪里来的?干什么用?"

吴宏清了清喉咙,说:"我一醒过来就感觉到不对,和地图怎么也对不上,急得要命,也没叫醒你就下车往前面走了一段路准备探探情况,说不定能够碰上个把人问问路什么的,本来没抱什么希望,没想到真的让我碰上一个人。"

我有些着急,打断他的话问:"人呢,在哪儿?问没问清楚路该怎么走?"

吴宏闻言眼神突然黯淡下来,顿了顿说:"谁知道遇上这么个人,还不如没有碰到。"

神秘地图

歇了一口气,吴宏继续说:"路上只有月光,我又摸不着头绪,所以路十分难走,跌跌撞撞走了很久,鬼影子都没有碰到一个。我都有点后悔了,突然发现在前方路中央仰面躺着一个人!我赶紧上前查看,他身体还算健壮,但不省人事,脸色涨红,双眼紧闭,浑身冰凉。看情形伤势不轻,我差点以为他已经死了,谁知道找遍全身却没有发现哪里有伤口!当时我还有力气,就搀扶着他想返回这里,谁料这人身体特别重,按说我的身体也算结实,居然背他走了一会儿就气喘吁吁。没办法只好把他放在路边，一路又走了回来，就这样还把我累个半死。"他挥挥手中的木杆，"这是当时发现他紧握在手中的，我好容易抽出来做个拐杖，不然可够我受的。"

我叹了一口气，没想到事情变成这样，刚逃出危险又碰上一个病号。我扶了吴宏一把："没办法了，走走看吧。不管怎样，既然有人，前面应该不会有问题。"

吴宏却慢悠悠地说："看这人的情形，前面难保没有问题。"

我没有理他。有问题怎么了？有问题也得救人。我一把搂住吴宏的右臂，搀扶着他钻进驾驶室，吴宏坐定后，仍然一副没精打采的样子，还没从刚才的疲惫中缓过劲来。我有些瞧不起他，还军人呢，泥捏的一样，扛个人就累成这样？

想归想，我其实很佩服他的胆色，经过刚才的事情后，仍然敢一个人在这荒山之中独行，他也算是条汉子了。

我发动汽车，扭头问闭目养神的吴宏："说吧，怎么走？人在哪个方向？"

吴宏睁开眼，右手一指前方："前面那个小路口右转。小心点开。"

汽车慢慢地行进，我对刚才发生的惊险一幕心有余悸，生怕半空中又掉下什么匪夷所思的东西，速度始终开不上去。吴宏力气恢复了些，他拍拍军装上的尘土，叹口气说："不是我偷懒，那人真沉，我从没见过活人这么重的。好歹我也算是坚强的革命战士，有一把子力气，就这样背到离这里二里地的地方也实在是不行了，死沉死沉的，像是……"吴宏说到这里，像是想起了什么，突然把话咽了回去，闭口不言了。

看来刚才我脸上一晃而过的神情没有逃过吴宏的眼睛——我听得出来他为什么突然打住了话头，这是在给自己说话。没想到坚强的革命战士还挺迷信，不就是说重得跟死人似的吗？扛死人这事我也干过，不过如此。

话说回来，如果没有亲身体验，的确很难想到人死后的尸体比活人要重得多，谁也说不清楚为什么，所谓"死沉死沉"就是这个意思。想必吴宏想到今晚的境遇，怕再说这些话不吉利。

走不一会儿，吴宏轻轻拍拍我的肩，说："到了，就是前面。把灯关了，我们下去看看。"

看来吴宏受到了刚才惊险一幕的影响，警惕性高了很多。前方月光照到的

10　暗夜尽头，深水之下

地方，道路内侧倚靠着一个黑影，离得太远不能确定是不是一个人。我和吴宏从车旁慢慢靠近，还未看清这黑影的相貌，我就被半边露出的亮晶晶的东西吸引了视线。

仔细一看，是个秃头。

我忙低头看去，眼前是一个宽肩男子，头垂肩塌，双眼紧闭，身穿粗布僧衣，脚踏一双夹口布鞋。

居然是个和尚。

我吃了一惊，忙回头去看吴宏，这厮站在我后面一脸平静，看来这人就是他当时碰到的伤者。

既然吴宏说没有找到伤处，我也就没有细看，只是将手指搭在伤者的颈旁试探，还有脉搏，但触之皮肤冰冷，估计伤情比较严重。奇怪的是，我似乎感到这人身上有一股细微的腥气，若有若无，但和鱼腥之类的味道又有所不同。救人要紧，来不及细想，我迅速起身挽住和尚右胳臂，给吴宏使了一个眼色，吴宏疾步来到和尚左侧，同我架起他一路往车上走去。

很久以后我才意识到，就是这草率的一摸，我的生命便如浮尘一般，飘忽在生死之间，几乎瞬间坠入虚无的深渊。

但当时的我全然不知。我反手一拽那人的胳膊，突然发现不对：

太重了！

刚才我误会吴宏了，这人的确重得蹊跷，别说是一个活人，就算是尸体这重量也有些过分了。吴宏居然扛着他能走过大段的山路，直到离我只有二里路的地方，力气着实了得。

我和吴宏气喘吁吁地将伤者抬上后车厢，将他放在车厢地板上后，我们如同被抽干了一样浑身松软，吴宏干脆一屁股坐到了地上，我也扶着装仪器的木头箱子大口大口地喘气，实在是疲惫不堪。

吴宏在车下自顾自地擦汗，我慢慢滑坐在地板上，无意中发现车厢中央多了一块布。装载设备的时候我亲自检查过，后车厢里除仪器外没有任何东西，这多出来的布定是那人身上掉落下来的。

要不是月光恰好透过敞开的帆布照射进来，我还发现不了这块方方正正的布。我抓在手里，对着月光看了看，上面空空如也，没有绣什么东西，就随手掖进了裤兜。

吴宏似乎休息得差不多了，他站起身来，挥手招呼我说："走吧，去车里开灯看看地图，我们还不知道在哪里。"前方道路已经渐渐狭窄，继续走下去显然不是上策，很可能是死路一条。

我闻言跳下车厢，和他钻进驾驶室，小心打开室内顶灯，把地图拿出来想弄清楚自己的方位。那时的地图并不精细，像我这种跑长途运输的用的地图有时主干道标示得清楚，但分支的小路就似有似无了，所以我和吴宏琢磨了半天，仍然毫无头绪，吴宏倒还算镇定，我却是急得满头大汗。

性急之下，我随手从身上掏出毛巾开始擦汗，越擦越觉得不对，皮肤被拉得生疼，定下神来一看，原来错将刚才捡到的方巾拿了出来，方巾已经被我的汗浸湿，隐隐还有血丝显现。

吴宏看到微微一笑，打趣道："小孙，别着急。你擦汗都能擦出血来，力气不比我小啊，厉害厉害！"

这厮居然拿我找乐，我没好气地说："这不是我的毛巾，刚才那人身上掉的，拿错了，粗糙得跟麻袋一样，倒霉！"

吴宏脸上的笑意淡了些，他轻声问："哦？拿来我看看。"话音未落，手已经伸了过来。

我顺手扔给他，吴宏拿过湿漉漉的方巾翻来覆去地看。我暗自好笑，一块破布有什么好看的，刚才老子已经研究过了，屁都没有，你还能看出什么花头来？

吴宏当然不知道我的想法，只顾低头仔细端详，不过他没看我，我却不得不注意他，因为吴宏的脸上渐渐凝重起来，不时将布片举起对着灯光观察，眼睛里也闪烁有神。难道真的在这破布上发现了什么奥妙？我忙问道："怎么，吴同志，有发现？"

吴宏这才看了我一眼，然后将方巾举在顶灯前方，让昏黄的灯光透射过来，然后指着方巾上的一点说：

"邪门了，这好像也是张地图。"

不可能。听了吴宏的话，我第一反应就是这小子在胡说。刚才我已经将这方巾看了个通透，即便没有你在灯下看得清楚，也不至于上面有幅地图发现不了吧，不是这小子又逗我玩的吧？

不过看吴宏一脸严肃，我也没敢多说，将脸凑了过去，皱着眉头迎着昏黄的灯光端详起那块方巾。

只看了一眼,我就愣住了。

居然真的有一些条纹出现在方巾之上,粗细不一。从纹线的趋向看,并不是胡乱画上去的,因为所有的纹线虽是纵横交错却条理分明,的确很像一幅地图。

吴宏不知什么时候已经扯过我们自带的地图放在左膝盖上,现在一只手拿着方巾靠近顶灯,眼睛却看向大地图,估计是在与方巾比对。因为注意力转移了,手就有些斜,抖来抖去,搞得我看不清楚。我索性一把将方巾拿在手里,用手摊平拿手指顺着纹路触摸详看。

没想到我刚摊平摸到纹路,低头细看时,却发现方巾之上一片空白,又什么都没有了。吴宏瞪我一眼:"你瞎抢什么,刚才就快消失了,我正想对比一下我们的位置。这小地图比我们的地图标得详细多了,而且范围很小,好像就是这附近。"说完他一把抢过方巾,随手拿过军用水壶,"咕咚"往上倒了一口水。

我马上明白了,难怪我刚才看了半天啥也没有,这东西肯定是浸了水才会显现线路。我刚才误打误撞用来擦汗让它原形毕露,吴宏发现后因为对着灯光长时间观察,再加上手上的温度,小小方巾上的水分已几乎被烘干,我再拿来放在皮肤上,也加速了水分蒸发,方巾一干自然什么都没有了。想必吴宏已经想通了这点,所以并不奇怪,还早就准备好了水壶,以备不时之需。

果然,方巾浸水后,马上又显现出纹路,吴宏让我用手拿着对准顶灯,然后他把我们带的地图放在左侧,我们对照着研究了半天。

不出意料,这是张地图。范围就在我们现在所处位置附近,只是它所标示的范围比较小,自然就比较详细。通过这张小地图,我们弄清楚了自己的方位,已经离主路差了很多,但如果现在启程应该不会延误设备运输。

我十分高兴,毕竟今晚发生的事情太多,所有的一切都失去了控制,而且一路惊险,长蹼怪物、和尚、神秘的地图……我几乎到了自己能够承受的极限,大脑中如同有个搅拌机一样乱成了一锅粥,现在终于找到离开这里的方法,用那时的比喻,就像是迷航的船只看见了灯塔,简直欣喜若狂。之前的警惕性一扫而空,把车开得山响,一路狂奔。

吴宏不动声色,一直在低头研究地图,连汽车开动起来都没有任何反应。

等他抬起头来，我已经走出了小路，就快开到刚才走岔的旁道上，如果地图的比例没有错，道路没有问题的话，再往前开个十分钟就是主路了。看我一脸兴奋，把汽车开得轰轰乱响，他突然问我："你往啥地方开啊？"

我头都没回："主路，能离开这鬼地方还不赶紧走？我车后边还有设备等着卸货呢！早到早休息，累死了！"

突然一只手伸到我面前，轻轻地攥住了方向盘。我一抬头，正迎上吴宏的牛眼，那里面一道寒光一闪而过："不行，现在还不能走。"

吴宏的手一抓住方向盘我就有种不祥的感觉，看他眼神不善，我心里一抖，刚要开口询问，没想到吴宏突然咧嘴一笑："你别着急，听我说。"我看看他，压住心头的疑问，将速度减慢，等着吴宏开口解释。

吴宏扭头冲后车厢努了努嘴："小孙，忘了后面还有个人了吧？"

经提醒我才想起这事，刚才兴奋过头，忘记后车厢里的伤员了，还是吴宏冷静。这样一想我便有些沮丧，自然要先把伤员送走才好继续赶路，不然这人要是死在我车上可不是闹着玩的。别的不说，如果传出去，光是闲言碎语我也受不了。

说话间吴宏伸长脖子往后窗上看了看，其实后窗很小，并不比他手里拿的方巾大多少，还挡着一片玻璃，后车厢又没有开灯，黑糊糊一片，他这样什么都看不到。果然看了几眼后，吴宏就迅速转过头，对我说："靠边停车吧，我有事和你商量。"

我把车开到路边，车灯关闭后，吴宏一抬手把驾驶室的门打开，"扑通"跳下车，反身就进入了后车厢，不一会儿一脸轻松地从里面钻出来，看来是去检查伤员情况。

我问他："怎么样？"

吴宏拍拍手上的灰，打开车门："没变化，还在那儿躺着呢。我估计没什么问题。"

进入驾驶室后，他抬手把顶灯打开，往方巾上倒了点水，指着方巾对我说："你来看看，刚才不知道你注意到没有，这图上有个地方有些不同。"

我把脑袋探过去，吴宏手指的地方是地图上位置偏西的一个小圆圈，刚才研究地图的时候我一门心思寻找走出这里的道路，没有注意到，现在经吴宏提醒，便觉得果然有些特别。

那是一个小小的圆圈，仔细看，中心还有一个小小的黑叉。因为不是特别明显，一眼看去，只当这里是个小沼泽，多看几眼才能发现这黑叉。

不管怎样，显然这个位置很重要，方巾的主人才特意将这点圈起来并着重注明，只是地图上并没有标注，不知那里到底有什么。

我正看得入神，吴宏突然指了指这小圆圈附近的一个位置，对我说："你看看这里，再看看我们带的地图，是不是也有些蹊跷？"

我忙拿过大地图同方巾进行比对。刚才我们研究两者的时候已经发现，方巾上的地图标示得十分精准，连山脉的形状轮廓都与大地图完全相符，主道的位置、角度几乎分毫不差，我和吴宏都惊叹其制图的精密。吴宏现在示意我看的地方应该是个内陆湖，从我们带的地图上看有一条细小的开口通向海洋，形状像是一个线牵的气球。

方巾上这里并没有什么特别，也没看见小叉之类的标志，我疑惑地抬头看看吴宏，他说："你看它的形状，看出什么没有？"

他是什么人

看出两图的差异，我首先感慨的是吴宏的细心，因为其实方巾上这点与我们带的地图只是略有不同，就是状似气球后面的牵线一样的短小细微的线没有了。也就是说，如果按照两图标示的部分引申到实地，方巾上标示的水域应该是不与大海相通的，但我们带的地图上此处就有一条非常细微的黑线引入海洋，其余部分两图除大小之外完全一样，没有分毫差别。就这点，即便异常，冷眼看过去也会被忽略，要不是有吴宏的提醒，我一定发现不了。

不过我也有些不以为然，这毕竟是块方巾，不是标准印制的地图，保不齐是个线头啥的被抽掉了，就算不是，也可能是画图的人粗心，没有看到这细小的纹路，画漏了。我心想，吴宏是不是有点较真了，这也算是蹊跷？

这次我也没贸然开口质疑，只是试探着问他："是不是咱们多虑了？这小方巾说不定只标示了重要地点，其余的有些不同也在情理之中。"

吴宏看我一眼，没说话，只是拿手指了指方巾上的一点："我们去这里。出发吧。"

我一看，是地图上标有小叉的圆圈处。

我脑袋"嗡"的一下，那小圆圈标示的地方离我们现在所处位置很远，在方巾上一个在东一个在西，且并不在主路上，似乎还得绕过一段盘绕的山路，崎岖坎坷，这一去就是南辕北辙了。我突然对吴宏产生了一丝不解，这并不像他行事的风格，连到底是什么地方都不知道，就敢贸然前往？这种事情当然不能现在与吴宏争论，我估计一会儿他就要说说自己的想法，于是启动汽车，慢慢上路了。

我看了一眼表，现在是凌晨一点多。刚才昏睡过去时感觉时间过了很久，现在看来其实不然，只是因为疲惫睡得非常沉。前方的山路因为有了月光显得多少明亮了些，约略能够看出道路的走势，我眼见前方的道路越走越窄，离大路越来越远了，心情开始变得颓废，甚至感觉自己像被胁迫了一样，走向莫测的前方。

刚才的一切又在脑中浮现出来，疾驰中能听到山林中响着"呜呜"的风声，让气氛变得越发诡秘。冷月当空，在路边照出模糊的光块，随风摇摆，谁知这丛林影动、暗夜幽深的荒山中到底隐藏着怎样骇人的秘密？

汽车开动不久，吴宏就开口了："救人要紧。既然这点被标示出来，估计就是这人的目的地，我们还不知什么时候走出这荒山，身边也没有医疗设备，只能先把他放到那里，说不定有人接应，再回头快速赶路也不迟。"

吴宏说得头头是道，听上去很有道理，但我思忖之下，却发现并不尽然。他的确想救人，但这绝不是我们此行的主要目的；或者说，救人只是一个方面，他的意旨并不在此。刚才上车查看伤者情况，连死活都没有关心一下，随便一看就下车了事，现在倒这样热心起救人来了？

其实最让我感到奇怪的是，吴宏对于设备的送达似乎显得并不着急。按说部队对于这种物资的运抵都有严格要求，不是说你想什么时候到就什么时候到。如果是重要设备，贻误战机或耽误工程，严重者要受军纪处分的。先前运送时因为种种原因并非没有耽误过行程，而跟车的战士比我还要着急，有些虽然嘴上不催，但看神情很上火，有性子急的几乎跟我动起手来，当时也是因为设备非常重要，战士又有些冲动。

这吴宏只字未催我早点抵达，反而净出些与正事毫无关系的点子。我左思右想，无非两个原因：第一种可能，车上的设备并不重要。因为我只负责运

16　暗夜尽头，深水之下

输,从装车到卸载我都仅能看到设备外面厚厚的木质箱体,内里是什么东西严格保密,不可能告诉我。如果有需要轻放或防水防震的情况,跟车的战士都会事先提醒我,但具体详情我一无所知。这符合当时的情况,坦白说,即便可以告诉我,我也不想知道。那年月,少知道点秘密并非坏事。

至于第二——我的心猛地揪了起来,陡然生出一身冷汗。

难道……吴宏这人有问题?

有了这个想法,再看吴宏越发显得阴森,总觉得他那牛眼里隐藏着什么不可告人的秘密,我浑身的肌肉都绷紧了,仿佛吴宏随时都会朝我扑过来一样。

吴宏当然不知道我的想法,他不时扭头看看窗外,似乎也担心车外又出现什么匪夷所思的异物。几次之后没有什么发现,他回过头,放慢语调对我说:"既然他把地图这样隐藏在身上,看来有什么不可告人的事。用这种方式携带地图不是平常人能够做出来的,就说这方巾吧,能多次触水显现字迹,可想而知这种隐形的药水一定很高级,平常百姓是不可能接触到的。我想他去的这个地方可能有什么古怪,我们得小心点。"

这我倒是赞同,看这人受伤的蹊跷劲,就知道事情肯定不简单,我还没见过把人伤成这样,浑身上下却没有一点痕迹的。不过话说回来,那地方有什么古怪和我们有什么关系?好奇心重既不是军人的风格,也不是我这样的运输司机的习惯,一路平安、顺风顺水地抵达目的地才是正事。

我不知道刚才自己的猜测有多少正确的成分,但下意识地十分注意吴宏的一举一动,这车开得着实累人,时间一长,心思也渐渐随着过耳的凉风冷却下来。刚才意识到吴宏可能有问题使我一阵心悸,现在细想之下,如果确实如此,那他有什么企图呢?

绿眼怪影

目的肯定不是我。如果他想杀我,不知有多少次机会,枪在他手里,刚才碰到那些东西时如果不是他机智脱险,恐怕我现在已经暴尸野外了。我实在摸不着头脑,只能先提高警惕,走一步算一步了。

刚想到这里,就听见吴宏急切的声音在我耳边响起:"小心点!前面危险!"

我忙定睛向车前方看去,山路果然变得十分狭窄,几乎只能容下我们一辆车,同时由于山路蜿蜒而上,行驶变得更加难以掌控,稍有不慎就会坠下山崖。刚才一路胡思乱想我早已走神,要不是吴宏提醒可能已经撞到山上了。

吴宏身体坐直,显然十分紧张。其实这种山路我已经走过不止一次,只要把握好方向和速度,不要有太大抖动,不会有什么问题。现在的坡势已经慢慢变成向上,就算是宽敞的大道,也只能一点点前进,解放车的速度顿时慢了下来,几乎变成在爬行。

速度一慢下来,吴宏的情绪也平静了许多。这山路曲折向上,不知哪里才是尽头,我眼睛紧盯前路不敢有半点马虎,没有半点心思想其他事情。汽车缓慢地颠簸移动,驾驶室中一片沉默,周围似乎突然之间陷入了宁静,我的耳朵却变得越发灵敏。刚才的想法让我不得不把视觉和听觉调节到最佳状态,以防临时发生什么变故措手不及。

就这样持续了十几分钟,汽车后部突然被什么东西重重压了一下,然后有一个明显的起伏,我和吴宏清楚地听到车尾部"扑通"一声。我还没有想清楚怎么回事,吴宏却一把抓住了车门,拉开一条缝隙就要跳出去,突然他好像想起了什么,动作陡然定格,慢慢又把门合上了。

我也回过神来:听声音,好像有什么东西从车厢掉下来了。吴宏肯定想起了之前的遭遇,不再像第一次一样贸然查看,观察后再说。

我忙把车刹住,吴宏头都没回,死死盯住后视镜,反手一把按住我的手,不让我轻举妄动。然后他轻轻将手边的枪拿到自己脸旁,准备一有情况就夺门而出。

就这样一动不动地僵持了一会儿,门外再没有任何声音。我所在的一边靠近山体,这让我有些紧张,谁知道会不会从山上再爬下什么东西?我突然又想起了那两只绿莹莹的眼睛,马上起了一身鸡皮疙瘩。我轻轻问正立耳倾听的吴宏:"怎么办?下不下车?"

吴宏对我做了个噤声的手势,然后指指我这一侧的车门,打了个溜下去的手势。我会意,慢慢打开车门,露出一条小缝,准备下去。

刚刚探出一只脚,突然一只手一把将我拉住又生生拽了回去,我一回头,看见吴宏紧张的表情,他压低声音说:"别动,我刚才看见车后面有东西。"

暗夜尽头,深水之下

因为刚才对吴宏的怀疑，我一听这话差点叫出声来：妈的！你小子果然有问题。有东西你还让我下去，拿我当诱饵啊！转念一想不对，如果真是这样他何必拦我。弄不清楚原委，我只能慢慢把脚缩回车内，大气都不敢喘一下。

这一惊一乍把我吓得不轻，我坐在座位上偷偷朝自己这边的后视镜看过去，确实在车尾部有一个长长的影子，看上去似乎有什么东西站立在车后。难道刚才一路上车厢里爬进了什么？这也不是没有可能，后车厢的帆布只是虚掩着，我们速度又慢，跟车爬进后车厢不是什么难事。

突然，我想起后车厢里那个和尚，心说不会吧，难道这小子恢复神志，自己下车了？

这也太意外了。那和尚的体温已经低到可怕的程度，怎么看也不像是能从地上爬起来的样子。如果现在站在车尾部的黑影就是他，那简直跟见了鬼没什么两样。

吴宏又把头回了过去，梗着脖子冲着车尾的方向凝视无语，右手慢慢地向车门移动，看样子随时准备一跃而出。坐在我的位置能够看到他那边的后视镜，但没有发现里面映照出什么东西，想必是角度不如吴宏有利，他的方向对于车尾的东西应该比我看得清楚。

我正想小声问问吴宏看到什么了，没想到吴宏从我眼前一闪而逝，已经跃下车去。我回过神来时，这小子已经不见了，只有车门敞开一半，看来他的手始终没有离开车门，一直都蓄势待发。

我手忙脚乱地跳下车，只看见吴宏两手持枪，正对着车厢，一动不动。

我一步跨上前去，打眼一看：车厢的帆布已经被扯开，被风吹得掀到两边。月光暗影下，除了粗笨的木质箱体已经空无一人，车下吴宏直直对准的位置也是一无所有，刚才我瞟见的黑影已经不知所终。

吴宏的枪口并没有放下，只是向我这边挪了过来，用低到几乎听不见的声音说："跑了。"

什么跑了？我脑子里出现一个大大的问号，身上也起了一层白毛汗。这也太邪门了，难道刚才是那和尚？就算不是，车上的和尚哪里去了？就这么一瞬间的工夫能走多远？话说回来，就算是他吃了仙丹身手敏捷，能逃到什么地方去？

一瞬间我似乎想起了什么，总觉得什么地方有点问题，马上就要抓到问题

第一章 恐怖旅途 19

的关键点了，但就是想不起来，若有若无间难受得要命。这时我突然看见吴宏的枪口抖了抖，眼神对着车厢上下打量起来。

看到这个，我像被子弹击中了一样，原来是这样！吴宏的动作提醒了我，我浑身汗毛都竖了起来：妈的，难道那东西在车底下？

想到这里，我脚底像踩到了钉子一样，下意识地将脚尖立了起来。吴宏的枪口已经慢慢转向车顶，眼睛直勾勾地盯着上面，看来他和我思路相反，怀疑那东西跑到车顶上去了，所以一直盯着车顶看。

果然聪明一世糊涂一时。吴宏忘记了我们之前就在驾驶室里，解放车的车顶都是铁皮，夏天因为气温高薄铁皮有些鼓胀，如果有重物压在上面会出现"砰砰"的响声，但我们从驾驶室中跳出之后谁也没有听到任何动静，可见不会是在那里。要说这东西是什么我说不好，但要说能够悄无声息地跳上车顶而不发出半点声音，以我的经验，打死也不相信。

只有车底了。

我忽然意识到吴宏并不知道我的推测，他正往车顶方向抬枪瞄准，可能想先开枪惊吓对方后伺机而动。我暗叫一声坏了，这要是惊得车底的那东西跑出来可不是闹着玩的，也顾不得打草惊蛇，一步向前轻拍了吴宏肩膀一下，他一激灵把目光转向我，我忙用眼神示意他注意车底。

不管吴宏是怎么反应过来的，反正他瞬间明白了我的意思，马上把枪口对准车底，然后挥手让我向对侧靠近山体的一边走去。我不解其意，但还是马上按照他说的做了。

吴宏和我来到对面，几乎已经挨到了山体，他一只脚轻轻地踩到路边的野草上，慢慢将身体放低，我也学着他的样子，低下身去尽量不发出声响。待已经能够看见车底时，我几乎是贴着地面侧头趴在地上了。

现在想来当时真是大胆，要知道我当时可是手无寸铁。后来吴宏告诉我，之所以要到靠近山体的一侧，是因为一旦车底真的有不明物体，情急之下它可能会冲向我们，山体外侧道路狭窄，一旦被冲翻就会直接坠入万丈深渊，粉身碎骨。小心为上，还是到对面比较保险。

吴宏可就聪明多了，长长的枪杆首先探入车底，然后才低头向车底望去。

两双眼睛同时扫向车底，一刹那，我又看见了那对闪着绿光的眼睛！

即便已经有思想准备，我还是大吃一惊。吴宏的枪头一挑，正待开枪，谁想到电光火石之间，车底绿光一闪，眼看那东西往后退去，速度却不快，还略显笨拙，不过以当时我们那别扭的姿势，这也足够干扰我们的视线了，马上我眼前漆黑一片，不知道那东西哪里去了。几乎就在这时，我听见外侧山道旁一阵嘈杂，像是石头翻下山去的响声，沿途的杂草一阵窸窸窣窣，然后四周重又回归平静，只有我和吴宏大眼瞪小眼，一脸吃惊地看着对方。

那东西居然失足掉下山了。

这真是让人啼笑皆非，没想到它比我们还害怕，不知道它是惧怕人还是惧怕我们手中的枪械。不管怎样，这至少说明它不像我想象的那样可怕，也许就是只猴子，爬到车上玩耍，看见我们就被吓跑了。我一下把身子放直，嘴里已经笑出声来，对吴宏说："我说是猴子吧？唉，害我担心半天，真是自己吓自己。"

如果当时知道那东西的真面目，我是断然笑不出来的。

吴宏瞟了我一眼："肯定不是猴子。"然后他从地上站起身来，先是走到路边探头向地下的深渊看去，又蹲在路边细细地观察着什么。对此我有些不以为然，管他什么，反正已经掉下山去，难道还敢再爬回来不成？

气氛比刚才轻松多了，但也没松弛多久，另一个问题又出现了：和尚哪里去了？

难道和尚插翅飞了？我脑袋大了一圈，回身走到后车厢，翻身到里面，看看有没有落下什么东西，因为刚才已经在外面看过一眼，因此我并不抱什么希望。

左翻右翻，除了那个木质的箱体之外，的确没有任何东西。这和尚难道真的自己翻身起来一路跑走了？事情变得更加怪异，不过吴宏正专心研究杂草，我只好回头再与他商议和尚失踪的事情，好歹以后不用担心那绿眼的畜生了。我正准备回身下车，无意中看了一眼装设备的木质箱子。

这一看，我马上发现不对劲。

装载设备的木箱外面钉得并不严密，是由长条形的木板拼接而成的，外面盖有部队的密封印记，里面则用厚厚的防水油纸包裹，再里面还有一个封闭得更加严密的硬皮包装箱。外面相邻两条木板之间存有细小的缝隙，特别之处就在这里。

下车前的那一眼，我发现这些缝隙间不知什么时候多了一条破败的布条。

我赶紧摘下挂在木箱上的布条一看，果然是和尚身上穿的僧衣，看样子是被撕扯中挂在木箱粗糙的毛刺上了，这说明和尚之前在这车厢中站起来过，因为从布条出现的高度来看，躺着的和尚是不可能把衣服挂在这个位置的。也许是和尚自己站立起来，汽车行进不稳，踉跄之中挂到木箱毛刺上，衣服被扯裂成布条，但这种可能的前提是和尚恢复了神志，更要强健到能够自行在颠簸的汽车车厢中站立起来，在我看来这绝无可能。

我猛然又有了种不祥的预感，刚刚松弛下来的神经重新绷了起来。如果不是这样，那就只剩下一种可能了——和尚是被什么东西拉扯起来，匆忙中扯到衣服挂上布条的。

难道刚才那怪物还有这样的气力，能将我和吴宏两人才艰难搬动的和尚一把从车厢地板上拽到齐腰高的位置？如果是这样，这东西的力量该有多么惊人！那它为什么匆忙之间慌张撤离，甚至跌下悬崖？

我带着满腹疑惑拿着布条退出车厢，看见吴宏还站在黑洞洞的悬崖边上，若有所思地望着远方。

我不知道他发现了什么，但他站的位置很靠外，刚才怪物跌下悬崖的一幕让我对这悬崖生出许多胆怯，便没有上前去，只是远远地叫了一声。吴宏回过头来，脸上流露出一丝担忧，他几步走到我面前，一眼就看见了我手中的布条，道："这是那人身上的，你哪里发现的？"

惊人发现

我把车厢的发现一五一十地对他说了一遍，包括我的猜测。

吴宏听完点点头，显得释然了，他拿过布条看了几眼，说："你说得对，我也认为是别的什么力量把这和尚拉扯了起来。单凭和尚的伤势，别说让他站起来，能醒过来就是奇迹了。不过是不是刚才那玩意儿，我们还不能断定，我认为它没有这么大的力气，虽然我们看不清楚那东西，但是显然不是庞然大物，怎么会有这样的劲道能把这人从地上拉起来？而且……"吴宏说到这里停顿了一下，示意我跟他去路沿旁边，"你过来看看，我在这里发现了些奇怪的情况。"

我跟他来到路沿边，探头向下面看去，不由心中一凉，没想到我们已经走了这么高。底下黑糊糊一片，深不见底，仿佛是一个有着强大吸力的旋涡，随时准备将我吞噬一样。

我赶紧把头缩了回来，在这样的高度看下去，总有种不自觉想跳下去的念头，还是站远点好。谁知吴宏一把拉住我，说："你看这里！"

我低头一看，只见吴宏指着的，是路边一丛青绿的杂草。

这有什么好看的，不就是一堆茅草吗？我心想。吴宏看出了我的疑问，蹲下身去指给我看："这里应该就是刚才那东西掉下山的位置。我刚才看过了，这里的草并没有大面积倒伏或者折断，只有几根草折裂，路边的碎石也散落在四周，分布很均匀，压根没有被蹬乱的痕迹。"

我还是迷惑不解："那又怎么样？"

吴宏摇了摇头，苦笑着说："你真不明白假不明白？你说刚才那东西怎么下去的？"

我说："跌下去的呗，还能怎么下去的。"

吴宏脸色变得严峻起来："我刚才也以为它因为害怕我们，匆忙之间失足掉下去的，其实不是。看样子，它是自己爬下去的。"吴宏看了我一眼："也就是说，它能在这陡峭的岩壁上攀爬自如，现在你还敢说它是猴子吗？"

听了吴宏的话，我默不作声，从这陡峭的山崖上离开连草都没有踩断几根，显然不是跌下去的，这种离开的方式简直可以说是从容不迫。我无形中生出一丝恐惧，到底是什么东西能有这样惊人的本领？

吴宏看我紧张起来，脸上反而露出了笑容，他拍了拍我的肩膀，说："我们无产阶级革命战士不会轻易被吓倒的，别担心，既然它选择撤离，那说明还是惧怕我们的，不然大可以冲我们扑过来嘛。我估计一时半会儿是不会出现了，管它是什么，赶路要紧，走吧！"

我摇摇有些麻木的脑袋，发动汽车重新上路。虽然我车开得越来越累，但看吴宏的情形，他也好不到哪里去，他的手垂得越来越低，估计是困意又上来了。也难怪，我们一路上几乎都处在高度紧张的状态，哪有时间休息。不光他，如果现在让我停车，我也会马上睡过去。

这样过了很久，我估计时间和路程应该差不多到达那方巾标示的位置了，眼看前方是个岔路口，不知道接下去应转向哪里，吴宏却再没给我任何提示。奇怪之余我侧头一看，吴宏竟然已经睡着了，手中的方巾盖在膝盖上，嘴边还留着一丝涎水。

我忙把汽车停到岔路口的旁边，打开车门下车，强打精神细细观察了一下地形，这地方还算平坦宽阔，虽然不知具体方位，但已经不似刚才那样凶险了。路边还能看到纤细的小树，可见已经不在高崖之上。

我放心了许多。不知为什么，总觉得在那深不可测的高崖上有着莫大的危险，仿佛那怪物随时会折返回来，现在终于脚踏实地，心里踏实了许多——至少逃跑的范围大了，在窄小的山路上，我跑都没处跑。我暗骂自己胆小。

实在坚持不住了，我锁好车门，摇上玻璃窗户，也顾不上车后的装备了，准备小睡一会儿。

忽然，吴宏从座位上抬起了头，动作非常缓慢，与其说是抬起来，倒像是给什么东西拽起来。从我这个角度，可以看见他黑黄的面皮上沁出一层细密的汗珠，身体也有些发抖，左手轻轻地抬了一抬，动作十分不自然。我忙过去扶他，没想到吴宏的右手一翻一把按住我，力气大得惊人，我手上的骨头都好像被捏断了，低头看去手都已经变形了，钻心地疼。性急之下，我大吼一声："你干什么！"伸手猛推他一把，把手伸到面前时才发现，他已经把头完全抬了起来，正瞪着眼睛死死地看着我。

那眼睛居然是绿的，像灯泡一样发射着诡异的光。

我大喊一声，出了一身冷汗。猛地睁开眼，才发现原来是梦。旁边座位上的吴宏还睡得死沉，没有丝毫异样。直起身来一看，天已经亮了，几缕阳光照射到驾驶室中，把斗大的地方照得十分亮堂。我在后视镜中照了一下自己，看见一张蓬头垢面的脸，似乎一夜之间老了十岁，眼角全是眼屎，狼狈不堪。

我拍了吴宏一巴掌，这家伙像被钉子扎了屁股一样从座位上弹起来，牛眼中充满了血丝。我看他一脸紧张地环顾左右，心想你原来也会给惊成这样，不由暗笑。

吴宏很快弄清楚了状况，看见我的样子，叹了口气："你小子……大意了，不知怎么就睡着了。"他随手拿起方巾，看完一抬头，一脸兴奋地说："到了，应该就在前面。"

我就跳下车去，捧着从塑料桶中倒出的水洗脸，几把下来，立刻清醒了许多。吴宏也下车捧了几把水搓洗起来，军人的作风在他身上随处可见，几下之后，本来同样一脸倦容的他马上干净利落起来，重新变得生龙活虎。他甩甩手上的水滴，长长地深呼吸："舒服啊，山里的空气就是好。"

这倒是真的，清晨的大山中空气清新得像被过滤过一样，这是在城市中生活的人们绝难体会到的。我们贪婪地呼吸了一阵空气，脑子变得清爽无比，正好赶路。

上车后，吴宏对我说明了方向，我们沿着山路行驶了不久，前面突然没有路了，陡然变成崎岖的山地，杂草丛生。吴宏看看方巾，说："路线是没错的，不过还得走一段，估计已经偏离大路了。车肯定是开不过去了，下车慢慢走走看。"

这对我来说委实有些困难，连滚带爬、手脚并用地走了很久，我们才看到前方隐约出现了些许平坦的地面，我早就灰头土脸、狼狈不堪了，心里不由长舒一口气。

接连翻过几处山坡，转过一个路口，好几次前方都仿佛没有路了，我们灰头土脸地寻觅了很久才终于走出来。一路下来筋疲力尽，终于看见了一处平地。我一屁股就坐在了地上，大声喘着气，腿像是要从身体上掉下来一样酸痛得要命。吴宏捶了捶腰，还是勉强站起来，凑近细细查看，拨开一丛乱林，突然回头对我说："这里有个小门。过来看看！"

荒山古寺

我不顾身上的酸痛，挣扎着起身迈步过去，定睛看去，是有个简陋的小门，旁边还隐约有些雕饰，古朴典雅。不过这地方也太隐蔽了，不近前端详还真发现不了。

从门来看，这里好像是一座寺庙。

我恍然大悟，暗骂自己笨蛋。路上碰到的是个和尚，当然是去往寺庙了，这样简单的道理我之前居然都没有想到，真是笨到家了。

再看吴宏，他倒没有多兴奋，但找到了地方，多少也有些放松了。看看周围无人，正绕着这块小树林慢慢踱着步，似乎是在休息。我体力恢复了很多，却莫名其妙地紧张起来。不知道这寺庙当中可有人迹，深山之内独自伫立的寺庙里会有什么故事？

我和吴宏刚推开门就意识到，这不是荒庙，里面一定有人。

寺庙四周杂草丛生，碎石成堆，丛林遮蔽，一片荒芜之象；内里却十分干净，没有任何植被石子，连地面颜色都相对别处来得白净，显然是有人天天清扫。

我们继续朝里面走去，没想到这小小的庙门之内别有洞天，只见内侧有一方田地，种有几样蔬菜，绿油油的，长势不错。旁边有一口水井，井侧搭着一条井绳。对面有三栋建筑，两小一大，中间一栋大的显然是大殿。

正迈步去往大殿，就听见一个苍老的声音："阿弥陀佛，施主从何而来？"

这声音虽然苍老，却洪亮沉厚，令人心中一震。我心里一惊，难道这深山当中还真的有什么隐世的高僧吗？

我抬头看去，大殿中却没有人走出，正想过去看个究竟，谁料吴宏一把拽住我："别过去，看看再说。"

我暗叫，又怎么了？

吴宏指指旁边挂的几件僧衣，小声说："你看，晾晒的衣物大小不一，应该不止有一个人，别急着前去，先看看再说。我们不要靠近，等他出来。"

其实我刚才也看见院子里晾晒的僧衣了，不过寺庙里既然有人，晾晒衣服也是平常之事嘛，就没有多看。经吴宏一提醒，发现果然是一大一小，看来至少还有一个僧人在此。这人说话声如此苍老，估计是寺中住持之类的人物，我们在这里静观其变也好，免得进了大殿摸不清情况，再多生枝节。

说话间，大殿内已经走出一位长须老僧，近前看去，果然像大德高僧，不似凡人，不过眉宇之间似乎有一种淡淡的忧愁，不知何故。

吴宏举手作揖道："打扰了，师傅。我们路经此地，看到贵寺，特意进来拜访一下。"

我觉得奇怪，这小子什么时候变得文绉绉的了，听上去还真像那么回事，心中暗自发笑。

老僧回礼道："施主随意。这寺庙虽小，但佛法无形，只要心中有佛，随处都是圣地，如要朝拜请去正殿。"

我打眼望去，老僧神色自若，不像有什么古怪，于是就带着吴宏向正殿走去。

吴宏边走边不经意地问老僧："师傅，偌大寺庙，你独身一人，不冷清吗？"

老僧头都没回，朗声答道："还有一个小僧，不过昨夜受了风寒，一直高烧不退，正在偏室休息。"

难道是我们碰上的那个和尚？那他怎么会出现在半路上呢？我脑子里一堆问号，刚想张口询问，不想正碰上吴宏凌厉的眼神，看样子是要我闭嘴。

吴宏神色自若地继续问道："哦？不知现在病情如何？正好我们车上有药，不如拿去给小师傅治病吧。"

老和尚语气一顿，几秒钟没有说话，接着道："多谢施主好意，暂且不用。他昨天睡了一觉，已经好多了。"

虽然我没有刻意去看，但也能感觉到吴宏的脸色变了，因为连我都能听出，这老和尚不想让我们去探望那小僧。

有问题。

这太明显了。老僧的回答并不机警，明显存在破绽，刚说昨夜受了风寒高烧不退，现在又道好多了，岂不前后矛盾？吴宏虽然瞬间变了脸色，不过马上恢复了笑容："哦，佛祖保佑，小师傅一定会没事的。"

说话间我们走入大殿。太阳已经慢慢升起，温度也上来了，走在院子里隐隐能够觉出一股热气，让人感到周身有些燥热，身上已经薄薄地起了一层细汗，加上昨日一夜的风尘，很是难受。刚进入大殿，就感到冰冷清爽，和在门外的感觉完全不同，大殿之内阴冷干爽，往中间一站即能感到透心凉，没想到一门之隔温度竟然相差这么多，真是奇怪。

抬头看去，周围肃立着几尊佛像，我不信佛，所以不清楚这些佛像的名头，只是无聊地观察大殿中的环境。除了几尊佛像外，这大殿非常凄凉，没有多余的物件，只地上摆着三个蒲团、几把竹椅。案台上有一个斗大的香炉，上插几炷清香，正袅袅地冒着青烟。左右墙壁上云蒸霞蔚绘，有很多画像，中间似有情节，我不懂佛典根本看不明白，只是对于那些人高马大的泥塑佛像很感兴趣，饶有兴致地一个一个观察起来。

看的时间越长，我越发感觉不对劲。虽然说不出为什么，但总是感到这些佛像与其他寺庙中的佛像有些不一样，那种似是而非的感觉再次涌上心头，心里痒痒的，十分别扭。前面说过我不懂佛典，当然不知道这些佛姓甚名谁，但毕竟逛过几家寺庙，老家那里也有几座像样的佛像，多少有点印象，都不像眼前这些高大肃穆的雕像一样，给我这样异样的感觉。

到底是什么地方不对？

本来只是无聊地随意看看，没想到越看越纠结，最后竟然皱起眉头来，我自己觉得真是无趣。突然想起刚才大殿之中没有什么声息，回头一看，吴宏站在大殿中央，也在上下左右打量，老僧却不见了。

我叫了一下吴宏，总觉得这大殿是神圣之地，不敢造次，连说话声音都不自觉放低了。吴宏走到我面前，问我："怎么，发现什么了？"

我答非所问："刚才那老和尚呢？人怎么没了？"

吴宏笑了笑，却并没有回答我："你看什么呢？我见你很入神，还以为你发现了什么。"

我有些着急了，这吴宏怎么说话指东打西的，你小子到现在还跟我打马虎眼，真是不够意思。心里有点气愤，说话就有些冲："你管我呢，老和尚去哪里了？"

吴宏看了我一眼，似乎没想到我会有情绪："刚才出去了，说自己有些事务要处理，让我们在这里随意，如果歇息可以自行去偏室。"

我听了没有说话，想起刚才的困惑，便指着两侧的佛像问吴宏："我觉得这些佛像不大对劲，你看出什么问题没有？"

吴宏闻言就往两旁看去，边看边说："我刚才在看墙上的墙绘，不大明白什么意思。怎么，这佛像有什么古怪吗？"

他办事比较仔细，我一句话他就端详了很久，我没有打扰他，静静地等他看完。过了一会儿，吴宏抬起头，说了一句几乎让我晕倒的话："我对佛教也没有研究，不懂，没看出什么来。"

我听了差点吐血，你研究了半天就是这样的结论？刚打算揶揄他几句，吴宏不经意地说："不过这些佛像好像刻得不怎么细致啊，你看眉眼粗里吧唧的。"

一语惊醒梦中人，我马上明白了。我说怎么刚才觉得不对劲，我只注意了佛像的位置衣着，却没有细看它们的刻工。没错，这些佛像的脸部轮廓分明，但五官及身上其他细节就有些凑合了，都不甚清楚，有几尊仿佛工匠草草应付了事。

这就有些古怪了。要知道寺庙的佛像可不像其他雕刻，讲究一个精工细作，我虽不懂佛法，却也知道这种东西可马虎不得，什么佛什么表情是有固定规矩的，绝不可糊弄。否则，善男信女纳头便拜，等抬起头来一看不识面前是哪尊佛，可想而知是什么后果。

当然，我们看到的佛像还没有到这么严重的程度，但的确比正常的模糊了许多，要不是吴宏一语点破，我还真发现不了。刚才自己的注意力集中在其他方面，唯独没有仔细看这刻工，要是信佛之人，想必一眼就可以看出问题所在。

吴宏看我愣了一下，意识到自己可能说到点子上了，忙回头重新端详了起来。他语气肯定地说："这佛像的确没下心思雕刻，像是草草完工的。"话毕伸手要去摸其中一尊的臂膀，看样子是想看一下土质。

刚伸出手，我就听见身后传来一声断喝："住手！"

一惊之下，回头看去，只见长须老僧正从大殿外迈步进来，一脸怒气。

吴宏知道失礼了，都是高僧给摩顶，谁见过摸佛像的？急忙把手缩了回来，但是已经晚了。

老僧气喘吁吁地赶到面前，开口就喝道："无礼！你想干什么？"

仓促之间，吴宏有些手忙脚乱，我看势不妙，说话了："刚才这位同志看到佛像上停着一只苍蝇，觉得是对佛祖大不敬，驱赶它来着。"

这说法虽说牵强了些，但我把礼遇佛祖放在其间，倒也挑不出毛病。老僧脸色一沉，看来并不相信，但也说不出什么来，顿了一下道："时间不早了，想必施主也休息停当，是不是该上路了？"

想赶我们走？我斜眼看了看吴宏，意思很明确：咋办？

吴宏早就恢复了冷静，他叹了口气，一改刚才谨慎的风格，上前一步就拉住了老僧的袖口。后者没有准备，身体抖了一下，不知他要干什么。

吴宏手没有放开，就这样扯着老僧说："师傅，我们赶了一路的车，实在是饥渴难耐，你就行个方便，接济些斋饭，如何？"说完，他直直地看着老僧，眼神很是恳切。

我一听差点笑出声来，这小子想耍赖啊，没想到他还有这么一手。不过他说的倒也不是谎话，我们的确肚中无米，饥肠辘辘，毕竟一夜劳累奔波，况且还发生了这么多的事情，精神上也疲惫不堪，找个地方歇息真的是当务之急。

老僧闻言神情尴尬，想抬手却抬不起来，只能往后撤。吴宏顺势放开衣袖，回头对我说："还不和我谢谢师傅？"

我马上会意，忙对老僧致谢，对方没有说话，只是摆摆手，勉强挤出一丝笑容，可见十分不情愿。

我们也顾不上这么多了，先留下再说。千辛万苦才到达这里，当然不可能轻易离开，至少弄清楚路遇的和尚来此的目的再说。我看老僧独自向后院走去，拉过吴宏小声问："你觉得这和尚可靠吗？"

吴宏笑了笑，道："这和尚肯定有故事，但不像是坏人。"

我嘴上应和，心里却不当回事，只是暗自提醒自己小心，这吴宏也不地道，凡事还得靠自己。

正想着，突然看见吴宏冲我打了个手势，让我跟他走，我不知他要干什么，只好一路尾随而去。

吴宏轻轻地在前面缓步移动，我在后面探头探脑地张望，想拍拍吴宏问个究竟，他却一路向前去了，我紧跟几步转过一个小门，就看见不远处老僧消瘦的身形。

原来吴宏在跟踪他。

先前我也觉得这老僧有古怪，这时正好可以弄明白，于是也蹑手蹑脚地紧随其后。只见老僧一路小跑到了后院，这里有一所小小的屋子，老僧打开一扇木门，四下看了一下，迅速溜了进去。

吴宏和我从侧面慢慢接近小屋，贴近旁边的一扇窗户，正想探头看看，就听见里面传出老僧低沉的嗓音："别急，等我打发了他们，你再出来。"

妈的，这老东西果然有问题！

我一脸紧张，吴宏却是神色轻松，正纳闷，他一把拉住我，急忙从原路小跑回到大殿，站稳后我感到有些气喘。这时想到，这样神秘的事老僧居然直接就奔后面去了，丝毫没有弄玄虚迷惑我们，可见心机实在粗浅，结合刚才的反应来看，的确不像是凶险之人。

这样一想，就明白吴宏脸上为什么没有丝毫变化。虽然放心了些，但刚才发生的一切还是让我好奇心大增，不知后院小屋中到底有什么人，让这老僧这样惦念？肯定不是刚才他说的小师傅，如果是何必这样神神秘秘，自己徒弟有什么见不得人的？但假如不是，院子里的僧衣怎么解释？我们看得真切，明明不一般大小，老和尚刚才也承认了，还有一人在这寺庙中，不是僧人穿这僧衣干什么？

这时，老僧从后院出来。我和吴宏心里明白，脸上却不动声色，只笑眯眯地看着老僧走上前来，手中端着些干粮和小菜。

也真是饿了，不管是什么饭菜，现在在我们眼里都像山珍海味一样。我和吴宏狼吞虎咽，风卷残云般将食物一扫而空，又大口大口地灌了半天水，才回过神来。吴宏一抹嘴上的饭渣，长舒一口气，这才站起身来，来回走了几步，显然十分满意。

我坐在院子的石凳上，半响没有说话。不是故意不开口，是没话说。俗话说，吃人嘴软，不管老僧有什么秘密，眼见供我们吃饱喝足了，再去揭人家的短，似乎有些不大地道。我偷偷看看吴宏，他倒是若无其事，踱来踱去，并不急于开口。

老僧神色有些着急，估计是在琢磨吃饱喝足了怎么还不走？但始终没有勇气开口，只是垂手立在原地，看上去竟有些可怜。我突然生出一些同情，也许那小师傅相貌丑陋，不便出来，实在也没必要穷追猛打了。心里就想着把我们此行的目的和盘托出，不过一时不知从何开口。

我们并没有将重伤的和尚带到寺庙。夜色阴暗，那和尚不省人事，垂头塌肩，不知道什么相貌，这要怎么和老僧说呢？说了他又会不会相信？

没想到，吴宏这时却开口了："师傅，刚才有一事隐瞒，现在我和盘托出，请你不要怪罪。"

这家伙吃饱了倒是坦诚，紧张劲一下全没了。我有些吃惊地看着他，难道吴宏会就这么将我们的目的告诉老僧？没想到让我目瞪口呆的还在后面，吴宏后面的话让我差点从石凳上掉下来：

"其实这人是个穷凶极恶的土匪，我出任务押解他到这里，师傅一定要小心。"

吴宏右臂伸直，指的竟然是我！

明白了"土匪"就是我时，我愤怒得无以复加。那年代名声是非常重要的，我清白做人，岂能容他这样污蔑？身子一挺刚要发作，不想被吴宏一把按在地上。

"干什么？你小子还想反抗？别逼我下狠手，不然，哼哼……"吴宏眼神凌厉，冷笑着对我说，手上却暗暗松了点劲，捏了捏我的肩头。

我突然明白了，这小子又在用计，不知又有了什么鬼点子，看来是需要我

第一章　恐怖旅途 | 31

配合。

虽然无端地被指为土匪让我非常生气，但吴宏既然没有预先告知我，想必是临时起意，不妨按他的意思假扮一下，如果不见效果再找他算账。

我拿定主意，就装出一副执拗的表情，同时一脸被揭穿的样子，抬起头恶狠狠地看了看老僧，捎带面露凶色地瞪了吴宏一眼：娘的，你出的什么倒霉点子！

吴宏斜眼看看我，一脸不屑，对老僧说："你看，这家伙贼心不死，还不老实。师傅你站远些，小心点。"

老僧刚才听到吴宏指我是土匪脸色大变，一惊之下往后退了一步，看来非常惊恐；这时听到吴宏这样说，不由更加紧张，果然离开我们，回身走了几步。

待再回过头时，他脸上恐惧的表情已经荡然无存，却是一脸轻蔑，开口道："施主，你欺我老迈，打诳语吧？他肯定不是土匪。"

吴宏听了稍稍一愣："哦，老师傅，这话怎么讲？"

老僧脸上微微一笑："按你说的，这人是土匪，那你是什么？"

这话问得很突兀，因为吴宏穿着军装，并且肩挎一杆枪，一眼就能看出他是军人。我看看吴宏又看看老僧，顿时云山雾罩，不知双方葫芦里卖的什么药。

吴宏却不吃惊，他甩了甩手，故作轻松地说："老师傅真会开玩笑，你看不出我是部队上的人？"

老僧闻言退后一步，脸上的肌肉抖动了一下，露出一丝冷笑："施主此言差矣。你二位刚才一路并肩进寺，枪口也始终没有对准这位施主，说话还很客气。既然你是押解土匪，为什么对他没有防备？刚才你也说了，这人穷凶极恶，你这样松懈就不怕被他偷袭？部队上的这点警惕性应该是有的吧？"

有道理。我听了都觉得吴宏这冒充土匪的点子愚蠢至极，他进寺就把枪扛在肩上，和我这个"土匪"一路低语过来，对这佛像指指点点时我还帮他掩饰，哪有这么融洽的官匪关系？你这样能骗得了久经世事的老和尚？难怪老僧回头之后便不惊慌了，原来转身之间已经把事情思量好了。

吴宏听了站起身来，脸上突然露出一丝狰狞，他死盯着老僧的眼睛，语气低沉地说："看来你这老东西还真不好蒙，不错，刚才我是没说实话。"

老僧一脸轻蔑，并不言语，只是拈须而立，似是胸有成竹。

谁料吴宏一开口，吓得他差点把胡子拔下来。

吴宏看了老僧一眼，嘿嘿一笑，说："既然这样我就直说了，其实我也是土匪。"

这话出口，我差点把舌头咬断，心想你吴宏还真舍得下套啊，把自己也搭进去了。不知道这小子不惜把我俩抹黑成土匪，到底想干什么？

老僧万万没有想到会是这样的情况，脸色骤变，踉跄地后退几步，伸出瘦干的手臂指着吴宏："你的衣服……你那枪……"

吴宏看这招已然奏效，更加起劲，索性把袖子撸上去，露出粗黑的手臂："我兄弟俩抢的，穿着方便不是？没想到吧，老东西！"

老僧现在完全相信吴宏的话了，他脸色铁青，半晌不说话。吴宏理了理肩上的枪带，一把把我从地上拉起来，然后坐到石凳上，对老僧说："老头儿，再给弄点吃的去，我们还没吃饱呢！"

我一听心想吴宏饭量可够大的，这样还吃不饱。不过，他故弄玄虚几乎把人家吓成心脏病，不会就为了弄顿饭吧？

正想着，吴宏猛拉我一把："傻愣着干什么，赶紧跟他走！"

我一看，老僧已经在后院小路上走得几乎看不到了。吴宏拽着我跟踪而去，因为着急，老僧并没有注意到后面有人，只是一路小跑冲向后院小屋。

我一下明白了，原来吴宏使诈是为了这个。

说话间，老僧已经潜入小室不见了。吴宏悄悄对我说："不这么吓吓他，我们哪知道房间里是什么人？总不能拿枪逼他带我们去房间里搜查吧？现在我只是诈他，也没有怎样，到时候就说和他开个玩笑，谅他也不能把我们怎么样。"

话音刚落，就听见小屋的木门开了，老僧急急走出，右臂挽着一人，这人戴着一方头巾，垂首朝我们的方向而来。

吴宏已经冲出去，站在小道中央，朗声道："老师傅，这么着急去哪儿？"

老僧没有想到我们会在这里等他，大惊不已，一时没反应过来，愣在原地，旁边那人吃惊之下也将头抬了起来。

一看头巾下的那张脸，我不由愣住了。

诡异女子

　　万万没想到，头巾下露出一张白皙俊俏的面孔，竟然是个女人。

　　仔细看去，应该说是女孩才对，只见这女子二十上下，脸色苍白，面容憔悴，但眉宇间透出一股娟秀之气。

　　我气不打一处来，原来你老秃驴还是个淫贼！大白天把一个年轻女子藏在后院房内，能有什么好事？一股英雄气猛冲上头顶，攥紧拳头就要去揪老僧。

　　一只大手挡在我面前，抬头一看，是吴宏。他慢条斯理地打量对面二人，过了好久才开口："师傅，出家人不打诳语，麻烦你解释一下吧，你这青灯古寺里怎么会有女人？"

　　老和尚嗫嚅着没有开口，头上已经冒出一层细密的汗珠，在光秃秃的脑门上格外显眼。

　　吴宏看他没有吱声，回过头来，轻声对我说："你去车上把前屈中的介绍信拿来给我，要快。"

　　我到现在才知道原来吴宏身上还有介绍信，只是不知道现在让我去拿这东西有什么用意。来不及细想，刚要转身离去，无意中看了老僧一眼，却被吓得一哆嗦。

　　老僧眼中倏地闪过一丝凶光，他趁吴宏回头时机，随手抄起路边一根手臂粗的树枝，恶狠狠地向吴宏后脑勺打去！

　　吴宏当时正把头转向我，完全没有注意到脑后的情形。我哪有时间通知他，情急之下喊声"小心"，猛地一把推开他，自己却失去了平衡，不偏不倚正好挡在吴宏身后，那树枝带着风声重重地打在我肩膀上，一阵钻心的疼痛让我大叫一声，斜斜地倒了下去。

　　吴宏闻声回头一看，眼一瞪，抓住老僧正要再次抡起的树枝，用力往前方一拽，然后一脚飞踹到他胳膊上，老僧闷哼一声就瘫倒在地。我虽然肩膀疼痛无比，但意识还是清醒的，艰难地回过头，正碰上吴宏急切的眼神，他愤怒地盯着老僧，确定安全后翻开我的肩膀看了看，长舒一口气，脸上露出愧疚，道："放心，淤了点血，应该没伤到骨头。"

转过头来，吴宏几步走到在地上呻吟的老僧面前，双拳攥得关节"咯咯"响。他站立良久，才退后几步，恶狠狠地对老僧吐出一句："什么都想到了，就是没想到你这么狠，居然想要我的命！这不是战场，不然……哼！"

老僧大喘着粗气。听到吴宏的话，本来虚弱的他竟青筋暴突，目眦尽裂，拼尽力气吼道："你们这些畜生！我死也不会让你们动我闺女一根指头！"

我听了忙回头看已经完全被刚才一幕吓傻了的女孩，她只是目光呆滞地看着地上的老僧，一边慢慢地往后退，连手指被路边的小树枝划得"吱吱"乱响也没有感觉。

难道我误会这和尚了？这女孩是老僧的女儿？可是和尚怎么会有女儿的？

吴宏平静地低头看了看那女孩，又将我的衣服掀开，不小心轻触了伤处。我"哎呀"一声，吴宏却皱了皱眉头，说："别喊了，你伤得不重。看着这两人，我去驾驶室一趟，马上回来。"他边说边把我从地上扶起来，拾起刚才那根木棍塞到我手里，转身离去。

你娘的，就这么把我扔这里了，有没有点阶级兄弟的感情啊！我差点叫出声来，不过注意力仍集中在面前二人，不敢有所转移。于是便想问问吴宏去拿什么，多久能回来。

我还没来得及开口，就听见吴宏的脚步声，看样子他已经去了。老僧看吴宏走了，龇牙咧嘴地妄图从地上站起身来，不过尝试了几次都一脸痛苦地失败了，这样折腾了许久，还是瘫在地上寸步难移，想必是吴宏那脚踹得不轻，可能伤到筋骨了。相比之下，我的情况要好很多，我试着动了动，尚无大碍。不过以刚才老僧挥舞树枝的力道，如果真的打上了吴宏的脑袋，恐怕现在已经脑浆四溅，去见马克思了。

刚才那骇人的一幕无疑令那女孩非常惊恐，她战战兢兢地躲到一旁，虚脱一般蹲了下来。过了一会儿她似乎已经不那么害怕，慢慢地从地上站起，一点点小心地朝我蹭过来。更让我提心吊胆的是，她的眼睛不时向旁边一根稍细的树枝扫一下，紧紧地咬住下嘴唇。

不会吧，难道她也想把我干掉？

女孩的用意非常明显了，我顾不上肩膀疼，稍稍调整身体，暗暗攥紧手中的木棍。我并不担心，她想动手，毕竟我的力气和身高都比这女孩强得多，况且左臂没有受伤，行动起来没有问题。因此我只是冷冷地看着女孩拾起木棍，并没有过去阻止，现在近前反而可能被脚底的老僧有机可乘，被他暗算也未可知。

女孩刚刚把木棍拿紧，我就听见自己背后一声轻喝："住手！你干什么？"不用想，肯定是吴宏回来了，我一边骂娘一边回过头去，只见吴宏快步走到近前，一脸怒意地对女孩说："姑娘，你不要自讨苦吃，赶快把手中的木棍放下！"

我听了觉得奇怪，因为吴宏这话虽然严厉，语调却轻柔很多，全然不像刚才对老僧那样凶神恶煞。再看一眼这姑娘，我明白了：看人家是个女同志你就另眼相看了，真是合格的革命同志啊！

吴宏说完后，我看见这女孩眼睛里露出一丝恐惧，然后迟疑一下，看看地上呻吟的老僧，又抬眼望望我和吴宏，皱了皱眉，将手中木棍扔在地上。

吴宏似乎放下心来，语调平静了许多，他低头对地上仍然狠狠地看着我们的老僧说："你不要记恨我们了，如果不是你先动手也不会落到这样的境地。老人家，一会儿我解释清楚缘由就扶你起来，多包涵了。"

我听得一头雾水，吴宏却冲眼前的女子笑了笑："姑娘，别害怕，我知道刚才老师傅没有骗我，他的确是你父亲。"

我听了更加糊涂，你知道？你怎么知道的？

兵不厌诈

吴宏的话并没有让眼前的两人松懈，他们还是警惕地看着吴宏，特别是老僧，在地上喘气不已，还断断续续地说："土匪……你……还想骗人！"

吴宏向老人走近一步，对面的女子眼神一抖，后退开来。吴宏站在老人的面前，低声说："不瞒你说，老师傅，刚才我是诈你的。我两人不是土匪，这位是个司机，我是部队战士，姓吴。"吴宏指了指我，接着说："刚才实在是因为看你形迹可疑，无奈之下才诈你一诈，不然也不知道这后院中到底是什么人。希望师傅相信我。"

老僧鼻子里轻哼一声，显然是对这番言论嗤之以鼻。

吴宏这才从衣兜中掏出一张纸，双手递到老僧面前，态度平和地说："这是我来时部队上给开的介绍信，请你过目。"

老僧手已受伤，无法去接，不过看他的样子也没打算看。他冷冷地对吴宏说："你们刚才都说了，这衣服和枪是抢的，这文件难道就不是抢来的？拿来唬我，你还嫩些！"

吴宏脸色暗淡了下来，看得出他有些不悦。只见他站起身来，尽量平静地对老僧说："这位师傅，我们如果真是杀人放火的土匪，还用得着和你费这口舌？你女儿在我手中，你又动弹不了，我们要不是好人，你女儿早就性命不保了，有必要在此费尽口舌骗你吗？"

这话听上去有些威胁的意味，但却句句在理，尤其是最后一句。老僧听了身体一震，显然十分害怕，过了片刻才松了口气，看来对吴宏的话有所触动。

我看了看吴宏，这小子越来越神秘了，心中有了种被糊弄的感觉。我挪动几步靠近他，小声问："你真的知道这姑娘是他女儿？"

吴宏望我笑了笑，故作神秘地说："是的。"然后他腰一挺，声音陡然高了几个分贝，也不再看我，只直直地盯住老僧，似笑非笑地说：

"不光这个，你也不是什么和尚。"

老僧听到这话眼睛瞪圆了，好像看到怪物一样盯着吴宏看了许久，一言不发，眼神也由刚才的仇恨变得躲躲闪闪。看他这样子我就知道吴宏说对了，心里顿时愤怒起来：你小子太不厚道了，这寺庙中如此多的事情你都了如指掌，还让我像傻子一样蒙在鼓里，是何居心？这样下去，哪天我被你卖了还傻笑着帮你数钱呢！

吴宏对老僧笑笑，寻根树枝塞到老僧未受伤的手中，说："你扶着试试站起来，刚才太冲动，下手狠了些，还望不要怪罪。"

他仿佛丝毫没有看见我愤怒的眼神，回头冲我使了个眼色，转身离去，竟像完全不在乎面前的父女一般。

我正想问问他到底是什么来头，看见招呼便一言不发地跟了上去。我就不信他还能这么装糊涂装下去，本来我和吴宏就不熟识，大不了撕破脸皮一探真假。

我抱定这个念头，跟着吴宏一路走向前院，到了大殿门口，一屁股坐在清凉的台阶上，说什么也不走了，只是一双眼睛死死地看着吴宏。

吴宏一看我这般模样，知道不说出个子丑寅卯来我是不会善罢甘休的，索性把外衣脱了,与我一同坐在台阶上。

吴宏看了看我,眼里露出感激之情:"我欠你一个人情,刚才要不是你,我可能已经……"

你还知道我救了你一命?我可是被你耍得够戗。我默不作声,只冷冷地盯着他。

吴宏看我不吱声,叹了一口气:"你不用生气。其实,我事先也不知道这些事情,都是猜的。"

我一听差点跳起来:猜的?你神仙啊,一猜就中?怎么那么巧都让你猜对了?到现在了还在糊弄我!

吴宏也不看我,只是自言自语道:"不过我也没想到居然猜中了。"

他看了看前方那扇厚重的木门,凝神想着什么,嘴里却还是喃喃自语:"其实刚才一进庙门我看到这两件僧衣的时候,这老头儿就已经出了大殿,只是他看见我们来了又退了回去,动作很快,我余光瞟到有一只脚样的东西从门口探出,又迅速缩了回去,便知道前面有人,所以一把拉住了你。

"当时我就觉得奇怪,既然已经迈出大殿,为什么又缩了回去呢?寺庙嘛,进个把行人也是常事,有什么好回避的?不过刚看到这和尚时我也没有发现什么异样,如果不开口,他还真像是驻寺和尚呢。"吴宏侧头看了看我,我正全神贯注地听他陈述,没想到之前还有这样一遭。

"我推想,这老和尚当时出来肯定有什么事情要办,后来看见我们入院不方便了,所以才匆忙回到大殿内,但当时我并没有想到是什么事情。后来我跟踪他完全是因为谨慎。凭我的直觉,这和尚不是坏人。不过他在后院的表现显然不正常,这小屋中肯定藏了什么人。当时我想,既然不想让人知道寺中还有别人,之前为什么又自己承认有一小师傅呢,这不是此地无银三百两么?我们在后院偷听和尚说话的时候,我突然想通了。问题就出在那两件僧衣上。我想,当时这和尚可能是来取僧衣的,后来看见我们进来就收手了。为什么后来他会承认还有别人?大概是怕一大一小的僧衣暴露人数。如果说只有自己在这里住,弄不好会引起我们的怀疑,还不如直接承认了。当然,也可能我开口询问寺中人数的时候,他发现我注意到了这事,知道瞒不过去了。不知你注意到没有,我们在后面房间听和尚说话时,他的语调挺温和,声音也很关切,里面的人肯定和他关系不错。我想如果真的是个小和尚,完全没必要躲躲闪闪的不让我们见他。联系到僧衣的大小,我当时就估计可能是个女人。"吴宏语调高了些,稍显得意,"不过当时我推测可能是他的家属,因为如果是被他掳来的妇女,他口气哪会这么好,肯定吓唬对方,怕她叫喊被发现嘛!后面就好办了,我冒充土匪吓唬他。这老头儿果然心计不行,一门心思光想着先让女儿离开寺庙,别忘了,我们是土匪啊!这就暴露啰。那女孩一现身,我一看这么年轻当然不是家属,就猜可能是他女儿。"

听吴宏一说,我的怒意已经烟消云散。没想到之前云山雾罩,说穿了竟十分简单。这让我对自己之前的态度感到很惭愧,一时不知说什么好。吴宏目光炯炯有神地看着我,面带笑意,我有些不好意思,连忙岔开话题:"那你怎么知道老头儿不是和尚的?"

吴宏脸上的笑容慢慢消失,神色变得严肃起来:"我不知道,这是诈他的。没想到竟然是真的。"

第二章　神秘机构

　　我虽然看不清楚，但隐约感觉湖水并不清澈，有些发黑，看样子也是一片深水。现在皓日当空，水面很是平静，不过虽然倒映着周围的绿树巅峰，但总感觉那暗黑的湖面有些阴冷，一眼望去我竟莫名其妙地感觉到一阵寒意。
　　吴宏也注意到了山下这片深水。他沉默了几分钟，抬眼看看我，示意我坐到他身边，还没等我动身，就听见他轻轻地说："小孙，我想你也看出来了，我不是个普通的战士。"

吴宏的分析

　　听闻这话，我也感觉非常奇怪。吴宏接着说："一个和尚怎么会有女儿？想想也知道不对头，这中间肯定有什么故事。这和尚到底是不是真的我不清楚，但我想至少应该诈他一诈，没想到……"吴宏苦笑了一下，"不知道算我运气好还是差，竟然蒙对了。"

　　原来是这样。我看吴宏的样子不像是撒谎，听上去他说的也很有道理，只是既然这人不是和尚，那到底什么来头？这古寺里的和尚哪里去了？

　　我突然想起后院的父女二人，忙对吴宏说："那两人还在后院，应该已经歇息得差不多了，不如过去看看。反正现在也这样了，直接问他不就行了？"

　　吴宏点点头："和我想法一样。别看这老头儿想一棍打死我，那不过是护女心切，可以理解，土匪嘛！"他笑了笑，看来现在已不介怀自己被暗算的事。"叫你出来也是给他们考虑的机会。刚才局面太尴尬了，我怕老僧情绪一时转变不过来，硬问下去反而可能砸锅。刚才咱们也说清楚了，现在应该想通了，去问问正是时候。"

　　于是我俩顺着小路走向后院，我甩了甩胳膊，已能稍稍活动，看来果然像吴宏说的并无大伤，我也放心了许多。抬眼间，看见老僧和女子坐在后院两个树墩上休息。

　　走近看，两人脸色已经正常，特别是老僧，不像刚才那样气喘吁吁，情绪平静了很多。看我们过来了，女子一下站了起来，看上去十分紧张，倒是老僧摆了摆手，女子才又面带忧色地坐下。

　　吴宏面带微笑地走到老僧面前，轻声说："老师傅，现在明白我刚才没骗你了吧？我真的是部队的人，介绍信你还是过过目吧，别再有什么误会。刚才的事让你受惊吓了，我给你赔个不是。"说着深鞠一躬，表示歉意。

　　这话说得诚恳，老僧脸色明显舒缓多了。他挪动一下身体，换了个舒服的位置，轻抬一下胳膊，眉毛一扬说："你们到底想要干什么？"

　　吴宏没有接他的话茬，只是为老僧递上一勺水，说："师傅可否说说到这寺庙的经过，给我两人开开眼界？"

老僧看来对这话很是受用，抬了抬眼皮看看吴宏，思虑一会儿，他像下了决心似的说："小伙子，看你身上确有那么一股军人气派，刚才也言之有据，态度诚恳，我姑且相信你的话，就告诉你吧。"他喝了一口水，缓缓地说："你刚才说得不完全对，我是和尚又不是和尚。"

听了这话，别说我，连吴宏都怔住了。

老僧低头又呷了一口水，自顾自地说："我从来没有见过两位，刚才听你说起我的身份，便很是诧异。不过看这位同志的身手，你定然有着深厚的功底，是个见过世面的人。可叹我虽年事已高，毕竟有些阅历，刚才你诈我时竟然没有觉出有破绽，实在是惭愧。"

这番话显然是对吴宏说的，我看看他，吴宏脸上很平静，只是微微地笑了笑。

老僧放下手中的木勺，向前探了探身子，突然问吴宏："同志，你要我从何说起？"

迎着老僧怀疑的眼神，吴宏神色自若，咧嘴一笑："师傅，你好歹也算半个出家人，就不要布迷魂阵了。我问你怎么来到这寺中的，你知道的都但说无妨，我心里自然有数。况且有些事我还是不开口的好，你心里也清楚，这和尚你当得不舒服，从何说起就请自便吧。"

这话说得很艺术，听着好像对对方情况很清楚，其实等于什么都没说。

老僧一听果然中计，脸上露出一抹沮丧，语气也虚了许多："我怎么来到这里？不是无奈我会在这里当这和尚？"

我一听，心中暗喜：看来这和尚要说实话了。

恐怖之旅

和尚眯着眼睛，思绪仿佛已经飘远，以下是他的回忆。

"我的确不是和尚。当年我只是这附近小城里的一个生意人，经营些茶叶，家里有一子一女，儿子十几岁，女儿只有三四岁，平日里两人唧唧喳喳，煞是可爱。我那妇人知书达理，勤俭持家，十分贤淑，日子过得倒也有滋有味。后来，狗日的鬼子就来了。

"南京沦陷了，我们就在附近，唇亡齿寒，自然也不能幸免。城里布满了荷枪实弹的日本军人，肆无忌惮地大开杀戒，街上哭声一片，随处可见老妇、婴儿的尸体，那……那真是人间地狱啊！

"那天我从外面探查风声回来，还未进家门就看见门前有一摊骇人的鲜血！接着我就看见……我看见我媳妇瘫倒在大堂里，上身衣衫不整，几近赤裸，满脸是血，已经死了！旁边站着四个鬼子，正大声嚷嚷着什么，满脸怒气，我一看便知道，一定是这帮畜生想糟蹋我媳妇，她宁死不从，情急之下撞死在门柱上了！想她平日斯文安静，说话细声细气，没想到竟是如此刚烈！孩子他妈啊！"

这惨烈的一幕虽然只是从老僧嘴中说出，却已经让我和吴宏深感震惊了。尤其是我，因为年轻，对那段历史并不熟悉，虽说从长辈口中已经知道日本鬼子是多么凶残，杀人放火，无恶不作，只是像这样的场景从未想到过。我听了热血上涌，牙齿不由紧紧咬着，肌肉也绷紧了。

没想到，更让人切齿的还在后面。

"我又害怕又愤怒，目光一转，竟然看到我的儿子横卧在离她母亲不远的地方，脑门上一个碗大的窟窿，已经断气了。我往地上望去，他身后有一条长长的血痕一直拖到我的近前，看来门口这摊血是他留下的。再看看正在擦枪托的鬼子，我顿时明白了，恨得几乎发了疯！

"我儿子一定是不甘母亲受辱，拼尽全力抱住鬼子大腿不放，被那丧尽天良的畜生拿枪托活活打死的！

"我当时脑袋里一片空白，全身的汗毛一下都立了起来，心脏像被一只大手攥住了一样，憋得难受，只想冲进去与这些狗日的拼命，就是死了，我也要把他们拖下鬼门关！因为是在门外，里面的鬼子并没有注意到我。我两眼充血地站起身来，正准备冲进去，突然有一只手一把把我拉住，我刚想挣脱，就有一个熟悉的声音在我耳边低声说：'别出声！你不想报仇了?！'我回头一看，竟然是隔壁的赵二狗。他家境一般，只靠在外面打零工糊口，我手头宽裕时也时常接济他几个小钱，关系自是不错。这几天兵荒马乱的，也没有注意他去什么地方了，不想却在这里碰上了。

"二狗将我的嘴巴捂住，用眼神示意我退后，我哪里肯答应，只呜呜作响想与鬼子拼命。二狗急了，一巴掌扇在我脑门上，打得我脑子嗡的一下，顿时冷静了些。我不再挣扎，随着二狗退到一旁，来到离我家不远的一个隐蔽的巷子口，二狗气喘吁吁地跟我说：'你疯了？现在进去不是找死？得找机会找这帮杂碎报仇，就这么死了岂不窝囊？'

"我没有说话，只是眼睛充血地看着二狗，二狗见我神情有所改变，知道他的话起了作用，舒了一口气，问我：'家里人都在里面？'

"我知道二狗不忍心问我家人是不是都遇害了，便这样委婉，不过这倒提醒了我，刚才没有看见我幼小的女儿！我突然意识到自己有多草率，如果刚才进去送了命，而女儿还活着该如何是好？我对得起她死去的娘吗？

"我和二狗在巷子里只待了一会儿，几个鬼子就大摇大摆地从我家离开了，我恨不得当场咬死他们，却只能远远地注视。等他们一走，我便疯了一样冲进家中，找了床床单将孩子和他娘的尸首盖上，然后我忍着泪水，急切地找寻女儿。

"二狗也进来同我一起寻找，他警惕性很高，不时伸出头去张望几下，以防鬼子回来。家里一片狼藉，所有的柜子箱子都被砸烂，连床上的木板都被撬得全是窟窿，碟子盘子碎了一地，混着肆意流淌的血，令人触目惊心。我和二狗翻来覆去地找了许久，却没有找到她，一个不到四岁的孩童能去到哪里？如果她也遇害了，至少应该有个尸首，谁料这偌大的几个房间，居然没有发现她的一点踪迹！

"我急坏了，女儿哪里去了？

"我顿时变得失魂落魄起来，整个人仿佛被抽空了，似乎连说话都失去了力气。原本幸福的一家转眼家破人亡，我仅剩女儿这么一个亲人了，而她又不知所终，说不定已经被哪个鬼子挑死在街头……我当时胡思乱想起来，索性一屁股坐在大厅中央，号啕大哭。二狗默默地陪着我流泪，过了一会儿，他抹了抹眼泪，拍拍我的肩头说：'大哥，我说句难听的话，现在这情形，找到了还不如找不到，至少我们没看到女娃的尸体，说不定被什么好心人救走了。别伤心了，你得好好活着，别让闺女没了娘再少了爹啊！'

"我点点头，暗下决心，无论如何也要活下去，一定要找到我那可怜的女儿，这乱世中她孤苦伶仃，已经没有了娘，我不能再让她变成没爹的孩子。如果我那孩子确实已经不在了，那么我也不打算苟活，找个时机与鬼子同归于尽，能拼死一个是一个，给他们娘儿仨报了仇，再与我那一家人黄泉相见，也

第二章　神秘机构 | **45**

算团圆了……"

老僧似乎说得有些累了，咳嗽一声，吴宏连忙递上一勺水："老人家，歇歇再说，不着急。"然后他侧身看看旁边一直低着头的女孩，"姑娘，你这些年受苦了。刚才我们多有得罪，还望你别怪我们。"

女孩依然面露怯意，看着吴宏往后退了退，嘴角牵了一下，却始终没有笑出来。

老僧看吴宏和他女儿说话，回头看看女儿，眼神中满是慈爱，他柔声对女孩说："别怕，他不是坏人。你也听见了，刚才那是吓唬我们的。"

然后他回过头对我和吴宏解释道："失礼了。她心里清楚，只是说不出话来。"

我一听明白了，原来这女孩是个哑巴。

吴宏站起身来，看看女子，脸上露出些许遗憾："可惜了，多清秀的姑娘。"

凭着一路上的了解，我总觉得吴宏刚才的神色有些不对劲，但还是说不出什么来。

老僧挣扎着站起身来，指指大殿说："不如去里面歇息吧。你这一脚着实有些力气，我这把老骨头受不住啊！"

吴宏握拳做了个道歉的样子，言辞恳切："失礼了，实在是对不住，老人家，给你赔罪了！"

吴宏一直注视着女孩，直到她从拐角处消失，才把目光转到老僧这里，他一开口就问："师傅，你刚才说你被赵二狗救了，后来去哪里了？"

老僧已经恢复了精神，叹息着说道：

"二狗和我得躲避日本人，日子过得提心吊胆。我因为要寻找女儿不能离开，二狗是个光棍，加上他生来一身江湖义气，竟然一路陪着我，我很是感激。但兵荒马乱的，要找一个几岁的小孩，谈何容易，我仔细探查，始终没有消息。那天我和二狗正在原来的茶铺附近逮些街边的熟客询问，没想到突然之间众人脸色陡变，争相跑走，那神色就像见了鬼一样。我知道是鬼子来了，日子久了我们多少也有些经验，便和二狗专挑偏僻的小道跑，一路急奔，钻到一条小巷中。

"正大喘气，却听到背后一阵拉枪栓的响声。回头一看，竟是一队鬼子兵，全副武装地站在我们身后，十几条枪对着我们。看来我们正好碰上巡查的队伍了，我心一下凉了，没想到才躲开虎豹又碰上豺狼，看来今天要死在这里了。我心里一股悲凉翻腾起来，可怜我女儿生死不明，我今生今世也见不到她了。

"当时我和二狗束手无策。对面一个军官模样的鬼子哇啦哇啦叫了几句，就上来几个士兵，冲我和二狗肩膀一人一枪托，然后生拉硬拽将我们拖入后面一行人中。待我从疼痛中缓过劲来，定睛一看，才发现原来这十几个日本兵后面还有几十个中国人，被几个鬼子押作两队，我和二狗就被强行充入其中的一队。

"仔细观察，这两队人还是有区别的。一队人明显强壮一些，只有几个年纪稍大，我们在的这一队则不分高矮胖瘦，都是混杂在一起的男人。我正纳闷，那军官突然来到二狗面前，左看右看，然后指着二狗对旁边的士兵哇啦几句。那鬼子一把将二狗拉出队伍，用枪一杵，摆摆头示意二狗加入青壮年居多的队伍中。

"二狗脖子一梗，怒视持枪的鬼子，不料刚一抬头就挨了一枪托，腰上又被踹了一脚，当即跪倒在地，额头上也流出鲜血。他艰难地站了起来，毫无惧色，执拗地瞪着鬼子，眼珠子通红通红的，脖子上青筋暴出，拳头紧握，眼见就要拼命！我见这情形比二狗还要着急，别看这二狗当初劝我偷生，要犯起浑来他就是一头倔驴，比我犟得多。我急眼了，生怕鬼子发狂把二狗一枪崩了，性急之下大吼一声：'二狗，你疯了！忘了你当初跟我说的话了？'二狗抖了一抖，眼睛里突然盈满了泪水，他回头看看我，又看看怒目而视的鬼子，狠狠地跺了一脚才慢慢地走进队伍中。我知道二狗是为了我才没拼命的，他无家无口，早已不在乎生死，要不是为了我，他一个血性汉子哪能忍下这口恶气……"

吴宏打断了老僧的回忆，问道："你刚才说二狗的队伍里还有几个年长些的人？"

老僧点点头。

"我当时看见有几个年老的男人在队伍中，夹在一群青壮年间，十分显眼。两队离得不远。二狗闷头往前走，嘴里却小声对我说：'大哥，不知道我们要去哪里，得想办法逃跑啊！'他的声音虽然不大，但我仍然吓了一跳，担心旁边的人告密。那时中国人里总有些败类，猪狗不如，只想苟且偷生，甘心为日本人驱使，这种人简直比鬼子还可恨！"

老僧说到这里狠狠地咬了咬牙，不知想起了什么。

鬼子的石场

"还好没有人吭声，甚至没有人抬头看我们一眼。我不知道是不是有人听见了，看看二狗，只小声'嗯'了一下，然后低声提醒他：'说话注意点。'二狗明白我的意思，也觉得这么商量有些危险，便又不言语了。我观察了一下情况，鬼子人数众多，防范得又十分严密，想趁鬼子不注意逃跑是没什么希望了。我有点沮丧，抬眼看到离鬼子驻地越来越近了，心里着急万分。突然，旁边的二狗又说话了：'大哥，你看见我前面第五个人了吗？'

"我稍稍抬头，朝着二狗说的方向暗数了一下，只见第五个是一个佝偻着背的中年人，四五十岁，侧面看去脸色黝黑，肩很宽，他垂首拖腿慢慢往前走，腿脚稍显不便，但也不引人注目。我轻声说：'看见了，怎么？'二狗稍稍侧了侧脸，眼睛里亮光一闪，说：'我认识他。'

'这人什么都干，跟我差不多，担货、拉车……我是在外面打零工时和他认识的。他叫孙良，不是镇上的，住得很远，所以并不熟识，没说过几句话。不过他一条腿瘸了，我们都叫他孙瘸子。他怎么也在这队里？'

"我还未接话茬，一抬头，竟然已经看见日本军营地的膏药旗了，马上把这事搁到脑后，心想这下完了，不知我两人的命运将会如何，难道会受尽折磨死在这地狱般的地方？鬼子看到了目的地，精神抖擞起来，大声呵斥我们，我虽然心里恐惧至极，却也只能默默地朝着那里前进，心里充满了绝望。

"没想到日本人根本没有打算让我们进驻地。到了门口，我们看到有三辆绿色的军用卡车停在那里，日本军官吩咐了句什么，鬼子兵开始拿枪驱赶我们上车。车上已经密密麻麻的全是人，大家脸色苍白，一脸木然地看着我们，我找了一个角落，抱膝蜷缩在那里，不再言语。日本人将汽车的后门关上后，我听到外面几个鬼子哇啦哇啦地争辩了一会儿，我当然听不懂他们在说什么，凭直觉似乎是在商量什么事情。

"突然我身体猛地前倾，整车的人都剧烈地抖动了一下——汽车开动了。翻江倒海地颠簸了一路，汽车在一阵难听的嘶鸣声中停了下来，不再动弹了。

我已经两眼昏花，突然眼前一片白亮，刺得我又一阵头晕。周围的人纷纷骚动起身，哭喊拥挤，目的地到了。我踉跄着爬下车厢，已经适应了光线，张目四望，惊讶地发现，这里竟然是一个巨大的采石场。

"只见那石场里已经有了许多劳工，几十个鬼子持枪警戒，逼迫劳工们开山采石。他们个个衣衫褴褛，瘦骨嶙峋，看样子不知吃了多少苦头。我只看了几眼就胆战心惊，想到日后要和他们一样，暗暗叫苦。

"待我明白原来我和二狗的车已经分开了，顿时变得忐忑不安起来，这时鬼子开始驱赶我们来到几个简易的帐篷前，几十个人零零散散地站着，都面带恐惧地左顾右看，不知下面会发生什么事。这时，一个瘦高的鬼子来到队伍的前方，一开口居然是一口流利的中国话：'乡亲们，太君征用大家来帮忙采集石头，以备战时使用，希望大家不要偷懒，尽心干活儿，等工程完了自然有赏钱。如果有谁胆敢想逃跑的，格杀勿论！'

"话音刚落，我就听见人群中有人狠狠地骂了句：'汉奸！'我马上明白了，这人是个翻译，肯定是个投靠鬼子的中国人。他说的这前半句还像句人话，后面就是赤裸裸的威胁了，大家看着这没骨头的败类眼里都冒出火来，恨不得把他扒了皮吃肉！等这狗翻译说完，鬼子马上冲过来，用刺刀逼迫我们到石场劳作，后面的日子自然苦不堪言，累得筋疲力尽不说，每天还只给吃点稀饭糊糊。入冬了，天气愈来愈冷，我们毫无御寒衣物，冻得不行，那狗日的翻译为谄媚鬼子却说多干活儿就暖和了！期间也有几人策划逃跑，但鬼子看守严密，都被抓住处死，还把头颅高高挂起在旗杆上示众，众人又恨又怕，都暗自垂泪。白天没有休息，晚上睡的地方又阴冷潮湿，在这种环境下很多年纪大、体质弱的人都含冤死去，鬼子担心尸体腐烂引起疾病，就抬到一侧焚烧掉。常常是我们在这里搬石块，不远处就黑烟冲天，昨日还一起聊天的兄弟今天就化作灰烬，尸骨无存了！

"我每天在心里默默算着，晚上就找块石头画线计日，转眼过了一个多月。这天我正同一个工友奋力将一块巨石凿薄，看见一辆军用卡车轰隆隆地驶了过来，这些日子每个星期都会有卡车前来装载石头，然后运到别处，我已经习惯了，便没有十分在意。卡车慢慢停在离我不远的空地上，停稳后车厢门打开，跳下几个鬼子，呜哩哇啦地冲车厢内挥手。过了一会儿，一个人慢腾腾地爬了下来，等他落地一回头，我愣住了。这人竟然是孙良。

"要说这平时也不是没有跟车的，主要负责把石头搬上车，都是些健壮的伙计，因为不认识我也并没在意。现在看见孙良倒是让我十分吃惊，想他年纪已大，还是个瘸子，这种力气活他哪干得来？难道他在别处得罪了鬼子，故意让他来干这些折磨人的苦差事刁难他？不过真是那样的话，直接一枪打死不是省事？因为有这些想法，我观察得就仔细了些，谁料越看越不是这么回事。这帮鬼子里一个领队模样的人似乎对孙良还稍显客气，并不让他搬运东西，只是拍拍他的肩膀，指指点点。孙良点点头，蹲了下来，好像在检查凿出的石头，不时抬头说句什么，但显然鬼子听不明白，摆摆手打了个指挥的手势，就抄着手去一边歇息了。

"这时从车上又下来几个壮汉，因为注意到了孙良，我就觉得这几个人似乎也有些眼熟，看来同样是二狗那队里的。鬼子对他们可就不客气了，警惕性很高，黑洞洞的枪口始终对着他们。孙良每示意一块石头，鬼子就命令壮汉搬上汽车，这样挑选了一会儿，汽车似乎满了。领队的鬼子招招手，和石场里的打个招呼，上车开走了。

"我算是看明白了，原来孙良只是负责挑选石头，难道这就是他被编入那队的原因？不过这些鬼子挑选石头干什么呢？虽然这些问号都在我脑海里萦绕，但不过一会儿工夫就被我抛到脑后，因为我有了一个让我激动不已的想法。

"我想，既然这车上的人是二狗那队的，说不定哪天二狗也会跟车过来，想到这点后，我就留心起这辆卡车来，我偷偷记住了它的车牌号，平日干活的时候一有卡车驶过便抬头看。因为心里有数，就发现这辆卡车隔三差五来一次，但时间上并无规律，有时十天半个月也不见踪影，有时却很频繁。几乎每次孙良都会跟车过来，但负责搬运的人却不尽相同，对我来说这当然是好事，我留意着这些人中有没有二狗，日子久了几乎成为一项每日必做的功课，不过过了很久也没有任何进展，心里不由焦躁起来。看着石场旁边触目惊心的一堆焦黑的骸骨，我的心一天天沉了下去：难道二狗已经不在了？

"终于有一天，我看到车又来了，孙良从车上爬下来后，我紧盯着后面下来的几个人，仔细打量。突然，一个熟悉的身形映入眼帘，我的心跳得厉害，等他转过脸来，我几乎叫出声来：果然是二狗！

"虽然知道是二狗，我还是大吃一惊，没想到他憔悴成那个样子！原来十分健壮的身体已经干瘪下去，上身还隐约露出肋骨，脸上有几道血印，一件不合身的破棉袄用一条麻绳扎在腰间，一看便知受尽了磨难；不过他眼神还是十分明亮，看来精神尚好。我看到二狗非常高兴，几乎忘乎所以，等稍微冷静才发现要接近他得用些手段，不然恐怕不但无法和他搭话，估计还得搭上性命。二狗并没有发现我，只是闷头干活，旁边看押的鬼子看来已经熟门熟路，眼神不时扫一下他们，嘴里念念叨叨，像是在聊天。二狗等几人跟在孙良身后，松垮着身体甩手等待，孙良不时对着几块石头左看右看，不知是真的用心还是故意拖延时间好多休息。我看孙良边走边往这边靠近，突然有了主意，捅捅身边一起干活的伙计，小声说：'兄弟，帮个忙，和我抬着这块石头往那人那边走几步。'

"我们抬着这块石头小心翼翼地往前挪了几步，正赶上孙良也低头踱了过来。到了仅有几步远的地方，我看小鬼子没有注意，便抬头轻喊：'兄弟，你看看这块石头咋样？'孙良一抬头，一脸的不解，似乎不明白我们给小鬼子干活为什么如此殷勤。背后的二狗闻声扫了过来，马上变了脸色。我知道他肯定认出我来了，放下心来。只见二狗弯下腰，拍拍孙良的肩说了句什么，孙良便摆出对这石头很感兴趣的样子，佯装观察走了过来，二狗他们自然紧跟其后。不料，这时一个鬼子发现他们离军车越来越远了，似乎感觉到有什么不对劲，把枪横了过来，身体一下站直了。我暗叫糟糕，手上麻利了很多。这时二狗他们已经将石头搬了起来，我趁机装着帮扶，找个空隙正靠在二狗旁边，一路跟他们踉跄而去。狡猾的鬼子发现我不是跟车来的，还未等我靠近就神色严峻地大声叫嚷，枪口一挑一挑的，让我离开。我面带笑容假作不知，大声说：'太君，我帮忙，我帮忙，嘿嘿！'眼看鬼子不买账，已经到跟前了，我赶紧低声问二狗：'你去哪里了，在干什么？'二狗没有看我，只是直视着已经到我们面前的鬼子。我看鬼子怒气冲冲地把黑洞洞的枪口冲着我，赶紧撒了手，心里失望至极，没想到好容易见到二狗一面居然连话都说不上。就要转身离开的时候，我听见二狗用几乎听不见的声音快速地说：'山里，修寺庙！'"

"什么？这寺庙是日本人建的？"

看到我和吴宏惊讶的样子，老僧并不吃惊，他笑了一下。

"虽然与二狗只有这么一次短暂的接触，但是至少知道他安然无恙，心里踏实了很多。说来也怪，自从那次见面后，二狗也频繁地出现在石场，不时能

第二章　神秘机构　51

够看见他随孙良跟车运石，我见了自然非常高兴，便想方设法接近他们。好在押车的鬼子并不固定，所以没有引起他们的怀疑，渐渐地我与二狗能够说上几句话了，当然是在搬运石头的间隙或者我佯装给他们送水的时候。二狗断断续续地告诉我他们被带到深山中严加看管，建造一座寺庙，样式格局都与中国寺庙相差无几。孙良由于有山里勘石的经验，被日本人指派负责挑选石头。他们离这里很远，日本人看守得很严，终日劳作，十分辛苦。这天，我正与石场的一个劳工一起搬运石头，看见那辆绿皮卡车又驶了过来，汽车打开，人群中却没有二狗的身影，我有些失望。跟车的鬼子又开始在石场空地上聊天，我听见他们面带怨恨地说着什么，不时叫喊几声，似乎有什么不满。正在这时，旁边一个和我一起搬石头的劳工沈逸之突然脸色铁青地骂了一句：'×你妈，天杀的小日本！'

"他是最近几天才被抓到石场的壮丁，长得白白净净，很是斯文。因为刚来不会干活很吃了些苦头，都是落难的中国人，我看他可怜，主动带他一起，教他一些避开鬼子视线和偷懒的办法，因此我们关系很好，平时以兄弟相称。见他反应这么激烈我有些吃惊，他到这里从来说话都客客气气的，显然受过良好的家教，从没听到过他骂人，不知今天是怎么了。于是我问他原因，沈逸之恶狠狠地说，这几个鬼子在抱怨自己堂堂帝国士兵，被派去看管修寺庙的劳工。说南京城里有两个鬼子在比赛砍人头，已经决出胜负了，如果他们去一定能有更好的斩获！我×他妈的！

"我听了气得一股热血直往上涌，这帮畜生完全不把我们中国人当人看，真应该天打雷劈、噬骨啖肉！愤恨中我也骂了句粗话，同时觉得奇怪，问：'你懂日本话？'沈逸之点点头：'我早年学过日语，但很少有人知道。'我看他的样子也像个知识分子，便对他有些尊敬。那时读过书的人很少，我们这些老百姓对这样的人本就怀着一份敬畏，同时我猜想他一定是不愿给日本人做翻译，所以对自己会日语的事缄口不言，这就更加让我敬佩了。

"这时旁边一个鬼子拍拍另一个人的肩膀，说了句什么，对方才露出松弛的表情来，同时有些高兴地询问着什么。我看见沈逸之低头不语，却全神贯注地在听，便悄悄问：'他们又说什么？'沈逸之说：'刚才那个小日本说听他们长官说寺庙马上要完工了，个把月应该就可以交接，他们离开那里的日子不远了。'我听了心一下像掉进了冰窟窿一样，如果是这样，二狗会不会被带到别处，我以后再也见不到他了？

"后来我就再也没有见到过二狗，我不知道他到底是死了还是去了别的地方做苦力，心中十分凄凉。不过日子久了，无奈中也只能慢慢淡忘，毕竟我还要生存。等我们这石场的工程做完，日本人又准备让大家去别的地方，我找了个空子，和沈逸之千辛万苦、九死一生才逃了出来，中间的惊心动魄就不说了。"

老僧眨了眨昏花的眼睛，说："逃是逃出来了，沈先生却和我失散了。我没有办法，只好自寻生路。这小城镇是待不下去了，因为听二狗说女儿在寺庙中出现过，我便打算按照地图找到寺庙，就算女儿不在了，至少也要看到尸骸我才死心！"

"但这寺庙哪有那么好找？我费了九牛二虎之力，不知磨破了多少双鞋子，才寻得它的所在。本以为找到寺庙事情就容易多了，谁料竟有一群荷枪实弹的日本军人驻守，远远望去寺庙中还有一些装束不似平常和尚的僧人进出，十分热闹。我观察久了才明白，那些人是日本僧人。

"我远远张望，毫无办法，只好在山下一个村庄乞讨度日，隔段时间上来偷偷查看情况。这样一过就是几年，中间有几次差点命丧鬼子的枪口下，被人谩骂殴打、狗追猫咬就不必说了，不过不管多惨，我都抱定一个念头活了下来：没见到女儿死也不离开这里！

"后来有一天，我上山再来看的时候，却意外地发现，往日人来人往的寺庙今天居然空空如也！我非常诧异。因为不知有什么古怪，就小心地上前查看，刚走到庙门口，就发现门前散落着一些膏药旗和军装碎片，零零散散到处都是，搞得寺庙门口一片狼藉。我不知道日本人为什么弃庙而去，也没有细想，只是欣喜若狂，想都没想就冲进寺庙查看。要知道我想进这寺庙已经数年了，好不容易有机会，哪管得了那么多！想到女儿，其实我心里也知道，二狗虽然说的是实情，但是多年过去了，想找到她谈何容易！虽然当时见过，那又能如何？别说活人，就算是后来不在了，现在估计连尸骸都找不到了。小日本走得匆忙，留下偌大一个庙宇。院子里破布烂衫、撕扯成碎片的膏药旗到处都是，十分荒败。我看着满殿神佛，感觉就像是一个天大的笑话。昨天这些畜生还耀武扬威建庙庆功，今天定是轮回报应，皆入阿鼻地狱了，真是善恶终有报！我已无任何亲人，若非女儿生死不明，活着对我来说早就没有什么意思了,索性就在这寺庙中做了和尚。我心中始终记得:二狗说过,我女儿在这里出现过。我相信他。只要我活着一天,我就守在这里等女儿回来!她年纪虽小,但已经有了记忆,如果还活着,说不定能够记住这寺庙,哪天回到这里和我重逢!"

老僧说到这里,仰头长叹:"苍天有眼!我在这里苦等数年,终于盼到女儿回来了!这些年我度日如年,望眼欲穿,等她等得已经老眼昏花,几乎半瞎,父女相见我几乎哭死过去!我佛慈悲,几年来我全心向佛,早晚诵经祈祷,一片诚心终于没有白费!"

老僧擦擦眼角流出的几滴浑浊的老泪,从父女相遇的喜悦中回过神来:"让你们见笑了。反正我在这里也已经习惯了,就和女儿在这里住了下来,没想到有缘碰上二位,还阴差阳错有了这样一段蹊跷的际遇,真是缘分啊!"

老僧一口气说完,心里舒畅了很多,仿佛放下千斤重担一样抖了抖僧袍,重新露出笑容:"事情大概就是这样,我刚才说了,我是和尚又不是和尚,原因就在于此。二位耐着性子听我絮絮叨叨,辛苦了。"

恐怖骨头

听到这里,吴宏稍稍迟疑了一下,刚要张口说什么。不想从大殿顶部突然传来"咣当"一声巨响,像是一块石头狠狠地砸在了屋顶。因为心里紧张,我的注意力全在老僧那边,对此毫无防备,当即吓得一哆嗦,差点一屁股坐在地上。

吴宏也吃惊不小,猛地撤身往后面一窜,瞪着眼睛看着大殿顶部一动也不动,几缕尘土一下子扑面扫来,呛得我刚要咳嗽,一双大手用力捂住了我的嘴巴。

吴宏冲我使个眼色,对着门外指了指,我会意地抬步轻轻迈了出去。

出了大殿抬头往上方看去,天高云淡、灰屋青瓦,并无异常,不过房顶我们上不去,有什么情况也未可知。吴宏看了大殿房顶几眼,就把目光投向地面,不一会儿就从地上捡起了什么,他抬手递给我说:"你看,房顶上掉下来的。刚才这上面一定有什么东西。"

我看看他手中那块暗青色的瓦片，知道是从房顶碎裂后滑落下来的。当时心里就感到有些发冷，刚才那声巨响委实吓人，如果是房顶上有什么东西，力道一定大得可怕。难道夜间碰到的那玩意儿白天也会出来？

我马上害怕了。虽然外面阳光普照，晴空万里，但还是觉得身上冷飕飕的。不会是那东西一路尾随我们到了这寺庙中吧？

吴宏脸色严峻，想必和我想法差不多。他扭头看看一旁呆立的老僧，问："老师傅，这附近有什么野兽出没吗？"

这话一出口，老僧就不自觉地哆嗦了一下。他结巴着回答："没有啊……我一把老骨头，要是有什么野兽，还敢在这里常住？"

听着也有些道理。不过这更让我提心吊胆，附近没有野兽，那刚才房顶上的是什么？正胡思乱想着，打眼一看，吴宏不见了。

我赶紧四处寻找，便看见庙门口他一只脚一闪而过，原来是出门去了。

几步追赶上去，我回头看看，老僧并没有跟来，想必是恐惧加上腿脚不便的原因。这样也好，正方便我们商量，于是我贴着吴宏急问："怎么，你发现什么了？"

吴宏摆摆手，没有回答。等走到大殿后方，他开始在乱草密林中细细找寻着什么。我丈二和尚摸不着头脑，只好呆立在一旁，看他一人忙碌。

这山川之间的丛林十分茂密，树枝长短不一，因为终年不见阳光，其间一些烂泥堆积一处，臭气熏天，吴宏用手遮掩口鼻瞪大眼睛弯腰四处搜索，忙得不亦乐乎。过了很久，吴宏猛地站起身来，从兜里掏出一块布帕裹住并捡起一块白色的物什，长长弯弯的，像是一把柴刀，不过举起时居然没有反光。

我好奇地凑上前去看，不想一眼望过去，马上后退了一步。竟然是根长长的骨头。

我感到脚底有股寒气升上来，心里一下子炸了锅，各种想法翻腾了起来：光天化日地找到这么长一根白骨，不知是什么东西留下的？难道是……嘴里不由说出了声："不会是埋了什么东西的尸体吧？"

话音刚落，就听见吴宏说："这是人的大腿骨，我见过。这里埋没埋东西我不知道，但这肯定不是地里埋的骨头。"

一听说是人骨，我鸡皮疙瘩一下子起来了。不过吴宏后一句话听着蹊跷，便问："这是为什么？"

吴宏一下子把那块大骨头举到我面前,脸色铁青:"你自己看,这骨头是新鲜的,肯定死了没多久。"

这么近的距离看到一块人骨,白花花的骨碴子触目惊心,在阳光下居然还有些湿润,显然是刚从什么人身上剥下来的。等看到那长长的骨棒上居然还挂着丝丝碎肉,再也忍受不住,当场扶着一棵树干干呕起来。

吴宏默不作声地回到了寺中,进门之前,他先找了个树洞把骨头放了进去,这才不慌不忙地往大殿而去。我不知道发生了什么事,只是看看门外那树洞感到心惊胆战,心里充满了疑问。

等到了大殿之中,吴宏先是意味深长地看了一脸惊恐的老僧一眼,然后才在旁边的竹椅上坐了下来,说:"老师傅,你知道刚才是什么东西弄出的动静吗?"

老僧连连摆手说:"我哪里知道?我和你们一样第一次碰到,刚才还被吓得半死呢!"

我把吴宏拉到一旁,悄悄说:"你想明白那人骨头是怎么回事了吗?我觉得没什么好事,还是赶紧走吧,别又碰上……"我迟疑着,还是没把心里的猜测说出口。

吴宏看了看我说:"事情是有点麻烦……你不用怕,我回头再和你细说。一会儿我就问问他路上遇到的那和尚的事。设备的事你别着急,我都不急你怕什么?"

前一句话让我稍稍宽了些心,后一句话却让我差点叫了出来:白花花的骨头你没看见吗?这附近肯定已经死人了,你还气定神闲地在这里纠缠?

从大殿出来后,温度明显高了,我身上生了一层细汗,黏糊糊的,很不舒服。看看老僧穿着粗布僧衣仿佛没有感觉,吴宏也坦然自若,似乎都不觉得热,我只好也不吭声。

突然,吴宏撩起衣服抖了抖,神情焦躁地说:"唉,这天气真是热,身上黏糊糊的,真是难受。师傅,我把外衣脱了,这样凉爽些,你不介意吧?"

时间稍长,我已经适应了温度,身上的汗都退了回去,听到吴宏这么说,不由暗自发笑,有些幸灾乐祸,心想原来你也如此,刚才都是装的,装了半天憋不住了吧?

老僧举手示意吴宏随意。吴宏马上起身,三下两下将衣服脱了,大喊:

"唉，舒服多了，这天还真热！"

他把衣服抓在手上，抖开了，然后就往旁边的竹椅背上放。就在这时，有东西从他的衣服口袋中飘落下来。我一看，是从路遇和尚身上掉下的方巾，心里顿时明镜一般：娘的，原来又是他的计策！

老僧也注意到了这方巾，脸色马上变了。

茶水有毒

虽然老僧神色有变，但也就是一瞬间的事，转眼就恢复了正常，说："荒郊野外的，也没什么舒适的地方，我先去给两位准备房间休息。"

"哪里哪里，我们到这里一直给你添麻烦，实在过意不去。"吴宏倒是镇定自若，顺手捡起方巾，拍拍上面的尘土，揣到口袋中，然后伸个懒腰。

老僧不自然地笑笑，意味深长地看了我俩一眼，转身离去了。我被他看得毛骨悚然，说不上来那是什么眼神，但有种不祥的预感。回头看看吴宏，他已经陷入沉思。看看四下无人，我忙问他："你看见老僧刚才那样儿了吗？会不会有什么问题？"

吴宏点点头说："你说他走的时候吧，我看见了。刚才我掉那方巾是故意的。小孙，现在我有件事告诉你，你别害怕。"

他不说害怕还好，一说我反而把心提起来了，但面上不露声色："怎么了？你说吧。"

吴宏看着我，一字一顿地说："我觉得这老东西想干掉我们。"

我觉得这说法有些牵强，虽然老僧刚才的眼神很犀利，也不至于要我们的命吧？便问吴宏："不会吧，刚才不是聊得好好的吗？怎么会转眼间就想杀我们？"

吴宏苦笑一下，回答道："凭我的经验，他在看见那块方巾的时候心里十分激动，在极力控制自己。人的眼神常常能够说明很多问题，有的人能很好地控制面部表情，却很难随意调控眼神。刚才和尚虽然脸上变化不大，但眼神充满了杀气！他虽然有些心机，但城府还是差了点。这和他刚才想杀我时可不一样，那时他临时起意，没时间考虑；这次是有备而来，吃饭时他应该已经琢磨怎样下手了，我们得精神点。"

我听了有些害怕，如果确如吴宏所说，这次老僧是铁了心要取我们性命，谁知道他又会玩出什么花样？不过更让我感到奇怪的是，区区一块方巾何以让他动了这样重的杀机？这方巾背后隐藏着什么样的故事？

虽然满脑袋问号，但想这些于事无补，还不如考虑怎么应对。吴宏看出了我的担忧，轻轻拍拍我，安慰道："别担心，这老头儿不是坏人，突然有这样大的变化，正说明这方巾背后有什么秘密，我们也算是摸到门路了。他虽然起了杀心，却没有多大能耐，我估计也折腾不出什么花样，一会儿静观其变就行。不过你务必看我眼色行事，不要轻举妄动。"

我点点头，吴宏看着我刚要开口说什么，突然把目光投向了我身后。

我回头一看，老僧笑呵呵地走进门来了，身后跟着那女子，手中端着把小巧精致的茶壶。

老僧不用我们招呼，已经落座，然后挥手让女子把茶水端来，对我和吴宏说："两位同志，我特地备了茶水，请你们喝点解渴。"

一听这话，我一下子坐直了，刚才吴宏的话犹在耳边，这茶里肯定有古怪！

来不及思索，女子已将茶水端到我们跟前，老僧自己从茶盘中取了一杯，又为我们各取一杯摆在近前，笑道："尝尝我亲自泡的上好龙井，是否地道？"

我心想别糊弄我了，这就想骗我上当？你就是说喝了长生不老我也不会喝！我脸上的笑意已经有些勉强了，眼睛余光向吴宏看去，他倒是笑得一脸诚恳，完全看不出异常。我不知如何是好，只得黑脸看看吴宏，盼他赶紧支招，这样一来场面就有些尴尬。

吴宏一直都没有说话，似乎在想什么，等我看他几眼，他才笑眯眯地开口了，话头却是冲着我的："你刚才不是一直问我品茶有什么诀窍吗？正好这是个机会，我就在师傅面前献丑，教你两招，有不对的再让师傅指正。你先喝一口品品，说说感觉，我看你悟性怎么样。"

我一听如同被人当头打了一闷棍，全身上下每一个毛孔都变得冰凉。妈的，你吴宏真是人面兽心，刚才说得好好的，现在却要害我！

电光火石之间，我突然想到，如果他要害我性命有的是机会，何必等到现在！难道这又是个计策？这可是拿我的性命开玩笑啊，不知这吴宏葫芦里卖的什么药。

这样一想，我端着茶杯的手就颤抖起来：这茶到底喝还是不喝？

吴宏看我犹豫，催促说："师傅泡的茶肯定是佳品，你可得好好品尝啊，还愣着干什么？"我不知吴宏用意何在，脑中一片空白，鬼使神差地，慢慢将茶杯贴上嘴唇。不知出于什么想法，那一瞬间我的直觉告诉我吴宏不会害自己，凭着这份脆弱的信任，我一咬牙就要往下吞。

就在这时，吴宏的一只大手果断地拉住我的胳膊，另一只手将茶杯拿了过去，往桌子上重重一放，些许茶水溅了出来。我扭头看去，吴宏脸上还是带着笑容，不过神情已有不同。他盯着老僧，不发一言。

老僧没有开口，吴宏却说话了："师傅，既然这茶是你精心泡的，我们先喝有失礼貌，我看还是你老人家先喝吧！"

老僧闻言一愣，不过马上回过神来，笑着说："那好，我就不相让了，待会儿大家喝完，我们再听听这小同志的高见。"说罢抬手就去端自己面前的茶杯。

谁料吴宏抢先一步把自己的茶杯拿了过去，猛地塞到老僧面前，做了个请的动作："老师傅不如尝尝我这杯，怎么样？"

老僧神色马上变了，笑容顿时消失，他看看吴宏，语调低沉地问："吴同志，你这是何意？都是一壶茶，哪杯不一样？"虽然语带责备，但我却看见他脸上略微有些颤抖，身子也僵硬起来，看起来十分紧张。

吴宏呵呵一笑："师傅，真让你说中了，这杯就是不一样！"

老僧听到这话一下从座位上弹了起来，他扭头看看在旁边困惑地看着我们的女儿，伸出一只干枯的手指指着茶水问："吴同志能不能说清楚，这茶水哪里不一样了？你说这话什么意思？"

吴宏却不着急，只是刚才一直堆在脸上的笑容已经不见了踪影，他眼光凌厉地说："你说呢？"

这话一出口，几乎就等于把事情挑明了。老僧几步走到女儿跟前，将她藏到背后，伸直右臂，对着吴宏厉声喝道："哼，既然被你发现，不如拼个鱼死网破！也算是为民除害了！"

这架势居然是大义凛然。吴宏和我一愣，还没反应过来，就听见老僧接着说："老天有眼，没想到十几年了，还给我机会找你们这些日本畜生报仇！"

话一出口，举座皆惊——什么？日本人？谁是日本人？

老僧的话无异于一记惊雷，把我和吴宏都震蒙了，连一旁的女子听了脸色都变得煞白，不由得退后几步。吴宏回过神来，直截了当地问："你说谁是日本人？"

老僧冷笑一声："你们还打算骗我么，晚了！我看到那方巾就明白你们的身份了，不要在这里装傻，说吧，你们打算干什么？"

我顿时明白了，这方巾还和日本人联系得上，看来这老僧在哪里见过它，再想起他刚才处心积虑想除掉我们的架势，原来他是把我们当日本人了，这可是不共戴天之仇，难怪如此拼命。这样想来，我脱口而出："我们不是日本人！"

老僧大怒，几乎喊着说："胡说！这方巾就是日本人的，你不是日本人怎么会有这东西！"

我看吴宏皱起了眉头，就知道事情的发展已经超出了他的预料，心里也没有什么好办法，争辩吧，又怕弄巧成拙，只得沉默不语。

只一会儿，就见吴宏站起身来，直言道："老师傅，实话告诉你吧，我们真不是日本人，这方巾是我们在一个路人身上捡到的，本来来这寺庙就是为了搞清楚这事，中间因为你女儿的事未及询问，才发生这误会。你刚才说这方巾是日本人的，有什么根据没有？"

老僧听了吴宏这话神色有些变化，狐疑地看着我们，并不回答吴宏的话，只是朗声道："你说不是就不是？谁知道你是不是又在骗我，刚才不是已经骗过我一次了？"

我不由苦笑，这才叫弄巧成拙呢，现在说实话人家都不相信了。转头看看吴宏，吴宏脸上也有些难看，挥挥手对老僧说："这样吧，你过来我跟你说件事，听完你就知道我是不是骗你了。"

老僧用困惑的目光看着吴宏，始终不肯上前，估计怕被偷袭，看来被吴宏骗怕了。吴宏也苦笑一声，叹口气说："这样吧，你把我兄弟绑上，由你女儿看管，如果我对你有什么坏心，就拿他是问，这样总放心了吧？"

我恨不得臭骂吴宏一顿，你可真不把我当外人，什么"好事"都轮到我头上，一路上我整个就是一受罪羊啊。怨归怨，也只能乖乖照做。其实吴宏也就是给老僧宽宽心，他要真是恶人，捆我有什么用？

老僧没想那么多，当真找来绳子把我捆在椅子上。吴宏把老僧拉到一边耳语了一通，老僧突然眼睛瞪得老大，惊讶地看了看吴宏，脸上的疑虑瞬间顿失。吴宏指指我，又指指寺外，说了些什么，老僧竟然变得恭敬起来，刚要拱手作揖，被吴宏用手挡下了。

就这么一会儿，这老僧态度一百八十度大转弯，快步走到我跟前，对女儿说："松绑，快松绑！"然后回头对吴宏笑笑："失敬啊失敬！"

吴宏摆摆手，客气地笑笑，然后轻声问老僧："老师傅，这下能和我说说这方巾的来历了吧？"

老僧点点头，一脸诚恳地说："应该，应该。不瞒你说，这方巾是当年二狗从日本人那里弄来给我的，是上面标注着这间寺庙位置的地图。"

我和吴宏听了十分吃惊，抢先就问道："二狗让你来寺庙的？他让你来这里干什么？"

老僧说："他告诉我，在这里看见过我女儿。沈逸之后来也告诉我，那天还听鬼子说这寺庙是为了庆祝'占领首都'而建的，一是为了昭示大日本帝国的赫赫战功，二是为了给那些战死的士兵招魂。他们走了之后会由另一批人接管，后面就不清楚了。几天后二狗又来到石场。这次他神色严峻，因为鬼子看守严密，他只找了个时机丢给我一块方巾，说上面有地图，还在那里看见我闺女了。话还没说完，旁边的鬼子看情况不对，把枪端起来抬腿就跑了过来，二狗赶忙挣脱离开了，就这样还被鬼子狠狠打了一枪托。他最后看了我一眼就上车离开了，眼神很复杂。但我拿到的方巾上什么都没有，我左思右想也不明白，二狗给我一块破布干什么？不过事发突然，我想这肯定是二狗舍命弄来的，便谁也没说，只是把方巾保存好。后来一次偶然的机会，因为下雨方巾浸了水，我才明白这中间的秘密——你们应该已经知道这事了吧？"

吴宏点点头，突然打断老僧，躬了躬身说："不好意思，师傅，我和兄弟借一步说话。"

不翼而飞的尸体

这家伙拉着我来到寺外，却又什么都不说，只是沉默地看着远处的山峦发愣。我被他搞得莫名其妙，就问："怎么了？"

吴宏转过头来，说："看来事情复杂了。你觉得这和尚说的话是真的吗？"

我想了想，点头说："我觉得应该是真的，这和尚没有骗我们的理由，你也说了，他心机不深，你看刚才他那拼命的样子……"说到这里我突然想起了一个问题，忙问吴宏："刚才你和他说了什么，他怎么马上就变了脸，态度变得这么好，这转变也太快了吧？"

吴宏对我神秘地笑笑，说："一会儿再告诉你，别着急。从方巾上地图绘制的精密程度来看，和尚应该没有骗我们，日本鬼子在这点上还是值得我们学习的，做事情十分认真。你看那些沟沟壑壑都标示得一清二楚，比例分毫不差，这不像是普通人能做出来的。"

我听了觉得很有道理，但想起此行的目的，不由得有点急躁，就埋怨道："唉，这趟车跑得倒好，碰上这么多怪事，早知道你别去探路，我们也不会遇上那和尚，免得生出这么多事，耽搁在这里赶不了路。"

吴宏本来还在思考，听了这话轻微地抖了一下，他回过头看了看我，眼神复杂。我被他看得发毛，心想我又说错话了？不由问道："你看我干什么，又怎么了？"

吴宏嘴唇紧抿，似乎下了什么决心一样，说："小孙，有件事我告诉你，你不要怪我。"

我顿时感到奇怪，吴宏这副表情，看来这事情不小，想这小子身份可疑，难不成他是敌特分子？不过要是敌特分子，告诉我身份干什么？

我有些紧张，为了掩饰咳嗽了一下，故作镇定地说："你能有什么事让我怪你，说吧。"

吴宏看着我说："夜里你睡着时我不是去探路了，当时你猜对了，我为了骗你才说去探路的。"

我一时没反应过来，连忙问："什么猜对了？"

吴宏脸色愈加认真，说："我回那旗杆掉下的地方了。"

我一听才想起之前吴宏离开驾驶室不见的事情，现在听到他这么说，不由暗暗吃惊，当时吴宏的脸色没有任何异样，脸上甚至还挂着一丝尴尬，居然真的被我说中了？于是开口便问："先不说你骗我的事，你怎么突然想起回那里去了？"

吴宏深呼一口气，说："我们驾车离开那里的时候，注意力集中在那些奇怪的东西身上，都没有注意到路中央的奇怪的尸体，但它一晃而过的时候，我总觉得有什么地方不对劲。当时实在太累了，没想太多倒头便睡，等后来醒来，越想越觉得这事情古怪，就打算回去搞个清楚。"

我吸了一口冷气，道："你也太大胆了，碰上那种东西你还敢再回去，不要命了！"突然我想起了什么，问吴宏："我记得你当时告诉我路走错了，拿着地图反复看都没有弄明白，这一路狂奔过来，你又怎么找得到回去的路呢？"

吴宏听到这个笑了笑，脸上露出一份自信，说："那也是骗你的。其实凭我的记忆，辨别清楚这段路完全没有问题。你的路的确走错了，但我脑子里的地图可十分清楚呢。"

我听到这里实在忍不住了，大骂一声："什么？你他妈一直知道这路怎么走？！"吴宏闻言尴尬地笑笑，没有吭声，算是默认了。

我气不打一处来，你这王八蛋也太坑人了，一路上人模狗样装得真像啊！难怪我看地图时急得满头大汗，你却不慌不忙，原来只有我这傻小子一个人瞎着急，人家旁边明镜似的，一直演戏给我看！

我气呼呼地不说一句话，眼睛看着别处，吴宏搭手过来拍我，被我一巴掌打开。我实在是受不了这种王八蛋，一路上没有几句话是真的，骗和尚就罢了，居然还骗我，谁知道他还有什么没有告诉我！

吴宏见我动了肝火，便没有再说什么，我们沉默了许久。吴宏终于又开口了，这次他的语气却坚定了很多："小孙，你不要生气，我一路上很多事瞒着你也是没办法的事。你放心，我一定会给你个说法。现在你先听我把话说完。"

这话虽然是商量的语气，却带着些命令的味道。我听了没有接茬，心想一会儿你不给我说清楚大不了我就不走了，如今先听听你怎么说再作打算。我挪动了一下地方，把脸转了过去，吴宏也不管我一脸怒色，自顾自地说："别看我知道路怎么走，但一步步走到那里也把我累得够呛，路上还得提防出现什么东西，搞得我紧张兮兮的，走到现场时几乎没有多少力气了。不过想到心中的疑问，还是小心地凑过去看。"

我听得入神，也顾不上面子了，打断问："你看到什么了？"

吴宏被打断似乎不太高兴，他看看我，先是神色严肃地说："没什么。"我听了不免失望，虽然心里不想再碰上那些东西，但听他讲述却隐隐地希望那些怪物重新出现，好弄个究竟，至少知道是人是鬼，不至于这么吊在半空没着

第二章 神秘机构 63

没落。

没想到吴宏接着说了一句："就是因为没什么，我当时才大吃一惊。"

我听了很是奇怪，就追问了一句："这又是为什么？"

吴宏说："因为我发现那尸体不见了。"

我一听这话，失声道："什么，又不见了？"

我大吃一惊不是没有道理的，路上碰到的和尚意外消失已经十分蹊跷，现在那具诡异的尸体又离奇失踪了？我的心随着一个想法的放大慢慢收紧了，因为我想到了那块长长的人骨！

我们离开那具尸体有一段时间了，如果不是吴宏坦白了自己的动向，我尚不知道那奇怪的尸体已然失踪。不过现在联系起来，一切似乎都有了解释，莫不是这尸体被那绿眼的怪物吃掉，然后一路跟踪我们到了这古寺之中？

这可太可怕了。我终于明白吴宏为什么一直有些神神秘秘的，他恐怕早就想到了这点，精力当然不能完全集中在现在的事情上。不过越是如此，我越是奇怪，为什么形势已经发展到了这步田地，他心中急归急，却不忙着离开这危险的地方呢？

吴宏意识到了我的吃惊，他叹口气说："不瞒你说。我觉得这尸体很可能被尾随我们的东西掳走了，直到看到了那根人骨头，我一下子就想到了之前的怪物。恐怕是被它们吃得只剩这些骨骸了……不过发现尸体不见的时候我一无所知，只发现旗杆和旗布都在，那具尸体却没有了……"吴宏皱皱眉头，"我当时也有点害怕，扫了几眼现场，也不敢细看，就赶紧离开了。"

我突然想起来什么，便问："你当时不是说你去前方探路了吗，既然这不是实情，那你是怎么知道那里有个和尚的？"

吴宏看看我，眼睛里闪烁着些许赞赏："你考虑问题越来越周密了。当时我的确是骗你的，但是和尚真的是我在前方的路上碰到的。我对着空空的旗布观察了一会儿现场，因为光线比较暗，我情绪又有些紧张，所以没有发现什么。当时想到那些东西可能还在附近，我也不敢久留，就带着满脑子疑问离开了。我十分疲惫，跌跌撞撞地走了半天，才发现自己走错了，虽然我对路线十分熟识，但当时思维有些混乱，注意力也不在方向上，故而没留神位置。不过错是错了，但只是偏离了一小段，稍稍迂回了一下，我从那边继续往你这里赶的时候，就碰上了那个和尚。其他的都与我告诉你的一样，唯一的不同是，我没有扛那和尚，碰到时他就在那里了，我也就是搭手抬了抬，发现太重就放手回去了。"吴宏一口气说完，抱歉地对我笑笑，便不再言语。

老实说，我听到这里神志都有些恍惚，吴宏的话字字都像锤子一样敲打着我的神经，这一连串的变故让我十分震惊。没想到之前我们碰到的阴冷惨白的尸体竟然不翼而飞了，当时除了那些东西再也没有看到过其他人，难道真的是那些东西将这尸体带走了？甚至……吃掉了？

我不敢继续想下去，怕那些恐怖的影像在大脑中鲜活起来，压垮我脆弱的神经。虽然有些魂不守舍，但吴宏的话还是一字不落地听在耳朵里，从上次吴宏问我老僧说话有无破绽之后，我就有意识地留神别人说过的话，并在心中默默地分析，这全拜吴宏所赐，让我形成了这种习惯。

听了吴宏的话，我细细琢磨，突然发现吴宏的话有些问题，反正也已经到了这步田地，不如干脆些，于是我毫不隐瞒地问吴宏："你还有什么没告诉我吧？"

吴宏一愣，想是没料到我会问这个，不自觉地顺着我的话说："你指什么？"

我说："你刚才说'对于路线十分熟识'，你和我都是第一次到这里，你是军人，对地图记忆深刻也不奇怪，但说到熟识，未免太夸张了吧？"

吴宏对我的质疑不但没有生气，反而哈哈大笑，他拍拍我的肩膀道："好小子，我总算没看错人，你小子越来越上路了。"然后他说，"不错，我以前来过这里。"

我听了暗暗吃惊，原来如此。不管吴宏是什么身份，以他的能力，这段路走一遍想必就能烂熟于心。只是不知道如果不碰上这和尚，吴宏是否也要我驱车来这寺庙呢？想到这里我问他："你早就知道这寺庙了吗？"

吴宏眼里一亮，我知道问到点子上了。他拍拍手，把目光投向远方，轻轻地说："如果我知道就好了。不瞒你说，我已经来过两次了，目的只有一个，就是找到这寺庙。别看这寺庙现在好进，但山太大了，如果不是碰上这和尚，又有这地图，我可能还得找一阵呢。"

我觉得奇怪，这寺庙到底有什么古怪，值得吴宏反复寻找？但眼下管不了那么多了，我现在只关心一件事。我一把拉住吴宏，急躁地说："我们在这里耗了这么长时间，费了不少力气，到底什么时候离开这深山？"

第二章 神秘机构 | 65

吴宏看看我拽他的手，露出一副惊讶的表情，他似是安慰地拍了拍我说："小孙，你还不明白吗？我们不去送设备了。"

听了吴宏这话，我的心一下凉到了底，看他若无其事的表情，恨不得上去揍他一顿。我重新一把抓住就要走进大殿的吴宏，几乎是喊着说："你说什么？！为什么不去送设备了？"

吴宏还没开口，大殿中的老僧已走出门口，诧异地看着我们。我虽然也感到有些不妥，但也顾不了那么多了，紧紧抓着吴宏的手就是不松开。

吴宏并没有着急，只是把头凑过来，轻轻在我耳边说："把手放开，这才是我们这次的任务。别冲动，我马上就告诉你。"

不知为什么，我听到这话心里突然抖了一下。虽然我知道吴宏不会和我来硬的，但是从老僧的话中我知道吴宏的武功其实十分了得，挣脱我自然不在话下，看着他那黑黄面皮上的一双大眼，我突然觉得他刚才说的这几句话居然有种说不出来的威严感，让我胆怯。虽然吴宏脸色没有任何变化，但我的手已渐渐松开，嘴里却嘟囔着："谁和你'我们'？那是你的任务，我还有任务呢！我的任务就是把设备送到目的地！"

绝密内幕

吴宏站在山道外侧远远地望着，看了一会儿，又挥手叫我过去，似乎有了什么发现。

我赶紧上前，吴宏指着远处问我："之前天黑，我们看不清楚，现在你看看我手指的地方，是不是我们昨晚遇见和尚那里？"

我朝他说的方向看去，远处重峦叠嶂，十分壮观。吴宏指的是离我们很远的一小段山路，凭我的驾驶经验，看那蜿蜒走势，应该就是那里。只是我们一路赶到寺庙，已经相去甚远，只能在这里远远地估量一下，不很真切。

我稍稍低头看了一下山下，却发现远方峭壁之下竟然是一片汪洋，阳光炽热，照射出一片波光。从我们这个方向看去，远方的湖泊十分宽广，一眼望去竟没有看到对面的岸堤，我心想这恐怕就是地图上标示的内陆湖了，没想到面积这么大。我虽然看不清楚，但隐约感觉湖水并不清澈，有些发黑，看样子也是一片深水。现在皓日当空，水面很平静，不过虽然倒映着周围的绿树巅峰，但总感觉那暗黑的湖面上有些阴冷，一眼望去我竟莫名其妙地感觉到一阵寒意。

吴宏也注意到了山下这片深水，他眯着眼睛看了一会儿，自言自语地说："这水潭还真大。"突然像是想起了什么，低语一声，"奇怪……"转眼又把嘴巴闭上，身子探了回来，一屁股在车子的阴影中坐下。

吴宏沉默了几分钟，抬眼看看我，示意我坐到他身边。还没等我动身，就听见他轻轻地说："小孙，我想你也看出来了，我不是个普通的战士。"

我一听这话耳朵马上支了起来。说实话这一路走来，有太多事情让我心存疑窦，其中最让我困惑的，当属吴宏的身份。几次接触，吴宏这人我也多少有些了解，他嘴巴严得很，不到必要时是不会跟我交心的。既然现在开了口，想必不会有所隐瞒。我紧挨着他坐下，全神贯注地望着他。

吴宏看我一脸渴望，不由笑了："庙里说话还是不安全，所以才和你出来聊天。"他看我点点头，语气陡然变了，刚才那些油滑的腔调一扫而空，正色道，"我们国家刚刚成立时，很多事情都没有头绪。因为战事刚结束，部队里人员编制混杂得厉害，很多队伍被打散了，得重新定编。人员查找十分困难，没想到，就是在那样的条件下，他们仍然准确地找到了我。"

吴宏说到这里，眼里一下充满了温情："一晃几年了，真快啊！"他扬了扬眉毛，说，"你听我说完，就知道我说的'他们'是谁了。和他们谈过话才知道，他们找我是经过深思熟虑的，而且已经在暗处试探过我几次了。鉴于建国初期情报战线的工作十分重要，为维护新中国来之不易的革命成果，高层指示成立一个特别情报机构，由级别极高的首长直接领导，专门负责极其重要的情报侦察，人员主要从有经验、有能力且单兵素质过硬的青壮年情报工作者中选拔。因为之前在敌占区担任过多年地下工作者，有比较丰富的斗争经验，经过多方考察、审核，我被选为其中之一。"

吴宏说到这里，眼神中充满了自豪，他的头微微昂了起来："我当时非常激动，毕竟这是组织对我的信任。他们只是简单地和我讲了一下基本情况，因为从事情报工作多年，我知道不该问的不要问，就没有多想。不过等宣誓完毕，机构领导向我讲述工作守则时，我才发现这个机构果然十分特殊。"

这些东西对于年轻的我而言就像是听天书一样，我的注意力完全集中在吴宏的讲述中，眼睛都不眨一下。吴宏接着说："我在几个情报组织工作过，一般的情报机构都是分工负责,专业性极强,有专门人士分别进行情报采集、传递和分析等工作,各个环节紧密相扣,工作任务明确,即使地点不固定,但机构始终稳定。整个组织是一个有机统一的整体,各部门随时可以组合成完整的机构。现在这个机构却不同,简单点说,它根本就不存在。谈过话之后,再没有人答理我。等了很久,我都着急了,还是没有任何安排,完全不是之前介绍时和我说的那么重要的样子。要不是我工作多年有点经验,还以为上面把这事给忘记了。

"当然,我知道肯定不是。因为那天我见过的领导中,有几张面孔几乎部队的人都知道,熟悉得很,在军队中的级别非常高,也是经过枪林弹雨过来的老革命,是能和最高领导人说上话的。没想到就是这些人,居然都对来接我的'他们'十分客气,这足以说明它的特殊性和高层次。只是我不清楚,这机构到底是执行什么任务的?要说特殊任务我见得也不少,但任务再重大也从来没有达到这样的高度。我隐隐约约觉得,这次的事情不一般,弄不好是国家级的机构,甚至可能这些部队首长都不知道详情。

"按照他们的介绍,除了他们自己,没有任何人知道有这样一个机构,它甚至没有一个具体的部门名称,更别提工作地点了。他们只有一个很长的代号来标示自己的身份,除此之外一切都是未知数。其实最让我感到奇怪的,还是这个机构的工作方式。"

吴宏吞了口唾沫,说:"比如,谈话之后,根据安排,我留在×部队担任一名普通士兵。他们已经明确告诉我,这只是一个掩饰,但我根本不知道掩饰什么,因为我连自己所在机构的名称都不清楚,只知道自己有一个编号,这个编号每人一个,终身不变。机构中我们这个级别的人彼此都不认识,由上级部门进行单线联系。如果有任务会通过特殊的方式通知,并给书面授权文件——当然,这些都是我后来慢慢知道的。没有任务的时候就按照用作掩饰的身份进行工作,一切都显得风平浪静,离我当初设想的惊心动魄相去甚远。

"这之后就是漫长的等待。让我不可理解的是,很久都没有任何消息,似乎从来就没有过我加入机构这回事。我看上去和普通士兵没有两样,出操、训练、学习、劳动……按照预先的要求,我周围所有人包括我的战友、老乡、排长和连长都不知道我的身份。渐渐地,我发现并不是所有重要的情报任务都要我们执行,很多我无意中得到消息、自认为比较重要的事件,却交由其他部门去处理了。慢慢我看出来了，只有极其重要的特殊任务才会动用我们这些后备力量，估计保持单线联系也是为了保护我们。那什么是特殊任务呢？当时我还不太明确，只是隐隐觉得我们的作用非常重要，所谓好钢用在刀刃上。终于，上级给我安排任务了，这第一次任务就让我认识到，我们这个机构是多么的必要。"

吴宏说到这里陷入了沉思，等回过神来，他摆摆手，不好意思地笑笑说："啰嗦了，其实没必要给你详细讲。你只要知道那次之后，我才明白这个机构的存在是绝对有必要，而我的第一次任务其实就是一次训练和考核，我通过了这次严格的考试，才终于被接纳成为他们中的一员。另外，那次任务教会了我很多实战必备的素质。从前我以为自己的临场应变能力和身手已经算是十分厉害的了，后来才知道，自己顶多算个学徒，这个世界上还有很多高人。他们隐藏在茫茫人海中，但稍有显露便能放出夺目的光芒。"

吴宏轻轻地呼出一口气，神色凝重地说："同时我发现世界之广阔，有很多未知的领域我们其实完全没有涉足。在那之前我是个坚定的无神论者，后来我觉得，有些东西要以辩证的眼光去看待，我们人类对生命、大自然和宇宙的认识真的太少了。从那之后我开始敬畏很多东西，虽然我仍然不相信这世界上有鬼怪存在，但是我却不否认有很多诡异的现象发生在我们身边，有些我们解释得了，有些……"吴宏停顿了一下，"至少现在我们的科学水平是解释不了的，只能留待后人了。"

吴宏的话说得我身上凉飕飕的，鸡皮疙瘩都起来了。我看看他黑亮的眼睛，不知道他第一次执行的，到底是一个什么样的任务，但显然，那次经历对他的震撼非常大，甚至颠覆了之前的一些看法。

吴宏稍微抬了一下头，思绪又回到了现在："那之后，我又陆续出过几次任务，期间的经过讲几个月都讲不完。不说了，说正事。两个月前，这机构中我的直接上级找到我，安排给我一个新任务。这两个月来，我一直想办法悄无声息地靠近目标的核心，但是直到今天才有了点头绪。"

我有些着急："什么目标？"

吴宏看我一眼，咧咧嘴笑道："目标就是这座山。"然后他指指庙门，"确切点说，就是这座寺庙。"

"为什么把目标定在这座山？"

吴宏没有正面回答我的问题，却问起我来："你不是奇怪刚才为什么和尚对我的态度大有改观吗？你知道我跟他说什么了？"

这话题正是我感兴趣的："难道你告诉他你的身份了？"

吴宏摇摇头说："没有。"他神秘地说，"你记得他讲述中那个会说日语的沈逸之吗？"

我想起刚才在老僧的讲述中，这沈逸之正是当初听懂日语并和他一起出逃的人，便答道："我记得，怎么了？"

吴宏说："我只是大概说了一些他和沈逸之逃离的细节，包括沈逸之的外貌特征，他于是就相信我了。"

我觉得十分奇怪，脱口问道："你怎么知道这些东西的？这不是只有和尚自己才知道的吗？"

吴宏说到这里站起身来，凝视着我的眼睛说："因为我的直接上级，就是沈逸之。"

我听了也"噌"地站了起来，吃惊地看着吴宏。这是我始料未及的，无论如何我也无法将石场中冲动的年轻人和面前这个有勇有谋的神秘人物联系起来，更没想到他还是后者的上级。吴宏看我错愕的表情，已经猜到我心里的想法，他挥挥手说："我知道你想什么，这也是刚才我肯定和尚没有骗我们的原因，他讲述的与我从沈逸之口中听到的相差无几，说明他没有说谎。至于沈逸之，你就不要管他是怎么成为我上级的了，他的经历也够讲个一年半载的。总之你知道沈逸之这个人不简单，或者说原来他很简单，后来不简单了，就可以了。"

我听吴宏这样说，猜想他们必然是有什么保密要求，便没有多问。吴宏继续说："既然沈逸之是和和尚一起逃出来的，他当然知道这寺庙的存在。我奉命来寻找这个寺庙，已经通过各种途径进山两次，但由于群山莽莽，道路又崎岖蜿蜒，同时由于任务的需要，不能光明正大地搜寻，两次都一无所获。要不是碰上了那个神秘的和尚，机缘巧合得到了地图，这次也可能无功而返。"

我听到这里又想到方才的问题，不由插了一句："你找这寺庙干什么？"

9号同志

吴宏说："原因其实很怪异，因为沈逸之找我执行这个任务，并不是因为我本人的原因，说白了也是阴差阳错的结果。"

我听糊涂了，要说吴宏不了解寺庙还说得过去，但既然沈逸之让他前来，定然是因为对这寺庙心中有数，谈什么阴差阳错？

吴宏看看我疑惑的眼睛，轻轻地叹了口气，面色阴沉地说："沈逸之安排任务的时候告诉我，大概半年前，我情报机构从多个渠道得到消息，有一批日本人潜入我国，与境内的日本潜伏人员取得联系，进行一系列秘密活动。说实话这种案子并不少，开始我们只是进行监控，看他们有没有什么重大动作，以便提前采取行动，没有太在意。不过，接着奇怪的事情就发生了，我们陆陆续续发现，有多个日本情报组织几乎在同一时间开始有所动作，更让人吃惊的是，他们的目标似乎都一样。"

我几乎脱口而出："目标是这座寺庙？"

吴宏摇摇头："不是。"

还没等我发问，吴宏就接着说："当时发现这个情况的情报组织迅速报告了上级，上级经过深入讨论，认为这种状况非常不寻常，可能日情报机构有大规模行动，但谁都不知道这是一种什么性质的问题，可能造成什么后果。谨慎起见，决定派遣我情报人员先进行侦察，探明虚实再作进一步的行动部署。"

吴宏停顿一下，说："上级想到了我们这个机构。这种重大任务必须交给素质过硬的可靠人员完成，而且动作不能过大，以免打草惊蛇，这非常符合我所在机构的工作方式和特点。于是，上级将这个重大任务安排给我们，要求我部门人员务必把事情的来龙去脉侦察清楚，至少要有一个大体的轮廓，同时不能暴露目标，要悄无声息地完成侦察。这对情报人员的要求非常高，可以说，这次的任务十分艰巨。"

听到这里我嘀咕了一句："难怪派你这么厉害的人来。"

没想到，吴宏听到这句话脸色变得更加阴沉，他声音低沉地说："你错了，当时组织派来的并不是我。"

我听了这话微微一愣，没想到在吴宏之前还有其他人来过这里，那吴宏又赶来干什么？吴宏慢慢地说："你已经知道了，几个日本情报机构的目标都非常集中，但不幸的是，我们并没有搞清楚他们的目标是什么，所有的情报汇集起来，也只能模糊地得出一个结论：按照日本人的字面意思，他们的情报机构在寻找一个'水鬼'。我们不知道这指的是什么，通常来说这是个代号，代的可能是一件物品或一个人、一个计划。

"情报渐渐产生了关联，经过分析，上级发现这项任务的指向就是这群深山，虽然我们并不清楚敌人寻找的到底是什么东西，但是种种迹象表明，这东西就在这巍峨苍茫的群山中！奇怪的是，日本人似乎也没有多少线索，对于计划的目的地并不明确，因为我们发现，日本人只是在一个大概的范围内反复探查。他们这样兴师动众，不惜动用多条隐蔽的情报线，到底在寻找什么东西呢？

"我们国家刚成立不久，情报机构的活动十分隐蔽，日本人不敢有太大动作，只能悄悄进行，这就给了我们宝贵的时间和机会。"吴宏咬了咬下嘴唇，语气突然变得沉重起来，"情况紧急，上级部门马上安排人员前往。当时上级部门派出的，是一名头脑、身手都十分优秀的同志，保密需要，就叫他9号同志吧。9号带着这项特殊的使命，潜入这群山中，进行详细的侦察。一个月过去了，没有任何音信。这并不奇怪，我们工作的性质决定了通常无法和机构保持密切的联系，因为谁也不知道自己会处在什么样的环境中，碰上哪些匪夷所思的事情，所以这没有引起任何注意，组织在静静地等待他的消息。他是机构中经验丰富的同志，我相信当时上级领导对他充满信心。

"但随后发生的事情十分诡异，三个月过去了，仍然没有任何消息。虽然日本方面的情报机构严格保密，但我们仍然能够获得一部分比较核心的消息——你不要管原因。从我们获得的情报来看，日本人并不知道9号同志的潜入，只是在单方面紧张行动。但无论发生什么事情，三个月的时间都显得太长了，这很不正常。不管9号发生了什么事情，作为一个优秀的情报人员，他很清楚要在第一时间将手头的消息传回组织，这不仅仅是一份任务，同时也是一份使命！"

吴宏顿了一下，眼睛抬了起来，不知为什么，那一瞬间我突然有了一种不祥的预感。吴宏的语气有些颤抖，"虽然沈逸之也是机构的上级负责人之一，但他当时并不知道此事，因为保密的需要，另外派出的9号并不是沈逸之的直接下级，所以整件事情他丝毫不清楚。我当然更是一无所知。

"情况变得严重了。9号的直接上级非常焦急，一是担心9号的安危，二当然是目前的任务。责任感让他马上将这种反常情况上报，上级部门当即召开全体会议，商讨此事。

"会议的气氛十分紧张，我可以告诉你的是，以前几乎没有出现过这种情形，大家的心情都十分沉重。也就是在这次会议上，沈逸之第一次听说了整个事件的始末。让他大吃一惊的是，这条山脉竟然是他当初在石场中做劳工时所在的地方！联系到日本人，他马上想到当年日本人聊天时提到过，这山中有座寺庙。虽然当年他对这消息并没有在意，但现在联系起来细想，他当时就认为这寺庙可能和这次的事件有莫大的关系！"

难道是他？

吴宏说："沈逸之一想到这点，马上建议再派出一名侦察员去寻找9号，并弄清楚事情的真相。开始组织不同意，毕竟已经失踪过一名同志了，什么情况也不清楚，再派出一名过于冒险。沈逸之将事情的前因后果说清楚后，经慎重考虑，上级才采纳沈逸之这个建议。出发前，他叮嘱我一定要小心谨慎，务必不要轻举妄动，于是我带着双重任务出发了。这就是我出现在这里的原因。"

我听了半天，终于搞清楚为什么吴宏这小子一路神神秘秘的了。不管怎样，至少心中的一个谜团得到了解释，我呼出一口气，感到清爽了很多。

吴宏说到这里没有继续，只是站在原地又望了望远方的群山，似乎想起了什么。我注意到他盯着的地方正是刚才给我指出的山路，便想到他刚才说"奇怪"，知道他的思绪又回到那疑问上了。

过了一会儿，吴宏回过头，对我说："我被派出来之后，先后来过这山里两次，很遗憾，都是一无所获。这次终于有机会接近这里，却碰上这么多古怪的事情，不过好歹……"话没说完，吴宏突然停住了，目光投向我身后。

回过头，我看到老僧出现在寺庙门口，旁边跟着手托茶盘的女儿。老僧老远就呵呵笑着，朗声道："茶水已经备好，二位却不见了踪影，难道是对我的茶艺不满意？"然后他稍带戏谑地说，"这次大可放心饮用，不会有什么问题了！"

我和吴宏知道这是玩笑之语，便对老僧笑笑，迎上前去。看来这老僧性格颇为开朗，只一会儿就将刚才的不愉快抛在脑后了，居然有心情开这种玩笑。

刚要往大殿走，吴宏却将手一伸，拦住了老僧："师傅，我有一件事不很明白，还得请教你，万望赐教。"

老僧笑着问："但说无妨，什么事？"

吴宏轻轻地问："既然这方巾是珍贵的地图，你必然小心保存，又怎么会落到我们遇到的那和尚手中呢？"

我一听这话很是担心，怕老僧又生杀机。谁想老僧听完之后，面露困惑，

第二章 神秘机构 73

似乎也十分不解。他失去了笑容，捋着花白的胡须沉默了好久，终于开口道："说实话，我也不知道。因为这方巾我一直存放在侧房内，并没有人动过，要不是今天看到你拿出它，我还不知道它已不在寺中呢。"

吴宏说："这就奇怪了，你老人家与女儿整日长住在寺庙之中，怎么会丢失方巾呢？莫不是我们来之前还有什么人来过寺庙？"

老僧摆手道："断不可能，如果有别人来过寺中，我定然知道。别看你二人寻得这里不费工夫，如果没有地图这地方非常难找，山路曲折、庙门狭小，旁有大树遮蔽，山峦覆盖，要顺利到达这里也是一桩难事。除非……"突然他神色变了，很明显想起了什么。

吴宏当然也看到了，老僧讲话的时候他就一直盯着，他赶紧问了一句："师傅，怎么了？难道真的有什么人来过？"

老僧沉浸在自己的思绪中，完全没有听到吴宏的话，他的手扯住胡须不再动弹，只是皱着眉头紧张地思考，嘴里喃喃自语："不可能，不可能啊……"

我看情况不对，不等吴宏开口，声音提高了八度，急忙问老僧："师傅，怎么了？你想起了什么？"

老僧一惊，抬眼看我的时候还是一脸困惑，看来还没缓过神来，他迟疑地说："不可能啊……难道是他？"

我和吴宏一听就知道有眉目了，齐声问道："是谁？"

老僧看了我们一眼，脸上全是困惑。吴宏语气轻缓地说："师傅，你说出来我们听听，大家探讨一下说不定能说出个子丑寅卯来呢？"

老僧听了他的话，似乎真的定下心来说："不瞒你们，我这里是来过一个人。此人是山下村庄里的一个小伙子，名叫罗耀宗，正直和善，懂事明理。我这庙中虽然能种些果菜，聊以果腹，但油盐酱醋却没有办法解决，幸亏他隔段时间上山给我送些，同时补齐日用品，我父女才能在这里生活下去。"

老僧说到这里声音低了下去："我认识耀宗也有一段时间了，他来寺中都是送了东西，略微聊几句就告辞离开，几乎没有进过大殿，更不可能有机会将我方巾取走。何况凭我对他的了解，这人不是猥琐腌臜之徒，不至于干这偷盗之事啊！"

我和吴宏对视一眼，心想你老人家的眼光我们可不敢苟同，刚才还把我们当日本人呢，难说不被这人糊弄。吴宏没有给老僧继续说下去的机会，他抓住话头问道："师傅，你刚才说这寺庙隐蔽偏僻，很难找到，他又是怎么知道寺庙所在的呢？"

老僧听了倒不意外，他指指外面的山峦说："说来话长，我当年无意中救过耀宗一命，于这乱石之间把他搀到这里，休息了几天，此后他知恩图报，便有了方便我之事。我这里人迹罕至，没有施主祈福，所以也没有什么香火钱。他并不图财，每次都是无偿接济，山路曲折，他每次上山都得徒步行走很长时间，都是自备饮水干粮，虽然并不频繁，但这几月一次也够他受的了。这点让我很是感动。"

吴宏点点头。突然，他拍了一下脑袋，对老僧说："师傅，我们先不要妄下断言，你去看看你的方巾是否还在侧房，说不定这方巾不止一块呢。"

老僧一听，精神一振，不顾肩膀疼痛，疾步向侧房走去，我赶忙上前搀扶，吴宏也紧跟其后，一同来到侧房。

老僧进了房间，直直地盯着案桌，伸手到桌底下一摸，然后一扣，便把一个小小的木盒托在手中拿了出来。老僧把木盒慢慢打开，一块一模一样的方巾露了出来。

我赶紧回头去看吴宏，只见他正从口袋中掏出我们捡到的方巾，我只看了一眼，便知道吴宏说对了。

竟然有两块一模一样的方巾。

第三章　诡异废村

　　男子听到这里抖了一下,抬起头来直勾勾地盯着吴宏说:"可是不准乱跑!我让你在哪里等你就在哪里等!"然后他低头想了一会儿,突然叹了一口气说:"算了,俺陪你们等吧。"
　　吴宏趁男子不注意,意味深长地看我一眼,又问道:"大兄弟,你别吓唬俺,怎么听着这么瘆得慌?"
　　男子抹了一口嘴边的饭渣,小声对我们说:"我说了你们别害怕,让你们知道也好,不说怕是又到处窜哩。"他靠过身来,好像怕什么人听到一样说,"这村子里可是有鬼的!"

惊魂未定

老僧长舒一口气，似乎很是欣慰。我们打量了一下这房间，并没有什么蹊跷，陈设简单，布置朴素，就是一个僧人休息的所在而已。

出了房间，老僧一路喃喃自语，大概是说自己判断果然不错，那人不可能是坏人云云。吴宏问道："师傅，我们也差不多该赶路了。这山下村庄大吗？大概有多少人口？我们一路过去好作休整。"

我听了很是高兴，心想终于要赶路了，现在要是不走还不知道什么时候能离开。现在吴宏都已经跟我挑明了，自己是情报员出身，如果以后有什么进一步的活动，让我配合不是顺理成章？现在难得他主动提出离开，我心里恨不得赶紧上车赶路。

没想到老僧听了吴宏的话，身子一挺，严肃地说："你们不要去那村庄！如果真要休整，就在我这寺庙中休息准备，待一切收拾妥当再上路。一路开出这山，直奔目的地，切不可在那村庄停留！"

我和吴宏面面相觑，不知道老僧何出此言。这村庄到底有什么古怪，让老僧避之不迭？看他眼神中似乎带着一丝恐惧，不知他在怕什么。

老僧也看见了我们疑问的眼神，他欲言又止，半天说不出话来。

吴宏迈步向前，盯着老僧的眼睛，语气坚定地说："老师傅，不要怕。请说清楚，这村庄为什么去不得？"

这话说出来，我隐隐感觉有一种命令的味道，不过并不令人反感，反而带着十足的底气，让人陡然生出一些勇气来。老僧果然受了影响，他定了定神，把目光移到我和吴宏脸上，低声说："因为，这村庄闹鬼。"

我吃了一惊，一时不知道说什么好。吴宏微微变了下脸色，接着问老僧："是吗？能不能说清楚点？"

老僧摇摇头说："详情我也不清楚，我也是听罗耀宗说的。他几次提起都神色惊惧，心惊胆战。再仔细问去，他就不说话了。"

吴宏没有继续问，抬眼打量了这寺庙，说："老师傅，有一件事忘记问你了。我们刚才说到路上碰到一个和尚，昏迷不醒，不知他可是要来你这寺中？

刚才你也知道了，我们的方巾就是从他那里无意中得到的。"

老僧很坚决地摇头："我并不认识此人。近日寺中也没有什么云游僧人路过，行人更不用说，只有我与女儿两人在此。如果不是这样，方才你们出现我也不会那样紧张，实在是有些时日没有见过外人了，就连罗耀宗也有日子没来了。"

吴宏没有言语，想了一会儿，对我说："小孙，你收拾一下，我们上路了。"然后他拱手对老僧笑道："打扰多时了，我们要赶路了，毕竟有任务在身。这段时间多亏大师照顾，十分感谢。"

老僧听我们有任务在身，知道不好多留，脸上就露出笑容，还礼道："哪里哪里，这都是修来的缘分，不然你我三人在这穷乡僻壤，哪有机会相见？但愿日后还有相会之期。"

吴宏也笑容满面："师傅所言极是，我们回头还会再来拜会的！还请师傅给准备些饮水，麻烦了。"老僧听了连连称是，刚要离开，吴宏又想起了什么，问："你说的那个罗耀宗住在山下？"

老僧随口回答："是的，山脚下不远便是。那村子凶险，万不可接近！"

吴宏点点头："知道了，多谢师傅关心。"

老僧客气几句，带着女儿给我们准备水去了。我十分高兴，赶忙理理头发，疾步向停车的地方走去，不想被吴宏的一只手拽了回去。他看我神色愉悦，马上知道了我的心思，小声道："别高兴得太早，我们不去部队送设备。"

我的心一下沉了下去，垂头丧气地问："那我们去哪里？"

吴宏凑过脸来，悄悄说："去找罗耀宗。"

我眼前一黑，没想到他听了老僧的话反而来了兴致，居然偏要去那闹鬼的地方，真是明知山有虎偏向虎山行。

他是专业情报人员，颇有些手段，看情形武功也十分高强，去那种地方也算是身有所长无所畏惧。我可不是，万一有个三长两短就交待在那里了。说实话我胆子算是很大，但现在情况不一样，这是他吴宏的任务，与我无关，就算我想为国家奉献也帮不上忙，此去对我毫无意义。我心想这次无论如何不能任他摆布，但是现在的情况硬来显然是不行的，于是打定主意上车后见机行事，毕竟方向盘在我手里，往哪里开还不是我说了算。

当然，我又想错了。

为什么是我？

老僧和女儿将路上喝的水递给我们后，又是一路坎坷，好容易来到停靠汽车的地方，我翻开盖在车上的树枝，一步迈上驾驶室。虽然知道不是往南京而去，但毕竟已经走上山路，况且是在光天化日之下，心情舒畅了很多，很快忘记了刚才的疲惫。汽车不快不慢地行进，我把车窗摇下，阵阵微风吹进驾驶室，感到非常舒服。

开了一阵，终于上了主路，虽然离出山尚远，但因为之前看过两幅地图，心中已然有数，并不感到慌张，只是时间一长，感到有些无聊。侧头看看吴宏，他也是一副舒心的表情，闭着眼睛似睡非睡，嘴角还挂着一丝微笑。

我知道他没有睡着，便问道："吴同志，我们真的要去那村庄？"

吴宏睁开眼，点点头，语带疑惑地说："不知道还算不算个村庄了。我问过和尚村子多大，多少人口，他却说只有罗耀宗一家而已。"

这话说出口，我感到很吃惊。不管怎样，一个村庄怎么会只有罗耀宗一家？那村子里其他的人哪里去了？

吴宏说完就沉默起来，只是不时看看窗外的风景。我左思右想，终于忍不住问："你上次告诉我，9号神秘地失踪了，这次来的任务之一也是寻找他，而且这寺庙应该就是关键，我们就这么下山，你不去完成任务了吗？"

吴宏听到我说的话，脸色微微一变，他低头想了想，说："说实话，有些事情我现在还不是很确定，根据目前的情况来看，事情显然十分复杂。今天押车时，我本来准备路上找个机会向你挑明目的，我们慢慢巡山查找，没想到半路杀出那些东西，后来又来到这寺庙，计划中的很多环节都出现了问题，我们得见机行事了。先去山下弄清楚闹鬼的原委，其他的问题我想慢慢会理出头绪的。"

听他的意思似乎这事本来就和我有牵连，并不是形势所致，联想到吴宏之前说过的话，隐约觉得事情并不是我想的那样简单。吴宏一口一个"我们"叫得我心烦意乱，便索性不做声，闷头开车。

突然，一个念头在我脑海中出现：听他刚才的意思，一开始他就打算向我透露自己身份的。为什么？吴宏是这样高度隐蔽的情报人员，他告诉我自己的身份和工作内容，目的是什么？以他这种隐蔽的身份和保密要求，连身边的战友尚且不知道他的身份，怎会随便透露给我？

疑问越变越大，让我神志混乱起来，开始胡思乱想，看什么都觉得可疑。这样一来，我的神情就有些反常，连我自己都觉得不自在，还好吴宏似乎并没有发现我的异常，我便强迫自己专心开车。

我又想错了。因为吴宏一开口说话就直奔主题："小孙，你不要总是抱着要去部队送设备脱身的念头，我们要做的工作还很多，你这样浮躁会坏事的。"

我听了这话有些不悦，小声说："是你要做的工作，和我又没有什么关系。"

这话当然逃不过吴宏的耳朵，不过我一句牢骚，却让他闭嘴不语了。过了一会儿，我觉得奇怪，扭头看去，却发现吴宏一副欲言又止的样子，这让我感到意外，一路上他连身份都告诉我了，现在还有什么要隐瞒的吗？

果然，吴宏想了一会儿，还是开口了："小孙，不瞒你说，这次的任务和你是有些关系，从现在的情况来看，需要我们通力合作才能完成任务。我既然告诉了你我的身份，必然对你是放心的；你不能总是将自己置身事外，因为这次任务的计划开始时就是针对我们两个人的。"

虽然我心里已经有所觉察，听到这话还是吃了一惊，没想到一开始我就已经被算计在内。虽然用"算计"这个词不太合适，但没有任何人对我有所提示，或者征求我的同意，况且我对整个事情一无所知，也没有丝毫关系，就这样让我陷入危险中，让我觉得很不公平。说实话我不是贪生怕死的人，国家有需要自然义无反顾冲上前去，但这样的安排让我感到很不舒服，似乎拿我当可疑分子对待，越想越觉得恼火。

有了这种想法，我说话就不太客气："你们可真是信得过我。说不定我也是日本间谍，回头把整个计划捅了出去呢！"

吴宏听了脸色陡然变得凝重，正色道："小孙，这种玩笑可不能随便开。"我吓了一跳，头脑清醒了很多，也意识到话说得有些过了，脸上不自觉地露出惭愧来，也就沉默了。

吴宏见我害怕了，脸上放松了些，他叹口气说："你不要怪组织，很多时候出任务就是这样，不可能事先把情况都向你说清楚，一来是保密要求，二来在没有充分把握之前，再怎么谨慎都不为过，受点委屈是正常的。"

我听了心里好受了些，想来吴宏已经不知道有过多少次这种经历了，也有些释然，语气缓和下来。我看着前方，轻声说："我就是觉得组织就这样把任

第三章 诡异废村 | 81

务交给我，是不是有些草率？"

我的小叔

"草率？"吴宏听到这话居然笑了起来，他把手伸过来轻轻拍了拍我，说，"你太低估我们了。"

"你对国家的情报机构了解得太少了，不过这也不能怪你。"吴宏的眼睛眯了起来，望向苍茫的远方："知道在此之前我们对你审查得有多深吗？毫不夸张地说，你祖上几代人的历史和你到昨天出发之前的行踪都掌握得一清二楚，有一丁点儿的可疑都不会把任务派给你的。"

说着，吴宏随口提起我的几件事，有些都是极小的事情了，居然时间地点分毫不差，我听了顿时出了一身冷汗，没想到来之前我已经被调查得如此透明了，国家情报机构的工作效率真是令人惊叹，我不由得有些害怕。

吴宏看我神情惊愕，便说："不用吃惊，情报机构的工作做得越彻底，我们工作的困难就会越少，完成任务的可能性就越大。况且不是任务需要，是不会轻易做这样的调查的，事关国家的安全，不得已而为之。"然后他把头转了过去，似乎自言自语地说，"我一路上也一直在观察你，看得出来你心地善良、行事果断，也够机警，就是有些浮躁，这是年纪的关系，慢慢历练就好了。"

娘的，难怪我们逃离绿眼怪物时吴宏说一直在注意我，原来如此。

他继而叹了口气说："即便是这样，因为我们的工作要求万分谨慎，所以我警惕性很高，保险起见……"他扭头看了看我疑惑的眼神，"说出来你不要怪我。其实这一路上，我已经试探了你两次。"

这话让我如坠雾中，吴宏什么时候试探我了，我怎么丝毫没有察觉？

吴宏看我懵懂不已，指指自己的脑袋，笑着说："至于什么时候试探的你，自己想吧，我就不告诉你了。我反复试探之后，发现你的确没有问题，是个可以一起执行任务的搭档，才放心将事情的原委讲给你听的。"

我最烦吴宏这种卖关子的做法，但也没有任何办法，只能耐着性子听他继续说下去。吴宏拿手示意了一下前方，说："你专心开车，如果我讲话会转移你的注意力，我就不说了。"

我忙说:"不会的,你说吧。"现在已经上了主路,没有刚才小道那样难走,我开车顺利了很多,吴宏这样说估计是因为看到我目光有些凝滞,其实这是因为我在思考问题。

吴宏看看我,说:"我想村庄中闹鬼之事可能是条线索,别看和尚说得吓人,也许是有人故弄玄虚。干我们这行的碰到的这种事情太多了,绝大部分都是口耳相传、道听途说,实际上都是人在背后捣鬼,根本没有什么鬼怪。但从经验来看,这种事背后往往都有些不可告人的秘密。结合我们来这里的目的,可以说,秘密就是线索,因此不如早些过去了解情况。"说完吴宏莫名其妙地来了一句,"要不是形势所迫,我们还得在寺里待上一段时间呢!"

还待?你疯了吧?我心里想着,话几乎脱口而出。吴宏看我神情有变,说:"你不要害怕。我们不会做无谓的牺牲,到时小心为上,若情况不妙及时撤退就是了。况且我还有些功夫,保障我们的安全应该不成问题。"

吴宏误会我了,我却想起一个问题,就澄清道:"我不是害怕,你太小瞧我了。我在想,你说你碰到的'绝大部分'都是有人捣鬼是什么意思?"

吴宏听了这话显然感到意外,他脸上的肌肉抽搐了一下,咧咧嘴说:"没什么,有些的确不似平常,我……我也捉摸不透,不说这个了。"旋即神情变得不自然起来。

我知道自己问到了关键,显然吴宏执行任务时碰到过什么让他难以忘怀的事情,至今记忆犹新。部队严谨的作风使得他说话周密,没想到反而透露了实情,这神秘的情报机构执行的任务果然非同寻常。

不过我的重点不在这里,我看吴宏闭嘴不说了,就主动问他:"可是这跟我有什么关系,别人就完不成这任务么?难不成因为我个人的素质你们才挑上我?"

吴宏摇摇头,看我的神色重又严肃起来。他搓了搓手,说:"我问你,你是不是有个叔叔叫孙林涛?"

我一愣,这情报工作做得可真够全面的,这他都知道。我的确有个叔叔叫孙林涛,不过已经有些年头没有见过了。

要说我这小叔可是个人才,甚至算是文武全能了,当年下河摸鱼、上山打猎,方方面面都是个好手。据我父亲说,小叔精明能干,样样都拿得起来,不过就是不擅长种田,这在村里却算是游手好闲了。但其实他人品很

第三章 诡异废村 | 83

好，仗义执言、正直勇武，在村里帮东助西，积得一个好名声。后来抗战爆发，他年轻气盛、血气方刚，见不得国家被践踏，立志要参军打日本鬼子。我爷爷是老实巴交的庄稼人，思想保守，自然不能同意，为此还和我小叔翻了脸，打了小叔一顿。

要说到倔强，我爷爷可算是头一号。年轻的时候据说有头牛犯了犟劲，死也不回圈，怎么打都不动弹，爷爷急了眼，一把抓住牛角愣是硬生生把牛拽回了圈里，后来松手一看，牛角都裂璺了，自己手上也一把血。搞得那牛以后看见我爷爷眼珠子都是红的，恨不得一角顶死他。

不过这股子倔强的性子传到小叔这里，显然失了精华。小叔开始执意要去，后来爷爷眼珠子一瞪，一巴掌掴在小叔脸上，愣是把他一个大小伙子打了个趔趄。小叔一看爷爷真动怒了，"扑通"跪倒在地，泪流满面，再也不提参军之事。

一个星期以后的清晨，爷爷照例叫小叔出工的时候，屋里居然没人。爷爷暗叫坏了，到底是自己的儿子，小叔的性子毕竟遗传自他，心里还是有数的。爷爷进门一看，屋里东西收拾得干干净净，桌上有一封书信，小叔已经自带行李投军抗日去了。

爷爷气得大病一场，之后便只字不提小叔。不过后来随着形势变化，了解了鬼子的残暴，爷爷也以此为荣，常提起自己儿子现在军中打鬼子，言语之间很是骄傲。不过有时却对着远方沉默半天，我知道那是想小叔了。

小叔走后杳无音信，我也是后来听父亲讲述才知道小叔的事情，脑子中依稀记得有这么一个叔叔，整天笑呵呵的，带我进林捉鸟、下河摸鱼，只是具体相貌有些模糊了。家里人虽然嘴上不说，但心里却以为这么多年的战事，小叔在血雨腥风、枪林弹雨中穿梭，可能已经不在人世了。爷爷晚年也时常絮叨当年一巴掌打得狠了，对不起小叔，老人家显然心怀愧疚。每当这时父亲就安慰爷爷小叔总有一天会回来看我们的，说不定战功赫赫，跨马戴花荣归故里。

估计连父亲自己都不会相信这番话，大家权当是安慰老人之语，谁都没当真。谁料前几年，父亲的话居然应验了。

小叔竟然回来了。

原来如此

　　要说小叔回来的时间却是非常凑巧，当时我爷爷已经病重在床，奄奄一息。老人家一直在念叨没有见到小儿子，伤心不已，一口气憋在心里始终放不下，父亲也是愁云惨淡，但世事沧桑，小叔走了这么多年，去哪里找呢？父亲是个孝子，那几天为这事长吁短叹，一筹莫展。

　　所以小叔出现在家门前的时候，全家都愣住了。还是邻家三叔反应快，一把拽过小叔推到爷爷床前。看着奄奄一息的爷爷，小叔什么都没有说，重重地跪在地上，泪流满面，哽咽不能成语。那时我也不小了，不过并不认识小叔，因为他的脸上刻满了沧桑，并且一身军装，我觉得这个人身份不一般，又不敢开口，只在父亲后面怯生生地看着。父亲回过神来，赶紧把小叔扶起来，端来一杯水，然后轻声呼唤爷爷睁眼看看，小涛（小叔小名）回来了。

　　爷爷睁开浑浊的老眼，脸上慢慢露出一丝微笑，紧皱的眉头也舒展开来。那天父亲把家里所有人都撵出房间，只留下这父子二人。我们看见爷爷房间的灯亮了很久很久，小叔出来的时候，脸上挂满了泪痕，一把抱住父亲，与他紧紧拥在一起。

　　我冲进屋时，爷爷已经走了。老人的嘴角挂着满足的笑意，我不知道他们在一起谈了些什么，但我知道，他多年来的自责在儿子面前彻底放下了。今天的小叔已经成为一个真正的男人，想必一生耿直朴实的爷爷离开我们的时候，带走的只有那份自豪和骄傲。

　　小叔在家只待了一个星期，办完爷爷的丧事就走了。他是开着一辆大卡车回来的，我也是那时才对开车产生了浓厚的兴趣，也许是因为对一身戎装的小叔有着一份崇拜，无形中对汽车也产生了爱屋及乌的感情。就在那几天，小叔还带我试开了几次，我看着这绿皮的大怪物在我面前驯服地隆隆作响，心中充满了豪气和骄傲，发誓一定也要像小叔一样开着这大家伙驰骋在祖国的大江南北，一晃几年过去了，没想到真的变成了现实。

　　小叔没有过多地提及自己现在的情况，只含糊地说打仗期间经历了很多坎坷，现在部队继续服役，担任了一定的职务。现在想来他的相貌和身手应该和

第三章　诡异废村　**85**

以前不同了，干净利落了很多，眉宇间也少了那些倔强之气，多了一份淡定和从容。父亲后来也感慨：部队真是锻炼人，生生把小涛变成个人精了。

我听吴宏提到小叔，吃惊之余一言不发，只条件反射地开着车，脑子里却一片往事。等我回过神来，发现吴宏正认真地看着我，想来他也看出我陷入了回忆中。

我看到他的眼神，有些不好意思，就问道："我是有个小叔叫孙林涛，除了小时候，只几年前见过一面。你们调查得真是仔细，连这都知道。不过这跟我们的任务有什么关系？"

吴宏听到这话脸色顿时变了，他眼睛黯淡下来，语气沉重地说："小孙，有件事我告诉你，你不要激动。我想过了，早晚要说的，不如早说，这样对你还好些。"

我的心一下提到了嗓子眼。吴宏抬起头，眼睛直直地盯住我，说："其实，孙林涛就是9号同志。"

我听了手一抖，几乎握不稳方向盘，强忍着内心的激动，我把车慢慢停到路边。吴宏看我把速度降了下来，也没有说什么，想必知道我的用意。

听到这样的消息，我无论如何也无法集中精力驾驶了。我沉默了很久，手都不自觉地颤抖起来，要知道小时候小叔常逗我玩耍，我与他有深厚的感情，且不说他从事这样隐蔽的工作，危险性极大，不管什么原因，他失踪在这连绵起伏的群山中都是件让我悲痛欲绝的事。我脑中一片空白，悲从心起，嘴里苦涩不已，总觉得这不是真的，一切都像是做梦一样。

吴宏叹了口气，一只大手伸过来紧紧握了握我肩头："你不要太悲伤，我们不是还没有找到孙林涛同志吗？说不定他只是被困在什么地方。他身手非凡，很多艰难的情况都经历过，不会就这样失败的。"

我知道他这是安慰之语。且不提山势险峻、密林遮日、禽兽出没这些恶劣环境，单说我们路上碰到的神秘怪物，面目狰狞、行迹诡异，就足够危险了，况且吴宏也说了，这东西不是一只，荒山密林里还不知有多少。三个月的时间，没有任何人知道小叔的踪迹，只能说明他要么被困在一个难以被人发现的地方；要么……我不愿想下去，痛苦地闭上眼睛。

吴宏一直默不作声，现在说什么都是多余的。我很长时间都没有说话，等思维慢慢恢复正常，我才想起吴宏已经等了很久了，便回过头，微弱地说：

"你们算是同事，以前认识我小叔吗？"

吴宏脸上露出一丝遗憾："不认识。我们并不隶属于同一个直接上级。别说我，连沈逸之也是派出我之前才知道孙林涛同志的全部情况的。他告诉了我孙林涛同志的详细特征，以便进一步查找。我们对以往的情报进行了整理，发现你正好从事拉送设备的工作，同时又是孙林涛同志的亲侄子，近年你见过孙林涛同志一面，还一起待过几天，应该对他的相貌身形比较熟悉。"吴宏放慢语调，继续说，"当时沈逸之就建议，由我以押车的名义协同你拉设备进山，进行侦察，完成搭救孙林涛同志和搜集情报的任务。"

我点点头："原来是这样，怪不得你刚才说这事和我有关系。"

吴宏听了摇摇头，接着说："但是，当时有人不同意。"

大胆的吴宏

我听了不由气愤不已，也顾不得吴宏正在说话，打断他道："这还有人反对，到底是什么居心？！不管我小叔的死活了吗，难道我小叔的安全就这么不重要？"

吴宏没有怪我，只是耐心地等我把话说完，才接着说："你误会了。恰恰是为了安全，才会有人反对。"然后他指指密林深处道，"反对的不是别人，正是孙林涛同志的直接上级。

"当时他提出，既然孙林涛同志这么长时间没有和组织联系，势必碰上了意料之外的事，生命安全应该是受到了极大的威胁，甚至可能已经……"吴宏意识到失言，抬眼看了看我，继续说，"考虑到孙林涛同志的安全已经无法保证，就这样派你前去并不妥当，毕竟你们这个家庭已经因为情报工作有一位成员置身危险之中了，不能再让年纪更小、几乎没有任何经验的你再涉险前往。当时孙林涛的直接上级担心你的安危，因此提出了反对意见。"吴宏说完，陷入了短暂的沉思。

我语气生硬地说："我愿意。我不怕死。"事实上当时心里也是这么想的，想到小叔还在不知哪处危险境地垂死挣扎，生死不明，我就痛苦万分，哪里顾得上什么自己的安危？

第三章 诡异废村 87

吴宏闻言轻轻笑了笑,似乎是对我的执拗无可奈何。他的声音变得柔和起来,说:"但是我们不能像你一样冲动,后来经过讨论,大家认为这位上级领导说得有道理。不能轻易让你涉险,于是准备从孙林涛部队熟悉他的战友中寻找工作人选,与我一起进山。"

吴宏轻轻呼出一口气,继续道:"但这谈何容易!部队的同志警惕性都很高,这样突然找出一个同志和我们进入这深山中,没有合适的理由势必引人怀疑。但我们又不能告诉他们孙林涛失踪了,不然被刨根问底更加麻烦,况且部队中人员集中,一个个调查已经没有时间了,这么做也对保密工作十分不利。但任务总是要完成的,我们想方设法,几乎可以说连蒙带骗地和两名孙林涛同志的战友两次进山,结果都非常不理想,其中一名还怀疑我是敌方特务,差点和我动起手来,后来领导出面才解决了这件事。

"所以,最后我们只能重新把视线转移到你身上。"吴宏轻轻地说,"好在组织对我的个人能力是放心的,认为我各方面都比较过硬,尽管这样,还是极其谨慎地反复叮嘱我一定要保证你的安全,必要的时候,优先保证你安全撤离。"

我听到这里十分感动,没想到一路上我一直在怀疑的吴宏竟然始终在暗暗地保护我。看到他那双亮晶晶的牛眼,我突然觉得安全了很多,刚才黯淡的心情也晴朗起来。毕竟小叔现在还下落不明,一切顺利的话,将他救出,和吴宏并肩完成任务也未可知。

我心里亮堂了不少,又觉得有些不好意思,抬头看看吴宏,开玩笑道:"保证我的安全?呵呵,刚才你让我喝那毒茶可是差点要了我的命啊。"

吴宏看出我心情好多了,便笑呵呵地说:"你小子还真实诚,让你喝你就喝,说实话我也挺意外的。"然后他笑容淡了些,道,"不过,那也是我对你的一次试探。"

我这才明白吴宏为什么坚持要我喝那杯茶,原来有这心思在里面,想到他所说的情报工作的要求,也就原谅了他。抬头看看天色已经暗了下来,远方天际灰蒙蒙的一片云压了上来,看样子是要下雨了。

我甩甩脑袋让意识清醒,对吴宏说:"不好,要下雨,得快些走了。"

吴宏点点头:"抓紧时间吧,越早弄清楚事情的原委,对完成我们的任务就越有利。"

我们一路向山下赶去。现在吴宏已经把事情的原委告诉了我，我心中没有了疑惑，似乎那闹鬼的传闻也被这清晰的思绪驱散了，变得不再那么可怕，此时我心中只有一个念头：弄清真相，营救小叔。

远处已经黑云翻滚、雷声隐隐，阵阵猛烈的风吹得路边树木哗哗乱响，两边的密林如狂舞的鬼魅一般张牙舞爪，群山也仿佛活了过来，巨大的身形明灭不定，像一个个骇人的怪兽。天色已经暗得吓人，层层叠叠的黑云边缘，约略能看见点光。前方的路突然变得不太好走，虽然是主路，但也有些弯曲，冷不丁还有小小的碎石滑落在车前，惹人一惊。

我打开前灯，让车慢慢行驶，我们一直都没有说话，这样的路况还是小心些好。这样开了许久，吴宏突然转过头，轻声说："小孙，看刚才那地方眼熟吗？"

我的注意力全在路上，只轻轻点了点头，我当然知道，刚才经过的地方就是和尚昏迷之处。本以为吴宏只是触景生情，随便一说，没想到他并不罢休："这里山路不太好走，你把车停在一边，我下车看看去。"

我听了觉得很奇怪，发现和尚的地方已经过去了，现在这里我们并没有发现任何异常，你下车看什么？这转眼间雨就要下来了，耽误了时间后面赶路会十分麻烦的，因此很不情愿。但走了一路，吴宏的脾气我也是清楚的，他虽然说话不急不躁，但却十分坚定，决定了的事情实难更改。

其实还有一点，我隐隐有种不祥的感觉。在这山雨欲来、云腾风啸之时，我心里有些害怕，我们路上碰到的东西让我巴不得赶紧走下山去，谁知道这种阴森森的环境会不会再出现什么东西？而且现在的天色和夜里没什么两样，但光线却更差，云山雾罩的，行动必然要受到限制。想到这些，只能暗暗祈祷，千万不要有什么不测才好。

吴宏推门下车，仔细观察了一下周围的环境，然后轻轻挪动脚步，慢慢走向山路外侧。

我把头探出驾驶室，大声喊："你干什么，小心掉下山去！"

第三章 诡异废村

恐怖的旋涡

还有一句话我没有说出口，那东西不是能顺着岩壁攀爬吗？你吴宏也太大胆了，万一……

吴宏头都没回，只是冲我摆摆手，慢慢将身子探出路边。吴宏探头看了几分钟，对我来说却像是几年一样漫长，生怕突然有一只爪子伸过来一把把他拽落下崖去。我紧张得心怦怦乱跳，大气都不敢喘一下，就这么直勾勾地看着吴宏高大的身影。

过了一会儿，吴宏的脸转了过来，原地不动地冲我挥挥手，似乎是让我过去。

我心跳得仿佛要蹦出胸腔：不会吧，要我过去？过去干什么？

要在平时，这种情况打死我也不会近前，现在却不同，说来我和吴宏也算是战友关系了，这样畏葸不前就失了胆色，况且有吴宏在旁边，想必没有危险。想到这里，我硬着头皮打开车门，一点点蹭到崖壁边缘。

吴宏看我一脸紧张，也没说什么，只是指了指崖壁下方，对我说："你看看底下。"我看了吴宏一眼，小心翼翼地把头探了过去。

只看了一眼，我知道我的脸立刻就青了。

我赶紧把头缩了回来，感到晕晕的，脚下不由一个趔趄，吴宏一把扶住我，有力的手臂紧紧抓着我的肩膀。等站稳之后，我赶忙对吴宏说："回去吧，不就是水吗，这有什么好看的？"

谁知吴宏并没有要走的意思，他看我恢复得差不多了，拉着我，努努嘴说："接着看。这水有些不同，等下你就看到了。"

我一下蒙了。还看？有什么好看的？就这还不够吓人的？

不是我胆子小，实在是太吓人了，刚才我只瞄了一眼，就被下面的情形吓坏了。悬崖下边是一片青黑的湖面，无边无际，像一张大网张在下方。从这个方向能看见湖面上似乎还有什么东西在闪光，虽然我们离水面至少有几十米高看得并不真切，但仍能感到下面暗流涌动，仿佛有一只巨大的手掌在水底轻轻搅动一样，让这深水展现出阴暗的起伏，一波波地前后层叠推进，充满了诡异，十分骇人。

我知道湖水是因为要下雨的缘故有些异常，但刚才吴宏给我指这个地方的时候，我就已经感到害怕，只是说不上原因，现在这种感觉越发强烈了。这湖水黑得蹊跷，中心和边缘的颜色似乎还不太一样，定睛细看有些变幻的暗影，可能是波浪起伏引起的折射，但在我看来却似乎是一个怪物潜伏在那里，等待着将我们一口吞掉。

我提气闭息，静静地等着。果然不过一分多钟，湖面出现了异常。

吴宏拉我的手陡然加了力道，显然也很紧张。他低声急促地说："注意看，湖面中央！"

其实不用他说我也已经注意到了，湖面中央突然出现了一个小小的旋涡，直径大概有三米，不过慢慢地这旋涡就变大了，一圈圈荡漾了开去，奇怪的是旋涡所到之处并没有干扰湖水的波动，层叠的水浪和交叉的波纹混杂在一起，让湖面显得更加杂乱。只几十秒钟的时间，旋涡已经很大了，我刚要回头问吴宏，突然发现它开始变小，同时在向湖面的东边移动，离我们越来越远了。也就是几分钟的时间，这波纹慢慢消失在黑暗的水面上，只剩下缓缓荡漾的细纹散开来。

我目瞪口呆地盯着下面看了半天，都忘记了危险。过了好一会儿我才回过神来，也不知哪里来的勇气，生怕再错过什么，又紧紧盯着湖中央足足看了一分多钟，确定再也没有东西出现后才回过头，声音颤抖地对脸色铁青的吴宏问："妈的，这……什么玩意儿，水里……水里有东西吗？"

吴宏脸上也是疑云一片，不同的是他比我镇定得多。把我从崖边拉到道路中央后，吴宏皱着眉头说："我也不知道。刚才我想从高处近距离看看这湖是什么样子，看了几眼没什么异常，刚要离开这旋涡就出现了。我叫你过来之前已经有过两次了，都是这样出现一个巨大的旋涡，然后消失不见。不同的是之前有一个是向着相反的方向离开的，其他都一模一样。"

我听了叫出声来："什么！还有两个？！"

吴宏看我这样吃惊，眉头挑了一下，似乎有什么话要说。我这才想到自己现在也算是有任务在身的人了，再这样一惊一乍和身份有些不符，需要稳重些，连忙咳嗽一声，故作镇静地回身向汽车走去。

吴宏走了几步又回到崖边，探头看了几眼，才回到驾驶室。我终于没能压住内心的疑问，把身子探过去，问吴宏："这到底是什么东西？你以前见过吗？"

第三章　诡异废村　　91

吴宏并没有看我，只是指指前方说："先上路吧，路上再慢慢说。"

我发动汽车，缓缓地上路了。小小的雨点已经打在车窗上，我尽量把车沿着路的内侧开，生怕离崖边太近会翻滚下去，刚才看到的一幕还在我脑海中翻腾，就像那暗黑的水面一样久久不能平静。

走了一会儿，吴宏开口说："我也从来没有见过这种情况。你看那湖面上的旋涡，出现和消失都十分迅速，不太像是水底暗流造成的。"

我心想这还用说，你见过这样的暗流吗？要我说这明显是水底有什么东西，不然怎能这样神速地搅动水纹又马上隐匿无形？

巨大水怪

吴宏扭头看了我一眼，想必是看到了我一脸的不以为然，语气稍显严肃地说："水底的暗流也是能够搅出这种古怪的旋涡来的，可怕得很，如果有人遇到必死无疑。那些暗流造成的旋涡也不小，有些甚至比这个还要巨大……"我看他说话间脸色稍有变化，便知道之前他一定有过这种凶险的经历，说不定还因此置自己于生死之间。尽管这样，我还是松了一口气，有暗流也比有其他什么东西要好，反正我也不会靠近那水面，有暗流又能如何？其他的……就不好说了。

不料吴宏接着就说："不过我见过的暗流没有持续这么短时间的。你看那些水纹相互之间干扰并不大，不像是错综的暗流交互碰撞形成的；而且在几分钟的时间里出现又消失了三次，平常的暗流不会造成这种效果。"他歇了一口气，加重语气说，"最奇怪的是，要是暗流的话，怎么会有一个冲着相反的方向消失？"

我越听越不对，心里那个可怕的念头强烈起来，就问他："不是暗流，那你说是什么？"

吴宏摇摇头："我也不知道，我从来没有碰到过这种情况。不过要我说，这水底一定有什么活物。"他顿了顿，"不管是什么，这东西都不是一般的大。"

我一下感到浑身冰凉，果然和我预想的一样。压制住心中的惊恐，我扫了一眼前方模糊的路面，问吴宏："那……你觉得是什么东西？能有多大？"

吴宏摸了摸下巴，说："这个我也说不好，差不多一二十米吧。"

我一听差点把方向盘扔了，我的妈，一二十米！那不是有我两个卡车长？什么东西能有这样的个头？

我半信半疑地看看吴宏，问道："你刚才也说了，至少你见过的旋涡里这个不算是最大的，怎么会有这样的猜测？一二十米也太夸张了吧？"

吴宏有点不满地看我一眼，说："你还是没有认真听我讲话。这旋涡怪就怪在出现和消失得十分迅速，而且并不激烈，说明这东西离水面有一段距离，可能在很深的地方；如果是在水面之下几米的位置，不会出现这样柔和的波纹。你想想，在深水之下还能搅出这种旋涡的东西个头得多大？一二十米恐怕都不止！"

我的脸已经渐渐白了，吴宏的这种说法也太恐怖了。想到水底下还有这样一个东西在缓缓游动，我就浑身冰凉，心中暗暗祈祷老天一定保佑我们顺利到达山下，这要是稍有闪失翻下山崖，势必掉进湖中，那还不如之前被老和尚毒死了好。崖下那暗流涌动的青黑湖水让我阵阵发冷，手脚都有些僵硬了。

吴宏没有注意到我这些变化，他正凝神考虑什么事情，过了一会儿才自言自语说："不对……"

我听了这话就知道又有情况，忙问："怎么了，你又想到什么了？"

吴宏扭头看看我，眼睛里写满了困惑："其实刚看到这湖的时候我就想到了……不过现在看来，有些地方不对劲。"

我有些意外，这紧要关头还有心思想别的？想了又想，吴宏应该会告诉我情况，就没有追问，只是加紧开车。开了一会儿，吴宏看我不吭声，微微笑了笑，然后侧过身子看看窗外，头也没回地对我说："你记得当初和尚神秘失踪时我们碰到过的那东西吧，当时它掉下山崖，我是怎么说的？"

因为当时我判断错误，所以记忆特别深刻，我马上记起了那时的情景，随口回答："你说不是掉下山的，那东西能在岩壁上攀附，应该是自己爬下山的。怎么了？"

吴宏扭过身子点点头："对。不过从寺庙门口看到这湖泊时我就有了另外一个想法，也许我们当时的推测并不正确。"

"什么想法？"我吃惊地问吴宏，心想这不是你的推测吗？当时说得头头是道，现在又不认账了？

第三章 诡异废村 | 93

吴宏扶正怀中的枪,望着崖壁外侧说:"刚才你也看到了,这崖壁外面是什么?"

我猛然明白了他的意思,难怪吴宏刚刚看到这湖泊时嘴里念叨着"奇怪",原来他的思路到了这上面。这崖壁外面就是万丈深渊,底下是无边无际的深水,就算那东西如吴宏说的一样能够在岩壁上攀附,又能够到哪里去?难不成一直贴在崖壁上然后再爬回来?如果不是有这样神奇的能力,那就只能是……

我听懂吴宏的话,一下子便将两件怪事联系了起来,不由轻声问吴宏:"难道你的意思是……"

吴宏点头道:"对。当时我就有些奇怪,想到道路外侧草木的压折痕迹,它肯定不是掉了下去,而是自己撤退,但可能不是在岩壁上攀爬。恰恰相反,它压根就没在崖壁上停留。"他伸手一指窗外,说,"我怀疑,那东西是直接跳进了这深水中!"

我听了觉得有道理,这样水里发生的一切都解释得通了,莫非就是那东西造成的这些异象?只是没想到那怪物还懂水性,不过我记起之前吴宏曾经说过绿眼的怪物和尸体一样有一双奇怪的脚,想必和这有莫大的关系。

吴宏继续说:"在寺庙前看到这湖泊时,我脑海中就有了这样的想法,如果那东西从这崖壁上跳入水中,和我们的推测也吻合,所以那时我就有了近前看看这湖水的念头,这才让你停车下去查探,不想看到这样的一幕,比路上遇到的东西更让我感到惊异。不过我刚才细细想过,这样有些地方反而说不通了。"

我不解:"哪里说不通,这样不就解释了刚才的旋涡?这玩意儿在水底下游动造成这样的景象,说明那绿眼的东西还会水性,看来还是个两栖动物。"

吴宏又瞪我一眼,搞得我莫名其妙,他缓和语气说:"考虑问题要周全。刚才我说了,这水底的东西应该非常庞大,我们看到的那东西有那么大吗?你我都见过那双绿莹莹的眼睛,潜伏在车底时虽然没有看见全貌,估计最多也就是两米,况且只看见两只眼睛,没有见过全貌,说不定还要小,就这东西能造成这样惊人的旋涡?所以我刚才觉得,这又推翻了我之前的想法。再说,那东西如果就这样跳进水中,不怕这水底的玩意儿吗?还是它也不知道水里有这种东西?"

一户人的村落

  我听了沉默下来，吴宏说得当然有道理，但我心底的疑问却加重了，要是这样的话，岂不是又出现了一种凶险之物，还是在这黑暗阴冷的水底？路上碰到的东西还没弄明白是什么，水下又出了这玩意儿，到底这层峦叠嶂的群山中有多少诡异凶恶的神秘之物？看看窗外模糊黑暗的众山，我心中充满了恐惧。

  吴宏显然也是这样想的，他好像怕吓着我一样轻轻地说："也不要太担心，不过情况确实越来越古怪了。我觉得路上碰到的那东西和这水底的玩意儿应该不是一路的，如果我的推测是正确的，绿眼的怪物确实跃入了水中，不知是仓皇之间的无奈之举还是习性使然，如果是前者我估计它必死无疑，如果是后者，在这暗无天日的深潭之下，它怎么生存？水底的东西又是什么？看来这高山深水中还有非常多的秘密，虽然来时想过会有怪事，但没想到会是这样凶险。今后你我一定要小心行事，稍有不慎可能就有性命之忧，尤其是到了村中，你说话可要留神，字字斟酌，不能随意了。"

  我点点头，事到如今也只能这样了。从现在的情况来看，小叔估计凶多吉少，我心中反复祈祷，但愿小叔不要坠入这水中。碰上那绿眼的怪物我至少还能跑，虽说被它吓得不轻，但它没有伤害我们，或者说没有伤害成；但水里就不一样了，想跑都没地方跑，还能有命吗？

  吴宏看我脸色严峻，长舒了一口气，道："行了，多想无益，走一步看一步、见机行事吧。现在先去村里找罗耀宗。"

  我看看雨势，稍稍加快了速度，车一路向山下驶去。

  山路蜿蜒崎岖，一路颠簸，走得十分费力，很久之后，终于看到了稍显平坦的道路，看地势也已经到山脚下了。吴宏拿出地图看了看，说："应该就是这里了，按照老僧的说法，前方转几个弯走几里路就到村中了。"

  我听了精神为之一振，一路的疲乏也消失了很多。到了一个地方，吴宏突然示意停车，我虽然不解，但还是按他的要求把车停在一个稍显平坦的地方。

  雨慢慢停了下来。前方隐约可以看见屋顶的影子，目测过去，仍然有一段不近的距离，我不明白吴宏为什么在这里停车，难道要步行走过这段泥泞不堪的路?

吴宏推开车门下去,打量一下环境,对我说:"把车再往前边开开,往那棵大树后面过去一点。"

我按照他的要求把车开到那里,几乎一边轮胎都被树叶遮挡住了,吴宏又站远几步看看,似乎满意了,才挥挥手对我说:"你下来吧。等等我,我去驾驶室一趟。"

我感到奇怪,让我驾驶员下来你进去干什么?你又不会开车。没想到吴宏再出来的时候,已经换了一身便装,里面是一件白色背心,外面罩一件浅灰色的衬衣,看上去十分精神。不过就是衬衣略有些旧了,穿在身上皱巴巴的,似乎还有些汗渍。

吴宏浓眉大眼,身材魁梧,脱了军帽一头短发十分利落。还别说,他穿这身衣服真是有模有样,打眼一看倒像是个炼钢工人,脖子上再搭一条毛巾就更像了。衣服穿着倒也合体,只是他眉目之间的英武之气和这身打扮不太相称,精神得有点过头了,毕竟是军人,那股子干练的气质随处可见。

我很吃惊吴宏还有这样一身装束,看来来此之前做足了准备,连便衣都预备好了。他看看我,咧嘴一笑:"看看,像样不?"

我呵呵一笑:"你别说,还真是有那么点意思。你什么时候拿的衣服,我怎么没看见?"

吴宏说:"我上车就带着呢,就在我座位底下的挎包里,你没注意看。这一去是打探消息的,还是不要穿军装的好,我们不摸底细,小心点总不是坏事。"

我这才明白他为什么要把车停在这里,原来是怕暴露身份。吴宏大手一挥,指指前方的村落说:"走吧,会会这个罗耀宗去!"

我和吴宏大步向村中走去,话说说容易,这一路上也没少踏泥涉水。走到村口,站在一棵大树下,看着那一片高低不平的屋子。吴宏小声说:"慢慢走着看看,注意观察屋子里是不是有灯光。落脚轻点。"

我边走边观察,天色已经暗下来了,但仍然能够辨认出许多老屋的样子。走了一路,果然远处有一户透出微弱的光亮,若隐若现,不仔细看根本看不出来。四面的破屋矮墙都笼罩在夜色中,一片沉寂,安静得可怕,仿佛这里不是住人的村庄,而是个乱坟岗一样。吴宏回头冲我使了个眼色,眼睛闪闪发亮:"那里,过去看看。"

看来老僧所言不虚,这里除了那个罗耀宗的确不似还有他人居住,要说也幸亏他家点了灯,不然还不得费好大一番力气找他。

我和吴宏来到这家门前,只见一扇木门虚掩,木板湿烂。从门缝中可以看到前方一点灯光透出,因为离得近,比刚才看到的亮了很多,我和吴宏对视一眼,心里清楚:就是这里了。

吴宏轻轻推开虚掩的木门,小心地走了过去,我连忙加紧脚步跟了上去。到了屋门前,发现门口一个旧橱柜上点着一盏油灯,在浓浓夜色中散发出豆大的光芒,屋里还有光亮透出,估计有人在那里。

我刚要上前,吴宏一把拉住我,示意我不要轻举妄动,先借着灯光观察了一下屋内。

很简陋的堂屋。几乎没有什么东西,两个小小的橱柜靠在门边和角落,几件脏兮兮的衣服挂在墙上,从大小来看,应该是男人穿的。里面一个角落里放着一个大碗,里面黑糊糊的不知道是什么东西;另一个角落里一口米缸,再无其他物品。灯光下地面上黑糊糊的一片泥土,还有草秆,十分杂乱。

看这情形,罗耀宗过得也十分落魄。也难怪,偌大个村落只有他一个人在,寂寥无助,不潦倒都奇怪了。只是不知道他一个人住在这里所为何事?

吴宏悄无声息地来到里屋门口,门大敞着,我跟在后面还没看到屋内的情况,就见吴宏在门口顿了一下,似乎看到了什么令人吃惊的事情。

我连忙几步赶到门口,探头往里面一看,也有些吃惊。

只见里屋床上躺着一位老妇,老脸布满皱纹,已垂垂老矣。一床薄被盖在老人身上,豆大的灯光下,她紧闭双眼,微微起伏的胸口表明已经睡着了。被子还算干净,和外面的脏乱有着不小的区别。炕边放着几块红薯和干粮,还有一碗清水,也都很洁净。看这情形,不管这人是谁,想来都被伺候得十分周到。

吴宏打进院子后就一言不发,现在看到这情形,指指屋外,示意我出去,他跟在我后面蹑手蹑脚地从堂屋回到院中。我看他站定了,小声问:"不会走错了吧,难道那和尚骗我们,这里不光罗耀宗一家?"

吴宏摆摆手说:"应该不会。这可能是罗耀宗的家人。"

我听了觉得有理,便接着问:"现在怎么办?"

吴宏拉我来到院门边,找了一个角落蹲下,抬头看了看四周,然后看着我把食指向下一顿,说:"等。"

过了一会儿,又小声对我说:"等一会儿有人来了,就说我是你小叔,我们来南京探亲的,没进过深山,感到新鲜,和人一起来山里游玩,半路下雨失散了,误打误撞才从山里找到这村落。懂了吗?"

我紧张地梳理了一下思路,点点头,表示明白了。

我和吴宏在院门口蹲了不久,就听见村中道路上由远及近有脚步声传来,吴宏轻轻拽了拽我的衣服,慢慢直起了身子。我还以为吴宏想偷袭,本想躲在暗处看个究竟,情况不妙再上去相助,没想到他站起来之后,把抱在手中的枪放在门后,直接走到院子中间去了。脚步声越来越响,吴宏把袖子挽了上去,扯了扯本来就有些散乱的衣服,看上去反而更加狼狈。我瞟了他一眼,心里觉得奇怪,这小子把自己弄得这么邋遢干什么?

说话间,我也站到吴宏身后,等待那人进门。片刻后院门打开,一个黑影闪了进来,低头往前走,碰上我和吴宏时,他没想到面前会有两个人,吓了一跳,下意识地大喊一声,匆忙跳开一边。

我和吴宏早有准备,等对方定下神来,发现这是个头发蓬乱的男人,面容消瘦,手长身细,佝偻着背站在我们面前,一脸惊恐。

吴宏还没等对方反应过来,就上前一把攥住他的手,用力地抖了抖说:"大兄弟,不好意思啊,吓着你了。我们是过路的,在这山里迷了路,好容易找到这村子,也没打招呼就闯了进来,别见怪啊!"

男人愣愣地听吴宏讲完,回过神来,脸上紧张了不少,他抬头望了望堂屋,推开我们来到门口看了几眼,这才放下心来。回到院子中,他用疑惑的眼神看着我们,打量了一会儿,鼻子里哼出一个"嗯"字,回身又到了屋内。

我对他这种态度有些意外,这怎么看也不像是热心助人的样子,老僧说的罗耀宗是他吗?吴宏脸上没有任何异样,一脸焦急地紧跟着走进门去,我看他手上一把泥,才明白刚才男人手上全是泥。

男人不知从哪里拿出一个盆,从院子里一个四方水池中舀了一点脏水就开始洗手。灯就在他旁边,我清楚地看到这男人消瘦的脸颊上一双小眼睛亮晶晶的,鼻下依稀还有一簇胡子,嘴巴紧抿,外穿一件粗布长衫,底下一双布鞋已经被泥水浸透,正滋滋地挤出水来。

吴宏静静地等对方洗完手,说:"大兄弟,不知道这是什么地方?我们在山里摸索一下午了，就是找不到出山的路，这要不是老天爷保佑撞出来了，说不定就丧命在里面了。"

男人"哼"了一声，低声说："说不定？怕是你连骨头都找不到哩！"

我暗暗吃惊，倒不是因为这男人说话的腔调和语气，反而是吴宏现在的行事风格。吴宏竟然与之前判若两人，身上飒爽利索的军人风范一扫而空，身体也微微躬了起来，一脸憨笑，再没有白天精明沉稳的影子，如果不是因为那张熟悉的面孔，可能连我都以为这是个焦急万分的迷路行人。灯光摇曳下我看着他越发黑黄的脸，感到简直像是做梦一样，心里一阵惊异。

男人洗干净了脸，神色也镇定了很多。他直起身来，眼睛紧紧盯着我们，问道："你刚才说迷路了，来这山里干什么？怎么来的？"

村中有鬼

吴宏近前一步说："俺们坐大队的车一路从南京过来的，小侄子没见过山野，顺道带他来玩。我自以为当年进过林子，有经验，没想到……"他尴尬地笑笑，拱手致意道，"还请大兄弟多照顾照顾啊！"

男子看了看我，我一脸无辜地看着他，他微微笑了笑，不知怎么的，我总感觉他笑得不怀好意。他转头又问吴宏："南京到这里也好长的路途的，你们咋来的？刚才你说有人送，那咋个回去法？"

吴宏挠挠头，郁闷地说："说的就是这个事。本来说下午他们办完事拐个道儿接我们走，天一下雨我们迷路了，找不着地方，估计队上的人也急坏了，我们得赶紧和他们联系上才好。"

男子听了冷笑一声说："让你们来的人也是个糊涂蛋。算了，一会儿俺给你指条出去的大道，你去那里等等看吧。赶快走吧，可千万别在这村子附近晃悠啊。"

吴宏脸上的着急之色褪去，嘿嘿一笑说："谢谢，谢谢大兄弟了！"然后他一把将男子手里的汗巾拿了过来，放在水里荡了一下，攥干递给对方。

男子看他一眼，神色稍有和缓，接过汗巾擦擦脖子，然后丢在水里回身进屋，又回头看着我们说："我还没吃饭哩，你们先进屋坐着吧。"

第三章 诡异废村 | 99

我和吴宏对视一眼，忙进到屋内。男子从橱柜里拿出些冷硬的干粮，就着一碗咸菜开始吃饭。我们干坐在一旁，也不知道说什么好。过了一会儿，吴宏开口了："大兄弟，谢谢你的帮助。你把我们领到大路上，俺们再也不乱跑了，这天黑云暗的，再迷路了可碰不上你这样的好人了。"

男子听到这里抖了一下，抬起头来直勾勾地盯着吴宏说："可不准乱跑！我让你在哪里等你就在哪里等！"然后他低头想了一会儿，突然叹了一口气说，"算了，俺陪你们等吧。"

吴宏趁男子不注意，意味深长地看我一眼，问道："大兄弟，你别吓唬俺，怎么听着这么瘆得慌？"

男子抹了一口嘴边的饭渣，小声对我们说："我说了你们别害怕，让你们知道也好，不说怕是又到处乱窜哩。"他靠过身来，好像怕什么人听到一样，"这村子里可是有鬼的！"

吴宏听了居然有模有样地叫了一声，然后沉着嗓子哆嗦着说："大兄弟……这玩笑可不能乱开啊……啥鬼不鬼的，别吓唬我们！"

男子看看吴宏那害怕的模样，垂下眼皮说："哪个没事干讲这个吓唬你，我亲眼见过的！"

我听了这话心里激动不已，可算是找着知情人了，刚要问详细情况，却听吴宏说："先别说这些，怪吓人的。还不知道兄弟你怎么称呼，日后好再来报答啊！"

男人听了脸上终于有些笑容，搓搓手说："你看看你，不用这么见外。我叫罗耀宗，别记挂。走了就别回来了，这地方待不得。"

我心里一抖，果然是他！

吴宏听了罗耀宗的话，脸上露出一丝奇怪的神色，说："兄弟你别怪我多嘴，这村子里我看没有别人家点灯，都干什么去了？怎么这么大个庄头不见有人呢？"

罗耀宗听了这话目光一下子黯淡了下去，似乎更加佝偻了，他慢悠悠地说："刚才不是告诉你了，这村子闹鬼。看见的人都吓得要命，又开始死人，任谁也不敢再在这里住了，人都跑到别处去，村子就荒了。俺老娘卧病在床，动弹不得，本想背她走，可她在这里住了一辈子，抵死不肯走，倒说让我自己逃命去……没办法，我就陪她住下来。说来我也算是个人物了，就这乱岗荒山的我不光没死，还一住就是几年。唉……"说完他苦笑一声，抬起眼望了望里屋，眼神中平添了几分悲凉。

说到这里，罗耀宗似乎想起了什么，站起身来说："走吧，去大路上看看，指不定啥时候就来接你们了。"

吴宏摆摆手说："我看够呛。天都完全黑了，哪里找我们去？算了，要是你信得过我们，我们在这里寄宿一夜，明天天亮再上路，你看行不？也算是跟你做个伴，我看你和老人在家也不很安全，你不是说这村里有鬼吗？"

罗耀宗微微笑了笑说："这有啥信不过的，我也不是地主老财、大户人家，穷得叮当响，怕你抢我不成，呵呵。我不怕那鬼，待在家里不要紧。你们就住下吧，没人说话憋得难受，正好一起聊两句。"吴宏赶忙道谢。

我对罗耀宗的印象改观了一些，看来这人面冷心热，还是个孝子。难怪老和尚对他十分推崇，确实有一副古道热肠。罗耀宗先去里间看了看他娘醒了没有，然后点了一盏油灯，来到外间，盘腿坐在炕上。

外面雨夜初晴，凉风习习，屋内灯火冷寂，跳动不已，这静谧无人的村庄因为罗耀宗刚才的讲述笼罩上了一股恐怖的气氛。我们三人围坐在一起，人多倒也不害怕。罗耀宗拿出来一碟咸花生和一小坛烧酒，一人一盅斟上，你一句我一句地聊起天来。

家长里短地闲扯了一会儿，吴宏把话题扯到了闹鬼上面，他说："兄弟，刚才你说这村子里的人，还有你，都见过鬼……人多了我也不害怕了，嘿嘿，你说这鬼什么模样？"

罗耀宗听了这话脸上露出笑容，显然并不害怕，他拾起一颗花生扔进嘴里，说："其实说来也有点意思，我和他们看到的鬼不大一样，我都不知道是鬼还是其他什么东西。"

我一听很是诧异，刚才猜这"鬼"估计就是我们在山里碰到的绿眼怪物，就等罗耀宗讲出来核实是否一样，不料他冒出这么一句，是什么意思？

罗耀宗看我和吴宏都没有说话，只是一脸困惑地盯着他看，似乎有些得意，伸出一根手指指指村子西南方向，说："我看见的那个鬼在那里。"

吴宏回头看看他指的方向，急忙问："这地方我们不熟悉，你就说清楚点，是哪里？"

罗耀宗斜着眼看了看我们，一副故弄玄虚的表情，说："就是村西的困

第三章 诡异废村 | 101

龙湖。"

吴宏和我心里都明白，这困龙湖定是我们看到的巨大湖泊。我看吴宏没有表态，就插嘴问了罗耀宗一句："你的意思是说，你见过的鬼在水中？"

罗耀宗点点头："是的。俺当时看见的时候，差点魂儿都没了。"

吴宏把头伸过去，脸上显出一丝害怕，说："当时什么样子，你讲给我们听听？"

看样子罗耀宗酒已经喝得差不多了，脸上露出红晕，眼睛也变得直勾勾的。他把酒盅放下，大着舌头说："唉，我也有日子没说过这事了，那都是几年前的事了。俺老娘病在床上，那时村里还有人，找了个大夫给看了看，说是要用山上一种草药煎成汤服用，还得是新鲜的才有成效。那时俺娘刚病不久，眼看着还有希望，我就收拾东西上山去了。那天天气很好，我寻了半天才在一处崖下找到一簇那种草药。要说我这身手也算是好的，小时候上墙爬树就快得很，年纪大些虽然不那么利落了，可也不差，扎起裤腿就直奔那里去了。山崖下一地荒草，还有些蚊子、蝎子、蜈蚣啥的，一般人谁来这里！我把裤口扎得严实，还是钻进去些虫子。没办法，俺就解开身上的绳子抖搂起来。"

我插嘴问："你身上还绑绳子干什么？"

吴宏轻轻瞪了我一眼，不等罗耀宗开口，就说："安全，还能为什么？"

罗耀宗呵呵一笑，说："小年轻的不懂这个，后面你就知道。扎根绳子也不是什么好招数，可穷人也没啥好办法不是？你是没有看见那崖下，山势陡峭，如果直接掉下去小命一定交待啰。亏得有这绳子，不然俺早就是个死人啰。"

歇了一口气，他继续道："我下去前看过高低了，这地方可是高，但还有点坡度，不至于是个死地，所以才系上绳子挎上背篓，慢慢把自己放下去。其实让我心中最感到害怕的还不是这崖边，而是崖下。山崖下不到十米的地方，正是困龙湖。我们村外的这湖说来奇怪，三面环山，一面邻村，水色深黑，平时都是灰蒙蒙一片，啥波纹都没有，跟冻上了一样。细看去吧，又一层层的，白的白暗的暗，看久了还有点头晕，总觉得非常瘆人。别忘了还有闹鬼的传言哩，更是让我觉得冷气飕飕地往身上吹。"

罗耀宗自顾自地说下去，桌子上的花生也顾不上吃了："当时我就暗暗嘱咐自己，采了就走，千万别往湖里看！平时在山上偷偷瞅一眼都害怕，这吊在半空指不定会出啥事呢！想归想，村里闹鬼的传说像长了脚一样钻进脑袋里来，我想到家中的老娘，一咬牙就蹬了出去。

靠近药材后，我找到根须，连土一起挖下，看看没有伤到底部，心里一个秤砣才落了地。那看病的老头儿可是嘱咐好几回呢，一定要留着根须，不然药效就不好了！你说邪门不邪门，就那会儿，我竟然控制不住自己，扭头冲着崖下看了一眼。俺的娘啊，这一眼就让我做了几年的噩梦。那天亮得很，就是周围都是山，挡着光，湖面上也亮堂不少。我咋个都没想到，就那么一眼，俺竟然看见湖面上有一个大得要命的黑影！"罗耀宗说到这里，身子微微颤抖。

吴宏听了似有触动，他慢慢喝了一杯酒，小心翼翼地问："不是块木头什么的吧？"

罗耀宗瞪了我们一眼说："木头？啥样的木头能在水面上漂浮，还慢悠悠地摇头摆尾？我第一眼看见那玩意儿，就知道这一定是什么活物！因为我看见它在水里还轻轻摆了摆，然后慢慢从我眼下游了过去，一会儿就消失在水底了！"

"那东西有多大，什么颜色？"吴宏紧接着问。

罗耀宗摇摇头："颜色说不上，毕竟在水里，只能看见黑糊糊的一片，至少有十米长，不过俺看见的可能不是全身。不是我吹牛，俺大风大浪经历得也不算少，但大成这样的东西从来没碰上过！娘啊，当时我就被吓得脚下一软，手都抖得抓不住绳子，稀里糊涂地跌下了悬崖！"

我连忙问："你没事吧？摔坏了没有？"

罗耀宗眼睛亮晶晶地闪了一下，说："当时眼前一黑，俺就晕了过去，后来醒来才知已经被人救了。那好心人说还好有那绳子扯着，被一块大石头挡住了才没有滚落山崖。也算是我命大，只伤了筋骨，小命保住了。休养了几天，一瘸一拐地赶回来。俺老娘就苦哩，哭天抹泪，以为我不在了，天天扶着门框张望，眼睛都哭瞎了！村里人都说，我能活着回来算是上辈子积德。"

我问罗耀宗："谁救的你？"

罗耀宗想都没想，随口说："山里的一个师傅。"

我"哦"了一声，看了看吴宏，他意味深长地看我一眼，没说话。

吴宏注视着跳动的灯光，轻轻问了一句："兄弟，刚才你说的这黑影就是你碰到的鬼吗？"

罗耀宗听了沉吟一下，说："算是吧。反正他们说的鬼我也没碰到过，老天保佑我千万别让我碰到。"

这话一出口，吴宏似乎来了精神，连我也感到事有蹊跷，难道还有什么别的鬼不成？于是便问罗耀宗："怎么？还有鬼？"

罗耀宗点点头说："是啊，刚才我说了，这湖里有闹鬼的传言，我去采草药才那么害怕的，没有鬼俺怕什么？"

我一听才明白，原来我们误会了，罗耀宗害怕的并不是这水中的怪物，而是村民嘴里的"鬼"，巧的是这两种东西都是在困龙湖中，意外之下让他碰上了水中的怪物而已。

吴宏显然先我一步想到了，他问罗耀宗："那村里人说的鬼又是什么？"

困龙湖的魅影

罗耀宗垂下眼帘说："唉……这困龙湖本来就有些阴森森的，水深得很，黑不见底，不过以前倒是没出过什么稀奇古怪的事。村中有些小孩子喜欢耍水，湖中水草多，这帮娃子又深浅不摸，所以隔段时间就有淹死人的事发生。不过就这样还是挡不住大家下水纳凉，有人死还是有人去。说句难听的话，有水的地方总会发生这档子事的，谁也没有特别在意。不过不知是从什么时候开始的，这事开始古怪起来了！慢慢地，人们发现，有些水性了得、平时很小心的人下湖耍水时也被淹死，甚至我们村中水性最好的景富也死在这湖中了！"

罗耀宗心有余悸地说："听和他一起去的景贵说，景富下水后开始还很正常，慢慢游到了靠近湖中央的地方，他朝景贵挥挥手，笑了笑，炫耀一样一个猛子扎下去，再上来的时候，刚抹了把脸上的水花，脸色就不对了。他大口大口地喘气，一把一把地往空中狂抓，景贵吓坏了，以为是抽筋，马上下了竹排拼命划了过去。刚靠近，却看见景富一脸惊恐，脸上的肉都变了形，像疯了一样瞪着通红的眼珠子喊着什么，嘴里却没有发出任何声音。景贵刚要伸出桨，就看见景富身子一抖，直直地沉了下去，那速度像是被什么东西猛地拽下了水底！紧接着一股股鲜血冒了上来，水面上还冒出一堆小泡泡，景富就再也没有上来过，一个浪里白条一样的汉子就这么死在这湖水中了！"

吴宏和我听了都感到十分震惊，没想到水中的怪物这样恐怖，虽然只是听罗耀宗讲述，但在这漆黑的夜里已经让我胆战心惊，一股凉气从脚底蹿上头发根，我赶忙喝了一杯酒壮壮胆。刚放下酒杯，就听吴宏问："景贵是景富的兄弟吧，当时他看见水里有什么没有？是不是你碰到的巨大黑影？他后来怎么样了？"

罗耀宗看看吴宏，似乎有些奇怪，他想了想，说："景贵是景富的弟弟，那关头谁能注意看水里？景贵当时疯了一样喊着哥哥的名字，想下水去救他，不过看到血涌上来，他还是没敢下去，那光景，谁不怕啊？眼见景富没救了，他拼命把竹排划回岸上，光着脚一路狂奔回村里，后来好长一段时间都病恹恹的，看谁都愣愣的，他是吓着了。"

吴宏喃喃自语道："村里闹鬼的传闻原来是这么来的……"

谁知罗耀宗听到这话时打断了他，抽抽鼻子说："不，这还不是最吓人的事。"

我和吴宏吃惊不轻，直勾勾地看着罗耀宗。他被我们看得有些不自在，眼睛看向其他地方，继续说："景贵回来哭喊着告诉村民时，大家半信半疑。有人说这湖里出湖怪了，以后千万不要靠近这湖，有些就不当回事，觉得景富就是被水草绊住脚淹死了，只是景贵在咋咋呼呼，还对景贵没有去救他哥哥冷嘲热讽。景贵受不了，终日在家不愿出门，日渐消沉。后来他常常去湖边徘徊，俺们都觉得，恐怕是想念哥哥，悔恨自己没有跳下水去救他吧。"

罗耀宗的语气突然沉重起来，语速明显慢了下来，话音中带着一种令人窒息的喘息："谁都没有想到，一次他去湖边的时候，死掉的景富竟然重新出现了！"

罗耀宗这句话仿佛让室内的空气突然凝固起来，我都不由得毛骨悚然，顿时起了一身鸡皮疙瘩。

"景贵回来的时候上气不接下气，手指着湖的方向抽搐不已，我们连拍带打地问了他半天，他才惊叫着说了几句话。大意是看到已经死去多日的景富出现在湖面上，离岸边也就几米远，直勾勾地看着景贵，一言不发！要不是那天晚上有月亮，景贵也看不到哥哥，月光下景富的脸煞白煞白的，没有一点血色，虽然看得不太真切，但景贵指天画地说他看到的就是哥哥！景富就这么诡异地出现在湖面上，停留了一会儿就慢慢消失了。最令人奇怪的是，景贵看见他并不是踏在水面上，好像是竖在水里，只露出一个头，歪着脖子看着景贵，还微微地扭了扭，怎么看都不像是游动的样子！后来景贵因为这事疯了，变得神神

第三章 诡异废村 | 105

道道的,经常目光呆滞地看着湖面傻笑。他再也不敢靠近湖面,经常嘴里喊着'哥哥来找我了,哥哥来找我了'四处疯跑,一次不慎掉落山崖,摔死了。"

屋里陷入了长久的沉默,谁都没有说话。罗耀宗令人胆寒的讲述将我们带入了一个恐怖又神秘的时空,多年前的一幕仿佛巨石般重击着我的神经。屋子里的灯光跳个不停,仿佛湖中的恶鬼飘出水面,狞笑着在我们周围舞动。

过了好久,吴宏才小声问了一句:"景贵看见的,会不会是……浮尸?"

罗耀宗正悲伤,听到这话抬起头,没有丝毫迟疑,马上说:"肯定不是。"

吴宏觉得奇怪,问:"你怎么这么确定?"

罗耀宗说:"因为后来又有人看见鬼了!"

他们活了

罗耀宗继续说:"当时人们听到景贵说的话仍然看法不一。有人听了连连说这湖中果然出了鬼怪,想必是那景富的冤魂怨气未散,经水不腐,前来索命了,得趁早离开村子才好,不然一定死在这里。但也有人说景贵脑子早就糊涂了,这些都是吓唬人的,死掉的人怎么可能再出现?如果是鬼怪,当时怎么不将景贵吃掉?也许就是浮尸漂上了水面,恰巧被景贵看见了而已,还嚷着和景贵一起去湖边看个清楚,景贵哪里敢去?早就失魂落魄地瘫倒在地,软作一团了。总之这事就这样没了结果。村里有几户胆小的人家连夜就收拾东西离开了,其他人大多拖家带口,甚至几世同堂,虽然害怕但还是留了下来。自那以后,谁也不敢下水了,甚至湖边都没有人去,大人都告诉小孩子,不管天多热都不能去湖里耍水。村中气氛也不对了,邻里之间说话躲躲闪闪,十分忌讳提到鬼怪的事,因为谁也不知道这种事情还会不会发生。

"谁知过了半月,村西刘进财家的小子刘建栋初生牛犊不怕虎,禁不住贪玩的性子,偷偷溜下湖洗澡,结果……"

罗耀宗喉咙里发出"咕噜咕噜"的声音,看来很难过,他低着头说:"那是个九岁的娃,活蹦乱跳,聪明得很……就这么没有了!刘进财拿着从湖边捡来的鞋,一口气没上来,当场昏了过去。乡亲们大着胆子,成群结队地在湖边寻了个遍,都没有找到小栋的尸体,看来就是淹死在水里了。人们议论纷纷,不约而同地想起了景贵的话，大家变得疑神疑鬼，神经兮兮的，白天还算放心，等到了晚上早早地就都把门闩好了，窗户紧闭，生怕又有什么鬼魂出现在自己面前。"

吴宏猜测道："听你的意思，后来同样的事情也发生在刘建栋身上了？"

罗耀宗点点头，面色凝重地说："不是我成心吓唬你们，这事情在我心里憋了很久了，平时我也没对什么人说，也就你们来了，听我唠叨唠叨。反正明天就要走了，不用担心害怕，今晚肯定是没事哩。头七的那天夜里，按规矩刘进财本应在家早早睡觉的，可小栋的娘早年去世，这爷俩感情非常深，他念子心切，就预备了一顿饭菜，去湖边送儿子上路。在湖边絮絮叨叨地说了很久，进财把这些年的艰辛和对孩子的思念都诉说了出来，说到痛处不由得哭了起来，在村里都能听到他号啕大哭的声音。唉，可怜啊！"

罗耀宗把头向上抬了抬，声音颤抖了起来："没想到，他哭得泪眼模糊的时候，抬头一看，小栋出现了！"

我和吴宏听了都很吃惊，等着罗耀宗继续说。他喘了口气，说："刘进财说小栋也是出现在水中，不过是离岸边远些的地方。和景贵看见的不同的是，小栋出水要高一些，远远地能够看见一点肩膀，不过奇怪的地方就在这里，刘进财在岸边辨认了半天，似乎没有看到小栋的手！因为离小栋十几米远，他也只是模模糊糊看了个大概。小栋脸色苍白地在水面微微浮动，怎么看也不像是个活人。进财哪管这些，看见儿子重又出现在眼前，早把景贵的话忘到脑后，以为小栋没死，不顾自己不会游泳就要往水里跳！就在这时，小栋突然不见了！后来进财说小栋从出现到消失也就是一小会儿的事，也就是小栋消失的那会子，进财一下子清醒过来，景贵说的话让他哆嗦起来，终于没有向黑暗中的深水走去。他心里清楚，自己这一去必死无疑，湖里看到的恐怕已经不是他原来的小栋了。"

罗耀宗说到这里，里屋传来一阵急促的咳嗽声，罗母醒过来了。

罗耀宗急忙打住话茬，快步下炕探头看了看，回过头对我们说："俺娘醒了，她不容易睡着，得好一阵折腾，你们先睡吧。明天我们早些上路。"然后他抱歉地笑笑，"喝了点酒说多了，你们别往心里去，安心睡觉，不用害怕，这里安全的，安全的。"随后急匆匆地走到里屋照顾他老娘去了。

我和吴宏到屋外找来点水洗了把脸，听见里屋罗耀宗母亲急剧地咳嗽了好一阵才慢慢停下来。罗耀宗似乎在喂她吃饭，嘴里絮叨些什么，我心想真是个孝子，村里有着这样悚人的传闻居然还能守着老母亲提心吊胆地度日，换作一般人恐怕早就弃母而逃了。

吴宏洗完脸突然转身朝院门走去，鬼鬼祟祟地不停回头，不一会儿就手里拿着枪遮遮掩掩地回到房间里去了。这小子还真是警惕，我早把枪的事给忘了。

吴宏收拾了一下罗耀宗拿来的两床毯子，躺到床上，手臂枕在脑后，直勾勾地瞪着天花板，似乎在想什么。

我一边脱衣服一边说："这村子还真是有鬼，听得我身上直起鸡皮疙瘩。你说这死人在湖中出现和罗耀宗看到的那黑影会不会有什么联系？"

吴宏动都没有动，就这么直挺着说："说不好。不过我感觉应该有关系，恐怕关系还很密切。"

我急忙问："这怎么说？"

吴宏眨了眨眼，没有回答我，反而问："你有没有听到罗耀宗说这屋内很安全？"

我随口答道："听见了，他说两次了。不过这有什么，他到如今说的事情不都是发生在湖边吗？我们在村里当然很安全了。"

吴宏点点头，说："问题就在这里。想过没有，这鬼为什么总是在水中出现呢？"

我一愣，对啊，如果真的是村民所说的鬼，那为什么不到村里来加害众人，反而总是在湖面上露个面就消失了？难道这鬼还是水生动物，上不得岸的？

"那你说为什么？"

这老奸巨猾的家伙慢悠悠地说："我也不知道。"

我心想，这小子老毛病又犯了，肯定心里已经有了主意，只是对我保密而已，索性不去管他，上床盖上毛毯，吹灭灯准备睡觉。

黑暗中，我听见吴宏把毯子往上拽了拽。我突然开口问他："刚才你不是说这水里的东西和死人的出现关系可能很密切吗，为什么？

吴宏停了几秒，问我："景富当初落水的情形，罗耀宗是怎么告诉我们的？"

没等我回答，他就自己说："他告诉我们景富像是被什么东西拖下水的。什么东西能有这么大的力气瞬间就把一个成年男子拖下水？注意景富可不是刘进财，他是个水性非常好的壮年男子，这说明水下那东西的力气十分惊人，景富根本就没有机会挣扎，而且他这么好的水性也没有反抗之力，显然这东西在水底行动自如、擅长搏斗，这和罗耀宗在湖中看到的巨大黑影不是很像吗？"

这和我的猜测暗合，听上去更加令人害怕。不过我还是有些地方想不通，说道："你说得是有道理，不过这两人后来又出现是怎么回事？水里有这东西，尸体不早就被吃掉了？况且过去这么多天了，烂也烂掉了，怎么会重新出现在湖面上呢？"

吴宏说："我不这么看。罗耀宗无意中说过一句话，我认为有些道理。"

我急忙问："什么话？"

吴宏道："他们看到的，可能已经不是原来的景富和小栋了。"

我听了心头一阵紧张，看看关死的房门，小声说："不会吧，你是说真的有鬼？"

吴宏在黑暗中说："不。我从来不相信这世界上存在鬼神，这些吓唬人的东西总会有合理的解释的，只是我们现在还不知道而已。"

我听了问他："你之前不是说有很多事情解释不了吗？"

吴宏沉默了一会儿，然后说："我当时说的是现在解释不了，但并不是永远说不通。再说，虽然有些东西看上去非常诡异，但不代表就只能解释成闹鬼，除了闹鬼还有很多经得住推敲的说法。比如我曾经见过一个死人在床上伸出了胳膊，周围的人都吓疯了，以为是诈尸，其实这只是人死后肌肉的痉挛造成的，那些不明真相的人就以为真的闹鬼了。把什么都归结为闹鬼，未免狭隘了点。"

我不懂"狭隘"是什么意思，但总觉得吴宏的话有些模棱两可的感觉。吴宏接着说，"毕竟我们刚刚听到事情经过，罗耀宗说的有多少是事实都说不好。很多事情都经不住人的转述，在转述的过程中人们总是有意无意地加进去很多夸张的东西，可能有时候自己都意识不到，于是真相就这样被有意无意地改变了，只是有时改变得少，有时就变得面目全非了。"

吴宏拉了拉毯子，长舒一口气说："睡觉吧，明天看看情况再说。不知道罗耀宗是不是还有什么没说，我们得想办法留在这里，最好能让罗耀宗带我们去湖边看看。"

说完这句话，吴宏就再不开口，兀自睡去，过了十几分钟，我就听到他那边传来轻微的呼噜声。

他倒是睡得踏实,我可就睡不着了,他最后一句话总是在我耳边回响。之前已经意识到是奔着这"鬼"来的,也算是有了心理准备,但听了罗耀宗一席话,我几乎丧失了继续调查下去的勇气。别说是看到,光是想想惨淡的月光下,阴暗的湖面上突然看到一张惨白如纸的面孔,我就心跳如鼓、手心冰凉。况且还是在暗流奔涌的湖泊中,水底还有一个身躯庞大的怪兽虎视眈眈……

我在这种焦躁和害怕的情绪中挣扎了很长一段时间,意识开始模糊,脑中时而出现一张面目狰狞的死人面孔,时而是一个黏糊糊、湿滑无比的怪物,一惊一乍让我难受得要命,昏沉中渐渐失去了知觉。

等我睁开眼睛,已经是早上了,屋内被一缕阳光照射得很透亮。我拍了拍脑门,强迫自己睁大眼,从模糊的视线中看到了吴宏熟悉的身影。

他正推门进来。看来他起得比较早,我看到他手里拿着一块毛巾慢慢地擦着自己的脖子,边擦边皱着眉头望着窗外,好像在思考什么。

我轻轻地动了动身体,吴宏马上觉察到了,他回过头看了看我,脸上挤出一丝笑容:"醒了?赶紧洗洗脸清醒一下吧。你昨晚睡得不好?总说梦话,还大声叫嚷,做噩梦了吧,呵呵。"

我没说话,懒懒地从床上爬起来,穿好衣服走到院子里,一股清冽的空气扑面而来,头脑马上清醒多了,只是眼睛还是感到涩涩的。我深呼吸几次,猛地将头探进水里,浸泡了一会儿才把脸洗干净,再站起来时,思维都好像过了水一样,清晰无比,整个人也精神了起来。

吴宏在我洗脸的时候一直站在堂屋里,他看我洗完了,指指自己所在的位置,招招手让我过去。

里屋的门还紧闭着,看来罗耀宗和他母亲都还没有起床,想必吴宏怕吵醒他们才如此小心翼翼。我也只好慢悠悠地走进堂屋,对正站在柜橱旁边的吴宏说:"你起这么早做什么?早饭都没得吃。"

吴宏似乎很紧张,他瞪我一眼,摆摆手示意小声点,然后打手势让我靠过去。

我有些奇怪,就算是不想打扰这娘俩也不至于这样小心吧,你吴宏什么时候这么有礼貌了?想归想,我还是把脑袋凑了过去,吴宏在我耳边轻声说:"别出声,你看看这橱柜上的东西,你以前见过没有?"

弹壳秘符

我顺着吴宏的目光看过去，橱柜上摆的东西是一个步枪弹壳，孤零零地竖在柜中央，在阳光照射下亮晶晶的，反射着黄色的光芒。这弹壳看上去毫不起眼，也难怪昨晚我们都没有注意到，不过就算是看到了，我也不会奇怪。这地方经历过战争，老百姓谁家没有捡到过几个弹壳？

我觉得吴宏有些大惊小怪，不以为然地说：" 当然见过。这算什么，这种东西我见得多了。"

吴宏摇了摇头，一脸遗憾的样子，随后拿起那个亮晶晶的弹壳，刚要对我说什么，就听见里屋房门"吱呀"一声打开了。

罗耀宗一脸倦意地出现在门口，看见我们他似乎有些惊讶，揉了揉眼睛才开口说：" 你们起得还挺早。昨晚伺候好娘很晚了，也不知道什么时辰，倒头就睡，不小心睡过了。嘿嘿！"

吴宏看罗耀宗脸上露出一丝歉意，忙笑道：" 兄弟你客气了，我们昨晚睡得早，换了地方也睡得不太习惯，所以起得早了些。说来打扰你和老人休息了，真是不好意思。"

我也在一旁赔着笑脸，心里却猜想着吴宏到底要告诉我什么。这弹壳看上去没有什么奇特之处，吴宏想必也知道我常与部队接触，对枪械并不陌生，为什么问我之前是否见过，难道这还是什么特殊枪械的弹壳？

胡思乱想中，吴宏已经和罗耀宗来到院子中，聊些无关痛痒的事情。我在旁边竖着耳朵听了听，吴宏似乎刻意地避开了昨天晚上我们谈论的话题，并不急于进一步询问村中发生的事情，这让我有些警惕，不知道他发现了什么新情况。吴宏的精明我当然心中有数，这样做一定有原因。

聊了不久，罗耀宗就盛了一盆清水端到里屋去了，估计是给他母亲洗脸的，这种事我们当然回避较好，于是我和吴宏就识相地站在院中。吴宏盯着堂屋看，罗耀宗进屋后，他蹑手蹑脚地去了堂屋。

我不知道他去干吗，紧跟几步，问道：" 你这是干什么？"

吴宏从口袋里拿出一个东西，在我面前晃了晃，然后神秘地说：" 一会儿

第三章 诡异废村 | 111

得赶紧放回去。"

我一看，正是刚才看到的步枪弹壳，不免心生疑惑，吴宏大费周折就是为了这个寻常人家都能找得到的弹壳吗？

吴宏看我的样子，明白我心中的想法，他叹了口气道："看来你是真的没见过。"

我急急地问他："不就是个弹壳吗，搞得这么神秘，你也太大惊小怪了吧？"

吴宏脸上的神色马上不一样了，他小声问我："你知道这弹壳是谁的吗？这是孙林涛同志的东西。"

小叔的？我听了吴宏这句话，想都不想一把夺过他手中的弹壳，拿在手里左看右看，激动得身体都有些颤抖。看来小叔的确来过这里，那是不是意味着有希望找到小叔了？如果小叔来过这里，罗耀宗就应该知道小叔的下落吧？小叔还活着吗？

一连串的问号冲击着我的脑袋，思维似乎被什么东西撕碎了，只剩下飘飞的碎片。我拿着弹壳看了半天，没发现半点头绪，头脑却慢慢冷静下来，不像刚才那么冲动了。

一旦冷静下来，我立刻发现问题所在，目光马上投向在一旁默不作声的吴宏，也不管他一脸严肃，问道："你怎么知道这弹壳就一定是我小叔的东西？"

吴宏说："这颗子弹是孙林涛同志常年带在身上的，但他从不告诉别人，除了他的直接上级，别人都不知道有这样一件东西。

"说来这弹壳还有一个鲜为人知的故事。当年孙林涛在执行任务的时候，曾经碰上过一次匪夷所思的事故，那次行动让他命悬一线。同行的另一位同志本已安然回来，但为了救他重新返回，拼尽全力将孙林涛救出，靠的就是这颗子弹。"吴宏眼里突然出现了深深的悲伤，"这位同志最后牺牲了……"

吴宏抬起头，眼角里泪光闪烁，但终究没有掉下来："我们这份工作，永远不为人知，默默无闻地隐蔽于黑暗中，但心中始终视国家利益、人民安危重于一切，不管多么危险、甚至牺牲后都不能以真名示人，但无怨无悔！行动时，战友就是亲人，在可以选择的情况下，宁可自己死也不让战友有性命之忧！"

我听了眼角也不由湿润了，可以想见，这位牺牲的战友冒了多大的危险，将小叔营救出来，而小叔对置生死于不顾的战友怀着怎样深厚的感情和感激，才一刻不离地将这枚弹壳贴身珍藏。

"孙林涛心中始终对这位战友怀着深深的思念，工作需要，我不能告诉你这位战友的身份，但孙林涛将这颗弹壳始终揣在自己怀中，这上面沾染着的，是战友的生命和嘱托啊！不论在哪里执行任务，这颗小小的弹壳都像战友陪在他的身边一样。"吴宏说到这里，转过头看看我说，"我来的时候，沈逸之把通过孙林涛直接上级获知的细节一丝不漏地告诉了我，我才知道他身上有着这样一枚弹壳。你仔细看的话，在弹壳底部中线偏右的地方，有一个明显的双线刮擦痕迹，同时弹壳内部偏下几毫米的地方、痕迹对面一侧有一个小小的'7'字，这是孙林涛自己刻上去的。"

我一看果然如此，不过痕迹极其细微浅淡，如果不是吴宏提醒，我自己看无论如何也发现不了。想起吴宏最后的几句话，我似乎明白了什么，问："牺牲的那位同志是7号吧？小叔刻这个数字是为了纪念他？"

吴宏点点头："除了他的直接上级，孙林涛没有告诉任何人有这样一件东西。昨晚灯光昏暗，我没有发现堂屋柜橱上有这弹壳。其实今天早上看到这枚弹壳的时候，我开始也没有在意，后来我突然想起了这个细节，马上在上面找寻，果然一模一样，从而断定，这就是孙林涛同志留下的东西！"

我听了急忙问吴宏："在这里发现弹壳，是不是说明小叔来过这里？"

吴宏听了这话，目光马上变得犀利起来，他急促地说："何止来过，有一点可以断定，罗耀宗一定见过孙林涛同志！"

敌友难分

我突然想到一个问题，就问吴宏说："那这是不是说明这个罗耀宗有问题？会不会是敌特分子？"

吴宏凝视着我手里的弹壳说："确认这个弹壳是9号的东西时，我的第一感觉也是这样。不过后来我看到这弹壳摆放的位置，就觉得罗耀宗应该没什么问题。"

我想到刚才堂屋中弹壳排放在橱柜的中央，旁边没有其他摆饰，看上去比较突出，要不是昨天晚上灯光昏暗，我们应该一眼就发现它的。

第三章　诡异废村　｜113

我问道："为什么这么说？"

吴宏细细地说："很简单。如果你对9号不利，或者说已经将他……杀害，那你会怎么对待他身上的东西？"

我随口说："藏起来呗！"话音刚落我就明白了吴宏的意思，"你是说这东西摆的地方太显眼了？"

"对，"吴宏点头表示赞同，"如果罗耀宗无意中被我们发现这弹头，这事还说得通，但是这样明目张胆地摆在橱柜上，即便对方并不知道我们认识这弹壳，作为一个情报人员也过于大意了。这不像是敌人的做法。"

我想了想，反驳吴宏说："会不会是罗耀宗用这招来试探我们呢？"

吴宏听完这话，眼里露出赞许的神色，他大手轻轻拍拍我，小声说："你考虑问题能到这个程度，很不容易。果然是孙林涛同志的侄子！"

不过他马上就说："这种可能不是没有，但太冒险了。这相当于暴露了认识孙林涛同志的事实，以此来获取我们的信任，稍有不慎就可能让事情的发展走向反面。所以说这是一着险棋，而且非常难以把控。还有一点我们没有弄清楚，昨晚天黑，我们并没有注意到这弹壳。这弹壳到底是昨晚就在橱柜上，还是罗耀宗回房之后重新摆在橱柜之上的？如果是后者，罗耀宗必然就是敌人，而且是个老谋深算、奸猾无比的对手！"

我听了有些着急，似乎重新回到了云雾之中，面前的事情都变得纷杂不清起来，迷茫中问吴宏："那我们怎么知道他是好是坏呢？"

吴宏笑了笑，暗暗摆手示意我不要紧张，努嘴指指对方房门说："这就要看他对这弹头有什么说法了。"

说话间，我们听见堂屋中有人走动，一下紧张起来，吴宏轻轻拉开一条门缝，朝外看了一眼，冲我使个眼色，便走了出去。

我知道是罗耀宗出来了，便紧跟一步走了上去。

罗耀宗站在堂屋中，正把一盆水端到屋外倒掉，吴宏走上前去，关切地问他："老人家昨晚睡得可好？没受我们打扰吧？"

罗耀宗咧嘴笑了笑，出门洗了洗手道："看你说的，客气了。她虽然睡得少，但近几天睡得还可以，现在已经洗好躺下了。"然后他想起了什么一样站起来，"对了，俺得送你们去路口了，别耽误了行程，还是早些赶回去的好。不然你队里的人该着急了，你等等，我把衣服换换就上路。"

吴宏笑了笑，道个谢，没有说什么。

等罗耀宗把衣服换好了，整装待发的时候，吴宏突然回身指指橱柜上的弹壳，对罗耀宗说："我这小侄子早上看到这弹壳感到好奇，我们外地人也不懂这个，多嘴问一句，偌大一个柜橱怎么在这里摆个弹壳，难道有什么风水上的讲说吗？"

没想到罗耀宗听见吴宏这话脸色一下阴沉下来，他动作慢了一些，眼皮低垂着轻轻说："也算是有讲说吧。"

吴宏紧跟着就说："哦，难怪。大兄弟看不出来你还当过兵呢。"

罗耀宗听到这里肩头抖了一下，吴宏似乎提到了什么让他震惊的事，他抬起头，露出一个奇怪的眼神说："这弹壳不是我的，是别人给的。"

我一听就着急了，快步上前问了一句："谁给的？"

罗耀宗似乎被我吓了一跳，他惊恐地看看我，又看看吴宏，没有说话。

吴宏脸上露出一点笑意，他面带责怪地冲我皱皱眉，然后对罗耀宗说："他从小跟我一起上山打猎，对枪啊弹啊什么的很感兴趣，小孩子没礼貌，你别介意。"

罗耀宗看了看我，脸上放松了些，他沉默了一会儿，接着说："这弹壳是一个青年人给我的，我到现在也不很清楚他是什么人，在做些什么事，但俺知道他是个好人，而且不是一般人。"

罗耀宗的话似乎给我吃了一颗定心丸，我几乎可以认定他说的就是小叔，不过碍于刚才的鲁莽，我没敢说话，只看了看吴宏。

吴宏脸色没有变化，眼睛看着院里问："这人后来哪里去了？"

罗耀宗明显抖了一下，然后有些胆怯地把目光投向远方，脸上露出愧疚的神色，低沉地说："去困龙湖了。"然后他重重地叹了口气，"他走了以后，俺就再也没有见过他。"

吴宏听到这里，把目光转向罗耀宗，当即问道："那人多大年纪，什么长相？"

罗耀宗奇怪地看看吴宏，似乎不明白为什么他问得这么详细，他迟疑了一下，说："三十几岁，很精干的样子，不胖，但很结实，我印象最深的就是他那双眼睛十分有神。"然后他突然想起了什么一样看了看我，脱口道，"要说模样，和这位小兄弟还有点像哩！"

第三章　诡异废村 | 115

我一听眼泪差点流出来，必定是我小叔无疑了！

吴宏显然也很激动，我在旁边能够看到他眼角的肌肉在轻微地颤抖，他回头指指橱柜上的弹壳说："他怎么会将这弹壳给你的？你刚才说有说法，什么说法？"

罗耀宗说："俺也不知道对不对，但感觉他不会骗俺的。要说这困龙湖闹鬼的事，我和他闲聊时也说起过，不过没有这么详细，当时我老娘正犯病，我还在伺候她，哪像昨天我们那么清闲。他只知道了个大概，便不在我这里停留了，怎么说也不听，非要去湖边看看……"吴宏听到这里突然打断了他，问了一句，"这是多久以前的事？"

罗耀宗听到吴宏这句话，突然停住了话头，冒出一句："你们这么关心他干什么？不是着急要赶路去吗？"

吴宏一点废话都没有，直接就告诉罗耀宗："老罗，实话告诉你，我们不是迷路了，你刚才说的那人可能是这孩子的亲戚，我们来也是为了找寻他的。"

罗耀宗的眼睛一下子瞪大了，他吃惊地看了看我。我的吃惊不亚于他，没想到吴宏这么直接，把我们来的目的和盘托出了，我同样吃惊地看看吴宏，后者正目不转睛地看着罗耀宗，显然等着他继续说下去。

罗耀宗虽然很惊讶，但并没有慌神，他顿了顿，眼神从我身上收回来，对吴宏说："两三个月前吧，记不清楚了。"

吴宏一刻都没有停留，马上问："那他留这弹壳给你干什么？"

罗耀宗眉头皱了起来，说："当时他都已经走了，谁料刚出门又回来了，把这弹壳留下来，说能辟邪，非要俺摆在堂屋中。还告诉我只要摆上就不会有鬼怪敢来了。俺一个农民，懂个啥，他一看就是文化人，当然听他的话。不管怎样毕竟这儿有鬼啊，宁可试一试也比成天提心吊胆强！于是我第二天就把弹壳摆在这橱柜上了。"

吴宏听到这里脸色变了，他罕见地一把拉住我的手，当着罗耀宗的面就拖到一边，低头对我说："我们得赶紧离开这里去湖边，你不要惊慌，我来告诉他事情的经过，让罗耀宗领我们过去。"

我被他的样子吓了一跳，结结巴巴地问："怎么……怎么了？"

吴宏语速很快地说："孙林涛同志可能凶多吉少！"

我不明就里，听见吴宏这句话只是感到心惊胆战，不知道他是怎么判断出小叔处境凶险的。吴宏跟我说完，转身来到罗耀宗身旁，对他轻声地说着什么，神色变化得很快，时而一脸疑问，时而气色凝重。罗耀宗的脸渐渐白了，开始还在倾听，后来不知聊到什么，急切地争辩着，还指指里屋的方向，看来吴宏说到了重点。因为离得比较远，我并不能听清吴宏说话的内容，无从知道他是否连自己的身份也告诉对方了。

等我走到他们二人跟前时，罗耀宗正摆出一副十分为难的神色，站在那里不知所措。我近前听见吴宏对他说："你考虑一下吧。我们今天一定要赶到湖边去，这孩子的小叔现在处境非常危险，是生是死尚不知道。安全方面，我们千辛万苦过来定然也做了万全的准备，但也没有十分的把握。现在去下午就能回来，不过去还是不去请你自己做决定，我们在那边等待你的答复，拜托了，老罗！"

我一听便扭转头走到一侧，吴宏紧跟过来，从我身边走过时拐弯进了里屋，再出来的时候手中拿着那柄枪。我便知道他至少已经告诉罗耀宗自己是部队上的人，现在已无须掩饰了。

等他走到我身边，我急切地问他："刚才你跟他说什么了？他为什么不带我们去湖边？"

吴宏眼神向罗耀宗扫去，嘴里说："我跟他说我是孙林涛部队上的战友，负责过来寻找他的，你是他真正的侄子，跟车一起赶来。他害怕鬼，不敢踏入湖边半步。除了生性胆怯之外，还是顾念母亲，担心一去不返母亲没人照顾。他是个孝子，这个倒也情有可原。"

我略一思忖，抬头问他："现在你认为罗耀宗不是坏人了？"

吴宏点头承认，看我脸上还有疑问，就安慰我说："一句两句也说不明白。总之刚才那番话足以说明他没有问题，他的确是个老实巴交的村民。"

我并不关心原因，只要这罗耀宗没有问题，我就放心了。毕竟寻找小叔要紧，其他的还可以从长计议。便稍稍点了下头，表示知道了。

吴宏快步来到还在低头踌躇的罗耀宗身前，小心地问："怎么样，决定了吗？去不去？"

罗耀宗抬起头看着我们，眼神中充满了愧疚，和刚才我看到的一模一样，我突然明白了，几月前小叔也曾这样询问过他，看来当时他没有答应。

他支吾着说："我娘年纪大了……你看家里就我一个人……那里又有

第三章　诡异废村　117

鬼……"

吴宏点了点头，神色却比刚才舒畅了些，脸上还露出了笑容。他轻轻拍拍罗耀宗的肩膀，柔声说："不要紧，我们明白。你安心在家照顾老人吧，能给我们提供这么多线索已经很感激了，我们顺着你刚才告诉我的线路也能过去。昨晚打扰了！"说完他拱了拱手，回头对我挥挥手说，"小孙，收拾一下，我们走！"

我们并没有什么东西，在罗耀宗家带了些水和干粮后就启程了，罗耀宗站在院子里呆呆地看着我们忙碌，眼神复杂。等我们来到外面泥泞的小路上时，他也跟了出来，欲言又止地看着我们。

吴宏冲他挥挥手，语气轻松地说："回去吧，我们不要紧的，你放心，晚上来你家里吃饭，呵呵！"

我知道他这是安慰罗耀宗，这一去凶险莫测，我小叔想必也是情报工作的好手，却也碰上这吉凶未卜之事，我们虽然两人同往，却难保能全身而退。看吴宏脸色没有丝毫异变，仿佛不是去往一个死地，倒像是游玩一般，我心里泛起一股难以言表的滋味。

罗耀宗摆摆手，脸色尴尬，嘴唇张了张，终究还是没有吐出半个字。

等我们走到拐角的地方，我回头朝罗耀宗家门看了一眼，他已经回院子里去了，想想这个孝子这些年遭受的坎坷，我并不怪他没有陪我们同往。虽然小路蜿蜒、山高路陡，但我相信有吴宏在身边，就没有克服不了的困难，勇气陡然间涌了上来，疾步迈上前去。

没想到他步子虽然看着迈得并不大，却走得十分快，我十足追了半天，才勉强跟得上。看来吴宏心中当真非常在乎小叔的安危，刚才罗耀宗面前露出的轻松样子踪迹全无，取而代之的是紧张焦虑的神情。我看到这个也跟着焦虑起来，不知小叔到底碰上了什么样的危险，受伤了没有，还是已经不在人世了……

就在这一瞬间，一个问号浮现在我脑海中：吴宏是从何判断小叔身处险境的？罗耀宗可是只字未提，仅凭一个弹壳就能断定吗？

想到这里，我气喘吁吁地问吴宏："你怎么看到弹壳就知道小叔情况不妙？罗耀宗可是什么都没有说啊。"

吴宏脚步慢了些，头也没回地说："弹壳本身并不能表示什么，但是孙林涛留下弹壳的方式却说明了这点。"

我问:"什么方式?"

吴宏继续说:"你记得当时我问罗耀宗这弹壳怎么来的吗?罗耀宗说是你小叔给他的,从这句话基本可以判断罗耀宗是没有问题的,如果他对孙林涛不利,完全可以说是捡到的,甚至孙林涛无意中掉在他家中的。"他停住脚步歇了下,嘴里却没闲着,"但是如果他真的那样说,我基本就可以认定罗耀宗在说谎!"

我驻足问他:"这是为什么?"

吴宏看着我说:"你忘记我告诉你了,这弹壳对孙林涛有着非比寻常的意义,他绝不会将这东西落在罗耀宗家!但罗耀宗不知道这弹壳的来历,当然也不了解它在孙林涛心目中的地位,如果撒谎说是捡到的,实际上已经露出了破绽。但他没有。他很直接地告诉我们,这弹壳是孙林涛同志送给他的,注意这里他提到,孙林涛当时已经走出门去,又折返回来将弹壳交给罗耀宗,并特意嘱咐罗耀宗一定要放在堂屋之中。小孙,你说这是为什么?"

伸出援手

没想到都这时候了吴宏还忘不了考我,我想了想,也没有头绪,便谨慎地说:"说明……小叔留下弹壳的本意,并不是留给罗耀宗辟邪?"

"当然不是!"吴宏眨眨眼说,"那只是个托词。那么我们就要问,为什么他要留下这对他有着重大意义的弹壳,而且一定要罗耀宗摆在堂屋中显眼的位置呢?其实原因很简单,他留下这弹壳,就是为了让它被人发现,而且只能被我们发现!"

"你的意思是说,小叔知道我们要来?"

吴宏摇摇头,说:"你没有明白我的意思。孙林涛留下弹壳的主要目的,是为了向我们机构中其他的同志传递一个信号:这里已经有我们的同志到过了。"

我糊涂了,疑惑地问吴宏:"你不是说第一批来的人只有我小叔吗?难道还有第二批同志?"

吴宏看我不明白,放慢语气说:"没有第二批同志,任务开始就是孙林涛一个人完成。所以我说他留下这弹壳就说明情况非常严重了！因为只有在深陷危险、甚至已经牺牲了，我们才会派出第二批同志对他进行寻找，他清楚组织一定不会置他于险地而不顾的，今天我们能出现在这里不正是为了营救他吗？"

我渐渐听明白了，声音颤抖着说："你是说，小叔在去湖边之前，就知道此去凶多吉少，很可能回不来了？"

吴宏脸色凝重，语气低沉，说："是的。我想孙林涛同志去的时候已经从其他渠道获知了一些情况，料想这一去可能有牺牲的危险。但为了顺利完成任务，他还是义无反顾地踏上了寻求真相的道路！只是为了警示我们后来的同志这种极大的危险，才特意假托辟邪留下弹壳作为信号。因为他清楚，如果后面的同志来到这里，一定已经清楚地了解了这弹壳的意义，必然产生十足的警惕，这样就保证了其他同志的安全。"

吴宏长长地呼出一口气，话语中包含着感动："他什么都考虑到了……我正是因为看到这弹壳才明白孙林涛同志的行踪，知道后面的任务中隐藏着巨大危险！"

我还是有些不解，问吴宏："小叔不是认识罗耀宗吗？让罗耀宗告诉我们这种危险不就完了？"

吴宏眼里闪过一丝亮光："这就是情报人员的智慧。如果是其他敌特分子，只会对这寻常的弹壳视而不见。如果按你的做法，万一来到罗耀宗家的不是自己的同志，而不明真相的罗耀宗说出这个情况，只会暴露孙林涛同志的身份，同时让敌人获悉情报进展，破坏了我们的工作。"

我这才释然。没想到一枚小小的弹壳凝聚着小叔如此缜密的心思，我似乎又看到小叔明亮而机警的眼睛，同时又感受到一种沉重的悲壮：小叔得怀着怎样的忠诚和勇气才能毅然走上这条充满艰险的死亡之路！

吴宏看我眼睛湿润了，刚要张口说话，突然似乎听到了什么，迅速把手指竖到嘴边，示意我安静。我屏住呼吸，静静地听着周围的动静。只几秒钟，我就清楚地听到，我们身后传来一阵急促的脚步声。

有人在我们身后。

吴宏指指路边的一片灌木，示意我躲到那里面去，他跟在我后面隐藏起来，准备看看来者何人。

脚步声渐渐近了，我实在想不出来这山野之间到底是谁会在这么短时间跟踪过来，想来想去只能是罗耀宗了，这村庄里除了他之外再无别人，不过他已经表示不跟我们去湖边了，现在跟来又是为什么呢？难道出了什么变故？

吴宏拽拽我的衣角，我向后方望去，果然，罗耀宗气喘吁吁地快步向这里走来。

我们站起身来，不解地看着他慢慢走到面前，就像被抽尽了力气一般，扶着腰半天说不出话，眼见累得不轻。吴宏在一旁笑眯眯地看着他，不知道心里在想什么，一点也不着急。

等他休息得差不多了，吴宏开口问："老罗，你怎么跟来了？"

罗耀宗挠挠头说："上次……你们那同志让我引路去湖边的时候，俺就没有同意。现在人找不到了，我这心里……不安生啊！这地方我虽然不怎么敢来，但没出事之前还是很熟悉的，小径小塘的不少，一般人转着转着就晕了，迷路也不是什么稀罕事。我这几个月脑子里总闪过你们同志的样子，多好的后生啊，精明强干、知书达理，就怕是……"罗耀宗眼神复杂地看看我，我当然知道他的意思，便说，"没关系。老罗，你说就是了，我们也估计我小叔凶多吉少。"

罗耀宗脸上露出一抹尴尬，他看了我一眼，掩饰说："原来他是你小叔……我说怎么有些像。"然后侧脸望了一眼吴宏，说，"也就是这个意思吧，我总觉得，这事和我有关系。我要是……跟着去了，兴许……兴许情况能好点？我实在是不知道他是这么重要的同志，有责任啊俺……有责任……"

罗耀宗显然十分悔恨，我看着他黑白相间的头发、憔悴的面容，突然之间产生了一种同情：让这个老母亲还独自在家的人陪我们去那凶险的地方是不是太残忍了？罗耀宗显然是受不了良心的谴责，这次下定决心陪我们前去的，我是不是应该阻止他？

吴宏脸色已经不像刚才那么轻松了，他看看罗耀宗，问："那你跟来的意思是……"

罗耀宗眼神里多了一份坚定，他咬了咬牙说："我想过了，这次一定带你们过去，既然两位部队的同志都来这里，说明这事情要紧得很。上次我没有帮上忙，这次不能再犯同样的错误了。你们上次来的同志替我照顾过俺娘，俺娘很喜欢他，这次的事我已经和她说过了，她也同意。不过我不能在湖边过夜，得回家伺候俺娘休息。"

黑色的困龙湖

吴宏点点头，上前和罗耀宗重重地握了一下手，罗耀宗有些不好意思地晃晃头，我们都笑了。吴宏感激地说："谢谢你，老罗！我们不会给你带来过多麻烦的，只要带到地方，你随时可以回去！拜托了！"随即目光转向我，说，"我们到了地方之后，就让老罗回去，不要让他过多陷入我们的任务，太危险。"

我重重地点点头，说实话，我也支持让罗耀宗置身事情的边缘，不要让这个无辜的人受到伤害。

吴宏重新站到道路中央，对我和罗耀宗说："老罗，我和你走前面，小孙你在我们偏后点的位置，不要离太远。注意留神身后有没有情况。"

我点点头，三人重新去往湖边。

走了一会儿，吴宏止住脚步问罗耀宗："你现在走的路对吗？我怎么觉得似乎方向有点偏离呢？"

罗耀宗笑了笑，夸奖吴宏道："同志你还真是好眼力哩！俺也只是跟你描述了一遍，你就能看出我们走的路不对。的确，俺现在带你们走的是小路，不过一样能够到达湖边，还能节省时间。这困龙湖的路上有个不大的水潭，走那里得绕路，麻烦得很。"

吴宏点点头，不再说话。果然，这路程比刚才崎岖了不少，宽阔的平地少得可怜，我们三人的鞋上都沾满了泥巴，走起来更加费劲。罗耀宗不时甩甩脚上沾的泥浆，脚下却没有偷工减料，始终走得飞快，吴宏紧跟其后。走了不一会儿，渐渐地道路变得开阔起来，看来快到湖边了。

果然，罗耀宗边走边说："快到了，照这个速度，不一会儿就能到湖边。"

我一听马上就要到湖边了，心里隐隐有些紧张，拳头都不由握了起来。吴宏看到地势发生了变化，脸色也比刚才好多了，他脚下加快步伐，嘴里问在前面埋头赶路的罗耀宗："老罗，这湖的名字听着奇怪，为什么叫困龙湖？有什么说法吗？"

罗耀宗没有回头，嘴里答道："这个倒是真的有说法。早年这湖不叫困龙湖。俺小时候这湖水可清哩，鱼虾也多，水面总颤悠悠地晃动，可是好地界！

山清水秀的，多好。那时俺也小，常常下湖耍水，男娃女娃一到夏天扑通扑通往里跳，老人也不管，从来没出过事。那时这湖泊叫昆仑湖，听着也顺耳，有气魄！后来来了个云游的道士，在这村子里借宿了几天。他掐指一算，非说这小村落煞气很重，早晚鬼气横生、夜魔现世，又说这湖的名字虽然听着伟岸，不过水土不服，沾水气的湖起个山脉的名称，五行相冲，容易引厉鬼来！老人都吓坏了，忙问咋办。那道士说，改个名字就行了。当时的村中长老听他之言，便请教他改个什么名字，他说不如改叫'困龙湖'，龙乃水中至尊，可以压制这里的鬼气，防止祸乱人间。于是就改名叫困龙湖了。"

吴宏听到这里皱了皱眉，问："那改名之后有什么变化吗？"

罗耀宗摇摇头："没啥变化啊！过了几年，这湖才开始变得不对劲，阴暗湿冷，水也不流动了，最后鱼虾也渐渐没了！总让人觉得鬼气森森的，不敢接近，后来就出现了闹鬼的事情，不过那时人们已经叫习惯了，也没想过要改回去。"

吴宏听到这里没有再说话，我却多了个问题，接着刚才的话茬问罗耀宗："为什么村里走得就剩你一家了呢？"

罗耀宗脸色变了，他停下脚步，直视着我说："因为谁都没有想到，那湖中的鬼上岸了！"

湖里的水怪

说到这里，罗耀宗抬头看看前方，挥手指指前方已经出现的大片水面，站住不走了，说："到了。"

我刚才那种紧张的感觉愈发强烈了，身子都有些微微的颤抖，心里却在为自己感到丢脸，大白天没看到鬼都吓成这样，碰到鬼魂我还不丢尽了小叔的脸？

吴宏倒没有什么表示，反而示意罗耀宗说下去，他站在原地抽动了一下嘴唇，说："老罗，把那鬼的事情说完我们再过去，这部分很重要。务必说清楚，可能和他小叔的失踪有关系。"

罗耀宗听了，也微微点了点头，语气也不似刚才那样犹豫了。他说："那天下了大雨，雨水打得窗户噼啪作响，外面的小沟都流成了小河，道路一片泥浆，走在外面雨水打在脸上生疼，看样子一时半会儿也停不了了，况且每次巡查都没出过什么事，中间也是碰上天气或什么其他原因耽误过几次，过后去看也都安然无恙，于是没有在意。俺在家给俺娘做了锅面条，吃完就在门边抽个烟袋看雨势。那雨真大啊，看着看着俺就害怕起来：这困龙湖中不会真的困着龙吧？这雨水大得惊人，天地之间都是灰蒙蒙一片，难道湖中的龙要把村庄淹没不成？"罗耀宗说到这里眼神瞬间晃了一下，似乎是朝着湖面的方向。

不过他马上恢复了神态，同时边说边将手舞来舞去，形容雨势的壮观："胡思乱想了半天后，俺也没出息，反而困了，就回去沉沉地睡着了。等早晨起来，雨已经停了，想起昨晚的想法，俺自己都感到好笑。但也没有忘记自己的差事，就挨家挨户巡查乡亲们是不是都在。

一户一户看过去，都没有问题，等渐渐走远了，沿着满是泥巴的小道走到村西胡光利家时，怪事发生了！"

罗耀宗握紧拳头，轻轻地抖动着说："胡光利和他婆娘，加上儿子和女儿，一家四口居然全都不见了！"

吴宏小心翼翼地插嘴说："是不是人家晚上也被这雨势吓到了，连夜离开了村里？"

罗耀宗听了浑身一震，似乎又回到了昔日的场景中，他重重地摇了摇头说："肯定不是。因为俺当时也是这样想的，于是大胆走进门去，细细地看了家中，锅碗瓢盆都整整齐齐地码在柜子中，衣服也叠得好好的。被褥整齐地摆放在炕头，连家中常用来放置贵重物品的小箱子都在里屋之中，都没挪窝。这哪里像是逃离的样子？"

我听到这里虽然感到奇怪，但也提出疑点："也许他们前一天晚上看到了什么……东西，被吓得什么都顾不上带就匆忙离开了？你刚才不是也说鬼上岸了吗？"

罗耀宗不以为然地撇撇嘴说："当时俺虽然没有你想得这么周到，但心里却觉得人失踪得蹊跷，不像是临时离开的样子。但凡逃离，总得带上些细软干粮吧，这兵荒马乱的，又下着大雨，什么都不带就出去，还带着两个幼小的孩子，能有活路？兴许还没走出大山就死在哪个高崖下了！后来我重新打量了一下屋内和院子，还真发现了一些异常！"

罗耀宗重重地咳嗽一声，接着道："俺发现，屋内和院子里，都散落着一些布片和衣衫，大小不一，颜色也都不一样，看布片的料子似乎还有孩童的衣服，这怎么看都像是当时这家人穿在身上的！"

吴宏低头不语，若有所思地盯着一簇青草。我听了有点着急，但吸取了之前的教训，便放慢语调，故作深沉地说："除了这个还有什么发现吗？"

"还有就是地上有些碗盆的碎片，摔得四分五裂，到处都是。俺当时就想，怕是这一家被什么人生拉硬拽扯到什么地方去了！但是什么东西有这样大的力气把一家四口都拖走呢？"

还未等罗耀宗说完，我和吴宏同时吸了一口冷气，我的心更是一下提到了嗓子眼。因为我们心里都想到了，有一种东西有这个能力！

罗耀宗也注意到我和吴宏的神色不对，他自觉地停下讲述，用询问的眼光看着我们。

吴宏意识到有点失态了，就支开话题，问道："老罗，方才你不是说柜子中的碗碟摆放整齐吗，怎么又说发现地上若干碎片呢？"

罗耀宗解释道："我进去看时，确实是碗碟都在橱柜中摆放好了，但也就是没有拿出来用。后来发现的碎片，靠近堂屋的院子里多些，里屋的很少；衣服碎片也是，多是散落在院子里。这院子很大，衣服散落得各处都是，衬着泥泞的地面，很难发现。俺开始仔细查看时注意力集中在屋子中了，忘了院中，要不是第二次更加认真查看，恐怕还发现不了哩。"

吴宏点了点头，明亮的眼睛又转向别的地方，我知道他这是在思考问题，便没有打扰他，罗耀宗讲完有些不知所措，无所适从地看看吴宏，又看看我，不知道干些什么。

我心想，既然我们现在还摸不着头绪，不如听罗耀宗说完，看他有什么看法，说不定能找到线索。我问："罗师傅，后来呢？"

罗耀宗摸摸头说："后来村里人都议论纷纷，说是湖中的鬼上岸吃人来了。于是吓得四散逃命，只两天就走了个干净。"

吴宏这时突然说话了："老罗，当时你发现院子里有脚印没有？"

罗耀宗听了摇摇头，面带遗憾地说："俺当时并没有想到有鬼上岸的事，还以为是村中什么人到胡光利家来了，于是便观察地上是否有脚印，结果发现除了我自己踩出的一行，就连鸡犬的脚印也没发现。"

吴宏想了想说:"看来胡光利一家失踪的事情很可能发生在下雨时,不然一定会留下痕迹的。雨太大,把各种踪迹都冲刷干净了,这对了解真相很不利。"

罗耀宗听到这话,偷望了吴宏一眼,嗫嚅着说了一句:"老实说,我……就不相信没有什么痕迹。他们相信是鬼,俺就不信。"

我和吴宏很吃惊,便齐声问:"这话怎么讲?"

罗耀宗迟疑了一下,说:"当时俺以为有人来过胡光利家,便想出一个办法印证。就是各户互相询问,下雨那天夜里是否有人出过门。村中仅有十几户,扳着指头都数得清,谁那天晚上冒雨出门了,可不就是这人干的?"

我听了问罗耀宗:"有什么发现?"

罗耀宗答道:"奇怪的就在这里,没有一个人出过门!"

老罗的恐怖见闻

罗耀宗接着说:"我挨个问完,发现各户人家都早早地待在家中。很多人都像我一样对这大得吓人的雨产生了恐惧,按老人的说法,水兽出没才会天降大雨。因此大家都害怕得很,躲在家中没人敢外出。你说这大雨倾盆的谁会出来晃悠呢?既然这样,胡光利一家四口是被谁掳走的?"

吴宏听到这里突然冒出一句:"老罗,你要是有什么想法可不能瞒着我们,这样对完成工作可是很不利的。"然后意味深长地看着罗耀宗。

我一听心里就明白了八九成,吴宏这老谋深算的家伙一定也注意到罗耀宗前面讲述时脸色的变化了,同时他对"鬼"的模糊态度也让我感到怀疑。我想刚才他一定想起了什么,不知出于什么原因没有说出来。现在吴宏这样讲,是暗示他把自己的想法尽数告诉我们。

罗耀宗一听急了,大声说:"苍天在上,俺可是没有啥瞒着你们,若是那样,天打五雷劈!"

吴宏听了笑了起来,安慰他说:"你不要紧张,我的意思并不是说你隐瞒了什么。我们都知道你是个实诚人,这点眼光还是有的。不过话说回来,你是不是有什么猜测没有说出来?你不要担心,放心大胆地说,我们不是也在推测事情吗？毕竟什么可能都存在。"

这话说完，罗耀宗放心多了，他舒了一口气，眼光变得平静了些，终于张了张嘴，说："俺说了，你们不要说俺搞封建迷信……"

吴宏打断他，说："不会的，你相信我，我见过比这更加离奇的事情。如果说搞封建迷信，我们一起讨论这鬼的事情不就是封建迷信么？真要追究起来，我俩也脱不了干系。"

罗耀宗听了觉得有理，这才小心翼翼地说："胡光利一家失踪是在我掉下悬崖之前，当时俺还没有碰到这湖中的巨大黑影，但是那天看到那种情形我就隐隐地有种感觉，这事情不像是人做出来的，什么人能有那么大的力道一口气拖走四个人？况且地上没有半点脚印，你说凡是陆上的东西，怎么说也得留下爪印吧？可这院子里啥也看不见，加上那天那么大的雨，水流成河，还有大得吓人的雷声霹雳……你说会不会是……"

听到这里我和吴宏顿时明白了，同时感到一种深入骨髓的震撼。罗耀宗这想法也太离谱了，那东西的确张牙舞爪、力大无穷、蜿蜒盘旋、入水成精，但从来没有人见过，难道真的在这里神秘地出现了？

罗耀宗看我们两人眼神发愣，以为我们没听明白，继续解释道："后来我不是在水中碰到了巨大的黑影吗？你想想我说的那东西什么样子？长几十米、又粗又壮，身子大得吓人，还缓慢地摇摆游动，在这深水里又那么灵活，一眨眼就在水面消失了……"

吴宏听到这里，打断罗耀宗说："我知道你什么意思了，老罗。"

罗耀宗听到了吴宏的话，默默地点了点头，始终没有说出那个名字，眼中充满了恐惧。

我和吴宏对视一眼，有些失望。尤其是我，心里很是不以为然，当然是因为我心中有数，这力大无穷的东西很可能是我们路上碰上的绿眼怪物，以它的力道，将胡光利一家拖走断不是问题。

吴宏拍拍罗耀宗的肩膀说："明白了。现在很多事还不好说，你我还是先去那湖边看看吧。甭管是什么，白天都不太可能会出来。"

这话对罗耀宗有着极好的放松作用，他马上就没有刚才那么紧张了，脚下用了些力，领我们向那黑漆漆的湖边走去，边走他边说："小心点脚下，这里路面湿滑，青苔很多，很容易跌倒。"

我俩闻言更加小心，果然如他所说，湖边有些大块的石头确实非常黏滑，走在上面得小心翼翼才不会有什么闪失，想到滑下石头可能会掉进湖中，我几乎是挪动着走了，可以想见一路走得十分艰难。

吴宏也一直试探着前进，走了几分钟，终于到离湖水仅有几米的地方了。我抬头一看，心下惊骇不已：从这里看过去，湖面前方竟然无边无沿，虽然三面被山峰包围，远处有着山体遮挡，但水面的尽头却看不真切。我们在这里无法看清湖的全貌，不知道是什么形状，只感到这湖的后部似乎有些狭窄，略微细了些。再看水色，果然青黑无比，仔细看去实际上是一种深绿色，该是由于水太深才变化成偏黑的青色，湖边的水底稍有些白边，应该是岸边倾斜的石头，再往里面陡然就失去了依托，直往暗色中斜插进去，可以想见势必十分突兀地深了下去。

湖面有些轻微的波动，如果不是离得近了，根本看不出来，因为刚刚下过雨，加上山间有风，湖面的水涨得很满，左右摇晃的浪花阵阵拍打着岸边石头，但并不激烈。如果是在别处，尤其是雨后，寻常水面上总是有些气泡冒出来，那是水里的鱼在吐气，这湖却是不然，虽然新雨刚过，水面上居然平静无比，我看了半天也没有发现一个气泡出现。再远些的地方就看不到了，想到罗耀宗刚才的说法，我心里打起了鼓：这湖里真的像他所说，鱼虾都绝迹了？难道水底真的隐藏着那种千年水兽？就算没有这些念头，刚才我一靠近这湖就感到有种发自心底的恐惧，似乎这黑糊糊的水塘就是怪兽的一张大嘴，随时准备跃起将我们吃掉。

看样子就知道罗耀宗也对这湖有着巨大的恐惧，他佝偻着身躯站在石头上，一副随时准备逃跑的样子。吴宏看看罗耀宗，小心地向前靠了靠，问他："老罗，这是湖的哪个方向？"

罗耀宗正直愣愣地盯着湖面，似有所思。吴宏问了他两次，他才如梦方醒地说："这应该是在湖的东南，我们应该是从湖的正南的方向过来的。因为走了小路，所以到了现在的位置。"

吴宏点点头，然后把目光转向我："小孙，你把你身上的地图拿出来看看。"

我忙从侧边衣兜里掏出那张大大的地图，三下两下展开铺在一块巨石之上干燥的地方。抬头一看，吴宏手里却拿着那块方巾在仔细查看，心下觉得奇怪，既然你有方巾在手，让我拿这地图干什么，还不都是一样？

想到这里我心里突然抖了一下，对了，有个地方不一样！

想到方巾上的困龙湖，我突然有了精神，于是一跃而起，站到吴宏旁边去。吴宏眼皮都没有抬，一只手拿着水壶，一只手举高方巾，认真查看着手中的地图。

果然不出我所料，他的目光所指正是这困龙湖后部的那条小线，吴宏示意我把地上的地图拿得离他近点，然后两相对比起来，他边看图边抬头观察实地的走势，慢慢地将视线凝聚于湖周围的一点，静止不动了。

我会意地冲着那个方向看去，心下明白，估计这就是地图上小线标示的位置了。

罗耀宗完全不知道我们在干什么，结结巴巴地问："我说两位同志，你们……到底是干什么的？"

吴宏目光炯炯有神地看看罗耀宗，指了指视线所及之处，问他："老罗，我们有任务在身，不能细说。你领我们去那边看看，好吗？"

吴宏这次的语气又带着那种让人无法抗拒的命令感，罗耀宗似乎受到了影响，点点头，默不作声地朝那个方向走去。

路上我一直非常小心地观察脚下，生怕哪脚踩空坠落到这黑暗的湖中，于是走得拖拖拉拉，很不痛快。脚下的石头间有着横七竖八的缝隙，像是天然生成的，中间淤泥堆积、青苔满地，还浸泡着一些腐烂的水草，发出阵阵难闻的臭味。

看着似乎路程不远，没想到走了半天居然还没有到，我不由问罗耀宗："怎么会这么远，不是走错地方了吧？"

罗耀宗脸上露出一丝难堪的表情，说："你们有所不知，这地方其实大得很，湖两侧边沿因为能看见所以觉得不远，其实得走好一阵子才能到。你们告诉我的这个地方不常有人去，我们在刚才站的位置是看不到的，俺得领你们绕过这宽大的湖面，进到后面才行。"

我点点头，问一直小心注意脚下的吴宏："老吴，你觉得这地图上的位置有问题？"

吴宏边走边喘了口气，回答说："如果我猜得不错，不光是有问题，而且十分重要。"

我听了感到心惊肉跳，便放下这个话题，没敢多问。离目标渐渐近了，我也感到脚下的道路渐渐平坦起来，不像刚才一样有许多石头横亘在面前，几乎不需要我们攀爬，于是走得顺利了很多。前方终于到了湖外沿的尽头，我本以为到这里就差不多了，没想到罗耀宗挥手示意我们小心，然后在前方一块形状奇怪的石头前晃了一下，人竟然消失了。

我慌了神，急忙抬头张望，寻找罗耀宗的踪迹。吴宏在旁边捅了我一下，示意我把头靠过去，我听见他说："别紧张，他拐弯进去了，前方是个折返的路口，看来这湖在这里有个弧度，挡住了我们的视线。走快几步跟上，应该能看到他。"

我听了稍稍放心了点，便提速跟了上去，果然如吴宏所说，近前的地方有个拐弯，湖的边沿像是在这里圈起了一块水潭，突然细了一些，须转个方向才能看到湖水，难怪我刚才以为罗耀宗消失了。

我已经看见前方他的身影，步伐不大，速度却很快，一会儿工夫我们已经落下几米的距离。吴宏因为刚才与我解释也没有跟上，这时看他疾步走到前方去了，就轻轻地冲罗耀宗喊了一声。

罗耀宗听到后回过头，看看我们的位置，便原地未动，等我们跟上去。

我们动作尽量麻利地走到他面前时，我注意到吴宏顺手把刚才从我那里拿走的大地图掏了出来。刚才我给吴宏地图时已经将它折叠起来，大小与那方巾相近，不知吴宏现在把地图拿出来要干什么。

我们到了罗耀宗跟前，他压低声音问："咋了，没啥事吧？"

吴宏没说话，挥手让罗耀宗到他面前去。等对方靠近了，他笑呵呵地问罗耀宗："老罗，有件事我得问问你，刚才一直也没想明白。"

罗耀宗脸上的笑容淡了些，不知哪里出了问题，有些紧张地问："咋了？有什么不对？"

骇人真相

吴宏忙摆摆手，拍了罗耀宗一下说："你别误会，哪有什么不对。我就是有件事想不明白，想请教你罢了。你不用紧张，我们初来乍到，得请教你的地方还多咧！"

罗耀宗听了这一番客气，显见放心了许多，就饶有兴致地说："可不敢这么说。俺看你们都是大人物哩，哪能请教我？不过要说这村里的事情，我还能唠叨上几句，久住成精了，嘿嘿！"

吴宏手臂托着地图问罗耀宗："老罗，刚才我也就是给你大体指了指我们想去的地方，地图都没给你看，你怎么就领着我们过来了？刚才我看了一下地图，你带的这路线很准确，就是我想去的位置，所以想问问，你是怎么知道我要来这里的？只知道大概方位你就把我们带到地方，这未免有些奇怪吧？"

我心下一抖，觉得吴宏说得确实在理。刚才吴宏只是冲着这个方位指了指，罗耀宗问都不问扭头就走了，听吴宏的意思路线竟没有走错，眼瞅着冲着我们的目标就过去了。这眼神也太尖了吧，他是怎么知道我们的具体目标的？再怎么说，至少也得看一眼地图啊。

不料罗耀宗听了眼睛睁大了，一脸恍然大悟的样子，同时露出不以为然的神色，回头看看前方，然后对吴宏说："就这事啊？吓我一跳，嘿嘿！俺当然知道你们要来这里，说来简单得很。因为这地方当年就有人来过！"

我惊问："什么？有谁来过？"

罗耀宗直起腰，想了想说："你们记得俺说过的那个云游道士吗？当时他来到这里，就请村中长老带领在湖周围转了一圈，查看了一下风水，还在你们要去的地方停留了好些时辰哩。他掐指算来算去，嘴里嘟嘟囔囔的，后来才认定昆仑湖有水土不服的灾祸。"

吴宏听了没有多说什么，只问罗耀宗："还有多远？"

罗耀宗指指前方说："就到了。"然后停住话头，拔腿往前方走去。

我们紧跟其后，只走了十分钟左右，就来到一处峭壁前。罗耀宗停住脚步，指指前方的一片高大狰狞的石壁说："就是这里了。"

我和吴宏顺着石壁往下一看，石壁下层层堆积了一片碎石，看来有些年月了。石间长满了青苔，如同岸边的石头一样，在水中或明或暗地隐约闪现，慢慢就消失不见了。

吴宏又掏出地图查看着，边看边观察周围的环境，过了一会儿，他抬眼望着我说："是这里。"

我心里平静了很多，刚才让罗耀宗说得心里有些紧张，现在到了地方，觉得并没有什么异常，心里踏实了很多。于是便问吴宏："接着干什么？"

吴宏不说话，指了指手中的地图问罗耀宗："我看地图上这里还有一条小河，似乎是通往海的。可是这里怎么什么都没有？"

罗耀宗听了这话神色有点吃惊，探头过来看了一眼地图，脸上露出恍然大悟的神色，说："你说这事啊，河倒是没有，不过俺知道先前这里有个很大的水窟窿，常年有水流进流出。从上面还能看见细小的狭缝，不过不知道通到哪里，老人倒是说这水通到海里，还嘱咐我们玩水千万不要靠近这里，别让……水里的东西叼了去。"他说到这里似乎想起了刚才那诡异的说法，胆怯地闭上了嘴。

吴宏问："这湖就只有这么一个通往外界的地方吗？"

罗耀宗说："应该是。从来没听说其他什么地方与外面相通的。"

吴宏接着问："那你说的那窟窿怎么没了？"

罗耀宗一脸无辜地说："说实在的，俺也不知道怎么就没了。"

我和吴宏面面相觑，罗耀宗解释说："不知道什么时候，窟窿突然就不见了，多了这么一堆乱石头，给堵得严严实实。你说这事奇不奇？"

吴宏没接话茬，他站起身来，指指高耸的岩壁后方说："老罗，这后面是什么地方？"

罗耀宗抬头看看天空，告诉我们："有些日子没去过后面了，记不得了。不过听他们说，这后面远些的地方似乎就是海，俺也不知道是不是真的。很多年都没有来过了。"

吴宏不再说话，只是突然靠近岩壁，将身子探了上去，我怕他不小心掉下水，急忙一把抓住他的衣服。罗耀宗有些害怕，稍微迟疑了一下才探身过来，吴宏小心地观察着乱石堆积的崖壁，又低头看看水中，目光在水面上下逡巡，不时还摸摸崖壁上的缝隙，查看得十分详细认真。

我和罗耀宗傻乎乎地看着吴宏在那里忙碌，感到有些莫名其妙，不知道为什么他突然对这碎石斜崖产生了这么浓厚的兴趣，只能等他忙完再去问他了。

吴宏查看了很久，等到我和罗耀宗都有些不耐烦了，他才小心地把身子收了回来，拍拍身上的土渣，重新站直腰杆。

我还没来得及说话，吴宏就先开口了："老罗，原来那窟窿的水下部分有多大，你知道吗？"

罗耀宗愣了一下，马上说："不知道。这个可真说不好，村里老人都知道，水上和水下弄不好差别大着哩！有些水上的洞看着挺小，水下却深不见底，大得瘆人。我们管这种水流叫葫芦洞。不过也有的水上看着很大，水下就有石头或泥土铺垫，其实很浅，只是岸上看不清楚就是了。"

吴宏马上问："原来的那个窟窿是葫芦洞吗？"

罗耀宗为难地摇摇头说："不瞒你吴同志，俺真不知道。"

我探身过去，问吴宏："怎么了，你有什么发现？"

吴宏沉默了一会儿，才回头看了罗耀宗一眼，神色轻松地笑笑说："老罗，行了，你回去吧！很感谢你把我们带到这里，剩下的交给我们就行了，晚上我们去家里吃晚饭，还得麻烦你先准备准备啊！"

老罗回来了

罗耀宗有些吃惊，问："不用俺领路了吗？回去的路你们认得？"

吴宏脸上堆满笑容，解释道："暂时不用了，今天我们就到这里吧，我和小孙在这里勘察一下地形，回去的路我记得了，一定不会有问题的。明天可能还得过来。到时还得麻烦你呐！"

罗耀宗也笑了，脸上的皱纹都聚到了一起，憨厚地说："那行，俺先回家预备预备，我是个老粗，不会做饭，也没啥好菜，你们就将就着吃点吧！"说完挥了挥手，转身离开了。

吴宏一直没有说话，等罗耀宗的脚步声远去了，还探身看了看他的身影，然后脸上的笑容迅速不见了，神色变得十分凝重。

我有些害怕，问他："怎么了，罗耀宗有问题？"

吴宏摇摇头，盯着水中说："他没问题，我支开他是怕他害怕。有问题的是这岩壁。"他指着面前的那面石壁说，"刚才罗耀宗说这里原来的水窟窿不见了，其实绝非偶然。我刚才细细看了，这岩壁不是天然形成的，应该是被人炸塌后由碎石堆积产生的，只是年月较旧、长满了青苔而已。不过有些炸坑还摸得到，如果我猜得没错，这爆炸的规模非常大，导致很大的一面石壁都倾埋下来！现在上山去看看的话，估计山体都会有些变化。"

我被吓得不轻，谁能弄出这么大的动静，使整个山体都发生了倾塌？不由抬头看了看上面，只见高崖挺立，不见端倪。顿时感到有些头晕，我低下头问吴宏："那你能不能看出是谁炸的？无缘无故炸这山体干什么？"

吴宏说："谁炸的我还不是很清楚，不过我大体能猜到他们为什么炸塌山体。"

我紧张地攥紧了拳头，问："为什么？"

吴宏脸上蒙上了一层阴霾，提醒我说："你记得罗耀宗说这水窟窿可能连着海吗？这点可能有道理。另外，他还说，这里没有其他地方通往外界了……所以我觉得，不管是谁把这地方炸毁的，应该是为了将这水窟窿填上，估计是想把什么东西堵在这困龙湖中，防止它游出去！"

我听了这话手心里顿时冒出一把汗，罗耀宗看到的庞大黑影似乎游进了我的脑海，让我禁不住恐惧起来。我一下站了起来，问吴宏："你是说，有人怕水里的东西游到外面去？"

吴宏点点头说："对。不过那水窟窿通往的应该不是海，可能是外面的另一片水域，很可能是长江。"他又蹲下在石壁下的水面上四处看了看，终于回头对我说，"我们走吧，这里没有什么痕迹了，你和我绕着这湖走一圈看看，注意脚下，看有没有什么新的发现。"

我点点头，刚才那种水里有东西的感觉更加强烈了，现在罗耀宗的说法几乎已经被证实，看来这湖水中的确藏着什么凶残无比的水兽。我小心翼翼地沿着湖边查看，尽量离水面保持一定距离，不时抬起头来看看前方微微波动的黑水，心悸不已。

吴宏观察得就比我仔细，他连湖边的石缝之中都不放过，有的地方甚至俯下身去近前端详，我暗自惭愧，便也学着他的样子一点点推进，过了一段时间，也就不像刚才那样害怕，不过因为看得认真，前进的速度就慢了很多，一个多小时才走了一点距离，而且总是低着头弯着腰，脖子和腰都酸痛不已，十分辛苦。

我直起腰，捶捶背，问在前方一点点挪动的吴宏："老吴，咱们这得看到什么时候啊？"

吴宏回头看了我一眼，我才注意到他脸上满是汗水，他微微露出些笑容说："累了？你以为情报工作那么容易呢？累了你先歇会儿吧，我自己慢慢走走看。"

这简直算是批评我了。我虽然知道吴宏是好意，但是也丢不起这个人，于是摆摆手说："不用。就是不知道我们在找什么，目标不明则动力不足啊！"

吴宏擦了一下脸上的汗说："这还用问，当然是找和孙林涛有关的蛛丝马迹，最好能找到他的东西，这样我们就知道他去过哪些地方。当然要是发现其他线索更好。"

我听了便没有多说，学着吴宏的样子继续勘察起来。整整花了一个下午，我们才把这偌大的困龙湖边扫了一半，不过什么异常都没有发现。眼前的光线变得越来越暗了，我肚子也开始咕咕作响，中午的时候随便吃了些自带的干粮，聊以果腹，现在眼看晚饭时间已经过了，腹中无米，力气也好像一点点被抽尽了一样，只能勉强拖着身体往前走。天已经完全暗下来了，几乎看不清楚石头上的东西了，估计这样看下去也是徒劳。

看来吴宏也意识到了这点，他停下脚步，回头对我说："太暗了，我们回去吧。白天还好，晚上怕是有什么危险，明天再来看看。看能不能让罗耀宗白天也一起来，白天应该没危险，多个人快些。"

我一回头，正看见远方有一团火光渐行渐近，等慢慢到了近前，我才发现，是罗耀宗高举着一个火把来找我们了。

罗耀宗一看见我们，表情顿时轻松了很多，他长舒一口大气说："吓死我了！这么晚也没回去，俺和娘还以为你们出什么事了！以为那恶鬼又上岸了哩！俺和娘说了一声，赶紧过来看看你们，老天爷！你们胆子真大，眼瞅着天黑了，还不回去干啥，快走快走！"没等我们接茬，他已经回转过身去，嘴里还念叨着，"不要命的，真是不要命……"

我和吴宏相视一笑，心里却感到很是温暖，我的鼻子都有些发酸。这罗耀宗果然是个心地善良的憨厚汉子，白天来这困龙湖都犹犹豫豫，晚上不知我们死活居然一个人来找我俩，想也知道需要怎样的勇气。

吴宏冲我使个眼色，紧跟几步追了上去，我连忙随着他走到罗耀宗身后，对方已经在离我们不远处的一块石头边上站住，举高火把给我们照亮了，看来他不仅善良，其实也很心细。

恐怖人头

　　吴宏走到罗耀宗身旁，轻轻拍拍他的肩膀说："老罗，谢谢了！"我听出他的声音里充满了感激，看来也被罗耀宗感动了。

　　罗耀宗听了反而有些不好意思，抬头看了我一眼，咧嘴露出一口白牙，笑着说："要不是你们当兵的打下了江山，我和老娘说不定已经死在鬼子刺刀下了，说啥感谢么！要感谢，也是我们感谢你们哩，嘿嘿！"

　　吴宏抬腿一步迈到远些的土地上去，然后回头对罗耀宗说："客气了老罗，这一路真是给你和老人添了很多麻烦！"

　　罗耀宗摆摆手，一脸憨笑。他用火光照着我也到岸上后，磕磕火把边上的灰烬说："不过你们胆子也怪大的，我都告诉你们闹鬼的事了，也不知道害怕……"

　　吴宏笑了笑说："我们无产阶级革命战士连小日本的飞机大炮铁家伙都不怕，还怕它什么鬼怪野兽？看有什么东西不对，一颗子弹穿它个窟窿再说！"说完晃了晃手里那柄枪，似乎是在给罗耀宗壮胆。

　　罗耀宗好像真的踏实了很多，他用钦佩的眼神看看吴宏，嘱咐一句："话虽这么说，还是小心好，小心好……"

　　吴宏随着罗耀宗转身往回去的路上走去，只走了几步，他突然停下了，想起了什么一样问罗耀宗："老罗，我记得你来的时候说，我们走的不是大路，是吧？"

　　罗耀宗不解地回答："是啊，我们走的小路，村里人都知道，这条道近。"

　　吴宏听了接着问："当初你告诉我那大路上有个水潭？"

　　罗耀宗点点头，再看看也一脸迷惑的我，问吴宏："是啊，怎么了？"

　　吴宏听了朝着远方迷蒙的夜色中望了望，简单明了地对罗耀宗说："回去走那条路，去水潭看看。"

　　罗耀宗一脸不解地望着吴宏，不明白他为什么挑远路走，吴宏也不多说，催促他说："走吧，路上告诉你原因。"

　　等上路后，我听见吴宏对罗耀宗说："我们那位同志并不知道这条小路，估计来这湖边的时候他走的应该就是你刚才说的那条路，我们重新走一遍，看能不能发现什么痕迹，找到他可就靠这个了。"

我听了觉得在理。罗耀宗当时没有给小叔带路，所以他应该走的是路程更远的大道，那么势必能够碰上水潭。如果小叔在那里就出现了不测，那么困龙湖边当然不会有什么线索，所以我们忙了一下午徒劳无功。这样一切就都说得过去了。

没想到走了很久才到罗耀宗说的那个水潭，我和吴宏都感觉有些筋疲力尽，这才明白为什么罗耀宗要带我们走小路，果然省了不少力气。罗耀宗站在前方拿火把晃了晃说："就是这里了，不过天黑看不清楚，小心些。"

我放眼望去，前方黑糊糊一片，什么都没有，直到站到罗耀宗的位置，我才在火光照耀下看到一片水域，今天晚上没有多少月光，看不到这水域的大小范围，不过能看见水面上一片片白色的光影在轻轻地晃动。我小心地站在泥泞的路上，回头看了看吴宏，他那里不在火把的照射范围，正在一脚深一脚浅地往我们这里赶。

我连忙从罗耀宗手中拿过火把过去照明。当三人重新站定在一块干燥些的地方时，我听见吴宏轻微地叹了一口气，似乎对情况感到很不乐观。

我也这样觉得。因为这里虽然可能有线索，但我们却没有发现线索的条件，这小小的火把只能照到前面几米的距离，还时亮时暗，光线不均匀，照着走路尚且凑合，要是用来找寻线索就有些勉为其难了。

事已至此，吴宏看来也没有办法，他拿着火把晃了几晃，眼看视线之内没有任何异常，就对旁边心不在焉地望着水潭的罗耀宗说："老罗，这里太暗了，发现不了什么，我们先回你家吧。"

罗耀宗点点头，离困龙湖远些他果然精神了很多，不像刚才那样慌张不迭了。刚才在湖边他眼睛都不敢往湖里看，现在已不同，不时冲着偶有亮光的水面瞟几眼，并不担心这里有什么鬼怪出没。

我暗笑他胆子太小，一到困龙湖就像到了鬼门关一样，前后变化真是明显。我转身和吴宏走下泥地，重新踏上大路时，却发现火光没有了。

刚才吴宏看完已经把火把递给了罗耀宗，现在前面黑漆漆一片，我也不敢下脚，忙回头轻声招呼还拿着火把冲水潭中看的罗耀宗："老罗，别看了。帮我们照照路，回去吧。"

我叫了几声他都没有回头，吴宏突然一把拽住我的腕子，轻轻说："你大声点喊，情况好像不对！"

反正已经离开水域里，又有了吴宏这话，我心里有底，便提高嗓门冲着他喊："老罗！老罗！！你怎么了？"

罗耀宗像是被什么东西打了一闷棍一样，猛地回过了头，因为火把就在他手边，我顿时被他的样子吓得一哆嗦：只见他一张瘦脸上写满了恐怖，眼球突出，整个面庞因为害怕扭曲变形，张着大嘴颤抖着说："水里……水里……有人头！！"

听到这话，我大脑中像是短路一样，居然瞬间一片空白，足有几秒钟的时间。等我缓过神来，罗耀宗已经从水潭边跌跌撞撞地跑了回来，吴宏站直了腰，变魔术一样摸出枪来，快步走到罗耀宗所在的地方，边朝黑暗张望边回头用锐利的眼光看着罗耀宗："在哪里？"

罗耀宗显然被吴宏吓了一跳，没想到平时文质彬彬的他会变成这样，他下意识地抖了一下，指着水潭里面的一点说："刚才……刚才有光照过去，我看到有个人头浮在水面上！"

吴宏回头把手伸到罗耀宗面前说："老罗，火把给我。"老罗看了他一眼，急忙把火把递过去，这时我也来到吴宏身旁，火把微弱，我没有看到水潭中有任何东西。说实话，在这种光线下，别说是人头，就是水潭的大小我都摸不到头绪，眼前黑得让人心慌，几块水面反射的光亮也阴森森的，充满着诡异的气息。我由刚才的震惊转为疑惑，该不是罗耀宗看错了吧？

吴宏高举火把细细地看了半天，才回过头望了望罗耀宗，看来和我的想法相似。

老罗这下慌神了，脸上恐惧的神情还没退去，又生出几分惶恐来，说话越发结巴："真的……人头……人头啊……刚才……就……"

吴宏轻轻点了点头，拿着火把倒退着回到罗耀宗身旁，眼睛始终盯着水潭中那几点有光的水面。

就在吴宏回头要和罗耀宗说什么的时候，我突然注意到寂静的水潭中，那块离我们最远的光影上，慢慢地漂过一个圆形的东西！

也许因为没有罗耀宗对鬼那样的畏惧，我居然没有喊出声，只是猛地张大了嘴巴，轻轻地喊了一声："吴宏。"

吴宏回过头，看见我的神色立刻明白了，紧走几步到我面前，顺着我的目光看过去，正巧那圆形的东西漂到了水面中央，从我这个方向估计，的确是人头一样的大小，但是因为离得太远，看不清楚是否真的有五官。

吴宏显然也看到"人头"了，和我不同的是，他并没有显得特别吃惊，只是紧紧盯住它看了一会儿，身体纹丝不动，精力十分集中。再看那"人头"在水中缓缓漂浮，慢慢来到了水影中央。在阴气森然的夜色下看着这一幕，确实让人感到毛骨悚然。

吴宏似乎也没有看清楚这东西是什么，我看到他的眉头渐渐皱了起来，他环视了一下我和罗耀宗，似乎在寻找什么东西。然后他果断地将手里的火把递给我，我一愣，下意识地接了过来，就看见吴宏已经开始脱衣服。

他首先将自己的外衣递给我，然后就几下把里面贴身的背心脱掉，现在他上身已经完全赤裸了。

接着吴宏就举着火把开始在地上找寻着什么，不时还拿起几块石头掂量一下，满意以后他用手中的背心将石头包好，左缠右缠地包成一个疙瘩，然后垂下两条长长的布头，用火把点燃了。

我在一旁看明白了，看来吴宏这是要做照明用。我刚反应过来，就看见吴宏后退一步，冲着目标瞄了一眼，奋力挥手把燃烧着的背心投掷出去。

他嘴里提醒我："注意看！"我连忙朝着水面上方"人头"浮动的地方看去，石块在目标的旁边很近的地方一闪而过，借着这一刹那的火焰，我猛地发现，"人头"上居然真的有两个黑洞洞的眼窝！

吴宏也看见了，他的脸色迅速阴暗下来，穿上外衣后，回头看了看身后不明就里的罗耀宗，然后对我说："刚才石头落水的时候你看到这东西有什么变化吗？"

我摇摇头，说："我一直盯着呢，没有什么变化，只是似乎慢慢晃到一边去了。你说会不会真的是个人头？"

吴宏未置可否地说："不管是什么，现在我们都不要轻举妄动。今天晚上先回去，明天再来！"

我听了急了，这水里要是小叔呢，难道我见死不救？你吴宏也太没有人情味儿了吧，说话便糙了些："要是我小叔在这里，你在里面漂着，你也会这样说？"

吴宏听了开始没有吭气，后来才缓和了语气对我说："你的心情我理解。

其实我着急的程度一点都不比你差。但既然你把话说到这份儿上了……我直说了吧，如果这水里漂着的真的是你小叔，现在肯定已经牺牲了。如果像你说的，孙林涛同志真在这里，也不会让我们就这么下水。这样冒失地闯进去，只能把自己的命搭上，起不到什么作用。等天亮了我们再来，还安全些。现在还说不准这里面的东西是不是真的是个人头，刚才你也看见了，我扔石头过去的时候虽然隐约能看见面部有些凹凸，但类似头顶的地方又很光滑，是不是孙林涛同志真说不好。"他抖了抖火把说，"光着急是解决不了问题的。你还年轻，很多事情不会考虑后果。但你记住，不光营救孙林涛同志，保证你的安全也是我的任务，你先回来。"

我听完也觉得自己刚才的话说重了，要不是吴宏注意到弹壳急速赶来，我可能连小叔的踪迹都搞不清楚，现在又这样鲁莽……脸上便生出一些愧疚的神色，也不好说什么，就慢慢挪动脚步来到吴宏边上。三人慢慢沿着大路往罗耀宗家走去。

路上我左想右想都觉得自己对吴宏太无理了，又不好意思道歉，只好打趣道："你扔得还蛮准，再靠近一点就直接打到那东西了。"

吴宏听了眼睛眯了起来，火把照耀下黑红的脸庞上露出和善的笑容，轻轻说："开玩笑，我当年可是团里手榴弹投掷比赛第一名。这还不是小菜一碟？"然后他低声道，"我故意没打中它的，要是打中了，谁知道会怎样？"

罗耀宗一直在旁边没有开口，估计是吓得不轻，听到这话才插嘴说："吴同志，你真是胆大……刚才看你往那水里扔石头，我吓得差点尿了裤子！你说这要是有什么东西跳上岸来……"

吴宏冲他咧嘴一笑说："我说过了，革命战士不怕天不怕地，你不信怎么的？就是有啥东西跳上来，打了给你下酒！再说了，咱宁可战死，也不能被牛鬼蛇神吓死不是！"

听了这话，罗耀宗也嘿嘿笑了，刚才的紧张气氛一下子就冲淡了，静谧的道路也变得热闹起来。我们三人一路径直往罗耀宗家中走去，偶尔聊些闲话，居然很快就到了。

吃完饭，吴宏和罗耀宗道了个谢，去内屋看了一下老太太，聊了几句便回房休息了，一夜无话。关于湖边的崖壁和水中的东西他再也没有说半个字，我心里惦记着那"人头"，也没有心思和他猜谜。便早早洗漱睡了。

又是一夜噩梦，早晨醒来竟发现枕头上有一片汗渍，估计是出虚汗了。不过梦虽然接连不断，这次内容却记不清楚，只觉得头昏昏沉沉的。

这次吴宏好像睡得也不好，我看见他红着眼睛在床边坐着发呆，便咳嗽一声，坐起身来。

吴宏顿了一下，回过头瞟我一眼，跳下床来，说："起床吧，动作快点，今天事情比较多。"

我赶紧穿好衣服，拉开房门走了出去，正看见罗耀宗在堂屋里打扫卫生，看来他起得比我们还早，我不知道今天是不是要带他一起去湖边，便侧头看看吴宏。

吴宏来到院子里看了看天色，回头对我说："时间还早，不到吃早饭的时候，你和我办点事去。"

我没说什么，跟他走出门去，心里却犯了嘀咕：听吴宏的意思似乎我们不是去水潭那里，这荒村野外的有什么其他事情好办？难道他把救我小叔的事情忘到脑后去了？

我出门才发现吴宏已经往村东去了，便感到更加意外，因为困龙湖是在村子西边，不知他默不作声地一路东去到底想干什么，反正他既然让我跟着想必一定会告诉我，我也懒得问，就紧跟在他身后。

越走越觉得这道路熟悉，走过一段后我一下想起来了：这不是我们来时的道路么？难道吴宏要离开这里不成？

就这么带着一肚子问号，我跟着吴宏跌跌撞撞地来到一棵树下，抬头一看，正是曾经吴宏让我把车停靠的那棵树，我以为吴宏要让我开车，便准备进驾驶室，谁料吴宏大手一挥，对我说："别过去了。我们不走，去后车厢那里，开锁。"

我没有说什么，既然吴宏这样要求，必然有他的原因，于是转身来到车后面，开了后车厢的挂锁。吴宏示意我跟他一起登上车厢，然后就开始动手解开系在装载设备木箱上的绳子，他没有让我动手，我便垂手立在一边看他忙碌。

因为装载设备的木箱为长形，为保持平衡，我们出发前在四个边棱上分别捆绑了四个大的备用柴油桶，并用绳子捆好。一来可以压重，保证木箱始终在车厢的同一位置，免得来回碰撞，二来也好固定油桶，防止颠簸过程中油桶翻倒。这一路走来十分耗油，四个油桶眼看用光两个了，我加油时多了个心眼，把空桶对称着捆在木箱两侧，也算是将就着找了平衡，这才保证木箱没有大的晃动，位置基本没变。

吴宏下手把绳子一点点解开，看我没有动作，抬头冲我说："愣着干什么，帮忙啊！"

我赶紧帮他把油桶卸下来，沿着车厢内侧摆好。吴宏看看一米多高的木箱，不知从哪里拿出一把折叠匕首，手伸出去，将木箱上的封条撕掉就开始撬箱体。

我急了，大喊："你干什么？这是违反纪律的！"

这是有讲说的。我每次运送设备出发前，部队领导都会嘱咐我，车上的东西必须保持密封，封条一旦撕毁要追究我的责任，甚至要受严格惩处。更别说吴宏还是部队上的人，深知纪律要求，惩处更是严厉。他现在的样子明显是要撬开箱子，这简直是蓄谋破坏，和沿路打劫的匪徒没什么两样。说重一点，如果有其他战士在，一枪毙了他也不为过。

我正要冲上去阻止，手还没有碰到吴宏的胳膊，也没看他怎么动，却被他一手拧住了，一阵钻心的疼痛从手腕上传来，他的大手像是铁钳一样夹住我的胳膊，让我丝毫动弹不得。我这才知道老僧为什么说吴宏功夫了得了，看来他的确身手不凡，只是深藏不露罢了。

别看吴宏把我制伏了，脸上却满是笑容，手下稍微松了些力气说："我不是前面跟你说过了吗，你的任务已经完成了。你还真是死脑筋，到现在也没反应过来？"他看看我龇牙咧嘴的样子，笑出声来，"这设备本来就是给我配备的，你个傻小子。"

我这才明白过来。我一直以为目的地是部队，没想到目标就一直坐在我身旁，难怪吴宏不着急走，因为他压根就没打算去部队。

我挠挠头，有些不好意思，便皱着眉头说："你先放开我。"吴宏听了便松开手，我一个趔趄差点坐到地上，他大笑一声，说："你小子还得练练，这身板怎么干革命啊！"然后把匕首扔给我说，"赶紧的，一起撬开箱子！一会儿还有正事呢！"

我憋得脸通红，才勉强拆松了两块木板，吴宏刚才已经告诉我，这木板不能拆碎，得保持完整地卸下来，后面还要用到，因此也不敢用蛮力。别看木板之间都是细长的铁钉，却十分坚固，这活已经让我满头大汗了。

吴宏从地上捡了块细长的石头，在旁边左敲敲右打打，居然也顺利地卸下一块来。我正感慨间，就看见他站起身来，说："行了，你站旁边，我来。"

他小心地把里面的油纸掀开叠好放在一旁，露出里面的稍小点的箱体，这个箱子并不是木头的，我看不出是什么材质，吴宏不知按了什么机关，箱子"啪"一下自己翻开了，我赶忙把脑袋伸过去看里面有什么，却看见他神神秘秘地把箱子掀开一角，看了一眼，才放心地打开来。

箱子里装的东西不少，有大有小，摆放得很整齐，但这个方位看不仔细。我只看到吴宏从箱子里拿出一个长长的手电筒和一个硕大的望远镜，放在一边，然后又取出一卷长长的绳索，头上带着一个奇怪的机关，还有一包塑料袋子包裹的东西和一些我不认识的零碎物品，一并塞入旁边一个军用背包中。他站起身来，收紧背包对我说道："拿下车去，看好了。"

我提起那个沉甸甸的黄色背包，翻身背在后面，小心翼翼地站起身来，刚要往车下走，就看见吴宏手底下还有两个大小不一的箱体，他看见这两个箱子动作慢了下来，迟疑一下才将手伸向那个略小些的，一把将它提了出来，却没有动大的箱子。

吴宏把外面的箱体原封不动地收拾好，翻身也跳下车来，锁好之后回头拍拍手说："好了。回村里去！"

我一边跟在吴宏后面走一边奇怪，那内里的箱子到底装的是什么？看样子一定很重要，不然一向果断的吴宏不会如此犹豫，想着想着就感到此去非同一般，不过心里还是多少有了底气，至少有了望远镜，能弄清楚那水中的"人头"是什么东西了，想到这里脚下不由加快了步伐，心情也变得急切起来。

来到罗耀宗家中后，他已经收拾停当，正扶着老娘在院子里晒太阳。说来今天天气的确不错，太阳晒在身上暖洋洋的，令人发懒，倒也舒服。

我打来了罗耀宗家还是第一次看老人出来。只见她慈眉善目、干头净脸，一看就是个利落的老人。不过脸上皱纹纵横、斑痕处处，显示出岁月的坎坷和艰难，罗耀宗正帮老人拿捏腿脚，深一下浅一下的竟很专业，看来做这个已经有些年月了。老人听见我们过来了，睁开昏花的眼睛，摸索着拉着我的手问长问短，我边回答边感到阵阵温暖，不由想起家中的奶奶，心里便有些想家。

吴宏在旁边笑眯眯地看着，与罗耀宗谈些什么。只见老罗连连点头，还摆手示意。过了一会儿，吴宏进屋去了，老罗低下头对老人说："娘，我和这两

第三章　诡异废村　143

同志去趟村里,晌午回来做饭。"

老人点头同意,眼里满是温情。罗耀宗把老娘扶进屋里后,回头就从房间里走出来,正碰上吴宏背着背包出现在院子里,罗耀宗问我们:"不吃饭了?"

虽然肚子是有些饥饿,但我没有心情吃饭,只想着早点到水潭边去。吴宏很干脆,说:"不吃了。你带上些干粮和水,饿了垫垫就好。"

罗耀宗点头同意,然后简单地收拾一下,我们三人就踏上了去往水潭的道路。

我们累了个半死才走到水潭旁边。天一放亮,眼前和夜里完全不一样了,我竟然半天没有认出地方,罗耀宗倒是熟门熟路,走到一处停下脚步,小声告诉我们说:"就是这里了。"

我听见罗耀宗的声音居然有些颤抖,就知道他还没有从昨天的惊吓中缓过劲来,还心有余悸。抬头往水潭中望去,只见阳光普照,水面波澜不惊、平静如镜,不过水色并不比困龙湖清澈多少,也是深黑一片,透着令人胆寒的暗影。

这水潭的面积其实不大,形状却是怪异,细长扁平,中间还有块小岛一样的巨石矗立着,显得有些突兀。从我眼里看去,昨晚我们看到的怪事应该就是发生在巨石边上的地方,因为我们恰好位于狭长水域的底部,所以与那地方还保持了很远一段距离,要想弄明白那边的情况,最简单的办法就是走到两侧,绕过去靠近看看。

天降厄运

吴宏先冲我招招手,然后对着罗耀宗说:"老罗,去那边看看,我们这里离得太远。"

于是我们深一脚浅一脚地沿着水潭向侧面走去,我一边走一边观察这水潭,走了一半才发现,原来这里还有个开口和困龙湖连在一起,看来这水潭并不是独立的,其实也是湖的一部分,难怪水况相同。

罗耀宗自然也是走到前面,他脚下比我们利索得多,一会儿工夫就已经走到水潭侧面了,我刚刚迈过一块晃晃悠悠的石头,就听见前方罗耀宗一声惊叫,吴宏迅速地在我面前闪了一下,急忙跟了上去。

我不知道出什么事情了,这大白天的难道还能看见鬼不成?不过听罗耀宗叫得惊心动魄的,我的呼吸都停了下来,心里虽然害怕,脚下却不自觉地加快了速度。

等我过去的时候,就看见吴宏严肃地盯着水里,罗耀宗在旁边大气也不敢出一声。在离我们大概十米远的巨石边缘,有个黑糊糊的圆形的东西在水中抖动着,正是昨晚我们看见的"人头"!

我被吓得不轻,不过定睛一看,心里却有了数,因为虽然离得远,细部看不真切,但这样晴朗的白天,即便是在阴影中我也能看出,这绝不是个人头。在阳光的照射下,我还能看见这东西上面有什么东西一闪一闪的。

意识到不是人头后,我心里轻松多了,便下意识地扭头看了看吴宏,不料一看我就愣住了。

吴宏刚才比我早到一会儿,不知为什么脸上呈现出一种很怪异的表情。我说不上是什么样子,但总觉得不是害怕,看样子十分凝重,似乎还带着一点悲伤。他眉毛凝成一团,紧紧地咬住下牙齿,连腮帮上的肌肉都蹦了起来,我能看出吴宏在刻意地遏制自己的情绪,控制住表情。我感到些许寒意,心里不由得想:如果让他肆意发泄,不知道现在会是什么情形?

看这样子,我也不敢细问,只好瞪着眼睛看着水里那东西默不作声。吴宏盯着看了不久,回头对罗耀宗说:"老罗,你离远些,我们确定安全了再让你过来。"

罗耀宗巴不得逃走,马上三蹦两跳地跑了很远,探头探脑地看着。

吴宏从背包里拿出那卷盘成一盘的绳索,把一端的金属器械打开,原来是个四面弯曲的小钩子。吴宏一伸手将绳索抛出去,别说还真是挺准,最奇怪的是这绳索居然是浮在水面上的,也不知道是什么材质,吴宏抖了几抖就把黑色的东西钩住了。抛出绳索后,不知看到了什么,他稍作停留,眉头皱在一起,好像在困惑什么事情,不过也就是一刹那就恢复了神色,果断地把那东西一路慢慢地拖过来。

等将那玩意儿拉到跟前了,我一眼看出来,这是个头盔。

虽然是个头盔,但却不是我见过的钢盔,应该说完全不一样。这东西比一般人头大一圈,整个是个黑色的圆球,前面眼睛的地方有两块圆形的玻璃,难怪我夜里看上去像是眼窝,还会在光线下闪亮。前面还有一个圆形的口子,拳头大小，不知有什么用处。

吴宏不知从哪里拿出了一副手套，戴在手上后，他小心地将这个头盔拿了起来，对我们做了个手势，大家都离开水潭远远的。等确定安全了，吴宏把手中的头盔翻转过来看了看里侧，眼神一下子暗了下来，连嘴唇都有些颤抖。

我正惊异吴宏的变化，不料他把目光转向了我，看了我一眼后垂下眼皮说："小孙，这是孙林涛同志的东西。"

我听了一下心就凉了，虽然这不是小叔的头颅，但这东西出现在水潭里，还能有好事吗？性急之下我一把将手伸过去就要夺那头盔，吴宏虽然神色黯然，但并没有丧失警惕，他一晃就闪过一边，语气快速地说，"你先不要动。听我慢慢说。"

吴宏再次把目光移开，指着那个东西说："这是孙林涛同志潜水服的头部。"

我听了先是释然，难怪跟我见过的头盔不一样，原来是潜水服的一部分，但马上呼吸就变得急促起来：看来小叔知道了什么，还下水了。更让我感到恐怖的是，小叔一定是出事了，如果不是这样这潜水服怎么会漂浮在水潭之上？

吴宏的眼睛并没有看我，他轻轻地翻动着头盔对我说："小孙，你小叔应该是牺牲了。"

虽然我心里大概已经猜到了，但听吴宏说出这句话来仍然感到一种强烈的悲伤袭上心头，恨不得当时就大哭一场，骨子里的执拗让我顶了吴宏一句："你怎么知道？这只是潜水服的一部分，又没看见他的尸首，凭什么就能断定他不在了？"

吴宏轻轻叹了口气，眼睛依然没有离开地面，他沉默了一会儿才说："其实我们已经见过他的尸体了。"

我听了大吃一惊，几乎喊了出来："你胡说！什么时候？我怎么不知道？"

吴宏并不怪我鲁莽，他抬头看着我，眼神里充满了悲伤："我没有胡说，你记得我们在路上碰到的旗子中的那具尸体吗？"

我一下子感到窒息起来，难道那是小叔的尸体？便急急地问："你怎么知道那就是小叔？"

吴宏接着说："你应该记得，当时我说过，那尸体看着眼熟……后来我一直在想，哪里眼熟呢？很快我就意识到了，它长长的脚看上去很像是潜水服上的人工蹼！也就是说……"他加重了语气说，"那可能就是孙林涛同志！"

第二遍搜索

"因为来之前我被详细告知过他随身携带的物品，我很清楚孙林涛同志的装备中有一套潜水服。但让我悔恨的是，可能是因为绿眼怪物出现得太过突兀诡异，我当时竟没有马上意识到这点。我们碰到那绿眼怪物，惊慌地离开后，我很快镇定下来，想到了这个可能。那时我便想回去再仔细查看一下尸体，要知道，虽然这是个让我很难过的假设，但是这也是我的任务，我必须回去弄明白！"他说着说着声音开始颤抖，"我不能……让我们的同志就这么不明不白地横尸在荒山中……所以我后来在你睡着的时候回去了，但我奇怪地发现，那尸体不翼而飞了！"

听到这里，我立刻明白了为何刚才吴宏表情怪异了，我慢慢地低下了脑袋，泪珠在眼眶中旋转。

"后面的事情你都知道了……直到现在，我看到这潜水服的头部时，马上意识到这是什么东西。我的心一下子凉了，这无异于证实了我先前的判断，保险起见我把它钩过来查看，果然在潜水服内部印有我们特有的编号。这的确是孙林涛同志所携带的潜水装备。"他眼睛里闪着泪花，语气沉重地说，"虽然我现在不能告诉你那串数字，但它将永久地被刻在共和国的丰碑上，这是孙林涛同志忠诚和荣誉的象征，我们永远都不会忘记这位视祖国利益高于一切的好同志！"

我看着吴宏迷离的眼睛，问他："会不会是下水之后沉在水中了？"

"我担心的就是这个。如果真的是和头部分离了，那是不是说明孙林涛同志在水里也碰到了什么体型巨大的水兽，搏斗时把他的潜水外服给撕碎了。如果真的是这样，那形势对我们来说可就严峻了。"他说完看看眼前静静的水潭，"一定要十分小心，轻易不要下水，必须弄清楚情况再说。这湖中的东西不知已经吞掉多少人了，千万不能再有一点闪失。"

我听了不由往后撤了一步，对那深邃的黑水产生了畏惧。吴宏转身走到水潭侧方，冲着远处挥了挥手，估计是叫罗耀宗回来。

果然一会儿工夫，罗耀宗跌跌撞撞地一溜小跑来到我们面前，脚跟都没有站稳，就问："咋样，发现啥没有？"

吴宏摇摇头说："不太多。这东西是他小叔的，我们也不知道为什么只剩这么一个头部了。"

罗耀宗一听这话脸色就变了，大张着嘴巴说："肯定是让——"说到这里他看了我一眼，硬生生地把后半截话头了下去，转了话题问，"这是个什么东西？"

吴宏指指黑色的潜水服说："估计他小叔是穿着这东西下水了，这是罩在头部的，小镜子是为了方便观察情况。"

罗耀宗听了没有再吭声，我知道他心里清楚小叔已经不在了，只是不便说出来而已，估计看我脸色也能猜个差不多。

我其实并不介意，只是罗耀宗并不了解情形，和他多说无益，便没有开口。

吴宏问罗耀宗："这水潭在这里多少年了？"

罗耀宗摸摸头顶，想想说："有日子了，印象里有这湖时似乎就有水潭了，只是原来小一点，后来长年累月，雨水冲得岸边范围越来越大，就变成现在这样了。"

吴宏听了点点头，指指水潭中央那块石头问："中间这块石头一直有吗？"

罗耀宗看了中间几眼，有些迟疑地说："这我就说不好了，俺好长时间没来困龙湖了，来的时候都是走的小路，这里很少过来，不清楚这石头的来历。"

吴宏站起身来，把潜水服的头部提在手中，回头对我们说："走吧，去困龙湖看一看。"

看来吴宏是要继续昨天的勘察，弄清楚是否有其他有用的线索。依照现在的形势来看，困龙湖那边怕是很难有什么发现了。小叔如果在这里下水后就牺牲了，我们之后的搜索只能是无功之举。不过我想到刚才说的话，已管不了那么多，起来就往吴宏身后赶。罗耀宗犹豫了一下还是跟了上来。他当然不知道我们在这里发现东西的意义，估计是在困惑我们又去困龙湖的目的。

到了困龙湖，我和吴宏沿着岸边重新查看。中午的时候，吴宏让罗耀宗回家去照顾老人，他回去之后下午又原路赶了回来，我很吃惊，便追问吴宏罗耀宗怎么又回来了。

吴宏摆摆手示意我不要多问，只说了一句"今天下午必须要把这湖边查看完，我请他回来帮忙的"，便没有了下文，我看他的样子，知道不便多问，就不再细究。

　　这次有了罗耀宗的帮助，搜索工作进行得快了些，就是他有些外行，不时拿些无用的东西来问，稍稍耽误了点时间，我们用了一下午才把剩下的湖沿扫了一遍。

　　果然不出我所料，一无所获。

　　吴宏对这结果也不吃惊，他站起身来伸展了几下，看看累得死狗一样的罗耀宗和闷头咬牙坚持的我，带上放在一旁的潜水服说："走吧，回老罗家。"

　　回去的路上，老罗完全没有精神和力气说话，大家也都累坏了，只听见脚步声噼啪作响，打破这诡秘水域的宁静。

　　好不容易走到罗耀宗家，已经是夕阳晚照了。天边被暗红的落日映出一片霞光，巨人一样矗立的群山和矮人一样的村落在橘红色的色调中被混融在一起，安静地注视着周围的一切。凉风轻轻地吹拂在脸颊上，竟让我感到十分惬意，困龙湖上的一切传说仿佛随着这夏日的微风游荡远去，消逝得无影无踪。

　　安顿好老娘后，罗耀宗简单地弄了些饭菜，因为身体劳累，便感到饭菜格外香甜，风卷残云一样将饭菜一扫而空之后，我们拍拍圆滚滚的肚皮，一时竟然说不出话来。

　　等我们饭后闲聊了片刻，天就黑了下来。罗耀宗因为不知道潜水服的用途，好奇地问个不停，其实我也不知道，便支棱着耳朵听着。吴宏说话很讲究，虽然口若悬河地和罗耀宗说了很多，细听上去却什么都没告诉他。后者显然不这么想，听得津津有味不说，居然还和吴宏探讨起潜水服和平时下水的土设备各有什么利弊起来。吴宏有问必答，但一到关键地方就语焉不详、闪烁其词。渐渐地，我发现他和罗耀宗聊天时，有个习惯动作，就是眼角不时瞟一下天色。

　　我是知道吴宏的，所以对他的动作格外上心。一看到他注意天色我就知道他肯定有什么计划。我心下明白，问他肯定是什么都不会说了，便在旁边闭目养神，养精蓄锐。

　　果然，估计是吴宏看天色已晚，借着罗耀宗一个话头说完，站起身来拍拍我的肩膀说："差不多了，起来吧，走了。"

　　正在兴头上的罗耀宗愣了，看着吴宏利索地把东西收拾好，傻乎乎地问："这么晚了，你们要去哪儿？"

第三章　诡异废村 | **149**

吴宏抬起眼皮，面无表情地说："困龙湖。"

我反而不怎么吃惊，刚才看吴宏的样子我就知道他在等待时机，大约也猜到个八九分了。等他话一出口我便站起身来，帮吴宏去拿那个硕大的背包，吴宏看我抢先一步提起包来，也没说什么，只是做了个手势，示意我小心点。

罗耀宗可是吃惊不已，问："黑灯瞎火的，你们去困龙湖？"

这话明显带着恐惧的成分。在他看来，我们这两人此番前去基本上就是自杀行为，听他这一句话，就知道让他陪我们前去是肯定没什么希望了。

吴宏倒是十分体贴地对罗耀宗说："老罗，你留在家中照顾好老人，晚上不比白天，老人一人在家不安全。我和小孙去湖边看看就回来了，不会有什么事的。"

那种熟悉的踌躇表情又出现在罗耀宗脸上，吴宏这个台阶给得还是很艺术的，所以他也就是犹豫了几秒钟，便点点头表示同意了。

等我和吴宏走出门很远后，罗耀宗还扶着门框站在那里目送我们，虽然光线很暗，但我竟从他的眼神中看到了一丝敬佩，突然觉得此去有些英雄之举的味道，心里便斗志昂扬了起来。

在去困龙湖的路上，我心里有个问号在渐渐地变大，其实这个想法已经存在很久了，只是没有细想，现在却变得按捺不住，几乎要冒出嘴边来。

疑问就是潜水服。

现在那东西已经在卡车上了。下午回到罗耀宗家时，吴宏并没有进门，而是径直去了卡车那里把潜水服放了上去然后才折返回家吃饭。罗耀宗当时还问我他的去向，我支吾两句没说太多。所以直到现在我再也没有见过潜水服，吴宏又不让我碰它，所以并不知道它是什么材质以及它具体的结构。

但我从当时吴宏提着它的样子来看，这东西分量不轻。刚看到这头部浮在水上的时候，我还以为是个皮球一样的玩意儿，见了后发现完全不是这么回事，吴宏提着它的时候丝毫没有变形，坚挺得很。

想想也知道，这只是个头部，吴宏也说了，还有"笨重的潜水外服"，想必也轻不了。湖里如果真有巨大的水兽存在，聪明的小叔居然还会穿着这么重的一套装备下水？这玩意儿穿在身上别说搏斗，转个身也困难吧？

让我最困惑的还不在这里，如果让我猜中了，这潜水服很笨重，那么光是这个头部也不会轻到哪里去，就算是空心的，也不至于会浮在水面上吧？还一浮就是一天？

不对劲。

想到这里，我忙紧追几步，跟紧吴宏。他脚下的步伐不快，仿佛在考虑什么事情，走得有些心不在焉。我和吴宏默默无语地走了一段，心里突然想到，说不定吴宏还没有意识到我心中的疑问，现在不挑明，等会儿到了湖边会不会有危险？

我心下暗叫糟糕，越想越有道理，便不顾冒失一把拉住了吴宏的衣襟。

吴宏猛地走空，一个踉跄站住了，回过了头来困惑地看看我，马上又扭头观察周围，显然以为我发现了什么。

我冲他做了个靠过来的手势，并摇了摇手，吴宏明白不是周围有危险，遂放心地凑近我。

我脚下挪开步子，一边慢慢走一边对旁边的吴宏说："我觉得有什么地方好像不大对啊……"

吴宏没说话，我便接着说："我看你拿潜水服头部的样子，那玩意儿不轻吧？我们从水里把它捞上来之前它可是浮在水面上的，你也看见了，昨晚估计也是这东西把我们吓了一跳。"说到这里，我扭头看了看吴宏，光线昏暗看不清楚，只见他的瞳孔闪闪发亮，我犹豫着接着说，"你不觉得奇怪么？这潜水服……"

等我说到这里，一直没有开口的吴宏说话了："太重了，对不对？浮在水上有点蹊跷？"

我一听就知道吴宏也想到了，不由心下奇怪，他怎么一直默不作声，装作若无其事的样子？这可是个巨大的疑点。心里有了想法，就得嘴上忌惮些了，于是我便闭嘴不言了。

吴宏看看路程，估计还有大概一半就到水潭了，他脚步突然也慢了下来，似乎有意拖延一下时间，我和他慢悠悠地在路上走着，吴宏的声音像浸了水一样变得冷飕飕的。

"你是不是觉得潜水服的头部不可能浮在水面上，因为太重了？"吴宏问我。

我点点头，没想到他接着就问："还有什么吗？"

我迟疑着摇了摇头，难道还有什么事情我没有发现？吴宏刚才在路上思虑的不是这件事吗？

第三章　诡异废村 | 151

吴宏一边拨开路边的杂草，一边说："其实这个我也注意到了，只是当时捞它的时候我注意到一个奇怪的现象，走神了，后来才想到这潜水服的问题。"

我停住脚步，直勾勾地看着吴宏，还有？除了这个还有什么怪事？

吴宏看我停下了，知道我十分吃惊，也不催我，立在原地不动说："记得吧，当时这潜水服是靠近中央那块巨石的。我们当时第一眼看见它的时候，潜水服的头盔离巨石非常近，所以我当时看到它浮在水面的时候，并没有特别吃惊。"

我失声问："为什么?!"

吴宏眨眨眼说："很简单。我们看上去是浮在水面上，其实可能它是搁浅在巨石的边缘，只不过水下的石头你看不见而已。但水下的石头肯定离水面很近，所以托住了头盔，让我们误以为它是浮在水面上的。"

我听了觉得有理，这样就很完美地解释了我刚才的疑问，心里不由轻松多了，那种神秘的恐惧也似乎慢慢消失了。

心里放开了，脚下马上有了力气。我重新抬起脚步，和吴宏并肩向水潭走去。边走我边问吴宏："那你当时发现的奇怪现象是什么？不是这个？"

吴宏虽然也在行走，但是听到这问题语调马上变了，说："刚才我还没有说完，因为我看到头盔很吃惊，但却没有你的疑问，所以便抛出绳索去打捞了。"说到这里，语气猛地沉了下去，"就在这时，我发现绳索有点异常，觉得非常奇怪。"

投石问路

我听了并不以为然，不就是个绳索吗？能有什么问题，有我也不会害怕，就放心大胆地问："什么问题？"

吴宏眼睛看着前面说："那绳子居然是浮在水面上的！"

我听了大吃一惊，连忙问："怎么？那绳子不是原来就能在水里漂浮的吗？"

吴宏扭过头看看我，一脸惊讶，等意识到我不是开玩笑以后，冷笑一声说："漂浮？你别看那绳子不粗，承重可是非常了得，把我们三个人全捆上也不会压断，而且你还挣不开，结实得很。这样的绳子会轻得漂浮起来？"

我顿时觉得匪夷所思，原来如此，难怪吴宏会走神，这情况也确实让人觉得怪异。百思不得其解,我不由自言自语道:"这也太古怪了,没道理啊……"

吴宏却轻轻说:"不一定。我后来想到,有一种可能。"

我连忙问:"什么可能?说出来听听?"

吴宏没有明说,却比画了一个篮球大的圆圈说:"当时虽然绳子漂在水面,但是我们岸上是看不见它的,完全浸在水里,只是没有沉下去很多,从我这边拉住的绳子来看,只有靠近巨石的那片水域里绳子是这种漂浮在水中的,其他地方都是因为张力绷紧而已。你仔细想想,潜水服的头部浮在水面的问题,我是怎么解释的?"

我马上明白了,脱口而出道:"不可能吧?那绳子也是搁浅在石头上?水下的石头能延展出这么大?"

谁料吴宏听了摇了摇头说:"不知道是不是这个原因。如果不是,那就麻烦了……"

我看着吴宏闪亮的大眼,一脑子困惑,除了这个还有什么可能?有什么麻烦?

突然,一个念头出现我脑海里,妈的!我仿佛被当头泼了一桶凉水,浑身每个毛孔都浸满了寒气,一下子牙都咬紧了。

我的娘!不是吧?难道是这样?

虽然吴宏的话已经说得很清楚了,但我还是被这当头一桶凉水浇得神志恍惚。我愣愣地看着吴宏,不知道自己心里那个可怕的猜测是不是正确。

如果是真的,那可就太恐怖了。

吴宏见我久久不出声,估计我已经猜了个十之八九,遂站住脚步说:"你也想到了?"

"你的意思是……那水面底下……"我迟疑地把自己的推断说了出来,心里还有点忐忑,这已经超出了我的想象,更加不敢妄言。

吴宏很迅速地点了个头,毫不迟疑地说:"没错。我就是这么想的,如果前面那种假设不成立,那么水底下一定有个巨大的东西紧贴水面,撑住了我的绳索!"

我什么话都没说,本来以为被确认后我会吃惊地叫出声来,没想到自己能如此镇定,连我都有些意外。

吴宏的果敢给了我一些力量,我沉默了一会儿,终于开口问:"今晚去水潭就是为了弄清这事?"

第三章 诡异废村 | 153

吴宏点点头，解释道："我和你说你小叔事情的时候，没有想那么多。后来才意识到这点，在老罗家吃饭的时候我一个激灵，悟透了，当时差点把饭吐了出来，这也太邪门了！有这么大的东西在离水面这么近的地方，我们怎么会看不见？后来我细想了半天，也判断不出真假，不过倒是想出了一个办法判断那地方是有石头还是其他东西。"

我连忙问："啥办法？"

吴宏瞄我一眼说："今晚我们过去冲着那水面扔块石头，不就知道到底是什么玩意儿了？"

我一听几乎昏倒过去，现在你想到扔石头了？我愧疚了半天白忙活了，你吴宏搞了半天还是用这种馊主意！这算哪门子办法？

吴宏看我脸上露出轻蔑的神色，知道我没听懂，就比画着解释说："肯定不是随便扔。我们往头盔出现的地方和绳索浮起来的地方都扔一块，看看有什么反应不就行了？要是两边水下都是石头，那就会有撞击的响声，也会有大的水纹，如果没有，不就说明不是巨石延展出的石壁了？"

有道理。这吴宏还真是狡猾，我马上听懂了，这的确是个好办法。不过我也想到了一个问题，马上反问吴宏："你就没想过，要是我们想错了，一石头下去砸出什么东西，那玩意儿跳上岸，我们小命儿不就交待了？"

吴宏摇摇头，脸上充满了自信："不会。你想想，如果这东西有这么矫健的身手，能从水里蹦到岸上来，当时我拉绳子的时候它怎么不动手？那时我一点防备都没有，不是更容易？我们到时找个远些的地方，遮挡好自己，应该没问题。"他抬腿重新踏上小路，低声说，"老实说，我猜到这个的时候一身冷汗啊……要是当时真的蹦上什么东西出来……就麻烦了！"

我听了也心悸不已，不敢想象倘若如此可能发生的事情。黑夜很配合地将忽隐忽暗的光线剪成无数碎片，制造出一片诡秘的气氛。小路上只有我和吴宏"咯吱咯吱"的脚步声响起，反而衬得周围一片肃杀。

到水潭了。我很自觉地把自己隐藏在离水潭几米远的一块石头后面，微微躬着身子，随时准备逃命。吴宏平静地盯着水潭看了足足几分钟，大气都没有喘一下，看来是在观察周围的环境。

水潭上还是像昨天一样漂满片片光影，只不过今天的风更加阴冷，吹在身上让我起了一层鸡皮疙瘩，暗暗浮动的水波一下下推向岸边，黑色的浪头在岩石边沿堆出白色的泡沫，像油一样覆盖着水面。

吴宏凝视了一会儿水潭，不见有什么异动，就开始在地上寻找石头，他弯下腰的时候冲我做了个手势，让我注意周围。

我一下紧张起来，探出脑袋紧紧盯住四周，生怕有什么风吹草动漏过我的视线和耳朵。因为精力集中得很，我竟然连吴宏来到身边都没有发现。

吴宏手里拿着两块玉米大小的石头，在我旁边半蹲了下来，看了我一眼，眼睛里居然含有笑意，嘴里轻轻说：“小子，找的地方不错嘛！”

我真是佩服得紧，这厮这种时候了还有心思开我玩笑，我示意了一下水中昨日出现头盔的地方，不再说话。那意思很明确，扔吧，还等什么？

毛骨悚然的结论

吴宏看我不理他，便转过脸，掂量了一下手中的石头，脸色变得凝重起来。我在月光下都能看见他的面部肌肉在轻轻抖动，看来他刚才是为了缓解我的压力才开玩笑的，其实他也非常紧张。

当时我突然有了一个念头：谁知道呢，说不定他比我还要害怕？

还没等我反应过来，吴宏的石头就扔了出去，全团第一名真不是盖的，我看见石头一下消失在黑暗中，然后就看见目标水面上出现了一圈大水花，同时听到一个沉闷的声音，很明显，石头砸到了水底。

果然，那里是延展出去的石头。

我刚放下心，没想到另一块石头一下递到我面前，侧头碰上吴宏有些挑衅的眼神："后面的范围大了，好投，你来扔吧？"

我一下蒙了，完全没有思想准备，无意识中就一下接过了石头，还没想明白怎么回事，就听见吴宏小声说："怎么，不敢？"

这句话像是点燃了我的火药桶，我心里腾地蹿起了火苗：不敢？就是有水怪，老子一石头砸死它！

我红着脸把石头扔向绳索漂起的地方，因为离得近，我能看见石头划出的弧线很准确，恰好落在离昨日头盔不远的前方，而那里，正是绳索漂浮的位置。

我的心脏几乎停止了跳动，就那么几秒钟，仿佛过了几天一样。

"咕嘟"一声，我和吴宏都清楚地听见，石头不但没有触底，反而只砸出一阵清脆的水声，水面的波纹并不大。

很明显，这里不但没有石头垫底，水应该还非常深。

我一听石头落水的声音心就凉了，毫无疑问吴宏的猜测是正确的，水底当时一定有着一个体型巨大的东西潜伏在表面之下，静静地贴附在水里，让我们以为是一块凸出的石头。不过想想就知道，这东西体型之巨大一定完全超出我们想象，简直是匪夷所思、人间罕见，不过什么东西能有这么骇人的身形，又在距离我们如此之近的地方悄无声息、隐匿于无形呢？

我感到寒气一阵阵地窜上脖颈，吴宏脸上也是阴沉得吓人，在石头后面观察了许久后，没发现什么异常，想必水底的东西早就不知遁形到什么地方去了。吴宏站起身来，小声对我说："我们去困龙湖看看。这里看来不会有什么了，那边水面大，说不定会有什么发现。"

我突然想起罗耀宗说过，景富和小栋死而复生令人胆寒地出现在水面之时，正是在这黑夜的深水之中。这样，吴宏要去湖边的目的就很明确，他是要去困龙湖边会一会水中的鬼！其实以吴宏的胆色，有这种打算毫不意外，如果不是之前的发现让我们意识到这困龙湖涉足不得，估计他早就已经入水探查了。

我和吴宏向困龙湖走去，一路无语。因为心思不在赶路上，反而不知不觉中就走到了湖边。吴宏面前一出现黑波涌动的湖面，他就迅速地做了个手势，让我停住脚步。

我站在原地，看着吴宏在四处观察了一会儿，找了处隐蔽的高地蹲了下去，试了试位置之后，他冲我挥挥手，看样子那地方比较理想。我二话没说就赶了过去，和吴宏一起藏在那块看上去毫无特异之处的石头后面。

吴宏也不说话，只是紧紧地盯住安静的湖面。他位置的确选得非常好，从这个角度看过去，前方湖面一览无余，虽然天上的月色并不明亮，但因为水面范围宽广，零星的光影积聚起来也成为处处闪亮的水泽，如果真的出现什么异象我们必然能够注意到。

等了一段时间，我实在是坚持不住了，就悄悄插嘴道："老吴，我们在找什么啊？"

这话问得有些无聊，如果知道在找什么我们还用这么辛苦？我有些后悔多嘴，不过话已出口，便闭嘴收声，老老实实地把目光重新投向水面。

没想到吴宏虽然身体纹丝不动，嘴巴却轻轻地动了动，一丝微小的声音若有若无地飘了过来："鬼。"

出乎意料，我竟然没有感到多么害怕，反而因为猜中了吴宏此行的目的有些隐隐的得意。不过等一阵冷风吹过之后，我的心情也变得忐忑起来，心脏又不受控制地急剧地跳动起来。不知道这暗星闪耀、月色蒙阴的夜里，会有什么东西在水面上出现——是巨大的湖怪还是恐怖的丧尸？

一无所获。

这天晚上，我们什么都没有发现。直到我困得眼睛都睁不开了，湖面上也没有发现任何异动，只是山边的树木发出阵阵飒飒的摆动声，偶有几片垂叶随风飘打在湖面上，激出一丝小小的波纹。

不知道吴宏怎么会有这样充沛的精力，他始终保持着那个警惕的姿势蹲守在石头之后，眼睛时而眯起时而瞪大地凝神在水面上，几个小时的时间都没有什么变化。比较而言，我就丢脸多了，要不是吴宏轻轻地拍打我的肩膀，我可能已经伏在巨石之上昏睡过去。

睁开蒙眬的眼睛，我看见吴宏已经慢慢站了起来，看他小心翼翼的样子，身体应该已经疲惫得不轻，他一边动作迟缓地往路上移动，一边拉拉我的衣服说："起来吧，回家去。今天晚上不会有什么发现了。"

我直到被吴宏拖上回家的道路才开始神志清醒起来，跌跌撞撞地回到罗耀宗家。院门虚掩，里屋一片黑暗，罗耀宗和老母亲想必已经进入梦乡，细心的他还给我们点燃了一盏油灯，照亮了小小的院落。看来虽然罗耀宗知道此去之凶险，但心中还是怀着对我们平安归来的愿望，因此添油燃灯，给我们指一条回家的道路。

水底绿光

第二天白天没有太多的事情做，吴宏再也没有提去湖边的事，只去了车上一趟，待了很长时间，因为没有让我跟去，我便留在家中，和罗耀宗照顾老人。罗耀宗的母亲似乎很喜欢我，总是摸索着拉着我的手嘘寒问暖。

晚上我们照例又去了困龙湖，不同之处在于，这次吴宏似乎连水潭也留意上了,在困龙湖看不到什么情况之后,就去水潭边上隐藏了起来,想在那里碰碰运气。

不过事情没有那么顺利,一连几天,我们或在困龙湖边夜守,或在水潭边静等,都没有发现任何异常,甚至连水里的鱼跃都没有发现一次,因为之前罗耀宗告诉过我这水中并不见鱼虾,所以也不吃惊。这样几天下来,我变得厌烦,开始怀疑:也许在这困龙湖中并没有什么庞大的湖怪?我们推理的方向开始就错误的?不过那水中的异动又怎么解释呢?

吴宏开始还沉得住气,后来也变得坐不住了。老罗自然发现不了,我却有所察觉,最明显的就是虽然他脸上轻松自如,但睡觉时却并不安宁。要说我们从湖边回来都已经非常晚了,疲惫得碰到枕头就会马上睡着,就是在这种情况下,我夜里却听到过几次他翻来覆去的声音,可以想见吴宏必然有十分大的压力。不过这种事情他不言明,我是不便点破的,况且正好可以看看他有什么进一步的行动,于是我便顺其发展,静观其变。

后来他好像想通了什么,又变得平静起来,晚上鼾声大作。白天不时主动和罗耀宗攀谈,我有几次在旁边竖耳倾听,觉得也没什么特别。无非就是问些家中琐事,好像还聊了些山中老僧的情况。这段我非常关心,不过当时恰巧手头有事,半途离开了,真是遗憾。后来我还问过吴宏老僧救老罗的经过,吴宏心不在焉地给我复述了一遍,不过我感觉他的心思并不在此,期间似有古怪,但又说不出在什么地方。

如果没有这一路上的鬼事,深山碧水、蓝天苍树,这里还是非常清雅的所在。这天我在院中找了个阴凉的地方闭目冥想,只觉得天地万物仿佛都静止了,陪我一起躲在时间的背后静享这难得的安逸。特别是到了下午,阳光不那么炽热的时候,耳边拂过轻柔的风,带着些许草木清香和淡淡的腥气,竟然让我产生了一份留恋之情。

无所事事的时候,时间过得飞快,转眼天色就暗了下来,吴宏下午已经从外面赶了回来,他并没有告诉我出去干什么了,进门就张罗着帮罗耀宗做饭。

饭后不久,吴宏就张罗着出发了。因为几次晚出我们都没有危险,老罗几乎习惯了这种夜行,虽然照例叮嘱安全,把院门打开送我们走远,但表情已经轻松起来,不似最初那样一脸悲壮了。

我们再次来到困龙湖边,我照例向先前埋伏的地方走去,刚走几步,就被吴宏拉住了肩膀。

我奇怪地回过头去，吴宏指指近处的一处高地说："今天换个地方，去这里。"

我没说什么，随着吴宏过去蹲好，这地方我们前几天也看过，地势的确不错，观察角度和范围都很理想，唯一的不足之处就是离水面有些近。黑漆漆的深水近在眼前，距离上应该是安全的，但心里总是打鼓，保险起见就选择了比较稳固的蹲守点。这次吴宏叫我到这边来，难道是有什么发现？

今晚比以前那些晚上的月光都要明亮，天空中挂着一盘圆月，皎洁清澈，照得水面波光粼粼，大片的水泽在光照下泛着冷光，忽明忽暗、一起一伏，风比前几天小了许多，直接的表现就是山间变得异常安静，树木仿佛都进入了梦乡，不再探头探脑、摇摆不定。

我们都已经轻车熟路，调整好姿势后就蜷缩在石头后边默默地观察，吴宏掏出军用望远镜，悄悄地调整着焦距，左右探查。我之前觉得好奇，也曾抢过来把玩几次，发现在夜里根本看不到什么，视线中只有黑茫茫一片，偶有几点白光一晃而过，觉得无趣就还给了吴宏，因此对望远镜兴趣顿失，不复关心。

经过几次熬夜，我已经调整了自己的生物钟，晚上的精力大为增长，除了无聊以外已经不再犯困。不过这里也没有什么休闲活动，时间长了浑身酸软得难受，不自觉地开始放松警惕，渐渐困意就上来了。这时间也差不多了，想必已经到了午夜，估计今天又要白来一趟。我怀着这种想法渐渐垂下了脑袋……

吴宏一巴掌拍在我头上的时候，我几乎跳了起来，一张大手迅速捂住我的嘴巴。我的呼吸变得急促，反而瞬间头脑清醒了。睁眼一看，吴宏正直挺挺地绷着身子探出头去，一只手捂住我的嘴，另一只手狠狠地拍打着我。

我一下清醒过来，有情况！

刹那间我挺直了腰，慢慢地将头探出石头去，一抬头，我的眼睛就瞪圆了。白光漂浮的水面之下，黑糊糊的深水中，隐约地出现了两点绿光。

真的见鬼了？

虽然看见了绿光，但是却十分模糊，似乎是在水底很深的位置，我和吴宏躲在石头后面不敢妄动，不过因为距离近，几乎是眼看着水中绿色的东西一点点变大，最后竟然成为灯笼大小的绿色球体，悬浮在水中一动不动了。

吴宏在这个时候显示出了惊人的胆量，居然慢慢从石头后面站起身来，我紧张得差点叫出声来，手心里满是汗水。他巧妙地把自己隐藏在阴影中，慢慢从侧面靠近湖水，直到离青黑色的水泽只有一米左右的距离才停住脚步，我看到他盯着水中的绿光观察了许久，竟然朝我挥手示意，看样子让我靠近。

说真的，别看我当时吓得不轻，但千真万确那时脑子中只有一句话：组织考验你的时候到了！

我学着吴宏的样子缓慢地靠近水面，站在现在的位置可以将情况一览无余地尽收眼底。在离我们只有几米的地方，水中有两个篮球大小的绿色光球凝滞在那里，透过浮动的水面露出诡异的光芒，光线并不强烈，还带些灰暗，两个球体彼此之间距离大概是一米左右。

我和吴宏站在一块巨石的下方，大气都不敢喘。水面依旧平静，没有发生什么凶险的事情，时间一分一秒地过去，我们不敢妄动，只能眼看着那光影渐渐往水底去了，水面上慢慢搅起两个偌大的水纹，慢慢荡漾开来，和我们在山上看到的一模一样，只不过靠近来看比较真切，同时水纹的范围小了很多而已。在渐远的时候，两个光球的距离基本保持不变，我看着这惊人的一幕，突然觉得背后凉飕飕的，鬼使神差的，我有种感觉，这就像是一个什么东西扭头离开了。

等确信没有危险了，我和吴宏才放松下来，摸衣服都是一身汗水。吴宏后退着离开湖边，招手让我跟他回去。等到了小路，他才开口问我："你觉得那是什么东西？"

我看他一眼，满脸都是恐惧地回答："我哪知道！你记得路上我们碰见的绿眼怪物吧，难道是那玩意儿？不过只有两个绿球算是怎么回事？真是见了鬼了！"

吴宏听了我的话沉默不语，抬头时才说："说对了，我们可能真是见鬼了！"

这话听了更让我害怕，一个踉跄差点歪到沟里去，我回头看看渐远的湖泊，问吴宏："啥意思，老吴你说清楚，我胆子小，你可别吓我啊！"

吴宏不满地看我一眼说："我吓你干什么？你光记得路上的绿眼怪物了，就不想想罗耀宗和我们说过的话？"

我心下一想，罗耀宗说的话多了，我知道是哪句？不过看吴宏的样子，似乎另有隐情，便说："老罗说过啥？"

吴宏说："他说过，自己压根就不相信湖里有什么鬼，正好相反，他觉得能掀起这么大动静的东西，肯定不是鬼怪！"

我一下听明白了，侧头想了想说："既然你觉得他说的是真的，那这湖里的绿光怎么解释？"

"如果他说的是实情，那就好解释了，"吴宏边走边说，"我们路上碰到了绿眼怪物，在这里碰到了水中的两个绿球，你想想还不知道这是什么东西？"

我一个哆嗦，娘的，你吴宏的意思是水里的东西是两只眼睛？

我的妈，两只眼睛都篮球大小，这水里的家伙得是多大的个儿？要是全貌露出来不得是一座山？

再想想我们关于绳索漂浮的推论和验证，我感到自己心里有个念头一下子被印证了，这样前面的遭遇就都对得上号了，一切都变得清楚起来。只有一个问题，就是这事像是在梦里发生的一样，现实中真的存在这种东西吗？

我越想越觉得匪夷所思，回头问吴宏："你真的觉得是那玩意儿？那可是神物啊，都是想象中的东西，谁也没见过！"

吴宏的回答让我很诧异："说实话，现在我自己也不是很清楚什么东西是真的，什么是吹牛皮扯出来的。你记得我说过吧，我第一次执行的任务，那时我就发现，这天下之大，我们没见过的东西多了，想破头你都想不到。难道你都认为不存在？再说了，我们没见过说不定是它们不想让我们见到，或者我们的工具不够先进，保不齐我们运气好就碰上了呢？"

我怎么听这话怎么不像一个无产阶级革命战士说的话，心想，也就是跟我说，这要是在部队还不把你拉出去毙了！看这样闲聊也没什么头绪，我就问吴宏："我们现在咋办，回罗耀宗家明天再来？"

已经到了罗耀宗家的院门口，吴宏推门走了进去，目视着里屋中昏黄的灯光说："不，我们明天要走了。"

我听了半响没做声，就这样走了？这可不像是吴宏行事的风格，这小子奔着这里来的目的不就是弄清楚闹鬼的真相？现在鬼刚露出水面，怎么我们反而要走？我越来越搞不明白到底是怎么回事了。

吴宏动作利落地简单擦洗了一下，和衣就睡，根本就没打算和我讲话。我看这样子，也只好收拾妥当，上床休息。今夜和往日不同，想到明天要离开这里，我就翻来覆去地睡不安生。吴宏在一角悄无声息，我倒是辗转反侧，拿不准他睡着没有，就试探性地问他一句："哎，我们就这么走了，这么多乱七八

第三章 诡异废村 161

糟的事情怎么办？还什么都不知道呢！"

吴宏那边很长时间都没有动静，我还以为他睡着了，过了一会儿才听见寂静中传来他拖着长长尾音的声音："不然你说怎么办？"

然后他就不再答理我，翻个身一觉睡过去了。

我翻来覆去折腾了很久才昏沉睡去，脑袋里充满了奇怪的想法，终究还是没有睡好，以至于吴宏把我从床上拖起来的时候，我眼睛都无法睁开，感到头晕目眩，浑身无力。

反常的吴宏

吴宏一边收拾我们的衣物，一边对我说："起床吧，我们还得去和罗耀宗道别，别耽误了行程。"

等我一脸呆滞地把衣服穿好，走出门去时，正看到罗耀宗依依不舍地紧握着吴宏的手，使劲地摇着。

吴宏看上去也是十分激动，他拍着老罗的肩膀，动情地说："老罗，这些日子给你添了很多麻烦，受累了！我们还有任务在身，你也别难过，回头说不定还能回来呢！"

直到听到这话，罗耀宗脸上的神色才好看了些，他脸色涨得通红，朗声说："不行！必须再来！你们都是能耐人呐，这些天有你们在我心里踏实得很，啥也不怕了！当兵的就是让我们这些老百姓放心，我算是见识了，见识了，一定要回来再住些日子，你看你们来了之后，这啥鬼怪都没了！嘿嘿……"

我听了这话心里忍不住苦笑，心想你要是知道我们昨晚碰到的事情就不会这么说了。看到吴宏侧脸望着我，忙上前和老罗说了些离别的话。在这里住了大约一周的光景，心里已经对这个憨厚细心的村民有了十分的好感，想到这些天他无私的照顾和帮助，不由有一丝感激和不舍。我久久地攥着老罗粗糙的手，嘴里却笨得不知说什么好，最后只好也去拍拍他的背互道珍重。

老罗执意要把我们送到村口，直到我和吴宏走到卡车所在的树边，还看到老罗孤独的身影凝成一个黑点伫立在远方。我鼻子突然有些酸，怕吴宏发现，便找个话题问他："老吴，我们现在去哪儿？"

吴宏似乎心里早就有了算盘，他一边扯下覆盖在汽车上面的杂草树叶一边说："油箱里油不多了，你去后车厢提过桶来加满，我们马上上路。"然后他拍拍手上的灰尘，挑了挑眉毛说："我们去寺庙。"

这么长时间过去，我已经将之前的遭遇忘在脑后。吴宏一说，我一时竟然没有反应过来，下意识地问了一句："去哪儿？什么寺庙？"

吴宏没说话，只是一直盯着我看。我突然就明白过来了，问他："你是说我们过来的时候那小庙？老僧在的那个？"没等吴宏回答，我就急问，"我们不是从那儿出发的吗，现在又回去干什么？"

吴宏等我把油箱灌满了，进到驾驶室里坐定，才慢悠悠地对我说："我们去那里会一个人。"

我暗叫奇怪，那寺庙除了老僧就是那个哑巴女儿，你吴宏要去会谁？再说了，要会什么人不会来之前见吗？这折腾来折腾去的好玩儿还是怎么的？

我左想右想都觉得这事蹊跷，想想好像不太可能是去找那老僧，便试探着问："你要去见老僧的女儿吗？"

吴宏先是点点头，然后又转过身来，眼睛炯炯有神地看着我说："也对也不对。我的确是去会她，不过她可不是什么人的女儿！"

我大张着嘴巴半天没说话，等回过神来又觉得很气愤，这吴宏说话怎么跟放屁一样！先前不是你自己说知道女子是老和尚的女儿吗？现在出尔反尔，到底心里在想些什么？逗我玩啊！

不过现在已经不像从前了，我很清楚生气不能解决问题。吴宏的反常表现应该有合理的原因，不过无形中我对吴宏产生了一丝怀疑，这小子看来瞒着我的事情远不止我知道的那么多。抛却这困龙湖不管复又返回寺庙，一定有着非同寻常的动机，应该不止单单寻那女子。

车子行驶在崎岖的山路上，轰轰作响，持续的颠簸让我的神志更加清醒，因为心中有想法，嘴上就沉默了许多，反而暗自观察吴宏的做法。他倒没有什么异常，只是饶有兴致地左看右看，仿佛全然不把困龙湖中的发现放在心上。

我在观察吴宏的同时，他也在注意我。等车子快到寺庙的时候他说话了："我知道你奇怪，为什么之前不告诉你和尚的女儿有问题，有情绪是吧？"

我不自然地笑了笑说："没有。你我还不了解吗？该告诉我的时候自然会说的，前面不说就是有其他的考虑呗，这有什么好闹情绪的？"生怕他误会，我又加了一句，"我现在也算是你半个徒弟，自我感觉成熟多了！"

后半句调侃的话让吴宏不自觉地笑出声来，他解释说："其实当时和尚说自己女儿变成哑巴的时候，我就开始怀疑了。当时我提醒过你，这小女孩小时候不是哑的，你想，'叽叽喳喳'说明还健康呢。后来和尚说什么来着？和尚说是生病变哑了……"

我插嘴说："这也不是没有可能啊。我们村有个皮娃子就是小时候啥事没有，大了生病聋了耳朵。"

吴宏点点头："这没有什么问题。我们也知道和尚没什么心机，说的应该是实话，问题就出在他的实话上。他女儿哑了这事谁告诉他的？是她女儿自己！"

"也就是说，这事没有任何人证明，只是她女儿比画比画而已。那这事可就说不好了，她说哑了就哑了？"吴宏挤挤眼睛，说，"再说了，你想过没有，和尚为什么留在寺庙不走？他自己说得很清楚了，为了等待自己的女儿。现在女儿找到了，他怎么还不走？"

这话还真是问住我了，我一时语塞，是啊，这和尚为什么不走呢？两个人守着这荒山古寺有什么意思，下山去找个地方落户多好啊！

我挠挠头，无奈地看吴宏一眼说："对啊，那你说为什么？"

吴宏示意我注意路面，然后说："要我推测，原因其实很简单。那就是他还没来得及走！换句话说，他走不了！"

我连忙问："为什么走不了？你刚才也说了，女儿已经找到，不走干什么？"

"问题就出在这个女儿身上！不管这个女人想到了什么办法，她让和尚相信现在不能离开寺庙，也许是身体不适需要调养之类。这几天我侧面打探过罗耀宗和和尚的关系。老罗的说法是，这两人无话不说，和尚很信任他。罗耀宗上次送东西的时候还和和尚在寺庙门口聊了一会儿，不过他居然也不知道和尚找到女儿了。"吴宏说到这里停了一下，说，"我们算是陌生人，这和尚谨慎点还说得过去，老罗是熟人了，和尚也多次说他是好人，为什么不提找到女儿这样的喜讯，你不觉得奇怪吗？"

我没有正面回答，大脑中紧张地思索着，过了一会儿，隐约摸到了头绪，问："上次罗耀宗去送东西是什么时候的事？"

第四章　寺中的秘密

老僧看了默默无语，想必心里也不会舒服，只是坐在竹椅上重新闭上眼睛，恢复了刚才的坐禅神态。

这样一来，我反而变得无聊起来，自己一不会爬二不会敲，不懂这些手段，只好假装在三尊大佛周围端详，其实完全没有头绪，乱转而已。

不料，转着转着，还真是让我发现些蹊跷。

援兵在路上

"大约四个月前！"吴宏没有丝毫迟疑，语速极快地回答。

果然不出我所料，我知道自己问对了问题，吴宏显然也是这样想。罗耀宗几个月前去寺庙的时候，和尚还没有告诉他自己寻女成功的事情，这显然不正常。这种事情想必以老僧的城府是不会隐瞒的，事实上，他也没有理由隐瞒，要我说，如果当时他已经找到了女儿，他应该非常高兴地告诉罗耀宗这个天大的喜事。那么当时他为什么没有说呢？原因很简单，当时他还没有等到女儿。这是不是就说明，这老僧父女相认是在这两三个月之内？

事情很明白了。难怪吴宏要怀疑这女儿的身份，几个月前正是这场隐蔽战线的暗战风生水起之际，各路人马粉墨登场，处处暗流涌动。那时，机警而勇敢的小叔正为此奉命只身潜入这旷野深山中，在茫茫林海中失去了踪迹。山下的村庄也似乎隐藏着巨大的秘密，黑水中还蜷伏着某种偌大的不明生物……在这个当口，老僧意外地和失散十几年的女儿相认了？

鬼才相信。

吴宏看我的表情，知道我明白了，便说："当时看情况，这女子已经来到寺中有段时间了，我奇怪的是她到底有什么目的。显然和尚不是她的目标，那为什么纠缠在这破旧的古寺不走呢？等我们上路之后，我想来想去，也没有什么头绪。"

"最奇怪的地方在于她来到这寺中的经过。虽然我没有问和尚，不过你也知道，没有地图很难找到寺庙，那她到底是怎么来到寺里的？我们都看过了，有两块一模一样的方巾，那个消失的和尚身上有一块，寺中有另一块。难道女子身上还有一块不成？如果真的是这样，那她和赶来的和尚应该不是一伙儿的，不然为什么女子能找到寺庙，那人却只能借助地图呢？"吴宏皱了皱眉头，"线索乱极了，很多事情都摸不着头绪。有那么一阵子，我索性不想这些事情，一门心思专注于困龙湖里的怪事，直到我们发现地图上的细线所在位置，亲手触摸岩壁，详细查看了爆炸之后的效果，我一下明白了。"

我连忙问："明白啥了？"

吴宏指指困龙湖的方向说："当时我告诉你这山壁是被炸塌的时候，还有一点没有明说。其实我已经看出来，这山壁炸毁时的手法十分专业，从炸点选择和炸坑的布置来看，应该是军队的做法。所以我大胆推测，当时炸毁岩壁的，应该是日本军人！"

我听了虽然很惊讶，但条件反射一般，映入脑海的是另外一个身影。稍一思忖，我开口问道："如果这岩壁是日本鬼子炸开的，那罗耀宗说的那个云游的道士……"

"当然也是日本人！"吴宏毫不犹豫地说，"这人很可能是个长期潜伏在国内的日本探子，他到困龙湖的唯一目的就是探查情况！虽然现在还弄不清楚他们炸毁岩壁的目的，也就是为了把什么东西困在湖中，不过从一系列的活动来看，显然这些行动都是早就预谋好了的，这中间当然也包括这个'道士'在村里对困龙湖所做的一切！"

我听了不寒而栗。十几年前的那个恐怖的夜晚到底发生了什么？这群丧尽天良的魔鬼不惜做了这样繁琐的准备工作，悄无声息地精心策划每一个环节，甚至动用了军队资源来进行定向爆破，堵住了困龙湖通往外界的唯一通道，瞒着整个村落的人们使困龙湖变成一潭死水。所有这一切都显示，围绕着这暗夜深渊、荒山之中，一定存在着一个惊天的阴谋！

我心中还存有很多疑问，不过看路程已经走到去寺庙的主路之上，从这里沿着旁边一条隐蔽的小路下去，走不多远转几个弯就到了寺庙侧面。这段山路十分难走，我只能倍加小心，刚要拉动车杆控制卡车下去，吴宏突然一把拉住我的手，轻声说："停车。"

我奇怪地看看他，不知道他要干什么，虽然路程的确差的不多，但离寺庙还有些距离的。如果从这里下车走路过去可要不少时间，不知吴宏要干什么。

吴宏拉开车门跳下去，几步走到大路边一块比较干净的石头一侧，一屁股坐下了。然后他挥挥手对我说："把车找个地方停好，稍微盖点树枝隐蔽一下，和我一起过来坐着等人。"

我快走几步来到他身旁，心想不会吧，难道老僧还来接我们了？他怎么知道我们要来的？便问吴宏："等什么人？和尚吗？"

吴宏这次表情不再戏谑，他认真地看着我说："不是。我们等的，是自己人。"

我这次真的头大了，什么时候我们有了援兵的？就算有，难道他们神机妙算，知道我们今天就会经过这里，特意赶了过来？这也太离谱了吧！

吴宏并不打算瞒我，他指指远处的汽车说："我在车上曾经拿出一个小的箱子，不知道你有没有印象。其实那是个小型的电台，这几天我找了个机会通知组织这里发生的一切，连同困龙湖中的怪事也汇报上去了。当然把我们所在的大体位置和下一步的行动也一起告诉了他们。上面告诉我，今天他们就会赶来。如果没有意外，上午就会到达这里，让我们在这里等候。不过按照规定，这种非常重大的事项需要高层研究后才能决定，所以具体来几个人我并不清楚。还是和我耐心地等着吧！"

既然吴宏的话已经说到了这个份儿上，我再继续追问也没有什么意思了。我也算是明白为什么有几次吴宏神神秘秘地跑到卡车那里半天不回来，原来地下工作搞到我头上来了，背着我和组织都接上头了，看来对我的信任还是不够。

我老老实实地陪着吴宏坐在路边，望穿秋水地等着组织出现。太阳已经高悬在天上，别看我们在路边阴凉地里，但也燥热得不行，吴宏倒是老僧入定一样纹丝不动，只是不时冲着远方望两眼，我可是受不了了，这什么时候是个头啊！憋得不轻不说，身上还火烧火燎的，不由开始没话找话起来。

我说："老吴，你说这组织万一有事把我们忘了呢？这事也不是没有可能啊！组织那么忙，不会今天不来了吧？"

神秘首领

吴宏瞟了我一眼，嘴上说："没想到你小子还油嘴滑舌的。"不过他马上看透了我的想法，"怎么，着急了？我可告诉你，这干情报工作最重要的就是一条——耐心。你得好好学学这点了，就算你将来不会干我们这行，也亏不了你。要知道人与人之间打交道是最复杂的，甚至比那些让我惊异万分的奇景异物来得更可怕。人心难测啊！我多少也算是见过些匪夷所思的东西，但还是觉得人与人之间的钩心斗角才是世上最凶险的。情报工作的斗争，说白了就是人心与人心的斗争。你现在年纪还小，还不了解这些，慢慢会知道的。"他不知道想起了什么，居然感叹起来。

我刚想起什么，正要开口问，不想远处竟然隐隐传来地面的震动，抬眼一看，果然一辆卡车疾驰而来。

看来自己人到了。

吴宏已经站起来，这次他不像先前那样镇定了，脸上露出急切的神色，直勾勾地望着车子驶来的方向。不一会儿，颠簸的卡车就开到了眼前，喘着粗气停了下来。

车门打开，首先下来一个男人。

等走到跟前，我看清楚了这人的样貌。白面脸皮，头发不多，个头不高，眼睛不大，步伐不快。一身粗布紧口宽衣，朴素低调，走起来微微有风，一双小眼睛里透射着精明的光芒，看样子年纪在五十开外，虽然走得不快，但是从行动来看身体应该很硬朗，周身透出一股干练之气，和吴宏很相似。

后面紧跟着下来一个壮汉，虎背熊腰，步伐呼呼有风，十分有力。这人腰间隐隐突出一块，估计是枪械，身上衣服颜色发淡一些，紧跟在前面那人身后，下脚很重，路上小石子都被他踢得到处乱蹦，浓眉细眼，腮边隐隐有些胡须，年龄在四十上下，周身有种凶悍的气势，令人生畏，估计功夫了得。

吴宏迎上前去，首先抓住前者的手，紧紧握了一下，脸上露出欣慰的表情，还未说话，突然像是想起了什么，回身把我拉了过去，指着我对来人说："这个你认识，9号的侄子，孙海潮同志。"

我正奇怪吴宏说他认识我是什么意思，就看见吴宏指指对方，伸手示意道："小孙，这就是沈逸之同志。"

我心中一惊，没想到这个其貌不扬的中年男人就是沈逸之。不知为什么，我总觉得沈逸之是个和老僧一样的垂垂老者，不想只有这般年纪。正不知道说什么好的时候，才发现卡车之上还下来了一个人，但只是远远地立在一边，没有过来。从我这个方向看过去，这人身材消瘦，尖嘴猴腮，脸上却戴着一副偌大的黑框眼镜，看上去有些滑稽。

吴宏介绍完我们，就咧嘴一笑，上前就和那个壮硕的男人拥抱在一起，分开的时候还轻轻擂了对方一拳，想必十分熟识。

我听见吴宏问："忠国，好长时间没见了，你小子还是这么壮，哈哈！"

壮汉刚张开嘴，沈逸之就打断了他们的话说："小吴，忠国现在不是同事了。"

吴宏脸上露出惊讶的神色，微微后退了一下，用询问的眼光看着对方。

壮汉理了理头发说："云南那件事后，我在家休养了很长时间才完全恢复。组织上考虑到我个人的工作特点，调我去446部队了。我不够细致，平时想得也少，那里适合我，呵呵。"

沈逸之解释道："这次我来的时候，组织上考虑到情况比较复杂，形势严峻，于是建议我们与446协同作战。正好我得知忠国已经调到446了，他是老同事，对我们保密上的要求也十分熟悉，也省了很多临时培训，况且忠国的素质我们都是清楚的，所以就点名要了他，这样又重新成了一个战壕的战友了！"

刘忠国插了一句说："我也没闲着。你记得几年前我们跟过一个事故失踪了一架飞机吗，最近发现在新疆一个叫罗布泊的地方出现了，听说发现的时候人都死光了，现场非常可怕，本来446派我配合去罗布泊调查这件事的，也是咱们负责。不过老沈出面，当然当仁不让了，娘家嘛，就先来了，嘿嘿！"

吴宏听了这才释然，他似乎对刘忠国说的新疆事件并不感兴趣，认真听完了之后拍了一下脑门，对我介绍道："忘了跟你说了。这个是我原来的同事，刘忠国同志。这次是协助我们行动的。"然后他对刘忠国说，"9号的侄子。"

刘忠国扫了我一眼，点点头说："我刚才听见了。孩子，你叔叔是好样的！"

只这一句话，气氛马上陷入了哀伤中，我看见吴宏的眼神明显暗了下来，沈逸之也短暂地沉默了一下，没有说话。刘忠国似乎意识到自己说错了话，脸上稍微有些挂不住，匆忙间指着旁边的汽车说："小孙，你熟悉这玩意儿，帮我找个地方藏起来，藏严实，不能让人发现啊！"

我按他说的将两辆汽车找个隐蔽的位置停好，上面厚厚地盖了两层树枝，撒了一些土屑，看上去像是一片破败的林地，又站远看了看，实在没有破绽了才扭头往回走。刚走到近前，就看到三个人在一起嘀咕什么事情，沈逸之基本没有搭腔，只是凝神听着，不时点点头。

旁边的瘦子一直踌躇地站在远方，不时探头探脑地看看这边，伸手扶扶鼻梁上架的眼镜，似乎没有指令不敢靠近我们一样。

我心下奇怪，等做完手头的事情，便来到吴宏身边，问："老吴，那人干吗的？"

吴宏已经跟沈逸之说完话了，正站在原地看着刘忠国与沈逸之商量什么事情，听见我的问话，轻声答道："哦，刚才我问老沈了，这人是临时请的专家，专门研究水文的。不过来的时候仓促，只进行了初步的保密培训，得照顾一下。"

我不知道他说的"照顾"是什么意思，但已经明白这是个知识分子。难怪和同来的两人气质上格格不入，身体也弱不禁风，一副不胜劳顿的样子。突然我又想起一个疑问，就说："刚才刘忠国说的446是部队的番号吗？听着有些奇怪啊！这刘忠国为什么被调去那里了，什么来头？"

奄奄一息的老僧

吴宏看我一眼，看来觉得我问得有些多了，轻轻地说："446不是部队番号，是个机构代号。不要问那么多，你只要知道刘忠国是……高手，就行了。"

说话间，沈逸之已经快步走到瘦子跟前，面色随和地跟他说了几句什么，后者笑了笑，摇摇头，便随沈逸之来到我们面前。

我听见沈逸之一边走一边对这人说："小钱，你这就见外了。我们谈我们的，你尽管过来就是了。如果需要回避，我会告诉你的，不用这么拘谨，纪律是要遵守，但革命也要讲究人情世故嘛，太客气了，哈哈！"

我这才明白为什么刚才他一直没有靠近我们，看来初级的保密培训还是很有作用的，至少让他明白凡事保持距离为好。这让我对他平生了几分好感，至少这是个懂得分寸的人。

这人三十出头，一个标准的知识分子头，两边鬓角刮得发白，偏分头，黑镜框。面色白净，鼻下一张薄薄的嘴，脸上神色带着些许的紧张，身上穿的衣服略显肥大，看来来的时候没有找到合适的衣服，临时凑合了一件。

沈逸之手一伸给我们介绍说："钱竞成，我们的水文专家，跟我们一同出任务。小钱，这是我们的同志吴宏和孙海潮，认识一下。"他一指我们后说，"小钱很少出野外，你们都多照顾照顾。特别是忠国你，多留神小钱的安全，可不能有闪失啊！"

刘忠国听了这话咧嘴笑了，大手一拍胸脯说："没问题，包在我身上！请首长放心！"说完还冲沈逸之眨了眨眼，神情狡黠。

第四章 寺中的秘密 | 171

我们三人都笑了，钱竞成也扶扶眼镜，略带羞涩地露出笑容，气氛重又变得轻松起来。

大家互相认识后，沈逸之看看远方，微微点点头，对吴宏说："走吧，前面带路，我们去寺里看看。"

吴宏和我连忙在前面带路，因为没有车，步行前去走得还是有些辛苦，沈逸之好像不甚在乎，只管一路跟着吴宏埋头赶路，偶尔想起什么就问吴宏几句。两人这样边聊边走，竟然把我也落在了后面。

但我不是走在最后的。刘忠国和钱竞成一直保持一段距离落在后面。倒不是刘忠国脚力不行，正相反，他走得快着呢。因为要顾及后面拖拖拉拉的钱竞成，他只能边走边回头等，不时抬头看几眼前方的我们，生怕一不小心脱离了组织。

钱竞成书生出身，哪受得了这样坎坷的路程，一路跌跌撞撞吃尽了苦头。我看了心里暗笑，这才哪儿跟哪儿啊，走个山路而已，况且还不是十分崎岖。这要是需要攀爬岩壁还不把他吓尿了裤子？心里便隐约有些担心，这种体质和耐受能力，后面的任务能指望上他吗？

走了将近一个小时，终于看到寺门所在。要不是我和吴宏来过这里，估计还是发现不了这隐蔽的小门。沈逸之在吴宏的指点下注意到门口，脚下却慢了下来，他站在近在咫尺的门前停了一会儿，还凑近看了看地面和门栏，脸上没有任何表情，示意吴宏上前推门。

我们走进寺中，都没有说话，钱竞成已经缓过劲来，脸色也好看了些。

吴宏已经前去大殿和院里其他地方查看，我们驻足在院子一侧等待，免得打草惊蛇。过了很久，才看见吴宏慢慢地从后院走出来，脸上带着一丝惊愕的表情，沈逸之直到吴宏走到面前才轻声问："怎么样，找到那老和尚和他女儿了吗？"

吴宏沉默了一下，说："找到了。"然后眼睛看看后院说，"不过只有和尚一人，那女人不见了。"

我们马上都感到这事非同小可，莫不是走的时候那女人感觉到了什么，打草惊蛇了？沈逸之听了没有表现出惊讶，只是追问："那和尚呢？"

吴宏小声说："刚才我在后院偏室中发现他了，在床上躺着，闭着眼睛，气色很不好，但不像是病了，也不知道什么原因，我就没有打扰他。回来我们商量一下再说。"

沈逸之看看四周，突然对刘忠国说："忠国，你回汽车那里看着，到后车厢中不要离开。至少一个小时之后再赶回这里，一定要注意安全！"

刘忠国没有任何异议，甚至都不曾问一句为什么，直接掉头就离开了。我看了有点吃惊，看来两人的关系十分深厚，彼此都无比信任。

然后沈逸之挥挥手，示意我们不要出声，指指寺门外，做了个出去的动作。我们三人亦步亦趋地跟在沈逸之身后，来到寺庙之外，沈逸之寻了一处偏僻的地方，周围苍树遮天、怪石林立，几乎没有阳光透下来，寂静无比。

我正奇怪刚进庙中怎么又出来了，就听见沈逸之开口了："小吴，你当初谈话的时候做什么暗示了吗？"

我没听懂他说什么，吴宏却很明白，他点了点头说："当时不知道这女人什么身份，怎么进寺的。听说村中闹鬼，我猜想一定与我们的任务有关，便着急下山，又怕她另有所图害了这老实的和尚，我确实说过要回来的。"他咽了口唾沫说，"那时我想，如果真的被我猜中了，这女人是敌方特务，必然受到震慑，短时间内不敢有所动作。"

我这才想起离开之时吴宏说过"我们一定会再回来的"这话，当时我只当是客气之语，没想到这是项庄舞剑之举，原来意有所指。便觉得后背一层寒意，这吴宏真是缜密得让人害怕。

沈逸之听了点点头表示赞同，马上又反问一句："你想没想过这也可能促使她提前采取行动呢？"

我心里抖了一下，沈逸之说得很有道理。如果这女人确是敌特，听到这话后很可能因为时间紧迫被逼采取极端方法，虽然不知道她来寺中的目的，不过想想也知道，真的逼急了她，势必形势对老僧十分不利。吴宏百密一疏，看来忘记这点了。

吴宏听了丝毫没有迟疑，马上就开口说："这点当时我也想到了。应该不会，她来这寺中一定有利用老僧的地方，不然不会这么长时间始终对这和尚礼遇有加，要是强硬有效的话早就实施了，形势急迫，她更知道这点。所以我推测她不会对和尚不利，这次从寺中消失倒也不是很意外。"他皱了皱眉头，接着说："不过我看和尚的状态，不像是被逼迫，倒像是心里有什么事的样子。要不等他醒了问问再说吧。"

沈逸之想了一下，说："也只好这样了。"

第四章　寺中的秘密

消失的女儿

沈逸之看了看天色，抬步走进寺庙中，我们同他一起与吴宏来到后院小室外，正是我那次进去看方巾的那间，吴宏轻轻打开虚掩的房门，沈逸之探头看了一眼，放心地走了进去。

我紧跟其后迈进屋内，钱竞成本来已经半只脚进到房间里了，后来似乎想起了什么，又撤身退了回去。

老僧双眼紧闭，脸色苦闷地侧身睡在床上，眉心里紧紧揪着两道深沟，眼皮不时跳动一下，果然心事重重。

我们三人谁都没有去叫他，只是静静地等老僧醒来。我脑子中谨记吴宏的话，刻意锻炼自己的耐性，虽然心中十分急躁，还是老僧坐禅一样一动不动，坚持不住就想想这几天发生的怪事，但线索纷杂，完全理不清头绪。想想也是，连吴宏这样的聪明人都不甚清晰，我又能想到什么，索性晃晃脑袋，什么都不想了。

还好老僧睡了不久就呻吟一声，慢慢睁开了浑浊的老眼。第一眼看到我们的时候，他完全没有反应过来，直愣愣地盯着吴宏看了许久，才动作迅猛地从床上一下坐起来，伸出手指指着吴宏结巴着问："你……你怎么回来了？"

看老僧这副惊愕的样子，我也有些紧张，忙看看吴宏。他神色平静地对老僧说："师傅，我们有点事情赶回来了。刚才进寺来时没见你女儿，只看见你在这里酣睡，不便打扰，就在这里等着了，还望你包涵。"

老僧顿了顿神，好像有些反应过来了，他站起身来搓了搓手，疑惑地望望沈逸之，却问我们："你们不是去送东西了吗？这是往回赶？"他再次看看沈逸之，却没有说话。

吴宏拿眼神示意了老僧一下，介绍道："老师傅，你自己看看这人，认识不？"

刚才老僧就眼神闪烁，不时往沈逸之的方向看两眼，现在听吴宏一说，也顾不上礼节，直接凑到沈逸之面前端详起来。老僧眼神显然不济了，鼻尖几乎挨上了沈逸之的脸，上上下下看了半天，才撤身返了回来。

沈逸之倒也镇定，脸上带着淡淡的微笑，任凭老僧去看。老僧端详完毕后摇摇头，回首对吴宏说："细看去是有些面熟，就是想不起在什么地方见过，老了老了，脑子糊涂了，眼神也不济。别说是他，便是你再过个把月来我也得看半天呢！"

吴宏听了脸上露出笑容，他站起身来扶一脸迷糊的老僧坐在床上，才说："这是当年和你冒死冲出石场的沈逸之！"

老僧听了这话，居然没有任何反应，嘴里还念叨着："石场……沈逸之……沈逸之……"

突然他"腾"的一声从床上站起来，一把抓过沈逸之的手，细细地看了又看，泪水喷涌而出，摇了半天手哆嗦着嘴唇一个字也说不出来。

我们都很理解他的感受。想必当年从暴虐残忍的日军那里千辛万苦、九死一生逃出来的经历已经深深地烙在他的心里，面前这个生死与共的小兄弟早就在他的潜意识中死去了，但当年情同手足的感情却始终留在记忆中。现在再见，心中自然五味杂陈，复杂的心情自不必说。

沈逸之也很激动，他一把抱住老僧消瘦的肩膀，声音颤抖地说："老哥，小兄弟当年冒死逃走，阴差阳错同你失去了联络，这些年让你受苦了！"

我忙过去扶老僧重新坐在床上，他始终拉着沈逸之的手不放开，嘴里念叨着："那手雷……我当时昏过去了……醒了只看见你的衣片！我以为……我以为……"他哽咽得不能成句。

我们都很感动，小小的房间里顿时充满了重逢的喜悦。

不久，沈逸之首先开口了："老哥，今天能见面还多亏了我这位小兄弟，我们这次碰到些难题，完成任务还得请你相助，事情比较急，还望帮忙啊！等任务结束了，我接你出去好好聊一聊这些年的故事！"

老僧抬手擦擦眼泪，笑着说："甚好！甚好啊！对了，你有事尽管问，但凡我知道的，一定如实相告！你来了就当在自己家里，不必客气！不必客气啊！"

我刚要开口询问女子去向，被吴宏从身后猛地一把拉住了袖子。虽然没有看他的眼睛，但我知道自己又冒失了，心里暗暗骂了一句，站定不动。

沈逸之等老僧情绪缓和了些，问道："老哥，听说你女儿失而复得了？恭喜啊！"

老僧刚刚显现喜悦的脸马上暗淡了下来，他慢慢把头扭到一边，脸上挂满了哀伤，说："唉……罪过啊，我现在过得像行尸走肉一样，难道是佛祖考验我吗？刚刚找到个女儿，现在又没了！"

沈逸之听了脸色一变，问道："老哥，发生什么事了？"

老僧把头从侧面扭了回来，瞪着眼睛看着地面，慢慢地说："本来一切都很正常，我找到女儿了，欢喜异常，说出来不怕你笑话，几十岁的人了，像个孩子一样高兴得连走路也变得轻快起来。这闺女虽然不能言语，但是乖巧伶俐，做事情又麻利、勤快，我当真以为是上天开眼啊！烧香拜佛也更加虔诚，大殿地面湿冷、凉气浸润，纵是铺着蒲团我一般都坐不了多久。就是这样我每天早课还要一个时辰呢。"老僧说到这里，声音开始颤抖，"不过，大概一星期之前，她突然变得有点奇怪了！"

别说是沈逸之，连一旁的吴宏听到这话神色都变了，身子稍微往前探了探。老僧接着说："以前她总是细细地笑，指着这里那里问这问那的。她不能说话，所以我也只好连蒙带猜，不过日子久些，也能明白个差不多。这孩子对什么都充满好奇，我就细细讲给她听。我这段凄苦的经历想必她也听得烂熟于心了，只是期间那些惨烈的细节我不忍告诉她。老了总是有些啰嗦，有些事情絮絮叨叨地来回念叨。但她从不厌烦，只是抿嘴笑笑，听完才提醒我说过了。"老僧眉毛渐渐张开，看来又回到了回忆中，"可是一周之前，她性情突然变了。虽然还是低眉顺眼，但是脸上笑容淡了，手脚总是出错，似乎心中有事。我虽然老眼昏花，但是有多年阅历，识人断物还是有点经验的，虽然这孩子也曾刻意掩饰，但还是让我看出来她顾虑重重。我也曾吃饭的时候旁敲侧击地问过，但始终没有结果。"

吴宏和我对视一眼，心中释然。果然让吴宏猜中了，一星期之前不正是我们下山之际吗？听老僧讲的这女子的反常表现，她果然开始急躁了。

东窗事发

老僧说到这里，长叹道："我只道她心里烦躁，久住这深山老林不习惯。没想到两天前的清晨，我照例起床去她房间隔门叫她起床，自己做早课去了。

不料直到我打坐结束都没有看见她出现，我心中疑虑，便去房间中查看，推开室门，屋内竟然空无一人！我自是惊慌不已，况且这两位同志刚走没几天。"老僧一指我与吴宏，神色略显尴尬，"我想……既然他们能够寻得寺庙……别是其他外人趁夜色摸进庙来……女儿难道遭了不测？惊慌之下我翻身出门，细细地将整个寺庙探查一遍。这小小庙宇我居住了多年，旮旯角落了如指掌，根本没有女儿的踪迹。于是重新回到房间，低头详细地在室内搜寻，希望能找到女儿失踪的蛛丝马迹。"

说到这里，他竟然猛地站了起来，激动地说："这一看不要紧，我才知道，我这女儿有古怪！"

沈逸之忙问："这话怎么说？"

"我老眼昏花，在室内看得十分费劲，用了很长时间才细细找了一遍，没有发现什么异常，被褥枕头都整整齐齐地放在床上，不像是被人掳走的样子。不过这孩子平时从不出门，这次离奇不见定有原因，我虽然心中稍微放心了些，但毕竟人不见了，还是准备收拾一下，出门找她去。不料我刚一进自己的小室，就大吃一惊！"老僧眯着眼睛说，"只见室内一片狼藉，经书布帛撒了一地，连我平时很少打开的床底抽屉都被翻了出来，桌面上杯子横倒、茶水四溅，显然来过什么人！我当时还没有把这事和女儿联系上，只当是刚才的推测中了，这寺庙中的确来了什么外人，以为我有财物趁我早课之时翻找来着。不料我低头收拾残物的时候，竟然看到有一串破碎的佛珠！诸位有所不知，我当初刚见到女儿几日，长久失散得以重逢，大喜过望。荒寺小庙也没有什么珍奇，只有这串佛珠倒是有些来头，十分珍贵，便送给了女儿要她长久戴在身边，佛光普照，据说十分灵验，会保佑她逢凶化吉。这东西她轻易不会丢失的，现在在我房间中出现，顿时让我疑窦丛生！"

沈逸之插嘴道："会不会是有人劫持你女儿找什么东西？让她指认也说不定啊！"

"我开始也是这样想的，所以十分害怕。女儿要是遭遇了不测，我一辈子都不会原谅自己的！"老僧说这话的时候，脸色却十分平静。他歇了口气，说，"也算我有些经验，当时就出门找寻踪迹，看是不是留有脚印之类，如果是山野莽夫想必不会细致到把脚印擦掉。低头看了半天，竟然发现院内只有一种脚印，杂乱无章、深浅不一，看大小应该就是我女儿的，脚印自她房间始，到我房间终,然后出了小径,直向院外去了!"

我和吴宏听了心里亮堂了不少,这事很明白了。就是不知道这神秘的女子到底在找什么东西?

老僧看来也是这么想的,说:"这就很清楚了。定是我那女儿到我房间中来翻找,时间匆忙,无法顾及其他。手忙脚乱中,把腕上戴的佛珠撕扯掉在了地上,这都没有发现,可见她的急切。我从不让她进我僧房,她并不熟识,只能到处翻找,故而一片狼藉。到此,我再老迈迟钝,也能想得到,这女孩恐怕不是我的女儿,不然已经住了这么久,我视她如掌上明珠,既然是我的心肝,直接管我索要不就行了,何苦费此周折?难道就是为了来此找什么东西,才来到寺庙之中的?现在离奇失踪,怕是事情败露,无法继续在我这里装下去了!"老僧脸上重新露出了苦闷的神色,"想我年届古稀,总以为老天有眼,佛祖保佑,终于苦等数年,盼到了亲人团聚,没想到还是镜花水月一场空!这几天我颓然委靡,不思茶饭,已经没有活着的念想了,倘若你们再晚来几天,许是就只能看到我的尸体了!"

沈逸之听了默不作声,沉思了半晌,搞得我和老僧不知所措,看看他又看看吴宏,吴宏脸上倒没有什么异变,只是耐心地等待沈逸之开口。他很谨慎,明确沈逸之和老僧的关系后便不太表态了。

沈逸之过了一会儿才轻轻地问:"你能猜出她在找什么东西吗?"

我看见吴宏的眼睛闪烁了一下,看来沈逸之问出了他的疑虑。只听老僧稍加思虑,犹豫着说:"我大概知道。"

沈逸之看看踌躇的老僧,静待他继续说下去。

老僧低头从袖口中拿出一个手帕包裹的东西,在我们面前轻轻展开,我和吴宏马上看清楚了,这分明是当初我们捡到的方巾。

要说这方巾的来历,当真是蹊跷无比,不过沈逸之之前想必已经听吴宏说过,所以还是一副不动声色的样子。

老僧指了指手中的方巾说:"我想应该就是在找这个了。"

沈逸之有些明知故问地说:"你是说,这女子翻箱倒柜就是为了找这块方巾吗?"

老僧点点头,说:"我房间中,再无其他物品有什么价值,独这块方巾因为那天这两位同志的到访,变得特别起来。他们走后,我越想越觉得事情古怪。谨慎起见,从那天起我就把这方巾随身携带、寸步不离,就连睡觉都放在枕头底下,所以她在我房中反复寻找的,应该就是此物。"他思量一下说,"我想应该是那天我取出方巾被她发现了,于是前天特意来这里偷走。我也因为这个认定她不是我女儿的,冲着这方巾而来的人,我觉得都十分可疑。"

不料,一直默不作声的吴宏听了这话,脱口就说:"我觉得不一定,听着有些不对劲。"

老僧一眼冲着吴宏扫过来,脸带惊愕之色,沈逸之回头瞧瞧吴宏,说:"哦。你说说看,哪里不对?"

吴宏近前一步,扶老僧重新坐在床上,解释说:"师傅,那天我们已经跟你去房间中看过了,这和我们捡到的方巾一模一样。而且你说过,自己早就有这样一块方巾,只是与我们手里那块相同而已,这些日子那女子要是想偷你这东西,不是手到擒来?要知道你当时没有对她的身份产生丝毫怀疑,想必进出你的房间也并非难事。虽然你没有看见她进去过,不过以她的手段,估计没少去。我看你那天藏方巾的地方……恕我直言,对有些心计的人来说,不是特别隐蔽。况且以她多日来这样耐心的心机,找到它实在并非难事。为什么直到前天才想起去偷方巾呢?而且行踪还这样匆忙?她在你随身携带方巾之前把它取走离开,不是更省事?"

这事让吴宏掰开揉碎了一说,的确有些矛盾。吴宏说完后,老僧也陷入了沉默,显然是默认了他的看法。

沈逸之只想了一会儿,就抬头对吴宏说:"我也是这样考虑的,不过和小吴稍有不同。我有一个想法,这女人的目标不一定是方巾,但是她不顾暴露身份的危险,冒险闯入老哥房内却可能就是为了找这东西!"

这话出口,我们都很诧异。吴宏也咬紧嘴唇,盯住沈逸之不放,大家都等着他给出解释。

孰料他手一伸,对一脸茫然的老僧说:"老哥,你手中方巾给我用一下。如果我所料不错,我们马上就可以知道答案了。"

不一样的方巾

　　老僧听了，疑惑地将手中的方巾递给沈逸之。他拿过方巾后，拿在手中看了看，抬头对吴宏说："小吴，去院子中弄点水。"

　　吴宏听了之后脸上突然变了神色，露出一丝羞愧来。不过他并没有言语，只是转身出去，很快就端着一碗水走进来。

　　沈逸之将碗中的水一点点洒在方巾上，慢慢便显出了痕迹。我看了仍然不知所措，这方巾见水出形已经是公开的秘密了，现在又能弄出什么花样来？

　　吴宏的样子似乎另有玄机，我便也凑过头去看。一旁的老僧也一副很感兴趣的样子，其实老僧估计也是和我一样的想法，只见他虚晃着头，眼角只稍稍瞟了一下，显见并不关心。

　　不料我一看之下，眼睛立刻就直了。方巾上同样显示出了条纹，不过居然和之前我们从昏迷和尚手中拿到的痕迹不一样！这张好像不是地图，因为我看见好像还有几个数字。

　　我这角度看不真切，具体有什么估计要问脸几乎贴了上去的吴宏了。他自打打水回来脸色就一直不好，看到方巾浸湿后立刻上前端详起来，现在连我都能看出他脸色难看，只看了一眼就撤身回来，慢慢站了起来。只有老僧不知所谓地坐在床上，等着沈逸之说出个究竟。

　　沈逸之等手中方巾上的图案完全显示完毕了，才慢慢地开口："果然让我猜中了。"

　　吴宏不等沈逸之把目光投向他，就轻声说："这事怨我，大意了。"

　　"这方巾只是外形上与你们拾到的一样，其实上面另有秘密，"沈逸之解释说，同时对着吴宏笑笑，安慰道，"这事也不能怪你。当时情况比较紧急，你能想到有两块方巾也是常理。况且情况就好像你预测的一样，就更显得理所当然。当时你听说这方巾是日本人的，注意力只在背后的线索上，所以忽略了其他。我一路上听你说完，也能感同身受，当时疑点太多了，百密一疏很正常。不要往心里去，我们这工作不就是从失误中学习进步嘛！"

　　吴宏听了脸上并没有多少缓解，他自言自语地说："唉，当时要是多想想……也不会让她跑了！工作失误，工作失误！"

一旁的老僧听得一头雾水，约略也能明白这方巾和之前的不同，不过两人的对话让他如坠云雾，着急地问："你们在说什么？我怎么听不明白？"

沈逸之背着手，冲吴宏眨眨眼，说："你跟老哥解释一下吧？"

吴宏苦笑一下，才说："老师傅，是这样的，方巾是有两块没错，而且两块方巾外形、显现方法都一样，但上面隐形的图案却不同。因为当时你给我们看的方巾没有见水，大家都没有看出真假，只以为有两块一模一样的方巾，一块被我们阴差阳错得到，另一块赵二狗给你了。其实上面有地图的方巾始终只有一块，就是我们捡到的这个。"

老僧一听一把夺过沈逸之手中的方巾，凑在眼前细细地看了几眼，抬头大声说道："这……那二狗给我的地图哪里去了！"

吴宏看他脑子还没有转过来，索性把兜里的方巾拿出来，沾了水递给老僧，说："这不是在这里吗？这才是二狗给你的那块！"

老僧拿了两块方巾，左看看右看看终于明白过来，他手一垂，颓然地坐在床上说："那……这女人到我房里翻箱倒柜找的到底是哪块啊？"

沈逸之这时说话了，他指着刚刚显示出数字的方巾说："当然是这块。原因很简单，这块方巾是她的！"

老僧闻言大惊，哆嗦着说："什么？是她的？到底哪块是她的？"

沈逸之呵呵一笑，说："刚才你从袖中拿出来的那块方巾是她的。小吴手里这块就是你从二狗那里得到的，现在还不知道那女人用什么办法把你的方巾传递了出去，我认为小吴他们路上碰到的和尚应该就是她的同伙，接到地图后匆忙赶来协助这女人的。"

我在旁边听了也有点糊涂，不过吴宏似乎清楚得很，他看看还皱着眉头的老僧，接着沈逸之的话头说："我插一句。当时我猜测有两块方巾时，估计已经被她偷听到了，因为生怕露出破绽被我发现，很可能这女子反身去了你房间，把自己手中的方巾塞进你桌子下的暗格中。因为两块方巾外形一样，所以一时也不知道是真是假。正是因为这样，我们都被蒙骗了，想当然地以为有两块一样的方巾。其实当时暗格中的方巾是女子本来放在身上的，你的那块早就被转移出寺，阴差阳错被我们捡到了。"

"不料她万万没有想到，你从此竟把她的方巾随身携带，寸步不离。因为

第四章 寺中的秘密 | 181

不知道方巾的去向，估计去你房中又不敢久留，所以一直都没有找到。直到你说的两天前，不知道什么原因促使这女人急切地要离开寺庙，临行时她才不顾一切地搜寻自己的方巾，不惜将你房中翻腾得一塌糊涂。当然，最后还是没有找到，你下意识的行为无意中为我们保留了一条重要的线索。"吴宏摊摊手，对着老僧道，"大概情形就是这样了，老沈，我说得应该没错吧？"

沈逸之点点头，侧脸看了看吴宏说："没错。我的推测也是这样。老哥，现在明白了？"

老僧脸色释然地点点头。我也听明白了，心里对方巾的问号同时也变得越来越大，这块神秘的方巾上到底标示着什么信息呢？

秘密核心

吴宏刚才已经看过方巾，便不像我这样急躁，老僧却不然，听懂方巾的情况之后突然又站起身来，探过头问沈逸之："那这方巾上是什么东西，也是地图？"

沈逸之又洒了些水上去，让方巾上的图形显示出来，往我们大家中央展开来，说："这个我就说不好了，不过既然那女人久在寺庙中不肯离去，估计一定是这方巾上标示的重要线索就指向这里。只是不知道到底是什么意思，还得请老哥你多帮我们参悟咯！"

我也赶紧凑过去细看，只见上面也有些细小的纹路，但却不像地图了，其中比较显眼的是有三个我们见过的方巾上标示的带叉的小圆圈，旁边还有"5、9、6"三个数字，不知道什么意思。

这天书一样的东西让小室里顿时蒙上一层诡秘的气息，我们三人大眼瞪小眼地看了半天，也没有一个人开口。老僧从沈逸之手中接过方巾，苦苦地思索着，过了好久才疲惫地抬起头说："唉，老朽才智愚钝，实在参不透其中的奥妙啊！"

沈逸之也不着急，只是对吴宏挥挥手，用眼神示意了一下门外，然后指指方巾。

吴宏会意，从老僧手中取过方巾，回身走出房间，看样子是去找一直等候在门外的钱竞成了。

不一会儿,他就走了回来,把方巾递给沈逸之,摇摇头说:"他只看了几眼,就说这不是地图,倒像个地势图。不过也说不上是什么地方,那些数字更不知道是什么意思了。这也难怪,那女人也是精明十足的角色,到最后都没有弄明白,钱竞成恐怕也是帮不上忙啊!"

沈逸之让老僧找来纸笔,照着方巾上的痕迹描了几份,给了吴宏一份,然后把纸张叠好放在身上,摇摇手说:"算了,大家都慢慢想吧,既然跟这寺庙有关系,范围就小得多了。别看这女人着急出去,对我们来说却不见得是坏事,毕竟是在我们的土地上,他们人少势微,不敢有大动作。这就给了我们相对充裕的时间,不过也得赶紧,直觉告诉我,后面我们可能会有十分惊人的发现,更别说下面村庄中的怪事了。"

老僧听到这句话眉毛一下挑了起来,他眼睛一下盯住吴宏,问:"这么说,你们……去罗耀宗村里了?他还好吧?"

吴宏知道他担心罗耀宗的安全,便坦然承认说:"是,让你担心了。不过罗耀宗没事,和他母亲都很安全,我们还一起住了几天。村中没有什么鬼怪,不过倒是有些事情我们还没弄明白。"

老僧听了,刚要张口问什么。沈逸之突然回头冲着门口的方向望了望,嘴里说:"时间差不多了,刘忠国是不是该回来了?"

我这才想起沈逸之要刘忠国去车上的事,眼看着他回身走出门去,对守候在门外的钱竞成说:"小钱,让你受委屈了,不好意思。"

钱竞成扶扶鼻梁上的眼镜,低低地说:"纪律要求,我懂。没事。"

沈逸之微微笑了笑,便和我们来到寺庙门口,向着远方眺望了一下,重新回过头端详着寺门,嘴唇一张一合,却不发出声音。

这个奇怪的举动让我、包括吴宏在内都犯了糊涂,不知道这是什么意思,他没说又不好问,只好愣愣地看着。老僧完全没有注意到,只以为他初来此地,新鲜而已。他刚才心中有事想要询问,现在又好像不记得了,也不说话,只扶着门框望着远处。

沈逸之又挥挥手让钱竞成过来,两人在一边低低地商量着什么,钱竞成语气慢慢变快,用手在空气中比画起来,沈逸之眼睛一直盯着地面,偶尔抬头看看后者,微微点头。

第四章 寺中的秘密 | 183

我绷不住了，走到吴宏旁边问他："他们在说什么呢？刚才刘忠国为什么又回到卡车旁边了，我见老沈吩咐他，他连问都不问，这是不是有点鲁莽啊？"

吴宏抬头看我一眼，略有不满："不该问的不要问，你得懂得这个纪律。刘忠国回到卡车旁边的原因很明显，老沈一发现女人不见了，就让刘忠国回去，这说明车上有什么设备之类的物品不能被发现。虽然你把车辆隐蔽得十分好，不过为防万一被她或者同伙发现进行破坏就坏了，得留一个人看守。我估计刘忠国就是干这活儿去了。"

"至于忠国为什么不问问，我想来的路上应该已经都商量好了吧，你别小看这么几句话，中间说不定暗藏什么其他意思。老沈我可知道，他精明得很哩！"吴宏说完笑笑，意味深长地看了沈逸之一眼。

说话间，沈逸之回头来到寺庙中，在院子中细细地来回踱着步，不时探头探脑地看看这里摸摸那里，我知道他是在勘察什么东西，就凝神注意观察他的举止。

吴宏叫钱竟成过去，也在寺庙的其他地方敲敲打打，钱竟成习惯性地扶扶眼镜，上下打量，渐渐忙碌起来。现在整个庙宇中只有不知所措的我和沉默不语的老僧闲在那里，他似乎被这一连串的变故打击得失去了精神，只有沈逸之的出现给他注入了些希望，不然真不知道这年老瘦弱的老僧会出现什么变故。

沈逸之不知怎么对院子中的那口水井发生了兴趣，蹲在井口边探头往里边看去，一会儿工夫冲我使个眼色，让我把老僧叫过去。

我连忙把老僧扶到沈逸之面前，他站起身来拍拍手上的土，问老僧说："老哥，你这水井看样子已经荒废很长时间了啊？"

老僧点点头，含糊地说："唉，很多年了。"

"那你们怎么吃水呢？"沈逸之紧跟着就问。

老僧抬起眼皮，说："这寺庙上面不远的地方有口山泉，长年累月被我踩出了一条小道，我都是去那里打水吃，后来我女儿……那女人来了，就帮我一起打水储备起来。以备平时使用。"

沈逸之听了自言自语一样地说："这样说来，你这水井其实没有什么用途了？"

老僧听了没有说话，算是默认了。

吴宏在院子中溜达了一圈后，突然想起什么，拉着钱竟成就进了大殿，别看老僧老眼昏花，这时却看得十分清楚，一抬脚就要跟着过去。不过由于他身体不适，一个踉跄差点跌倒，我连忙搀扶着他，老僧语气急切地说："吴同志去大殿干什么？那是圣地！"

我知道他不放心，索性架着他也去了大殿之中，正走着，我脑子中突然闪出一个念头：上次吴宏要探手摸那佛像，被老僧阻止了，难道这次因为这个又去了大殿？

老僧走得慢，我们一步一步走到大殿着实用了一段时间。我心里焦急，抬眼向殿内望去，果然看见吴宏和钱竞成正在佛像身上摸来摸去，钱竞成还凑近用手扶着眼镜细细地看。

老僧胡子都竖了起来，全然没了以往的斯文，大声呵斥道："胡闹！你们干什么！佛法圣地，怎么能这么亵渎佛祖！"

老僧身体不好，说完这话力气几乎用尽，随之剧烈地咳嗽起来。沈逸之也发觉情况不对，几步来到大殿中，一看情形就明白了，对吴宏说："小吴，把手拿下来，不要失礼！"

吴宏听到老僧的话就已经把手拿下来了，只有那钱竞成还傻乎乎地凑近佛像不肯离开，吴宏一把拉开他，他才恍然大悟抬起眼帘，怯怯地看了老僧几眼。

老僧气性还真是大，胸脯一起一伏，脸色涨红，看着都让我感到心悸。沈逸之亲自上前扶了他，边用手捋着他的胸前边安慰道："别生气，别生气，年轻人不懂得这些礼数。你又何必呢？我们在鬼子手里受了那么多苦都熬过来了，没想到你还是这么大的脾气，呵呵！"

听了这话，老僧脸上才稍稍缓和了些，他瞪了吴宏和钱竞成一眼，才一屁股坐在旁边的竹椅上，气喘吁吁地闭上眼睛。

沈逸之脸上马上换了神色，竟然像个小孩子一样冲我眨了眨眼，回头也瞪了吴宏一下。吴宏做了个手势，像是明白了什么一样笑了笑，还拱了拱拳，也来到我们跟前。

沈逸之看老僧神色沉静下来还得一段时间，就把我们三个招呼到门外，小声问："怎么样？有什么发现吗？"

吴宏摇摇头，遗憾地说："小钱和我都看过了，没发现异常。"

沈逸之并没有多说什么，只是回头看看老僧，然后吩咐吴宏道："你去门

第四章　寺中的秘密

口看看，忠国回来没有。"然后挥手对钱竞成说，"小钱你过来。"

我自觉地闪到一边去，刚才看钱竞成谨慎的样子自己也学乖巧了很多，毕竟不是组织中的人，还是不要过多地介入比较好。以沈逸之的周密，需要我知道的他一定会让我过去的，反过来就要看自己的悟性了。好在我跟吴宏学了不少，这方面还不弱。

两人在旁边悄声地说着什么，似乎是沈逸之在问，钱竞成答。总盯着他们看也不是个事，我就装作出门探查情况踱步走出大殿。

一抬头就看见了那口水井，我心生好奇，就凑过去往里面望了望。

本来我以为这是口枯井，里面肯定浅浅的都是积土。没承想一看之下，才发现这井其实并不浅，至少有个三五米深，从上面迎着阳光望下去，能够看到井底的枯树枝和烂叶，还有厚厚的泥土，的确是荒芜了很久的样子。

我探头进去，大胆地摸了摸近前的井壁，上面比较干燥，略带一些湿滑，像是什么烂掉的植物残骸，缝隙之间还有些泥土簌簌落下。不知什么原因，我总觉得这井也阴森森的，像是个巨大的嘴巴要把我吸进去一样，便连忙把头缩了回来。

鬼使神差的，我看着黑黑的井口，脑袋中突然冒出一个古怪的想法：那失踪的女人不会是让这井给吃了吧？

就在我疑神疑鬼之时，门外传来吴宏的说话声，因为离得太远我听不清楚，似乎是刘忠国回来了。我从井边直起腰来，抬腿就往外面走。没想到沈逸之也已经走到门口了，他动作比我还快一点，已经迈出门去。

刘忠国正把手里的东西交给吴宏，那是一个鼓鼓囊囊的麻袋，估计是从卡车上卸下来的，口扎得很紧，下方蓬松地鼓成一个大包。吴宏接过以后随手放在一旁，我惊讶地发现袋子上的某个地方居然抖动了一下，连忙眨眨眼睛，想看仔细些时，又没有什么动静了。

其实最吸引我视线的还不是麻袋，而是刘忠国手中拿的另外一样东西，用长长的一块帆布包裹着，从身上斜挎着。他将那东西慢慢放到庙门边立好，稍事休息就重新举着进了院内。我只看了一眼，心就猛地提了起来。

那东西长长的，两米左右——我一下想到了我和吴宏在道路中间碰到的红旗，难道刘忠国现在擎着的，竟然是那柄诡异的旗子吗？

沈逸之看都没看地上的麻袋，但他一直在注意这长长的东西，等大家都到院子中间，他示意吴宏把麻袋放到后院去。我特意留神看了一眼，果然在吴宏提起麻袋之时，其间有什么东西轻微地颤动了一下。看来刚才并不是我眼花，麻袋中的确有什么活物。

沈逸之把门闩好，看看周围人都齐了，竟毫不避讳地对刘忠国说："找到了？"

刘忠国点点头，随手把长条状物体上面的帆布扯了下来，露出了里面的东西。

我一下瞪大了眼，果然是神秘地从天而降到我们车前的旗子！

因为出现的方式和曾经包裹过如此恐怖的尸体，我对这柄旗子印象深刻，虽然当时光线昏暗看不真切，但是凭感觉就知是它无疑。吴宏显然也预料到这一点了，脸上有些激动地看着刘忠国，欲言又止。

刘忠国却随手做了个停止的手势，让我们退后，然后面色严肃地把旗帜横放在地上一点点展开。

意想不到的事情发生了。等偌大的旗帜伸展完毕，我们惊讶地发现，当初神秘地出现在我们面前的这柄怪异的旗帜，并不是一面红旗。

血色军旗

地上铺开的，是一面刺眼的日本军旗。

旗布上印有一轮耀武扬威的血红太阳，红白条纹的间隙竟然被鲜血浸染得与太阳颜色相近，所以我们在夜里冷眼看去以为是一面红旗。现在铺开在光天化日之下，那片片红色仿佛火一样灼烧着我的心，我头上的血管都感觉要爆裂了一样，几乎无法控制自己的情绪。多日来我一直在回想着这面奇怪的旗帜，但万万没有想到，真相是这样的让人悲痛欲绝。

沈逸之看着地上这面破败不堪却让人触目惊心的日本太阳旗，很久才开口说："小吴，你怎么看？"

吴宏第一次在我面前显现出迷茫和愤怒的表情，他的手不可抑地颤抖着，眼睛放射出令人胆寒的光芒。他长久地凝视着地面，不知是不是没听见沈逸之的话，他什么都没有说。

我看着地上铺开的沾染着鲜血的日本旗，心里涌出一股复杂的感情，震撼、惊诧、悲愤、绝望、五味杂陈之时，可能眼睛充血，眼前渐渐变成了疯狂的红色。

老僧开始并没有发现有什么不同，后来可能发现大家情绪不对，连旁边一直怯生生的钱竞成都一脸悲愤，咬紧了嘴唇背过身去，便凑近了蹲下仔细看了看。等他认清楚了熟悉的图案，不由一下站起身来，后退几步，踉跄着险些跌倒在地。虽然他并不清楚小叔牺牲的事，但现在看到日本旗，一定让他回忆起了那些地狱般的日子。

刘忠国长久无语，慢慢把旗帜重新卷了起来，收好放在一旁，然后来到脸色凝重的沈逸之身旁，对他耳语了几句。后者把目光投向吴宏和我，柔声吩咐道："不要伤心了，你们两个过来，有些事我们商量一下。"

吴宏情绪基本恢复了正常，只有我还沉浸在悲痛之中，对他的挥手视而不见。我大脑一片空白，愣愣地站在原地，大颗大颗的泪珠涌了出来，簌簌地落在地上。

吴宏拍拍我的肩膀，用细微的声音说："别难过了。弄清楚情况，才能报仇。"

"报仇"两个字像子弹一样击中了我的心脏，一瞬间我就回过神来：对，只有完成任务，才能找到害死小叔的敌人，不管付出什么代价，我要让日本人血债血偿！

我机械地跟着吴宏走到大殿中，沈逸之指指竹椅让我们坐下，他看了我几眼，稍稍放心了些，才开口说："情况不一定像我们想象的那样，大家不要太难过。小孙，我很理解你的心情，但事情没有弄清楚之前，下任何结论都为时过早。刚才我没有告诉你们，忠国回到隐藏卡车的地方去看过，没有发现任何异常，车上的东西都在。我想，这至少说明这寺庙附近范围是没有什么敌情的，不然我们的汽车早就暴露了。按照当初的计划，忠国开车去小吴通知我们的地方找寻线索，找到了这军旗。他还没来得及告诉我在哪里找到的，看旗帜的样子，应该是浸泡了比较长的时间了，因此我想这条线索应该和山下困龙湖有关。"

沈逸之顿了顿，接着说："我提个建议，我们不妨两条线推进。忠国和小钱去村中困龙湖继续探查，有小钱在，说不定能够找到更多线索。剩下我们三人留在这里，弄清楚方巾的暗语，这两条线随便哪条出现突破，都是难得的成功。唯一的不足，就是我们的力量分散了，容易造成危险，你们的意思呢？"

刘忠国只想了一下，就信心十足地说："我觉得没问题。不过小钱得提高警惕，我想不经过罗耀宗，直接去困龙湖了解情况，所以他必须紧跟我才行，不然我怕有危险。如果这点做到了，我想不会出什么事。"

吴宏说话了："会不会太危险了？"

沈逸之皱着眉头，微微颔首道："无奈之举啊！现在我们人手不够，这事情不同以往，上头指示，知道的人越少越好，人越多暴露的可能性就越大。小钱是水文方面的行家，是一定要去困龙湖看看的。能发现什么最好，不然他涉险一路赶来就没有意义了。况且路途劳顿，还让他吃了这么多苦。"他抬头看看钱竞成，眼神中透出一丝遗憾，"还是那句话，让你受委屈了，小钱。不过你可以放心，有忠国在，不会出什么事的。小吴他们已经去过一次，除了事情比较奇怪外，没有什么其他的危险，当然还是要小心谨慎，忠国的身手你尽管放宽心。"

钱竞成倒没有丝毫惧意，反倒十分镇定，说："我不怕。来的时候都和我把情况说清楚了，沈处长，你就安排任务吧！"

沈逸之赞许地点点头，打着手势说："按照刚才小吴告诉我的情况，我们都认为在困龙湖那里绝对不能下水，谁都不知道湖中有什么东西，很明显湖中隐藏着极大的危险。我建议你们重点观察湖边有什么异样。小钱，你的任务就是注意困龙湖在水文方面有什么特殊的地方。我们不懂这个，只能在蛛丝马迹中发现线索，但你应该能够看出内在的不同，甚至可以搞清楚原因。真的做到这点的话，对于发现真相就有着重大作用！"

他转头对刘忠国嘱咐道："你我就不废话了吧？只要不给446丢脸就算是完成任务了！"

刘忠国深谙沈逸之的意思，重重地点了点头说："你就放心吧，以一个共产党员的名义起誓，保证完成任务！"

神秘预言

吴宏在旁边不再表态，如果说刚才他还带着一丝担忧的话，现在估计也对此举持肯定态度了。我私下猜测，估计沈逸之此举还有其他考虑：毕竟我和吴宏已经在困龙湖待过几天了，并没有发现什么线索，抛却安全因素，重去困龙湖很容易陷入思维定式，应该不会再发现什么新东西。钱竞成和刘忠国则不同，除了吴宏的描述，对于困龙湖一无所知，看似是劣势，其实反而变成发现新线索的有利条件。虽然不知道是不是正确，但是心里还是感觉自己考虑问题周密了许多，暗自也有些欣喜。

沈逸之交代完了他们两人，重重地握握刘忠国和钱竞成的手，深情道："出发吧！一天之后回来，时间有些苛刻，尽量搞清楚。我相信你们！"

不知为什么，我总觉得这话听着别扭，不过也说不上哪里不对。但是刘忠国显然知道意思。他没有多说什么，转身来到旁边的麻袋旁，抬手拿起来放在肩上，示意钱竞成跟上自己，然后回头冲我们挥挥手，大步迈出门去，一会儿就消失在崎岖的山路上。

沈逸之一直站在门后，目送着他们走远，才回头对我们说："走，去大殿，我们聊聊这图，看看有什么发现没有。"

我们一行人走进大殿，坐到几把竹椅上，吴宏和我围拢过去，重新把沈逸之手上沾水的方巾看了个仔细，老僧刚才已经把精力耗费得差不多了，此刻闭目养神，在地上的蒲团上打坐起来。

方巾上图案枝节并不多，只有几条大概的线路，有的还重合在一起，要么就围拢成一个封闭的区域，细细地看来的确不是地图的样子。上面三个显眼的小圈排列成一个三角形，但并不等边，换个角度，又好像三点罗列成一个弧面，看不出有什么规律。

吴宏拉过竹椅后一直盯着手中方巾的描图，久未发言。沈逸之直指上面的三个圆圈说："我觉得这三点似乎和这些纵横的线并不是一个平面上的，线路交叉的地方不是在圆圈周围而是直接穿了过去，是不是说明这三点可能不是在地面之上？"

吴宏听了默默地点点头。我已经头昏脑涨了，方巾虽然也是纹路复杂，但是比我们捡到的那块要简单多了，反而越看越让人感到单调无比，索性不去看它。

"如果你说的是对的，那么不在地面上，应该就是在地下了，"吴宏提出自己的一个看法，然后用眼神示意了一下院子中说，"这院子虽然不大，但是如果真的有什么机关，找起来可很费事的，我们还不知道是什么机关、埋得有多深，这工程说起来也很浩大啊！难道要把这里掘地三尺？凭我们三个人……"他斜眼看看一旁静坐的老僧，"我觉得没什么希望。"

沈逸之好像没有听到他说的话，仔细地又看了几眼手中的方巾，一下站起身来，踱出大殿。我和吴宏连忙跟了上去，沈逸之问吴宏："你觉得这三点是什么样子的机关呢？是不是埋着什么重要的东西？"

吴宏摇头："我觉得这三点不会是问题的核心，如果这三个地方埋藏着什么宝物或者情报，那女人在老僧面前装模作样没有意义，因为他也不知道地下埋了什么东西。这些先放一边，现在有个很实际的困难，虽然这里有四个人——"他嘴巴一努，指指大殿内的老僧，"却只有我们三个人有些力气，要想把这里翻个底朝天，简直是做梦。"

沈逸之抬头看了看巍峨的飞檐，再望望院内，突然开口道："水井会不会是其中一个点呢？"

我听了哆嗦了一下，刚才关于水井的奇特想法重又涌上心头。吴宏认真地看了看水井的方位，问沈逸之："另外两个呢？"

沈逸之肩膀放松下来，背着手弓起腰说："不清楚。去院子里走走看看吧。"

我们便跟随沈逸之来到院落之间，踱了一圈后，除了两件小室之外，再也没有发现什么有特征的东西。但是这小室作为两个点也太大了点吧？

沈逸之没有失去耐心，他慢慢来到水井之前，一屁股坐在井沿上，紧张地思索着。

吴宏也没闲着，手脚利索地整理着随身带来的小东西，整整齐齐地摆好包裹起来，我知道虽然他手上忙着，其实心里一直都在思考问题，这是他行事的方法而已。于是便轻手轻脚地站在一边，不敢发出什么声音，生怕破坏了两人的思路。

沈逸之呆坐了半天，还是没有头绪，站起身来的时候，正看到已经收拾完毕站在一旁和我聊天的吴宏，便招呼我们道："走，去看看我那老哥歇过气来没有。"

我们重新回到大殿中，老僧已经坐起来，在竹椅中休息，气色好了许多。看我们进殿来，他忙起身相迎，边招呼我们坐下边说："不知怎么你们突然不见了,我正纳闷呢。这大殿里比外面清凉许多,来,休息一下。平日里我心里烦躁,在此打坐片刻,胸中块垒真的能化解很多呢!"

沈逸之呵呵一笑,一扫刚才的惆怅之情,随口说:"哦?还有这神奇功效呢?"他突然之间像是想起了什么,回头对吴宏说,"老哥一说,还真是凉快许多。不过,这样说来,你有没有发现……"他侧脸靠近吴宏些,低声说,"这大殿中的温度比外面低得多?"

说完,看见我故意假装环顾左右的样子,沈逸之宽容地笑了。他朗声道:"小孙,你不用拘束。我们这次的任务小吴都和你讲清楚了,和钱竞成不同,我们没什么好隐瞒你的。要是有什么想法,说出来大家听听,人多力量大,哪句话说到点子上也说不定呢!"

我听了脸微微有些发热,顿时感到自己伪装得十分失败。在情报工作的技术方面还是太稚嫩,一眼就被沈逸之看出我假装没听见。同时也感到一阵温暖,虽然背负着如此艰巨的使命,但是他和吴宏并没有把我当做外人,凡事都毫无保留地告知我,显然寄予了十足的信任。

我稍一思忖,开口说:"其实……我也一直奇怪,这大殿里的温度和外面反差有些大,不过也没想通怎么回事,只以为是空旷阴凉的原因。"

吴宏也说:"我也发现了,刚才我还特意观察了一下这里的结构,没有什么特别之处。暗门或者风洞之类的都没有,其实也感觉得到,凉是凉了,实际却没有风。反而感觉上好像风吹到骨头里似的,冷飕飕的,不舒服。"

老僧听见这句话,也插嘴说:"我也是这样的感觉。平时烦躁不安的时候,也只是在蒲团上稍坐片刻,心静下来就离地坐到竹椅中,不然以我的朽木之躯,实在承受不住这冰冷的凉气。"

沈逸之听完老僧的话,眉头微微一皱,说:"这就奇怪了。如果大家都有种感觉,又这么相似,说明这温度低应该不是房屋朝向和结构的问题。这事不平常,我想这大殿之内可能就有什么古怪!"

神秘的大佛

老僧听了身躯一震,眼睛顿时亮了一下,问沈逸之道:"你能不能详细说说，这大殿之中有什么不对头的地方？"

沈逸之没有言语，在四面转悠了一下，回头把目光投向吴宏，后者虽然没有挪动地方，但是眼神也在上下搜索，过了一会儿才近前几步到沈逸之旁边，小声说："除了佛像之外，我没有看出什么异样。你也看见了，小孙和我都发现这佛像刻得模糊，鼻眼不清楚，我总觉得这里有什么玄机。"

沈逸之抬手拿过一个竹椅，回头对老僧说："老哥，失敬了，我得靠近些看。不过你放心，我绝不动手。"

老僧虽然面有难色，但是毕竟亲近之人，也没有说话。自从沈逸之说大殿之内似有古怪之后，他似乎对这谜一样的场所产生了新的认识，态度不像开始那样坚决了。

还是同生共死的兄弟说话管用啊，我不由心想。

佛像很高，沈逸之踩了竹椅也不能完全看到头部，不过显然他视力不错，凭借着室内的光线，居然从佛像腰部往上细细查看起佛头来。从下往上仰视很不方便，我只看到沈逸之直着脖子纹丝不动地看了很久，才微微点了点头，然后一脚踩实，站回到竹椅上。

吴宏见状忙上前搀扶，沈逸之从竹椅上下来之后，背手来到老僧面前，脸上竟露出了些疲惫，语带笑意地问："老哥，饿了，给准备点吃的吧？"

吃饭的时候，我默默无语。脑子中困龙湖的奇事始终挥之不去，总觉得刘忠国一行此去一定凶险无比，心里担心不已，生怕那粗壮威武的汉子被那水中生物害了。

吴宏倒不紧张，他不时环顾左右，笑眯眯地问我句什么或是和沈逸之开个玩笑，老僧因为沈逸之的到来也开朗了许多，暂时把往日的不快抛到脑后。他是个心绪简单的人，关于大殿的疑问转眼间就消散了，只与沈逸之聊些旧事，不时询问他当年失散之后的经历。

沈逸之回答得十分简单，层次分明，听上去还委实生动有趣。我细听之下不由感叹：果然是老奸巨猾。身为吴宏的上级，他两人说话风格很相近，即便语言、口气不同，但有一点是相似的，就是一到关键地方就顾左右而言他。有些不同的是，面对兴高采烈的老僧，沈逸之隔段时间就抛出一个问题，把话题巧妙地转移到老僧这边，后者年老糊涂，说完之后就忘记开始的话头了，这样糊弄了很久，居然相安无事。不过这事听着简单，实际却做得非常自然，要不是我这些日子暗暗留了心眼、长了不少心机，可能还听不出沈逸之话中的猫腻。

不知怎么的，两人把话题扯到了佛像身上，只听沈逸之随意问道："我看这大殿中佛像不少，环视左右煞是庄重肃穆，小弟孤陋寡闻，不懂禅宗，老哥能不能给介绍一下都是什么佛陀啊？"

老僧听到这个来了精神，正好饭也吃完了，索性一把拉住沈逸之来到大殿之内，我和吴宏对视一眼，紧跟其后。

他一面迈进门槛，一面对我们说："说来这寺庙虽小，供奉的佛祖可是十分齐全，佛宗庄重，我几年来修行中正是专心研究佛典，也算是小有心得。今天大家都在，就献丑给你们介绍一下。我佛慈悲，普度众生，但佛与人一样，也是专有所司的。每尊佛都有些自己的典故。"

老僧指着正殿正中的一尊大佛说："正殿中央供奉的释迦牟尼佛祖，正是本尊，也就是我们通常说的如来佛祖。其他两尊分别是西方极乐世界阿弥陀佛和东方消灾延寿药师佛。"他说得兴起，走近佛像道，"佛教中，阿弥陀佛是掌管西方极乐世界的佛陀，我们常说出家人去往'极乐世界'，就是指的这里。"

"这尊是东方消灾延寿药师佛，有的地方也叫药师琉璃光如来，他可以保佑我们消灾延寿，去除病魔。"老僧几步走到旁边，对我们介绍另一尊面目慈祥的大佛。

沈逸之听得很起劲，期间还仔细地看了看各位佛像，突然指着一个佛像问："这看上去似乎不是佛，是菩萨吧？观世音菩萨？"

老僧轻捋白须，笑言："老弟说得没错。其实这是阿弥陀佛的协侍，你说的这个原叫大悲观世音菩萨。关于观世音这说法，还有些典故呢！当年菩萨闻声救苦，能够听闻人世间的万般音信，便前去普度众生，故名'观世音'。长久叫来，也就变成观世音菩萨了。"

我们听了都觉得惊奇，没想到菩萨还有这样多的讲说。平时喊得习惯，不想其间有如此典故，便啧啧赞叹，连姿态都虔诚了许多。老僧显然看出了我们的变化，面色突然肃穆起来，轻声说："佛法无边，其实还是在于净化心灵，平静欲念，悟到万事皆空的道理，将慈悲之心洒遍众生啊！"

吴宏点头称是，沈逸之也微微颔首，然后眉毛一扬，看看另外一尊，问道："师傅，不知这尊菩萨有什么渊源？"

老僧侧脸一看，击掌道："这个便是观世音菩萨的弟弟，叫大势至菩萨，与他兄长观世音菩萨同为协侍。东方消灾延寿药师佛也有协持，分别称为日光普照菩萨和月光普照菩萨。"

然后他落步来到殿内后方，用眼神示意我们注意其中一尊说："这尊是普贤王菩萨，掌管誓愿与修行，寻常坐骑为一头白象。看这边，是为大智文殊师利菩萨，佛教中他掌管智慧，有青狮一头，纳为坐骑。佛教中典故众多，要是一一说来，说上个三天三夜怕是也不能尽其百一啊！"

沈逸之惊叹，面目变得凝重起来，慢慢坐在竹椅上，轻声说："真是博大精深！光是一个佛家就有这样多的禅念和典藏。其实这芸芸众生、万千世界中，天地万物、宇宙洪荒，不知道有多少东西是我们不了解的。真是见识得越多，越觉得自己渺小啊！"

老僧连连点头，看到沈逸之一副参悟的表情甚是满意。他也扶着竹椅坐下，回头细语说："这三尊圣佛统称做横三世诸佛，为寺庙之中常供之尊。你也看到了，按照方位分布在寺庙之中，不得有任何差池。如果以后你们有机缘去他处的寺庙中，只要看看这三尊圣佛是否安在，所处何方，就可以知道这寺渊源是否深远，修行是否高深。"

沈逸之的发现

我们三人听了一时沉默。虽然只是听了老僧的简单介绍，却像是上了一堂佛宗禅意的课程，竟然都有些词穷。老僧并没有把注意力放在我们身上，只是旁若无人地合掌闭目，从竹椅中站立起来，走到真尊释迦牟尼像前，纳头叩拜，然后嘴中念念有词。

沈逸之轻轻地起身，来到大殿门口，回首望了望几尊佛像，又冲着寺庙门口的方位看了看，眼神抖了一下，不知道想到了什么。

吴宏依旧背着手在佛像之间走来走去，只是比刚才的步伐来得轻了很多，可能是了解到了诸多渊源，他小心翼翼不敢造次。

这就是佛法的力量。连我这种一点都不懂的毛头小子都觉得眼前的佛像比刚才庄重了不少，特别是有着协侍的三位尊佛，更是蒙上了一层神圣的色彩，变得高大肃穆，别有一番俯视众生的森严之气。

沈逸之在院子中来回踱着步，我不知道他出了正殿意欲何为，吴宏似乎感觉到了什么，几步迈出门去，来到他身旁。

我看见他们在低声商量着什么，想到刚才沈逸之对我说过的话，也不再有所顾忌，径直来到两人面前。就在我靠近他的一刻，沈逸之似乎和吴宏聊到了什么话题，一下想起了什么，陡然停住说了一半的话，一把拨开面前的吴宏，几步走到大殿门口，亮晶晶的眼睛里放射着夺目的光芒，嘴里连连念叨着什么。

这一幕别说我，连吴宏都被吓了一跳。他急忙跟了上去，一把扶住沈逸之的胳膊，轻轻晃了晃，问："你怎么了，老沈？"

沈逸之对吴宏的问话没有任何反应，只是一味地把注意力集中在大殿之中的佛像上，手微微颤动着，嘴里念念有词地来回逡巡，一改平日轻慢的步伐，走起来重重有声。扫视了几次后，连老僧都被他惊扰得回身瞩目，不解的眼神中还带着一丝惧恼——诵经之时被人打断可不是什么令人高兴的事情。

我已经来到沈逸之的近旁，听得他的嘴中喃喃自语的似乎是："……横三世诸佛……横三世……"

吴宏也是一头雾水，不知沈逸之中了什么邪魔。大殿中三双眼睛同时望着他，诡异的气氛仿佛也感染了沈逸之，意识到自己有些失态后，他微微笑了笑，并不解释什么。

傻子也能看出来，沈逸之肯定是发现了什么。尤其是精明的吴宏，他几乎是把沈逸之拽出了大殿，然后同我一起并排站在他身边，默不作声地看着他。

沈逸之很干脆地说："我可能有发现。你刚才说这方巾上的三点可能是在地下，其实我们都走入了思维定势。"看着吴宏质疑的眼神，他解释道，"开始我们猜测这三个点不在地面上，这个可能是对的。不过，不在地面上并不代表一定是在地下！会不会有这种可能，它们就在地面上方的某些位置？"

吴宏眼睛一闪，一副恍然大悟的表情，显然瞬间明白了什么。还未等他开口，我就急不可耐地问："老沈，那你知道这三点在什么地方吗？在哪里？"

这话刚一出口，我就看见吴宏把头抬高，死死地盯住沈逸之，嘴里快速地说："老沈，我知道了！横三世诸佛！"

沈逸之深深地看了吴宏一眼，赞同道："我的想法也是这样。如果所料不错，这将是一个重大发现！要知道那女人在这里这么长时间，目的很可能是在找寻方巾上的三个神秘的地方。寺庙虽然小，但可疑地点太多了，她必然毫无头绪，四处乱撞，又不敢暴露身份，只能慢慢和老哥周旋，因为摸不透他到底掌握了多少情况，装哑又不能说话，还无法使用极刑，这工作也真是不好做啊！"沈逸之感慨了一句，然后说，"很显然，她最终什么也没有找到。"

吴宏稍微顿了一下，恍然道："对，这样就说得通了。显然她不了解佛教的宗意，对大殿中的诸佛视而不见，只当是一堆泥胎而已，也正是因为这样，所以像没头苍蝇一样到处乱撞，她装聋作哑的时候也到处比画问过老师傅，但毕竟不像我们今天这样问得透彻，估计也没有触及问题的核心。"他微笑着看看沈逸之，赞叹道："即便知道了这些典故，也未必像你这样能想到横三世诸佛的位置奥妙，竟然联系在方巾之上呢！"

沈逸之摆摆手，神色稍显严肃地说："推测只是推测，毕竟是不是还没有验证过，现在说什么都为时过早。还是到实地去看一看，刚才我来回走动的时候注意过了，这横三世佛的位置和我脑海中方巾上三点的相对格局几乎一样！也正是因为刚才我实地看过，发现了这点，才有了这个大胆的设想！"

我听了激动不已，这无疑说明我们的方向是正确的，试问这小小寺庙中还有什么地方能有这样的格局和巧妙吻合的角度？心中焦急，便插嘴说："那还等什么？赶紧进殿去查看啊！"

沈逸之和吴宏对视一眼，齐声笑了。吴宏伸出大手拍了我肩膀一下，说："看肯定是要看的，不过你不要忘记了，刚才我只是摸了佛像一下，老和尚是什么反应？现在我们要在这三尊圣佛上动手脚，不是摸老虎屁股吗？"

这话带有些戏谑的意味，连沈逸之都绷不住咧开了嘴。他也轻声对我说："小孙，你别着急，问题总会解决的，但是刚才老哥讲述佛典的样子你也看见了，十分虔诚。我想现在我们进去查看佛像，估计不会顺利，你容我想个办法，做通他的工作。他是个明事理的人，又有了对那女人的怀疑，想必不是很难想通。"沈逸之说完也轻拍我一下，"明白了？别着急，别着急。"

第四章 寺中的秘密 | 197

她是日本人

  我听了觉得有道理，但是心中抓挠得难受，恨不得现在冲进大殿把三尊佛像从头到尾看个通透。吴宏又在和沈逸之低声商量，不一会儿就达成了一致意见，抬头使了个眼色给我，便去往大殿之中了。

  我心中暗喜，连忙跟了过去。老僧现在已经挪到了大殿门口，困惑地看着我们，不知道又在搞什么鬼。看到吴宏两人走在前面，他微微调整神态，挤了个笑脸迎上前来。

  沈逸之拱手道："老哥，刚才无意中想起一件事，失态了，没吓着你吧？"

  老僧可能没有料到沈逸之如此直接，一时反而有些失语，他停顿了一下，关切地问："不知道老弟你想起什么事了，我看你刚才确是一副焦灼的模样，难道有什么急事？说出来说不定我能帮上忙。"

  沈逸之等的就是这个话，当即接口说："还真是有需要你老哥帮忙的地方，实在是不好意思，兄弟今天得得罪你了。"

  老僧一下没了笑意，问："此话怎讲？"

  吴宏看了看沈逸之，抢先开口说："师傅，实不相瞒，从你寺中逃走的女人，是个日本人。"

  别说老僧，连我听了都觉得突兀，这人还没找到你就知道她是日本人？其实我心中大抵也有数，这女人的确可能是日本特务，不说别的，装聋作哑就是明证。为什么不开口说话，因为不会汉语嘛！要知道说一口流利汉语的日本人不是没有，但那是日本鬼子最猖獗的时候，现在建国之初，想找个符合外形条件又会流利汉语的日本女子，想想也知道难度有多大。

  这话从我嘴里说出来还讲得通，吴宏这么小心谨慎的人张口来这么一句，我吃惊之际马上意识到，这应该就是刚才沈逸之说到的"办法"。

  老僧听了第一个反应居然是反问吴宏："你怎么知道？不可信口胡言！"

  看来，时间长了，他对这个冒牌的"女儿"也产生了父女感情，所以才会下意识地维护。吴宏望了他一眼，没有说话。倒是沈逸之开口了。

  "她是个哑巴就是疑点之一，"他一语中的，直指核心说，"你也知道她来你寺庙的目的不是寻亲,当真是在找什么东西。我估计就是这方巾之上标示的地方。如果你是对方的人,你会不会派一个不会说话的人来?要是能说话,凭她的乖巧灵动,想从你嘴里套点什么东西还不是易如反掌?那老哥你想想,为什么她是个哑巴呢?"

老僧当然听出了沈逸之的话中之音,他迟疑地说:"你的意思是,她是……装哑的?"

沈逸之没有说话,只是把眼神挪开,看了看大殿之上,用似有似无的声音说:"如果是,为什么要装哑呢?"

话音虽轻,却像是重磅炸弹一样砸在老僧心头,他顿时明白了,脚一软,踉跄了一下才站稳脚跟,无力地问沈逸之:"你……刚才说的事……是什么?"

沈逸之稍事停顿,就指指大殿说:"说了你不要怪我,这女子很可能在大殿里藏了什么东西。"

老僧眼睛一下子瞪大了,回头惊恐地看看大殿,一把抓住沈逸之的手问:"你说……什么东西!藏了什么!"

沈逸之摇摇头,说:"我们还不知道这日本人藏了什么,不过不管是什么,都不是什么好东西,你我都清楚日本人是什么样子的。现在冒充你失散多年的女儿,鬼鬼祟祟地来大殿中,一定没有好事!"

我在旁边听得清楚,沈逸之故意把"日本人"和"女儿"咬文嚼字地说了出来,用意颇深。果然老僧听了神态变得愤怒不已,花白的眉毛都竖了起来,脸色都涨红了。我有点担心,急忙上前一步扶住他,隔着僧衣我都能感到他干枯的手臂在微微地颤抖。

老僧喘着粗气,居然连东西藏在哪里都没问,就咬牙切齿地对沈逸之说:"找出来!翻遍大殿也要找出来!"

我偷眼看看沈逸之,他脸色严峻地看着老僧,波澜不惊,不由心中感慨:果然沉得住气啊。我料想他心里也激动不已,近在咫尺的秘密就要显出原形,现在老僧基本上已经同意进殿搜索,相当于第一步已经迈出去,就看下一步的行动了。

吴宏在旁边微微叹了口气,近前一步小心地看看老僧后对沈逸之说:"老沈,老师傅佛殿圣地,刚才我已经有所冒犯,现在要是贸然进去翻动,恐怕不合礼数吧?"

第四章 寺中的秘密 | 199

我差点叫出声来，你吴宏真是狡猾狡猾地，居然如此配合，还玩一招"欲扬先抑"！再看看沈逸之，脸色低沉，似有迟疑，嘴上低声说："唉……"眼角却为难地把目光瞟向老僧，这意思当然很明确了。

妈的，都是老狐狸。我心里暗暗骂了一句。

老僧不知其中奥妙，虽然脸上露出难色，但转瞬即逝，咬牙摆手道："佛祖也不会容许这等恶畜破坏我佛圣域的，但搜无妨！掘地三尺也要找到！如果佛祖怪罪，就拿老朽是问好了！"

沈逸之脸上一丝笑意一晃而过，回头看了吴宏一眼，正色道："难得老哥深明大义，我在这里谢过了！你放心，我们不会让鬼子再祸害人间的，一定把这些余孽扫荡殆尽！"

吴宏上前一步，轻轻搀住老僧将他扶进殿门，然后冲我使个眼色，示意我进去。

我们三人几步迈到大殿中央，直奔中央的释迦牟尼佛像而去。吴宏抬脚只一蹬，居然瞬间就迈上了佛像的肩膀，在偌大的头部细细摸索起来，沈逸之反倒没有他那么仔细，只是曲了中指在三尊佛像身上敲敲打打，不时把耳朵贴近听听声响。

老僧看了默默无语，想必心里也不会舒服，只是坐在竹椅上重新闭上眼睛，恢复了刚才的坐禅神态。

这样一来，我反而变得无聊起来，自己一不会爬二不会敲，不懂这些手段，只好假装在三尊大佛周围端详，其实完全没有头绪，乱转而已。

不料，转着转着，还真是让我发现些蹊跷。

我一直在观察三尊佛像，终究没有看出端倪，总是这样盯着几个泥胎还是有些无趣，注意力便逐渐有些转移，无意中一低头，看到了大殿的厅堂地砖。

就是这里似乎有些不对。

地面是用大块青色的山石拼凑成的，别看只是山石，却打磨得十分工整，似是下了大工夫。石块虽然切割得不是特别一致，但是彼此之间的缝隙非常贴合匀称。我看了几眼就感慨，小日本做事情真是仔细，转念一想，一股愤恨冲上心头：不知这里又浸透了多少中国人的血泪。

看得出来这地面委实下了工夫，偌大的厅堂铺得整整齐齐、严丝合缝，我甚至能够看出几块地方被刻意地磨平了，因为殿外的地面是凹凸不平的，地势也有些歪斜，到这里却几乎在一个水平面上。不过这样对比，我马上猜到佛像一定是有古怪，不然不会雕琢草率、急急收工，一地石块尚要求如此精致，怎么佛像反而糊弄了事呢？

仔细一想，不对。既然横三世诸佛之类的佛像都能够模糊处理，说明情况十分紧急，以吴宏告诉我的日本人的做事风格，不是无奈之举则定会将佛像精雕细琢的，不会这样草草收工。

看着一直紧张地探究佛像的吴宏和沈逸之，我越想越觉得这事蹊跷。生怕我们走错了方向，耽误时机，我赶忙来到站在佛像下的沈逸之身旁，轻轻戳了戳他的脊背。

沈逸之回过头，我做了个手势引他来到大殿门口，将情况对他说了，然后示意他仔细看看地面方砖。

他没有多说什么，马上蹲下，对着地上冰冷的方砖琢磨了很久，期间还不时伏在砖上摩挲，后来一路来到佛像周围的方砖附近，趴在地上不动了，看样子发现了什么。别看他忙得欢实，我垂手在旁边等着，心里可是忐忑不安：别是疑神疑鬼、大惊小怪了，让吴宏和沈逸之看笑话还是其次，误导了他们才真的犯了大错。

没想到沈逸之起身的时候，脸上竟然露出一丝激动，挥手就对吴宏说："小吴，过来！"

我放下心来，这显然说明是有了什么重要的发现，不然他不会把还在佛像上方的吴宏叫下来。于是带着一丝疑问和好奇，我也凑上前去，先于吴宏细细打量起方砖来。

佛像脚底的方砖没什么特别。到了这里，方砖被切割成与佛尊底座贴合的环形，围绕底座铺放平整，上面也干干净净，没有任何东西，我不知道沈逸之发现了什么而高兴得失态，刚听吴宏说了不知道的不要问，也不敢开口，只在一边静静站着。

吴宏已经到了跟前，沈逸之指着地下的方砖对他说："你注意看底座边沿的空隙。"

吴宏只探头下去看了几分钟，就一下从地上跳了起来，虽然脸上没有太多吃惊的表情，但看他的动作就知道，他的兴奋劲甚至在沈逸之之上，两人眼神交汇，显然心中都很清楚。只有我一头雾水地待在一旁，欲言又止。

吴宏一眼就看穿了我的心思，他指指沈逸之，后者微微一笑，然后一拍我的肩说："不明白？你自己低下头看看，这方砖的缝隙中有很深的一些划痕，上面已经填满了泥土，不过还是能够看出来的。"

　　我听了连忙俯下身去查看。果然，这佛像底座的方砖边上，确是有些深深的沟痕，不过仅限于环底座的一圈，其他方砖之间就没有这种痕迹了。

　　这就不用吴宏解释了，我心里马上明白，这一定是转动佛像的时候留下的痕迹，而且佛像之前被旋转过很多次了。不用说，一定是日本人当年制作的机关！

　　从填满泥土的情况来看，这尊佛像已经有很长时间没有再这样移动过。也许，就是老僧在这里的几年，佛像这个机关没被人发现，因此失去了它的功用，终被泥土掩盖起来了。不知日本人当年在这里到底隐藏了什么不可告人的事情，需要造这样隐蔽的机关来掩饰，他们到底想隐瞒什么？

　　我看完之后，心里也稍稍松了口气。因为从佛像底座的沟痕来看，近期没有人动过这些佛像，这至少说明，那个可疑的女人并没有发现横三世诸佛的秘密，她这一趟应该没有得到有价值的情报。

　　等我刚站起身来，沈逸之双目炯炯地看着我说："要不是你发现了这机关，我们不知还得在佛像身上浪费多少时间。日本人还真是狡猾，故意把佛像糊弄了事，转移视线。这样吧，小吴——你去看看都有哪些佛像还有这样的情况，等确定了对象，我们三人动手推推看。"

　　我激动得不行，几乎喊出声来，这当然就说明我们找到头绪了，难怪佛像的头部刻画得不甚清晰，因为秘密本就不在佛像身上，任谁也想不到佛像本身只是个摆设，机关竟然在它们的脚下。这日本鬼子真是狡猾之极，居然学会了声东击西的伎俩。

　　吴宏很快把几个佛像都检查了一遍，老僧也被他从打坐中惊醒了，不过没有询问，只是脸上带些疑虑地看着我们所做的一切，想必这些日子奇怪的事情实在太多了，已经超出了一个老人思考的极限，他劳累不堪，已不想、不再细想了。

　　回到我们跟前后，吴宏简短地向沈逸之汇报说："只有横三世诸佛有。"

　　我和沈逸之下意识地互相看了看，心想：这就对了。

大胆的尝试

沈逸之简单地做了个动作说:"推推看。"

然后他迈步冲着释迦牟尼的佛像走过去,我和吴宏一下围在佛像两边,在沈逸之指挥下向着一边推动佛像,不过虽然我们使足了力气,沉重的佛像没有任何异动的迹象,倒是累得我和吴宏在一边呼哧呼哧大喘气。休息了一会儿,又冲着反方向推了一次,仍然没有任何反应,别说是机关,尘土都不带掉下一点的。

老僧冷眼看着我们忙活,摇摇头走出大殿去了。看样子心里也不好受,自己平日里虔诚信奉的诸佛被人摸来摸去,也难怪他心里不舒服。

我们当然无暇顾及这些,心里也郁闷得紧,特别是我,早先还以为立功的时候到了,没想到到头来一场空欢喜。回头看沈逸之,他已经把眉头拧成"川"字,紧张地思索着,偶尔抬头看看周围的佛像,来回踱着步。

吴宏走到另外两尊佛像附近,照葫芦画瓢地比画了几下,然后围着佛像转了一圈,突然像是想起了什么一样几步来到沈逸之面前,小声说:"是不是佛像有什么顺序?"

沈逸之摆摆手,眉毛一扬,反问吴宏说:"搞不好,得三尊一起动才行?"

吴宏眼睛一亮,回首看看我,复又暗淡下来,说:"有道理。不过……我们现在……"

我马上明白了他的意思。如果按照沈逸之说的三尊佛像一起推动才能触动机关,我们现在只有我和吴宏两个人有些力气,老僧是不要指望了,沈逸之也年纪大了,出谋划策还可以,但力气活儿确实有些为难他了。

这样一来,实在没有办法同时顾及三尊佛像,也就是说,这个想法暂时只能停留在猜想了,想要尝试断无可能。

果然,沈逸之也面露难色。他往寺庙外面张望了一下,回过头示意我们每人站到佛像一侧,把袖口挽好,对吴宏说:"先试试再说。"

吴宏这次没有动,只是皱着眉头说:"老沈,不要勉强,等刘忠国回来再说吧。"

沈逸之摆摆手，并不说话，看来是已经下定了决心要一试究竟。他自己先扳紧雕像，用力试了一把，当下脸上就露出难色，一下松弛下来，看来吃力不轻，怕是闪到了腰身。他回身坐在竹椅之上轻轻捶捶腰，指指吴宏说："老了，老了。身体不行了，再年轻个十年，一点问题没有。"

我的注意力已经被三尊大佛吸引过去了，脚下一刻都没有停顿，一直在周围逡巡。很明显沈逸之的猜测可能是对的，这三尊大佛所在位置同时出现在方巾上不是没有道理，同时推动才是触发机关的玄妙所在，估计地面砌得这样严丝合缝就是为了方便佛像转动，这些无疑让我产生了极大的兴趣，这佛像转动后到底会有什么事情发生？

事已至此，今天是不会有什么进展了，老僧在吴宏的招呼下重新回到大殿中，气色稍有恢复。吴宏一边为老僧倒了些茶水，一边毛遂自荐要去膳房弄些晚饭，我连忙表示赞同，一来确实饿了，二来吴宏的手艺我已经见识过，确实不错。

饭后关紧寺门，我和吴宏安排好时间，两个钟头一岗守夜，便早早轮班休息了。外面晚风不时吹过，伴着湿气弥漫，竟有了些凉意。月色冷峻，似有若无，山间林木随风摆动、高低起伏，经历了这么多怪事，我神经有些紧张，远方模糊一团的暗影总让我感到无端的寒意，只好想些分散注意力的事情。

时间显得极其漫长，我抱着枪站在院里，不时抬头看看沈逸之和老僧休息的小室。夜已经深了，昏黄的灯光却一直在他们的房内长亮，想必死里逃生的老哥儿俩有着说不完的往事和经历，多年之前惊心动魄的瞬间现在都变成了遥远的回忆，勾起那些不堪回首又充溢的深厚友情的岁月。这清冷的夜晚仿佛也渐渐被那些温暖的过去感染了，变得不那么令人胆寒。

看来我的警惕是多余的，几次反复之后，我变得疲惫不堪，最后一次换岗完毕便倒在床上，昏沉睡去。

当我醒来的时候，天已经大亮了。外面炽热的阳光直接照到了我的脸上，翻身起床后，我一步踏出房门，才发现吴宏他们已经在院内聊天了，因为有些不好意思，我没有马上上前，便随手从旁边的水桶中舀了些水，洗去一夜疲惫。

吴宏第一个看见我，老远就打了个招呼："起来了，小孙？赶紧过来吃些东西。"

我刚把手巾拧干,放在旁边的竹架上,就来到旁边的一张饭桌前,埋头开始吃饭。

沈逸之似乎和老僧有说不完的话,现在还站在庙门口闲聊,期间两人不时哈哈大笑,相处甚欢。我注意到吴宏并没有把注意力放在他们身上,不时瞪大一双眼睛冲着远方望望,似是在等人。

这个我知道,当然是刘忠国。

我心里也是焦急不已,几口把饭吃完,来到吴宏身边,轻轻问:"还没回来?"

吴宏头都没有动,嘴里随口回道:"是啊,差不多了。"

我看看一旁的沈逸之说:"什么时候能到啊?"

这次吴宏没有回答我,他侧脸对我说:"昨晚我去大殿了。"

我心头一紧,忙问:"你去那里干什么?"

吴宏已经把脸转了过去,他瞟了沈逸之一眼,小声说:"你别告诉老沈,我总觉得这大殿的地砖有问题。"

我听了感觉奇怪,这地砖当然有问题,我们不正是发现地砖有问题才想到大佛的奥妙吗?

心里这样想,嘴上便说:"可不是有问题吗?等转动了大佛我们就知道有什么问题了。"

吴宏摇摇头,说:"我想过了,恐怕不只是为了转动大佛方便而已。仅仅为了挪动何必要把整殿的地砖修得那么细致?"

我听了虽然心中表示赞同,但还是有些不以为然:"不是你说的吗,日本人做事仔细得很?"

吴宏侧眼扫我一下,突然明白我并没有理会他的意思,解释说:"你没仔细看吧。大殿地砖缝隙之间都填满了一些乳白色的凝固物,远不像一般铺设时堆些沙土了事。你说一殿地砖搞得这么细致是不是有点浪费啊?日本鬼子做事当然不会没有原因的,所以我想,他们把地上封闭得这么严实,可能是在密封什么东西。"

这话说着轻,在我耳边却像是炸雷一样。首先我并不知道吴宏的发现,当时只看到佛像底座的地砖间有些泥土,就以为其他也是这样,没想到另有蹊跷。同时,之前吴宏也曾经说过类似的话,他当时说困龙湖边的那个通往外界

第四章 寺中的秘密

的通道被炸掉了，不正是为了防止湖里的东西游出去？难道那东西这里也有？

惊诧之余我又感到不可思议，不会啊，湖里那玩意儿的真面目我是没见过，但却知道其个头大得匪夷所思，怎么会从这小小的缝隙中逃走？难道真是传说中的神龙再现，能化作青烟飘流而出？

越想越乱，我看沈逸之并没有特别注意我们，便随便转移了个话题问吴宏："不要想那么多了，等下转开佛像不就什么都清楚了？对了，你之前说过自己第一次出任务，当时沈逸之和你认识吗？"

吴宏看我一眼，眼神有点发散，似乎真的回到了回忆中，他叹口气说："不认识。不过那次任务之后，我们便成为同事了。"

"那……你之前说的那些话……"我犹豫着要不要继续问下去，不过话还是说出了口，"到底是什么意思？"

吴宏听到这里冲我咧嘴一乐，调侃说："行啊小子，学会套我话了。"看我面色有些尴尬，他神情庄重了些，说，"我那次碰到的东西，你想都想不到。古怪的程度绝不亚于这次！"

我听后好奇心一下被勾了起来，便凑近吴宏说："反正现在闲着也是闲着，给我讲讲呗！让我也见识见识。"

吴宏回头看看沈逸之，说："别想了，时间不够。等下可能老沈要叫我了，不过看在你小子谦虚好问的份儿上，我可以透露点给你。"

其实我早知道他不会悉数告诉我的，毕竟是机构秘密，保密纪律应该是时刻挂在吴宏心头，所以并不贪心，只要他能够略微透露一二，已经让我心花怒放了。我便瞪大眼睛，大气都不敢喘一下得望着吴宏。

"你知道什么是上古神兽吗？"吴宏眼睛看着地上，嘴里轻轻地问我。

我一下蒙了，这玩意儿我小时候听爷爷说过，上古神兽是远古时期存在的通灵神物，可以惊天地、通鬼神，有的甚至能掌管天象、喷火飞天，古人常视之为天神降临，因此名为上古神兽。不过多是出现在古时的文献记载中，现今谁都没有见过，通常认为那是古人根据动物想象出来的神话对象。

吴宏看我的样子，就知道我不懂，他眯着眼睛对我说："你只要知道，那是我们老祖宗时期有的巨大的兽类就行了，比现在的动物多了很多能耐。"

我抢白道："什么能耐？"

吴宏神秘地笑了笑说："多了，按照书籍记载，有的能飞天隐形、有的可以满足人们的夙愿，有的能起死回生……"他看我的神色越来越吃惊，突然打住了话头，问，"不过现在从来没有人见过上古神兽，只当做是封建迷信残余，因为这是科学解释不了的。"

我听出了端倪，急切地问吴宏："怎么？难道你见过！"

吴宏又是轻轻地叹了口气说："没有。其实我到今天也不知道自己见到的是什么，那绝对不是凡物……见不到也好，免得贪婪的人们惊扰它。"

什么！这话一出口，我马上从地上跳了起来，一把抓住吴宏的袖口，正要拉他到一边细细讲给我听。没料想他比我起身还快，一个闪身差点把我晃倒在地，边回头嘴里边说："时候不早了。我们去门口看看，刘忠国如果还不来，要耽误事的。"

我不满地看着吴宏，不知道他是不是有意打断了话茬，正仔细琢磨刚才他说的那段话的意思，就听见沈逸之朗声说道："来了。"话语中充满了激动和焦急，没想到这老狐狸也有些沉不住气了。

一同来到庙门口，果然远处传来橐橐的脚步声，应该是刘忠国和钱竞成他们回来了。

等了很久，才看见刘忠国壮硕的身形一点点出现在我们的视线中，钱竞成仍然一副跌跌撞撞的样子。到了跟前我才发现，比起一天前，这两人都有些变化，不过细说也说不清楚，只是一种奇怪的感觉。

刘忠国接过吴宏递过的水壶，一脸风尘地仰头灌了一气，摸摸嘴巴大喘着气；钱竞成比他来得斯文多了，抿着嘴一点点地往嘴里送着水，喝了好长时间。我有点着急，不过似乎吴宏和沈逸之并不急躁，只是拉两把竹椅过来让他们坐下，便笑眯眯地在一边垂手等着。

老僧不知道他两人此去目的，只是惊讶一天时间两人居然赶了个来回，因为没有看见他们的汽车，所以十分吃惊。他看我站在身边，就拉拉我的衣角问："这两人这么大的能耐？一天时间跑了个来回？我看这后生身体倒是健硕，不过那边那个……"

我笑了笑，没有说什么。毕竟沈逸之没有告诉他此行目的，还是不要多嘴好。况且即使要说，也轮不到我开口。

直到两人喝够了，又狼吞虎咽地吃了些准备好的斋饭，沈逸之才拍拍刘忠国的肩膀说："忠国，任务完成了？"

第四章 寺中的秘密 | 207

第五章　黑暗深处的真相

　　这是什么意思，让我趴下？还没等我弄清楚，自己的眼睛已经不由自主地往前方看去，这一看，我马上感到自己浑身爬满了鸡皮疙瘩，整个人像是突然被针扎了一样，肌肉骤然收紧了。

　　近在咫尺的地方，有一张惨白巨大的脸直勾勾地盯着我，我一下子被吓得魂飞魄散，两腿都开始发软，几乎站立不住。更让我胆寒的是，那张面无血色的脸上竟然没有眼球，只有两个黑洞洞的眼窝！

刘忠国放下手里的半块馒头说："算是完成了吧。"一旁的钱竞成没有说话，只是嘴里塞着米饭抬头看了我们一眼，又低头吃起来，没想到他瘦小的个子饭量却大得很。三碗米饭下去居然还没有饱。

我对这模棱两可的回答很不满意，什么叫算是完成了，到底完成没有啊？回头看看身后的吴宏，他脸上却是泛起笑容，开玩笑一样问刘忠国："你看到那水里的怪物了？没吓尿裤子吧？"

刘忠国已经将饭咽了下去，不满地看他一眼说："你小子都一把年纪了还这么没正形，狗嘴里吐不出象牙。"然后对一旁静静看着他的沈逸之说，"小钱倒是发现了些线索，听他先说说吧。"

钱竞成这才把手里的碗放下，擦了擦脸，细细地说："我们到了湖边，详细查看了地形和附近的植被，因为前面你叮嘱过一定不能下水，只能从岸上远远地观察水色、石块大小和水质情况。从现场的地形和石头摆放的位置来看……"

没等他说完，一向稳重的吴宏居然开口打断了他，说："你刚才说什么？石头摆放的位置？"

钱竞成点点头，说："是。我们发现困龙湖边有几块石头是人工摆上去的，并不是天然形成的。"

这倒是个新发现。想必这种专业的技巧只有钱竞成具备了，他居然能够仅靠观察识别出石头是不是自然风貌，看来沈逸之果然安排得当，估计他不会仅仅发现这点，让钱竞成这一去一定大有斩获。

"然后呢？"钱竞成话音刚落，沈逸之就轻轻问。

"从困龙湖岸边的石头位置和自然形成的湖岸坡度、水生植物的残留痕迹来看，困龙湖开始并没有现在这样庞大，我怀疑……我只是怀疑——"说到这里，钱竞成谨慎地提醒我们说，"这困龙湖可能被重新拓深过，也就是说，它被人为地加宽加深了！"

除了不明真相的钱竞成和老僧，我们三人都不约而同地倒吸了一口冷气。看来日本鬼子对困龙湖所做的手脚远不止炸塌一个山壁这么简单，居然暗暗地将本就已经宽阔无边的湖径重新挖深挖广了！这帮畜生到底想干什么，这困龙湖的深水里到底藏有什么不为人知的秘密？

谁都没有想到，正当我们四个聊得热火朝天的时候，老僧不知什么时候来到我们背后,当我们背后冷汗直流的刹那,他莫名其妙地来了一句:"困龙湖是什么地方?"

我被吓得差点跳起来,这老头儿也太会挑时候了吧?他苍老的声音一出现在我耳边,我鸡皮疙瘩就起来了,仿佛困龙湖里的水怪黏糊糊地摸到了我的后背一样,浑身发凉。

吴宏在我后面,也被吓了一跳,一看是老僧,神情才正常起来。他果断回答:"就是山下那个大得出奇的水泊,老人家,你在这里住了这么久,不会不知道这个地方吧?"

老僧听了没有释然,反而更加奇怪地追问了一句:"那湖不是叫昆仑湖吗?什么困龙湖?"

我和吴宏对视一眼,这才明白他压根就不知道昆仑湖改名的事情,吴宏刚要给他解释,突然眼睛一亮,对我说:"我明白了。难怪那道士要把湖的名字改了,也是为了掩人耳目!估计附近很多人都知道有个昆仑湖,却没有多少人知道困龙湖便是改名前的昆仑湖。这样一来,日后说起或写入材料中时,不至于引起熟识地形的人的怀疑,也许就以为是别的什么地方的湖泊。这对他们掩盖在这里所做的一切要有利得多,谁也不会知道在这里发生过的事情,如果不是我们误打误撞弄清楚了原委,可能就这么被糊弄过去了呢。小日本用心真是险恶啊!"老僧一听到"小日本"三个字眼睛就瞪大了,一把扯住吴宏的袖口,急急地问:"日本鬼子怎么了?困龙湖就是昆仑湖?这是怎么回事?!"

吴宏看了沈逸之一眼,后者点点头,他便将昆仑湖改名的事情原原本本地跟老僧说了一遍,钱竞成也在一旁用心听着,我想事情到了这一步田地,想全然不让他们知道是不太可能了。只能将主要部分隐晦不谈,聊做谨慎之语吧。

果然,老僧听完道士给湖改名字的经过,追问道:"那刚才你说日本人是怎么回事?这道士是日本人?"

吴宏看上去有些无奈,敷衍道:"也不一定。我们只是怀疑,很多事情都没弄清楚,要不怎么在这大殿中搜索呢。这次来也就是为了把事情的原委搞清楚。如果顺利,我想很快就能搞明白这些日本人当年在这里到底有什么阴谋了。"

老僧似是不信,转头又盯着沈逸之,眼神中充满了质疑。沈逸之略微点点头,说:"是真的。不过我敢断定,这背后一定有着十分阴险罪恶的目的!"

第五章 黑暗深处的真相

钱竞成听了也激动起来，嘴里念叨着："我就知道……我就知道有问题……"

沈逸之看到他的样子，悄声问："怎么了？"

钱竞成像是从回忆中突然回过神来一样站起身来，说："因为我看过那地方的地势了，这个举动是非常大胆的，因为非常危险。拓宽河道会导致周围山体的结构发生变化，容易造成沿岸土层虚泛，一到有大雨的时节，可能会使沿岸河堤坍塌的。"他重重地呼出一口气说，"现在我明白了，是什么人不顾沿岸居户的死活，做出这样危险的举动。原来是日本人！"

沈逸之没有继续问下去，看到钱竞成情绪有些失控，神经质地念念叨叨，他不无担忧地望了望刘忠国，后者摆摆手，做了个放心的手势，显然对钱竞成这样的表现已经习惯了。

刘忠国使了个眼色，我们三人随同他来到一边，留下钱竞成和老僧在一边小声地攀谈着。沈逸之知道刘忠国一定有话说，因此特意引导我们来到大殿门口，这里能够一眼看到对面两人，又不致离开他们的视线，造成隔阂感。

刘忠国一停下脚步就说："这一天的时间我已经见识过几次了，他就这样，没关系，一会儿就好了。在山下困龙湖边的时候我还被他吓了一跳，以为他被吓出毛病了，后来才明白，这是人家工作的方式！这个时候你和他说什么话他都反应迟钝，要么就等半天才回答。"

吴宏点点头，问："你们还有什么发现吗？"

没等刘忠国回答，沈逸之就问了一句很奇怪的话："放下去试过了吗？"

惨死的白鹅

刘忠国的脸色马上变了，刚才那股兴冲冲的劲头被一脸凝重取代，隐约间还能窥到些紧张的味道。他点点头，突然变得默不作声了。

我和吴宏互相看了看，不明就里。沈逸之看我们不明白，解释道："来的时候，我们根据小吴提供的情况，带了几只鹅，准备到了困龙湖放下水试试。如果湖里有什么古怪，可能能从鹅的活动情况上看出些头绪。"

我一下想起刘忠国带来的那个麻袋，难怪有东西蠕动，原来有家禽在里面。不过当时我并没有听到有叫声，不知刘忠国用了什么法子，居然一声不吭地把那只鹅带到了村中。

吴宏的兴趣并不在这里，他比我直接得多，听完沈逸之的话就把视线转向刘忠国，问道："结果怎么样？你看到什么东西了吗？"

刘忠国点点头，脸色变得有些灰暗，低头看了看脚下的地砖，才轻轻说："太可怕了……"

只这四个字，我的心就悬了起来。毫无疑问，刘忠国一定碰到了我们发现的巨大怪物，湖面上发生的事情一定异常恐怖，才让这个身经百战、见多识广的情报高手闻之色变。

"开始的时候我们只是在勘察地形，小钱发现刚才告诉你们的情况后，我就按照早先商量好的计划，把鹅从岸边慢慢放下水，"刘忠国慢慢地说完，便抬头对吴宏说，"不是你们发现潜水服的水潭，是困龙湖里。其实这两个地方是连在一起的，不过当时我不知道，总觉得放到困龙湖里先看看情况比较稳妥。"

吴宏点点头，表示赞同。没有说话。

"开始的时候没有任何异常，我们眼看着这只鹅轻轻划动水波游到湖心位置，并没有发现什么异常。我记得很清楚，我和小钱还开玩笑说，这鹅要是完不成任务，回头就把它烧着吃了。我当时一直盯着它，一秒都没有让它离开我的视线。鹅游到湖心后，理了理羽毛，埋头粘粘水，抖抖上身，掉头往对面的方向游过去了。"

"只游了大概十米左右，情况就不对了。"刘忠国脸上的肌肉抽搐了一下，想起了那恐怖的情形。他声音颤抖着说，"那只鹅颤抖了一下，转眼就像被什么东西拖住了一样，一个跟头栽到水里去了！后来它奋力地往水面上方挣脱了一下，又沉了下去，正像是小吴告诉我们的，好像水里有什么东西在拽着它！"

我和吴宏听了不约而同地抖了一下，马上想起了罗耀宗说的景富死前的样子，这只鹅不正是和他一模一样吗！果然不出所料，这困龙湖中有着不为人知的神秘水怪！

"还有一个现象也让我感到很震惊，当时离得比较远，事情发生得又太快，没等钱竞成反应过来这鹅就不见了。我们两人间只有我从头到尾目睹了水里发生的一切，也就是不到半分钟的时间吧！后来我问过小钱，他本身就是近视眼，精力又有所分散，完全没有注意到鹅是怎么消失的，"刘忠国停顿了一下，继续说，"不过我看到了！那只鹅最后一次浮出水面的时候，行动已经非常艰难了。奇怪的是，它似乎在拼命地用嘴巴撕扯自己的羽毛！"

我一下子喊出声来："什么？！"

刘忠国点点头，说："看不真切，不过我觉得应该没错。当时我心里有过一丝奇怪，它不顾一切地撕扯自己的羽毛干什么？说实话，我见过的怪事多了，却从来没有见过一只平时温顺的鹅那样疯狂，它大声地嘶叫、挣扎……隔着老远我们都能听到它声嘶力竭的哀叫声，真是太惨了！"

刘忠国说完后，现场陷入了短暂的沉默。大家都被他的叙述震惊了，一时心中沉重无比。不仅是为那只为真相献出生命的家禽，同时也是因为对湖中生物的畏惧。这困龙湖中的生物到底是什么来头，居然真的有这样残忍的手段？如果掉下湖的是人，可想而知是什么下场。

沈逸之第一个说话了，显然湖中发生的事情对他的影响也非常大，以致他的语调都有些沉重："忠国，你们回来之前，我们发现了一些情况。从现在掌握的线索来看，应该比较重要。"

刘忠国听到这话马上把上半身挺直，紧盯住沈逸之。我和吴宏互相看了看，同时想起了大殿中发现的佛像的奥秘，心中自然明了。

沈逸之详细地把我们发现的情况说明后，刘忠国一下子从地上站了起来，急切地说："一起去大殿，看看那佛像下面到底有什么机关！"

吴宏看到刘忠国着急的样子，把目光转向沈逸之，看他有什么指示。

沈逸之只沉默了一会儿，就果断地说："事不宜迟，我也是这个意思。把小钱叫过来，如果在现场发现了什么，我们需要他的加入。不过我那老哥就得提前给他打个预防针了，我去和他说明一下，免得一会儿发现什么了他承受不了。"

吴宏点点头，然后沈逸之就走到老僧面前，轻轻说了些什么。我开始以为他会劝说老僧离开我们要去的大殿。没想到，他和老僧谈完之后，老僧居然有些急躁地和沈逸之一起来到了我们面前，等大家都站定了，沈逸之开口道："走吧。去大殿看看到底日本人在那里搞什么鬼！"

来到佛像之前，老僧显得很紧张，我不清楚沈逸之对他说了什么，但是从他的表情来看，可能描述得很严重。这点从他一开始就远离佛像的样子就可以窥见端倪。莫不是沈逸之告诉他佛像下面有炸弹？

214 | 暗夜尽头，深水之下

想太多了。我晃晃脑袋，眼看着刘忠国、吴宏分别站到两尊大佛旁边，然后挥挥手招呼我来到最后一尊佛像脚下。沈逸之站远了些，权作指挥之责。

等都摆好位置了，沈逸之招呼说："好了，现在你们三个人听我口令同时用力转动佛像。我们先试试逆时针，三人都沿着逆时针转。记住，一定要保持转动的时候同时进行。"

我们点点头，握紧佛像侧身。沈逸之顿了顿神，喊了一声："开始！"

秘密在这里

声音先是从刘忠国手中的释迦牟尼像发出的，沉闷的挪动声一传出来，我就知道我们猜对了：这佛像得同时转动才能触动机关。

这尊我和吴宏两人都没有挪动的大佛居然在刘忠国一个人的力量下缓缓地转动起来，随之我们两人手中的佛像也开始慢慢转动起来，佛像顶部的尘土不时扑簌簌地掉落下来，弥漫在我们面部，偶有一些直接钻进我的鼻孔和眼睛，十分难受。我甩甩头，屏住呼吸，丝毫不敢放松手上的力道，生怕一个闪失错失了开动机关的时机。

别看我和吴宏转的时候佛像沉重无比，现在看来却并不需要多大的力气，转动起来之后，我手下就能感到这佛像的真身实际上是有着滑道的，只要力量用对了地方就可以顺着它的力道走下去。底座与地面贴合得十分精巧，不松不紧。不一会儿我就转了一圈。

因为沈逸之没有让停下，我索性一直转下去，这样绕着原地走了几圈后，就完全分不清圈数了，便一路闷头转下去。

这样轰轰地转了大概十几圈，大殿中没有任何反应。我们都有些烦躁了，吴宏首先停下来，拍拍身上的尘土，吐了几口便问沈逸之："老沈，我转了十二圈了，怎么都没有什么变化呢？"

刘忠国看吴宏停住了，也放手说："我转了十圈了。"

只有我傻乎乎地还在推着佛像转得起劲，听到说话声才放手离开佛像，用力擦着脸上的尘灰，揉搓眼睛。过了很久才弄利落，听见他们都把自己手中的圈数报上去，我有些不好意思，刚才只顾晕头转向地转圈，哪里记得自己转了多少……

　　这玩意儿又不能瞎编，只好老老实实地说："我……我忘了多少圈了。"

　　吴宏和刘忠国看着我狼狈的样子，不禁咧开嘴笑了。只有沈逸之在旁边皱着眉头思考，完全没有注意到我说的话。他抱着肩膀，不时看看手上的图纸，然后盯着佛像打量来打量去，过了不久，他眼睛一亮，眉眼舒展开来，对吴宏说："把你身上的方巾拿出来！"

　　吴宏不明就里，赶紧把自己怀中的方巾掏出来递给沈逸之，他拿过旁边的茶杯泼了上去，指着方巾上的一处说："就是这里了。这些数字应该就是转动的圈数！"

　　原来如此，果然柳暗花明。我们三人顿时明白了，记得方巾之上的确在圆圈中标注了几个数字，当时临摹的时候旨在弄清楚三点位置，所以数字被忽略了，没有抄到纸上。现在看来，既然能转动，这数字的作用就不言而喻了。

　　沈逸之低头对照方巾上的位置，片刻之后对刘忠国说："你转九圈。"然后他指指吴宏说，"你六圈。"

　　不用他说我就明白了，我当然就是五圈了，因为方巾上最后一个数字就是五。

　　按照这个顺序，我们从头又来了一次，因为有了上次的教训，我格外用心地数自己转动的圈数。五圈之后，我赶紧放手站在原地，盯着还在转动的另外两人，心中忐忑不安，不知道等刘忠国转完之后会有什么古怪的事情发生。

　　吴宏也停下了。四双眼睛紧紧盯住刘忠国，七圈，八圈，九圈！

　　刘忠国停下的一瞬间，大殿中静得怕人。我都能听见自己的心脏在急剧地跳动着，仿佛要破腔而出一般。老僧更是瞪大了眼睛，他刚才就紧张地在大殿中来回踱步，现在双拳紧握，一脸褶子都皱了起来，弓着上身左右查看着。

　　等了足有两三分钟，什么都没有发生。

　　这下大家都有些泄气，本以为到了这一步，应该有所斩获了，没想到白欢喜一场。我第一个开口了，懒洋洋地说："会不会我们什么地方弄错了？"

　　沈逸之没有说话，重新恢复了刚才的神色，低垂着背在身后的手在殿内走来走去，显然也是疑窦丛生。

　　吴宏和刘忠国面面相觑，特别是刘忠国，刚才十分紧张，随时准备跳离大佛。现在他从佛像旁边走开，眼神飘忽地瞅瞅四周，不知道该干什么好。

虽然没有干什么体力活，但老僧似乎是最感疲惫的一个。他颓然地坐在竹椅上，长长地叹了口气，像泥一样瘫倒在那里。想必这场虚惊耗掉了他仅剩的一点精力，再也没有兴致和体力折腾了。

吴宏拍拍我，留下他们三人，来到大殿外面。我不知道他要我出来干什么，第一个反应是看了沈逸之一眼，心想这样避开老沈不好吧？不过既然吴宏都不介意，我也就随身出了大殿。

吴宏边走边和我耳语说："你说这大殿的方砖是不是有什么问题？我总觉得不只是佛像身上有机关这么简单。"

我不明白他和我商量个什么劲，直接告诉沈逸之不是更好？突然反应过来，这小子昨晚背着领导去大殿自己勘查来着，估计是怕聊起来被沈逸之发现擅自行动，挨批评。因为之前已经告诉过我了，现在只能找我商量了。

这样一想，感到有些尴尬，语气上便随意了些："我猜不出来。反正这佛像的问题我们应该是猜中了，不然之前我们怎么转不动，现在却滑顺得像个陀螺似的？"

吴宏微微笑了笑，显然对这个回答不甚满意。不过也没办法，我的确没什么头绪。这佛像的奥妙所在还是沈逸之想出来的，你们两个情报老手都一筹莫展，我一个愣头青能有什么高招？

想着想着，我和吴宏就走到了院子中央。吴宏一下想起来什么，刚要说话，突然一下闭上了嘴巴，扭头冲着四周看了看，好像在寻找什么东西。

我有些丈二和尚摸不着头脑，看着他猴子一样左顾右盼，心里就不大高兴，心想你吴宏谨慎小心的毛病又犯了？大白天的疑神疑鬼的，这院子里还能有什么敌特分子不成？

没想到吴宏突然把头转向我，瞪着一对牛眼问我："小孙，你听到什么没有？我打仗的时候常在阵地上来回跑，枪炮声听多了，听力不好。你仔细听听，是不是有什么动静？"

水井

我一听这话无端地打起冷战来，这什么意思？难道刚才触动机关还真把什么怪兽引来了？能听到什么？

怕归怕，我还是专心地侧耳听了一会儿。开始的时候什么都没有，过了几分钟，心静下来了，周围的一切声响似乎都被放大了几倍，逐渐变得清晰起来，慢慢有些嘈杂，院子里的各种细小的声响都在我耳边划过。

细微的风声，树叶晃动的声音，大殿中老僧沙哑的咳嗽声……突然，我真的听到了一个与众不同的声音。

这声音窸窸窣窣，不甚清晰，若有若无的，但是却在耳边萦绕不去，而且有些耳熟，并不是什么东西的叫声，倒好像是……

我一下反应过来，这是水流的声音！

吴宏看我的样子就知道有头绪了，等我告诉他，他第一个反应过来，回头就把目光投向了离他最近的那口水井，几步迈了过去。

然后就看到吴宏抬起头，急促地对我说："去殿里叫老沈过来，快点！"

我只来得及向井中看了一眼，就被他匆忙地叫走了。不过就是这一眼，我也留意到，水井之中，似乎有水花翻腾！

来不及细想，我就去大殿中拉了拉沈逸之的袖口，沈逸之回头一看我的表情，什么都没问就跟我来到水井前。身后，钱竞成和刘忠国也一路跟随而来。

吴宏已经在水井前站起身来，看沈逸之过来了，手一指井中说："你们看！"

我们赶紧把脑袋伸到井口边往里看去，只见这口枯了几年的古井，居然在底部咕嘟咕嘟地冒出水来，水速并不快，水面正在慢慢地往上方升高，不过这么一会儿，也只没过了井底而已。

大家都是一脸惊诧，不想这水井在这个时候冒出新水来。这个时候出现这种怪事，大家自然都把转动佛像和此事联系了起来，就是不知道这两者之间到底有什么因果。难道大殿中的佛像触动的机关就是这个？

刘忠国先说话了，他征询地问沈逸之："要不，我下去看看？"

沈逸之一挥手说："不行！太危险了！"他回头问一直在我们身后伸着脖子凝神观看的钱竞成："小钱，你说这是怎么回事？"

钱竞成扶扶鼻梁上的眼镜说："这个……这井原来没有水？"

沈逸之回答说："我问过老哥了，很多年前就枯了。你说这水是从哪里来的？是地下水吗？"

钱竞成毫不犹豫地晃了晃脑袋，否定说："不会的。如果是地下水早就打通了，不会现在才冒出来。现在又没有发生什么特殊的地质变化，不会突然把地下水逼出地面的。"

他只是随意一说，并没有在意，周围的人却是不同。我马上注意到吴宏和沈逸之的脸色变了。虽然两人都没有说话，但气氛突然变得诡异起来，只有钱竞成自己浑然不觉。

仔细一想，我也一身冷汗。原来如此！妈的，刚才钱竞成说得其实很清楚了：没有特殊的地质变化，这井是不会突然冒出地下水的。他是从地质学的角度说的，当年困龙湖边的爆破他不知道，我们三人可清楚得很。这水现在冒出来，是不是说明我们触动了什么机关，造成了附近的地质发生了变化？

这也太邪门了，我们只是转动了一下佛像，难道还能造成地震吗？小日本的技术难道先进到这种地步，只靠几个精妙的泥胎，就能阻断这山川之间的异动？

我左想右想总觉得这事不可能发生，不过眼前这水还在不断地往上涌，事实明摆着。似乎除了这种解释外没有其他说法了，沈逸之严肃地看着井口，复又回身离开来到院子中，对钱竞成说："会不会还有其他可能？"

钱竞成想了想，认真地说："理论上来讲，其他的可能性基本上没有。我今天看过困龙湖的情况了，如果是同一批人的话，不排除他们在这里也做了什么改造，这井底的水也许一直存在，只是压力不够，但是一直在侵蚀着地层，当地层一点点被冲薄后才爆发出来。虽然这个听上去有些荒唐，但其实还有着另一种解释，就是……"他犹豫了一下，说，"或者这井里埋有什么东西，咱们刚才在大殿中转动佛像时无意中激发了什么开关，让横亘在这水层之间的隔断消失了，水于是就涌了出来。"

沈逸之的手轻轻一拍，侧脸问旁边的三人："你们觉得呢？"

吴宏点头赞同道："我支持第二种说法，这样也能解释我们在大殿中没有任何发现的情况，这佛像触动的机关可能就是这水井，并不是我们想的，在大殿之中。"

刘忠国没有发言，只是冲着沈逸之点点头，看来比较支持吴宏的说法。

趁着他们在讨论，我看水井边没人了，便重新探头进去看了看，不料一看之下，我的心重新又提了起来。

现在水面已经上升了不少，约略可以透过阳光看清水色了。因为有了些深度，水已经失去了刚才的清洌。这一望之下，竟然让我觉得有些害怕。井水颤悠悠地一点点翻腾，正像是水中有什么东西在腾跃一样，加上四壁灰黑，映照得水色漆黑，更是让我心惊肉跳，赶紧把头又缩了回来。

抬起头来，正看见刘忠国拿手抚弄了一下头发，不满地站直身子嘟囔道："日本鬼子真是不怕麻烦，搞这些乱七八糟的干什么！狗日的杂碎，整天弄些阴险腌臜的东西！"

话说到这里，沈逸之却一下打断了他，说："不一定。我觉得这机关倒不像是日本人的手段。"

大家一听凛然一震，几双眼睛望了过去。沈逸之看着满院子质疑的目光，解释说："日本人虽然工艺精巧，却很少有这种奇技淫巧的匠工手艺，他们只是做事仔细罢了，在想象力上可是十分匮乏。如果小钱分析得没错，这水井中涌出的水是因为我们触动了殿中古佛的缘故，那么可以想见这大殿和水井间一定有着什么巧妙的机关设置。这种手笔，简直可以称得上是鬼斧神工了，不像是暴虐成性的日本人能够做得出来的。"

吴宏仿佛明白了什么，轻轻问："你的意思是……这些机关是中国人做的？"

黑暗洞穴

我们听了吴宏这话都大吃一惊，不知道他何出此言。沈逸之却点头表示赞同，接着说："即便不完全是中国人做的，至少紧要处也得到了能工巧匠的指点。单凭小日本的能力，垒个碉堡、铺点炸弹、画画地图是没问题的，但是让他们做这样玄妙的机关，就有些难为他们了！"他眉头一跳，似有所悟，"我印象中，当年老哥曾经和我说过，和赵二狗被押送到日本驻地的途中，他们曾经被分到两路劳工队伍中，老哥年纪大身体不好，自然和老弱病残划到一堆。年轻力壮的二狗于是被驱赶到了青壮年的队伍中去，这本来没什么好奇怪的，但当时他告诉我一个奇怪的现象……"

我一下明白了，沈逸之说的"奇怪现象"是什么。没等开口，就被一旁的吴宏抢过了话头："你是说，在青壮年的队伍中，掺杂着一些老迈之人这事吧？"

沈逸之点头道："现在想来，不是正好契合了我的想法吗？本来修筑寺庙仅需一些壮硕之人，为什么要从各地搜罗些老迈男人呢？我想，就是因为他们的身份特殊。"

吴宏马上眼睛一亮，想通了什么，脱口而出道："是工匠！"

沈逸之眼睛微微一眯，轻声说："正是这样！当时这些老迈的人之所以夹杂在青壮年的队伍中，是因为日本人根本不需要他们的体力，而是要借助他们的技术！因为他们是日本人搜罗来的手工艺人，说不定还是当地手上功夫了得民间奇人，其间保不准有什么人精通老祖宗传下来绝技啊！"

话音未落，吴宏就倒吸了一口冷气，琢磨着说："这样一来，孙良的出现就能说通了，他正是因为擅长鉴别石料的质量才出现在那个队伍中的！后来他不是三番五次地出现在石场中挑选石料吗？这说明这寺庙的建材中很可能他专门负责这部分，这样推测，想必其他年纪大的男人也分别是各方面的专家！"

沈逸之点头同意，轻轻地拍了拍古井的石壁说："如果我们猜对了，还不知道这水井有什么玄妙的机关呢！"

我盯着黑洞洞的水面看了一眼，顿时觉得事情变得神秘起来。旁边的刘忠国似乎有些困惑，皱着眉头问沈逸之："老沈，按你的说法，这些中国人就这么没骨头，甘心为日本人驱使？难道他们不知道造这些东西是来残害自己人的吗？"

沈逸之摇摇头，回头望了大殿一眼说："活过那个年代的人，不都是英雄好汉。在枪口和酷刑面前，大部分人是挺不住的。中国人的确出了很多汉奸，助纣为虐、为虎作伥，凶残可恨程度甚至在日军之上！不过很多老百姓都是在日本人的酷刑和残暴行径下被迫屈从，在夹缝中生存下来的。在这个问题上，我们不能一味地责备他们，就是我们自己的同志，不是也有经不住严刑拷打，背叛祖国的吗？更何况那些一心想着过太平日子、胆小怕事的普通百姓？我想，很可能凶残的日本人还以他们的家人做过威胁，这些人年纪都大了，拖家带口的，自己死了可能都不算什么，家人才是让他们最为牵挂的啊！"

一股沉重的情绪弥漫在我们周围，沈逸之的话仿佛又将我们带到了那个炮火纷飞、生灵涂炭的战争年代，无数屈死的冤魂愤怒地游荡在满目疮痍的土地上，长啸不已，日本人的凶残和暴虐仿佛一柄冰冷的钢刀，切入了祖国母亲的

第五章　黑暗深处的真相 | **221**

心脏。

刘忠国首先打破了沉默，他断喝一声："你们看，水停下了！"

我忙探头去看井中，果然，里面的水面到达距井底三分之一的地方就慢慢停止了上涌，维持在这个水平线不动了。看来水压到了这个幅度已是极限，无法推动水面继续上涨。

就在这时，大殿之中传来一阵骇人的惊叫！

我们同时回过头，钱竟成惊恐地望着大殿的方向，吴宏飞身一跃，和刘忠国几乎同时往大殿中跑去。

我一时没有反应过来，怔怔地愣在原地，这声音我辨识得十分清楚：是殿内老僧的叫声！

等我们三人来到大殿之内，第一个看见的就是瘫倒在地的老僧，他一脸恐惧地盯着前方，手指颤抖不已，嘴唇都开始哆嗦。刘忠国和吴宏高大的身躯挡在他面前，看不清楚是什么。于是我拨开他们，和沈逸之一起挤到面前。

横三世诸佛环围的中央大殿地砖上，陡然出现了一个大洞。

刘忠国和吴宏虽然早就看到了这一幕，但却十分细心地远离洞的中央位置，沿着边缘小心地查看，沈逸之并没有感到特别的惊讶，细看脸上竟然还带着一丝喜意。我突然想通了，老僧惊惧不已，那是因为他浑然不知机关之类的玄机。外面井水停止上涨看来反过来触动了这大殿中的什么机关，开启了这个大洞。

难道我们真的找到了秘密的所在？我激动地挤上前去，想仔细地看看洞中有什么蹊跷，却被吴宏一把拉住了身体："你干什么？不要命了？"

我一回头，刘忠国也侧身挡住了我："小子，别掺和，搞这个你远没有老吴专业，他整天神神道道的，你让他忙去。离这里远点。"

听着好像是戏谑之言，刘忠国脸上却没有半点笑容。看样子警惕性非常高。我知道这不是因为保密，而是为我的安全着想，心中涌上一股感动，脚下撤了几步，听话地待在一边。

地狱入口

坐在旁边的地板上，我看着不停颤抖的老僧，透过几条腿之间的缝隙看去。从这个角度来看，这洞穴似乎深不见底，旁边挖掘得却很光滑，四壁平整，看不见什么土屑的棱角，显然不是一时草就的。

就在这时，我注意到这个黑洞出现的位置竟然是整块地砖铺设而成的，忙向四周看了看，果然不错，方方正正的洞口周围所有的地砖都是整块切合在边缘的。

我心里一下亮堂起来：这绝对是个机关，看来这些地砖都是自己缩回去的，想必是水井中的水一停下来，地面上就出现了这个洞口。

妈的，日本人不会凭空挖这么个洞出来，看着洞口方方正正，莫不是个什么入口？

正这样想着，就听见吴宏开口了，这一下子让我心里有了底："这应该是个入口。老沈，你过来看看。"

我听了着急，都被我猜中了，还不让我过去看？便站起身来跟在沈逸之后面凑了凑，刘忠国看我一眼，没有阻止。

沈逸之刚一靠近洞口，就微微颤动了一下。我不知道什么缘故，也探头贴近去看。

刚凑近了一点，我就知道他为什么发抖了。

这洞口太冷了。

终于知道这大殿中冰凉的冷气是从哪里来的了，这洞口之下不知有什么古怪，一接近就有一种让人冷得彻骨的凉气袭来。别说沈逸之一把年纪，就是我这样的小伙子都不禁打了个寒战，像是被扒光了衣服一下埋在雪地里的感觉，打脚底有一股寒流直窜上来。我不由把头往回缩了缩。

沈逸之就没我这么幸运了，抖了几下后，他把头伸到洞口往深处看了看，才小心地把脑袋缩了回来。

然后他离开了洞口几步，平静情绪后对吴宏说："从这洞口的情况来看，下面还有很深，不知道到底是什么构造，我们需要初步探查一下。"然后他回头对刘忠国说，"把设备拿过来。"

趁着这个机会我重新壮胆看了看黑洞洞的洞口，从大殿外的阳光中突然进入一个漆黑的空间，开始我的眼睛并不适应，根本看不清什么。慢慢地，黑暗的洞口在我眼里变得有层次起来，等逐渐适应了这一片幽深，我居然发现，在洞口的地下一米多点的地方，居然还有一排竖排到底的横杆。

怪不得吴宏判断这是个入口，看来没有错，这些铁质的横杆显然就是梯子。

这会儿，刘忠国已经拿着一个包返了回来，等到了我们面前，他从包中掏出一捆绳索，和吴宏带的绳索很像，然后又从中取出一扎蜡烛粗细的小棒，取出一根，递给沈逸之。

我看到吴宏退后了一步，知道可能会有什么危险，便学他的样子也侧身闪开。沈逸之把细细的小棒从中间的地方折开，露出黑色的内里，隐约能看到有一条引信一样的东西伸出外面。我心生疑惑，难道这是个爆竹？

事实证明，这东西比爆竹好用得多。沈逸之随手拿过佛像前的一柄燃烧着的蜡烛，点燃手中的半截小棒，它马上剧烈地燃烧起来，一下窜起半尺高的火苗。沈逸之趁着燃烧之际，迅速将它丢入黑洞洞的洞口中，几个脑袋赶紧围了上去，都想看个究竟。

借着急促燃烧的火焰，我们清楚地看到，有一排回形的铁杆沿着内壁整齐地排列成一行，洞内的四壁都是打磨平整的，没有一个坑洞，整个洞口就是一个长方形的柱体。待迅速燃烧的火焰消失之前，火光一闪，我注意到很深的地方，似乎照到了洞底部，那里已经不是一个深邃的去处，变成平坦的实地了。

看样子，这洞下面不浅。不过这样秘密的地方，怎么会只有一排梯形的铁杆和一个莫名其妙的平台？

显然有问题。如此奇诡的设计和匠心绝不会只有这些内容，我想这洞中一定有古怪，刚才一瞬间飘忽而过的平台虽然看上去没有任何异样，也没有发现什么异物，但毕竟时间短暂，只有那么一刹那火焰就熄灭了，我看得并不真切，说不定漏掉了什么。

想到这里我不顾冒失，开口问吴宏："刚才你看见了吗？我好像看见地下有一块地方到底了，不是这样一直深入下去的。"

吴宏点点头，用探寻的眼光看着沈逸之，说："刚才我也发现了。看样子这底下还有进一步的设计，不会就这样算了的。"

沈逸之没有表态，连刘忠国都默不作声地失语了。现场陷入了沉默中，我们心里都清楚，要想弄明白这洞内的奥秘，只有一个办法：下到这洞口之中去看一看。

虽然大家都不吭声，但并不是因为害怕。别的不说，吴宏我还是清楚的，他绝不是个怕死的人。现在没有说话，估计是在想什么细节的问题。

也别说，下到这么个黑灯瞎火的洞中，谁都不清楚会碰上什么事情。即便是怀着一份十足的勇气也应当有所准备，只是我心思远不如他们缜密，左想右想也不知道应该做什么万全的准备。

沈逸之沉默了许久，才慢慢开口说："这个入口应该只是个开端，绝不可能只是个普通的洞穴，里面一定十分危险。下去的时候，大家务必要小心谨慎，不要轻举妄动！"

我心里觉得很奇怪，从这洞口暴露的方式来看，底下势必隐藏着什么秘密，但是说到危险，总觉得老沈有些言过其实了。况且他又没进过洞，怎么这样肯定下面一定凶险无比？

沈逸之似乎也注意到了我们的疑问，他环视了一下周围，说："其实在刚看到这寺庙之前，我路上已经听小吴讲过前面的事情，包括老哥的回忆。当时我听完了，心里就有过一个疑问……"

我急急地问："是什么？"

消失的日本人

沈逸之伸手指了指站在后方的老僧，和气地说："老哥，你当年发现这寺庙的时候，是不是一片杂乱，满地狼藉？"

老僧点点头，补充说："何止杂乱，简直像是被扫荡过一样！到处都是碎木破衫，地上还有一些膏药旗的碎片和树枝，乱七八糟！"

沈逸之微微颔首，说："我看到庙门的时候，就觉得很奇怪，如果这庙里有什么玄机，为什么至今保存得这样完整？小吴，你明白我的意思吗？"

吴宏一副恍然大悟的样子，连连说："是啊，是啊……为什么不炸掉？"

我和钱竞成等人听了面面相觑，不知道这话什么意思。吴宏便解释说：

"老沈的意思，如果这庙里真有什么问题，日本人撤离的时候，不会就这样四散逃跑的，一定用炸药全部炸毁，别说是寺庙，就算是一个瓦片估计都剩不下！"

我吃惊道："日本人做事情这么绝？"

吴宏鼻子里哼了一声，狠狠地说："这帮狗东西，最擅长把事情做绝！"

沈逸之继续说："当时我有过一丝怀疑，是不是这整件事情的重点并不在这寺庙里，这寺庙保存得如此完整，可能是因为它的地位无足轻重。不过随着情况的发展，渐渐推翻了我的结论，假女儿的出现、神秘的地图、房顶的响动……种种迹象表示，这寺庙本身可能就是问题的核心！直到出现了这个入口，我才发现刚才自己的思路完全错了！"

这下我们都瞪圆了眼睛，等着他继续说下去。

"当时我想，如果这寺庙十分重要，日本人一定不会留下这地方，像吴宏说的，他们撤离的时候，肯定将这里夷为平地。根据之前我们的发现和现在洞口的出现，很显然这底下一定隐藏着什么秘密，所以直到今天日本人都没有放弃寻找！从另一个角度来想的话，这是不是就说明，当年老哥进到寺里的时候，日本人不是自行撤离的？"

这句话一出口，简直像是一声炸雷，我们都惊呆了。一直以来，在老僧的讲述中，我们都以为日本人是自行撤离寺庙的，因为老僧并没有在寺中看到任何血迹或是打斗的痕迹，只是满目狼藉的杂物，这不正是日本人仓皇离开的佐证吗？沈逸之何出此言？

连吴宏都没有开口，大家都直勾勾地望着沈逸之，后者却把话题转向了老僧："老哥，你说当年你来到寺里时，这里一片杂乱，有没有血迹呢？"

老僧很坚决地摇了摇头："没有。因为寻女心切，我当时四处找寻过，半点血迹都没有。只有一堆乱物。"

"什么乱物？"沈逸之似乎饶有兴致地问。

老僧奇怪地看看他，小心地说："有军旗、衣服碎片、破败的桌椅、木箱……"

吴宏突然轻轻地拍了一下大腿，动作虽小，却把我吓了一跳。我放眼看过去的时候，发现他的脸色已经变了。

沈逸之还没说话，吴宏就把目光投向了我，问："小孙，你记得罗耀宗和我们讲述刘进财一家失踪的时候，现场是什么样子的？"

我下意识地回忆起当时罗耀宗说过的情景，刚刚想起几句话，心脏就一下子悬了起来，人像被抽空了一样，大脑一片空白。

妈的！当时罗耀宗说的话音犹在耳："……屋内和院子里，都散落着一些布片和衣衫，大小不一，颜色也都不一样，看布片的料子似乎还有孩童的衣服……"虽然地点不一样，但这情形不是和老僧在寺庙中看到的非常相似？

原来如此。我的心里一下子充满了恐惧——这下我明白了，这一寺的日本人都是怎样消失得无影无踪的。

沈逸之已经看出我和吴宏明白了他的意思，可能是怕吓坏老僧和钱竞成，他没有继续往后说，话锋一转，对我说："小孙，你去找老师傅问问可有棉衣？"

我一听转身就往老僧方向走去，心里像擂鼓一样，不用说，这必是要准备下洞御寒用的。直到现在，我才明白沈逸之说的"十分危险"是什么意思，整整一寺荷枪实弹的日本人居然像刘进财一家一样凭空消失得无影无踪，他们到底经历了什么？我毫不怜惜这些禽兽的性命，但很显然，他们所面对的东西，很可能就在这黑洞之中。

既然沈逸之让拿棉衣，很明显，我们也要下去了。

即便我知道不应该，心里仍然浮现出巨大的恐惧。自从知道小叔牺牲之后，我对自己的性命已经看得很淡，一门心思想着为小叔报仇，现在到了紧要关头，竟然不可控制地害怕起来，那些未知的恐惧像是淡淡的黑雾，看不见也摸不着，却让人感到一种将要窒息的恐惧。

看见人多，老僧似乎也缓过些劲来，不像刚才那样惊恐不迭了。如此这般地跟他说完之后，老僧点点头，踉跄着从地上起身领我去了后院小室中，翻箱倒柜地还真找出几件老旧的棉衣来，虽然陈旧，却很是干净整洁。

到了殿中，沈逸之一看我手中的衣物，示意了一下吴宏，他接过拿在手中，却先递了一件给我。

我忙摆手不接，他们没看，但我自己非常清楚，一共就两件，我穿了沈逸之怎么办？

没想到沈逸之看我不接，做了个坚决的手势说："你穿上吧，另一件给小钱。你们两人和小吴下洞看看！"

第五章 黑暗深处的真相 | 227

我一听吃惊不小，怎么就我们三个下去？难道不是全都下洞吗？

吴宏知道我不明白，便近前说道："我们得留人在上面看守，忠国做这个合适。老沈也留下以备有什么不测好做接应。"说完他看着钱竞成说，"你是必须要下去的。因为有些东西我们不专业，只能麻烦你了。不过你放心，我一定会全力保护你们两人的安全。"

钱竞成听了脸上露出一丝激动，白净的脸上陡然多了一份神圣，语气坚定地说："我不怕。你放心，我不会给组织丢脸的。"然后他学着刘忠国的语气朗声说，"保证完成任务！"

大家都笑了。现场的气氛这才变得轻松起来，只有沈逸之和我脸上没有什么表情。我心里犯了嘀咕：看沈逸之的样子，这不像是一开始就商量好的，他脸色并不轻松，刘忠国倒是一副泰然自若的神态。我对这种下洞探查的安排很奇怪，让沈逸之跟我们下去不是更好？他老谋深算，心机绝不在吴宏之下，经验也足。

不过沈逸之的一句话让我恍然大悟了，我听见他语气略显沉重地对吴宏说："你下去危险一样存在……记住一定要小心！这可不比平常，一旦有什么不对马上返回，不要犹豫！要留着性命为革命继续工作！"

我一下明白了。看来开始的确是沈逸之自己要下去的，应该在我回来之前发生了争执，吴宏担心沈逸之身体安危执意自己下洞，才有了现在的搭配。

想到这个我心里似有安慰，至少吴宏对我还是放心的，估计搭档时间长了，看我也是块材料，让我下去锻炼一下也未可知。

这样一想，就对吴宏的决定多了些理解。这样冰冷刺骨的环境，如果让沈逸之下洞，以他年过半百的身体，确实没有什么抵抗力。我们三人好歹还是血气方刚的壮年，吴宏的想法还是颇有道理的。

吴宏略带歉意地对我说："不好意思了，小孙。本来不应该让你下去的，不过地上难保不存在什么危险，还是留下忠国比较放心。"

我点点头，表示理解。其实我并没有过多地考虑安全的问题，虽然心里对下面还是怀着丝丝恐惧，但是长时间以来的疑问早就让我蠢蠢欲动，面对只有一步之遥的真相，心里就怀着马上弄清楚的冲动。对让我下去的安排反而有些高兴，只是自己独占了一份棉衣，感到有些过意不去。毕竟吴宏也不是铁打的人，这样下去尚不知得待上多长时间，如果久了难保不出什么问题。

没想到就在这时，我们背后传来一个嘶哑的声音："你们等等，我也要下去！"

回头一看，居然是老僧。他已经站起身来，不知从哪里找了一根拐棍，一步步走到我们面前，伸长了脖颈高声叫嚷着。

这不是开玩笑吗！我第一个反应是这老头儿是不是疯了？看他刚才被吓得魂飞魄散的样子，现在应该怀着万分的恐惧，躲到几丈之外才是，怎么反而提出这样匪夷所思的要求？我们万不会让他下到这凶险莫测的洞中的。

果然，沈逸之一把拦住就要冲上前的老僧，轻声劝阻道："你别着急，老哥！这下面有什么东西还不知道，你下去还不是送死？让他们先去探查，安全了你再去也不迟嘛！"

没想到老僧不知哪里来的力气，一把就推开了沈逸之，圆瞪双眼道："你不要拦我！我已经老朽，一辈子小心谨慎，所以女儿至今去向不明，还被一个日本人耍得团团转！这寺庙我住了这么多年，居然不知道其中有这样的机关，惭愧至极！如果我的女儿就在其中，不管死活，都是我的责任！今天我就是拼了性命，也要下去一探究竟，不然我活在这世上还有什么意思！不如一头撞死，寻孩子他娘去算了！"

说到这里，他居然作势要往一边的佛像身上撞去。看那力气和神色，是真的一心向死。幸亏刘忠国身手敏捷，一步上前，拦腰把他挡了回来，远离佛像附近。

沈逸之也激动起来，他涨红了脸庞，语气却轻柔很多："我说老哥，你这是何苦呢？我说句不中听的话，你下去基本上帮不上什么忙，还给我们增添一些麻烦！如果你女儿真的在里面，对于寻找十分不利啊！你别嫌我说得难听，这都是实情，没见刚才都没让我下去吗？我还不到六十，都怕连累这些同志没有下井。更何况你呢？"接着，他还怕老僧不听又说了一句："这下面寒冷刺骨，你这身子骨能受得了？现在不是在石场那会儿了！我们都老了，老哥！"

这话是说得有些过分了，要不是在现场，我也想不到以沈逸之的城府会讲出这样冲动的话来。不过虽然难听，却句句说在点子上，看来沈逸之也是动了真情，不管那些客套了。

不过，他话说到这个份儿上，老僧也不领情，他喘着粗气说："我知道你

第五章　黑暗深处的真相　229

是为我好，我们当年患难的时候我就知道你是好人！可是你不知道，我等我女儿等了多少年，吃了多少苦！我悔恨啊……要不是我生性怯懦，哪至于到今天这步田地？反正我已然老迈，今天就算是把老脸丢在这里了。如果下去碰上危险的情形，我第一个撞死在石壁上！绝不拖各位同志后腿！我们当年在石场外时，你不就是这样吗？我严勇那时贪生怕死、愧不如你，悔恨至今啊！不过你相信我，今天我一定做得出来！"

我第一次听到老僧说自己的名字，不过不知道他说的石场中的事，到底有什么隐情。正奇怪间，却发现沈逸之的脸色变了。

老僧这番话显然对沈逸之有着很大的触动，他叹了一口气，慢慢后退一步，目光投向地上，说："老哥，你这样说话，就是不把我当自家兄弟了。当年那是我自愿的，你并没有亏欠我什么，用不着在心里过意不去。今天这深洞里，还不知道有什么危险。你话既然说到这份儿上，以小弟的身份，我也不敢多说什么了。今天我就违反一次纪律，你自己来做决定。千万慎重！"

老僧的遗愿

老僧似乎也觉得自己言重了，也不再说话，只是垂着眼帘，沉默地盯着地上的洞口，拐棍在地上碾压着地面发出细碎的声音。

这声音像是挤压着我们的心脏一样，变得沉重无比。过了很久，老僧才缓缓开口说："我老了，今生已经没有什么奢望，只求在临死之前知道小女的去向。说实话，年岁已久，我已经对小女的生还不报什么希望了，但求知其去向。这样我死之后，也能面对九泉之下的娘儿俩，不至于无颜相见！"抬起头来的时候，老僧已经满脸是泪："我一生无为，家人惨死，女儿失踪，却没有杀掉一个鬼子替他们报仇，此恨比天高！老迈无用了，就剩这点要求。得实现之，死而无憾！"

话说到这份儿上，大家都不做声。沈逸之脸色更加沉重，摆了摆手，将头扭了过去。吴宏看见后，轻轻地在下洞的路上让出一份间隙，我忙将身上的棉衣脱下来，轻轻盖在老僧身上。

吴宏看了我一眼，带着些许的赞许。老僧陡然生出一份勇气，腰杆也挺直了许多,看我将棉衣给他,感激地拍拍我的手背,顺势穿在身上,然后迈步来到前面,朗声道:"好了。吴同志,我们下去吧!"

吴宏已经在洞口附近准备好了,听到这话后对沈逸之和刘忠国使了个眼色,对我说:"小钱跟在后面,你最后。"然后便慢慢地顺铁梯一点点进入洞中。

钱竞成紧跟其后,老僧紧了紧衣衫,毅然迈下洞去。我随后也一步步钻进洞中,四面的石壁都透出一股寒气,隔着薄薄的衣衫钻进肌肤,浑身起了一层鸡皮疙瘩。老僧在我下面小心攀爬,行动迟缓,我不时停下脚步等他下去。本来洞就很深,加上这样走走停停,我们着实走了半天,等到一众人来到洞底部平地,我竟然已经感到手脚有些僵硬了。

下意识地,我四面摸索了一下,满以为能够摸到四面的墙壁,没想到扑空了。伸手触碰前方,居然是一片空气,什么都没有。我心生疑窦,刚才在上面往下看的时候下方只有一块平地,怎么摸上去反而空无一物呢?

这样想来,手上就有了些忌惮,未知的恐惧渐渐笼罩了我。不会一下摸过去碰到什么黏糊糊的东西吧?鸡皮疙瘩仿佛又多了一层,我连忙把手缩了回来。

人一慌张,就想起来时的地方。我忙抬头向上看去,沈逸之的面孔已经变成一个不甚清晰的黑影,不过只要能看到其他人,便大胆了些。吴宏敲了敲内壁的墙,上面也敲了一下,可能是事先约定好的暗号。他放下心来,打开手电,开始四面探查起来。

等光线照过来,我们才发现,这底下小小的空间其实只有三尺见方,十分狭窄。刚才我黑暗中四面摸索的时候正是把手伸到了底部的侧围,光线照过去,那里居然有个两米多高的通道!

这侧面的通道,也是幽深黑暗,看不清楚,吴宏把手电照向通道里面,居然没有到头,看来非常深。我们在这里都能感到有一股股的凉气从通道中透出来,比刚才在铁梯之上还要来得彻骨,想必凉气的发源就在这通道尽头。我把老僧护在身后,少受凉气侵袭,便回头轻声问吴宏:"怎么办?过去吗?"

吴宏没接茬,他照完这边后又把手电拿到另一边去,冲着对面扫射过去。我只看了一眼,就发现那边是堵死的,是和侧壁全无二致的一面墙而已。这样,除了继续进入通道应该没有其他道路好走了。

正打算自己先迈步进入通道一探究竟,不料身后的吴宏突然惊呼:"这里有机关,大家先不要动!"

我听了胆战不已,回头时,只见吴宏照着对面墙上的一个地方对我们说:"这里细摸上去有个细小的突起,我小心地试过了,应该是个暗门,估计按下去会引发什么机簧。你们先爬到铁梯上去,我试试看。"

我心里暗暗吃惊吴宏的大胆,这要是什么致命的机关,他不就交待在那里了。不过听他的意思,似乎没有什么商量的余地,只好按他的要求依次爬到铁梯之上,老僧在最上面,我和钱竞成依次靠下。

吴宏熄了手电,黑暗中只听见轻微的一声"啪",便有一个沉重的声响传来,听上去好像是开启了什么东西。就在我们三人忐忑不安之时,吴宏在下面开口了:"你们下来吧,这是一扇门。"

门?怀着一肚子疑问,我下到底部,打眼一看,果然在通道的对面又出现了一个新的通道,我不知道刚才的墙壁哪里去了,听吴宏的意思似乎缩了回去,难道之前的壁垒是一扇大门?

吴宏说:"我按了一下刚才那个暗格,这面墙就升上去了。看来这个隐蔽的通道可能有猫腻,我们进去看看。一定要小心脚下和四周,轻起轻放,不要乱扶周围的墙壁,以免触动什么机关。我想这些开关应该都是对应的,有开就有关,别一闪失把我们关在里面了。"然后他回头对钱竞成和老僧说,"你们留在这里,我们先去看看,如果没有危险再叫你们进去。这里可能机关密布,马虎不得。"

钱竞成本来要说什么,听了吴宏的话便点点头,闭嘴不语了。他看看身边的老僧,两人都脸色阴沉地蜷缩着靠向一边,显然是默认了吴宏的做法。不过我们离他们不远,有什么问题接应也来得及。

我硬着头皮走在吴宏身后,动作轻缓,大气都不敢喘一下。为了节约电量,吴宏找到这通道之后就把手电关了,不知从哪里掏出一个火折子,微微低垂在身前,勉强可以照到一尺左右的范围。

进入通道走了几步,我们在火折子的映照下四面打量,这才发现,这是一个大些的穴洞,大概五六平方米的样子。里面非常干净,什么东西都没有,四面墙壁打磨得很平整,墙角都是切合垂直的,非常规范。看上去不像是存放东西的地方,不知道挖掘这里的人为什么辟出这样一个空旷的穴洞。

奇怪的日本字

吴宏这次有了经验,对我们做个手势,便在墙上细细地摸索起来。我也学着他的样子在四壁观察,不过因为没有受过训练,我不敢贸然碰触墙壁,生怕无法掌握力道触到什么机簧,酿成祸端。

在火折子的映照下,我看见吴宏的脑袋上下移动,只过了一会儿,就看他不知又动了对面墙上的什么地方,墙壁发出一阵厚重的声音,迅速地在我们面前升起,前方居然又出现一个通道。

我算了算现在的位置,应该已经到大佛底部还要靠后的位置了,不知道前方都有着什么样的设置。难不成全部是一格一格的穴洞不成?日本鬼子当年不会把这里挖空了作为囤积军备物资的仓库吧?

正走着,我突然想起刚才的一个细节,忍不住小声问吴宏:"刚才老师傅说自己当年对沈逸之有愧,是什么意思?"

吴宏停下脚步,回头看了看我,可能是吃惊怎么这会儿还有心思问这个。按捺不住好奇心,我直勾勾地盯着他,吴宏无奈,轻轻说:"当年他们两个人逃出石场不久,鬼子的搜索队就跟来了。眼看就要发现两人的时候,老沈冲上去拉响一个鬼子的手雷,炸伤了一大片,和尚才趁机逃跑。也算老沈命大,瞬间扑向一边,只是晕了过去,阴差阳错地活了下来。和尚肯定是看见当时炸飞的碎片,以为老沈死了,也没回去细看他的死活就自己逃走了,估计到今天心里都存有愧疚,不能原谅自己当年的做法。我猜他刚才执意下来也有些赔罪的意思,所以他说那些话后,老沈也不好再说什么。"

我这才明白原委,便跟随吴宏进入了下一个穴洞。这个就比刚才的小很多了,也就是前者的一半大小,四壁也没有刚才那么平整,像是粗略地挖出来一样。吴宏小心地将墙壁上的一些泥土抚弄开来,露出几个陈旧的字迹。他把火折子举近,我凑过去看了看,只见上面写着"立入禁止"几个字。

火光下,吴宏的脸上露出一丝释然,看来他知道这字的意思。回过头来,他轻声告诉我:"这是日语,'禁止入内'的意思。看来这里的确是日本人的设施。"

没想到，我们背后突然响起一个激动的声音："我认识这几个字！我见过……在石场见过！这是日本字！日本鬼子！"回头一看，居然是老僧，他不知道什么时候一路跟了过来，看到这些文字他神情变得愤怒不迭，情绪也开始狂躁起来。

我和吴宏吓了一跳，暗暗责怪自己的粗心，被老僧悄悄跟上居然没发现，看来注意力太过集中在探查上了。我一看老僧来了，不由担心钱竞成的情绪是否稳定，一个人待在黑灯瞎火的深洞中，不会吓出什么毛病吧？

回头看看，远处丝毫没有动静。我稍微放心些，看来我还是低估了他，钱竞成远没有看上去那么弱不禁风，其实还很有些勇气。

吴宏用手势示意老僧安静，过了一会儿，老僧才平复了情绪，不过仍想着早点获知更多信息，便催促吴宏尽快查看。

一个不留神，老僧便在墙上开始摸来摸去，突然他回头对我们说："这里好像也有个暗格，不知道是干什么的？"

"哪里？"吴宏听了很是激动，马上赶了过去，等细细勘察完了，他才呼出一口气说，"这个位置和门外几乎相对，应该是关门的开关。别看这机关年代久远，却十分精巧，这么多年了，居然还能如此迅捷地开闭。老沈说得没错，一定有高人设计。你们有没有感觉这里空气十分浑浊，想必是因为这机关严密，无法与外面空气流通，我估计这门一关，我们要不了多久就会憋死在这里。老师傅，既然下来就要服从指挥。没我的命令，你不要再触碰任何东西！尤其不要碰触这个暗格。"

我也同时点点头，拼命压制住心中的恐惧，后退几步，下意识地离来时的石门近了些，以便随时跑出去。吴宏把火折子拿在身前围着这穴洞转了一圈，嘴里喃喃自语。我虽然离他很近，但也听不清他说的话。

吴宏看了一圈，似乎没发现什么，失望地转了回来，告诉我们："我在四面墙上都没任何发现，不知道还有什么机关。"

然后他盯着来路紧张地思虑着，过了几分钟，突然回过头来对我们说："小孙，你们去外面。我在里面，同时按下两个暗格试试看。"

我按照他的要求去做，同时把暗格按下去后，只听一阵响动，侧面的一面墙壁升了上去，居然又出现一个通道。不过我们身后的远方那扇门却扑通一声落了下来，堵住了回去的通道。

吴宏的脸色一下变得难看起来，这就把我们困在这个洞穴中了。我也一个激灵，害怕起来，不过马上想到，钱竞成还在外面，一会儿我们回不去，他应该会回来寻找吧？心里便多少踏实了点。吴宏可不一样，他重新按了一下开门的石块，没有任何反应，脑门上立刻渗出汗来，刚要开口说什么，突然眼睛瞪大地看着我身后，嘴里急喊："别——"

吃惊之余，我回头一看，老僧不知哪来的气力，抢先一步从通道入口迈了进去。吴宏刚刚从嘴巴里冒出一句"小心"，就听见里面传来老僧的一声惊呼，然后就是"扑通"一声，一切都重新寂静下来。

坏了！我不由冒出一身冷汗，下意识地想：老僧不会是掉到什么东西里去了吧？

想到这里，我不由一惊，也几步赶上前去，想看看老僧到底出了什么差池。没想到吴宏的速度远在我之上，我尚未到达跟前，他已经迈出门去。

亮光在前，我看得十分清楚，老僧跌倒在一个窄浅的小沟里，想必是脚下不够利落，在黑灯瞎火中摔倒了。我下意识地伸手去扶他，吴宏也把手中的火光举到了近前，照亮前方的范围。

不料火光一近，老僧刚刚起来了半边身子居然又一屁股坐倒在地，这次明显不是因为摔倒，因为我看到他的肩膀急剧地颤抖着，浑身像筛糠一样抖个不停，光秃秃的脑袋上陡然冒出一脑门子的汗珠。我离得比较近，能听见老僧嘴里发出含糊不清的嘶哑声音，像是口腔中突然被堵上了一块湿漉漉的手帕一样，听着非常难受。

我的妈，这是碰上什么难以想象的恐怖情形了，声带都痉挛得叫不出声音——我的心一下提了起来。

吴宏当然也发现了这个情况，他似乎也看见了什么东西，猛地在原地钉住了脚步，冲我做了个手势：小拇指往下方勾了勾。

这是什么意思，让我趴下？还没等我弄清楚，自己的眼睛已经不由自主地往前方看去，这一看，我马上感到自己浑身爬满了鸡皮疙瘩，整个人像是突然被针扎了一样，肌肉骤然收紧了。

近在咫尺的地方，有一张惨白巨大的脸直勾勾地盯着我，我一下子被吓得魂飞魄散，两腿都开始发软，几乎站立不住。更让我胆寒的是，那张面无血色的脸上竟然没有眼球，只有两个黑洞洞的眼窝！

惨白的人脸

别说是毫无经验的我，连吴宏都当场怔在原地。这张恐怖的人脸出现得太诡异了，谁都没有想到这里除了我们居然还有其他人，精神上完全没有准备，一下子我们都没有反应过来，就这么直勾勾地看着前方。

那张巨大的人脸毫无表情、纹丝不动地看着我们，只过了几秒钟，吴宏回过神来，他一下子把手中的火折子举起，对准人脸照了过去。靠近后我才哆哆嗦嗦地发现，这张脸居然是镶嵌在一个玻璃器皿中的，并且似乎还有着身躯。

好像是个死人。这样一想，我心中的恐惧感居然减轻了些，毕竟在这里看到死人我还是有思想准备的，最害怕的反而是碰到活着的什么东西。我脑海中又浮现出两点绿莹莹的光芒，冷汗马上又多了一层。

老僧还是没有缓过劲来，这回是真的被吓到了。直到吴宏大着胆子把前面的玻璃容器全部上下看了一遍，他才从地上扶着我慢慢站了起来。

现在我已经看清了，出现在我们面前的是一个巨大的玻璃柱体，里面像是雕像一样伫立着一具尸体。尸体呈站立姿势，四肢俱全，是一个男人。他的眼睛已经不知去向，脸部像是被糊在什么东西上，并没有多少立体感，所以显得十分巨大。更让我感到奇怪的是，这具尸体不似正常人的身躯，看着让人感觉有些别扭，我倒也说不上哪里不对，仿佛该瘦的地方不瘦，该胖的地方不胖。

吴宏举着火折子，越看神色越严峻，后来竟然蹲在地上半天都没有起身。我觉得事情不对劲，便也靠近吴宏想问问到底怎么了，不想吴宏一下子又从地上站了起来，吓了我一跳。

他轻声对我们说："这好像只是具人皮，里面不知道有什么填充物，肯定没有骨架。"

我一听哆嗦了一下，马上明白了，看来刚才我没有看花眼，难怪总觉得这尸体有什么不对，原来只是外面罩着一层皮，我说怎么看着有这样大一张脸，差点把我和老僧吓死。

老僧也听见这句话了，他从地上颤巍巍地站起来，眼神中全是惊恐。其实我心里何尝不怕，这暗无天日的地方突然多了这么一张玻璃罩子中的人皮，里面还不知填充些什么物什，真是让人胆战心惊，本来就让人恐惧的黑暗深处更加多了一份阴森和恐怖，顿时变得凉飕飕的。

刚一想到这里，我突然意识到，从我们进入这三道门开始，洞穴中似乎不像刚才那样寒冷了，虽然也有些湿气，但那是因为远在地下，周遭地气散发出来，并无异常。刚才那种阴冷刺骨的感觉不知从什么时候开始已经感受不到了，穿着的棉衣都有些多余，更显得累赘了。回头看去，连老僧都不似刚才下洞之时那样畏缩，现在即便还是神色黯淡、眼神明灭不定、十分虚弱，却是因为惊吓所致，不是那种受冷怕寒的模样了。

发现这点后，我不敢耽误，马上朝着吴宏的方向轻轻地说："老吴，有点不对劲啊！"

平时听了这话，吴宏早就翻身转了过来，牛眼圆瞪地一探究竟了，现在却像是没有听到一般，完全不答理我，只自顾自地往侧面摸索着走去。我跟在他后面只能看见前面一点火光，其他就模糊不清了。

这让我感到奇怪。刚要追上去几步，又看见吴宏的手往下一按，却还是没有回头，显然发现了什么。

我赶忙停下脚步，就看见吴宏慢慢回过头，脸上带着一丝紧张，说："前面还有。"

我听了心一下子吊了起来，难道还有人皮？

老僧没听见我说什么，只是看看刚才玻璃罩子的方向，一脸惊恐地跟在后面。看来还是被刚才的事情吓得不轻，一时半会缓不过劲来。等我追上吴宏，马上看见他面前又出现了一个玻璃罩子。

里面果然也有一具狰狞诡异的人皮尸体。

玻璃罩子的反光引起了老僧的注意，他也紧步走了过来，由于之前看到过，现在已经不像刚才那样惊异。他眼神中闪烁了一点恐惧之后便小心地靠近罩体，上下观察了一下。因为这次看得仔细，自然更加骇人。他眉头皱了皱，一下翻过身去，扶着墙壁大口喘着气，看样子差点呕吐出来。

看了这具尸体，吴宏什么都没有说，继续往前面走去。其实我心中也是这样想的，搞不好侧面不只这两具人皮，这洞穴中还不定有多少呢。只是不知道日本人在这黑暗的洞穴中摆着这些让人心惊胆战的人皮意欲何为。

吴宏横着慢慢向侧面走去，果然又发现一个玻璃罩，这次老僧紧跟几步，一直倚靠在吴宏身后，我看得出他压制着心里的恐惧，强忍着难过重新过去，看样子打算继续认真端详。既然怕还看什么？我刚生出疑问，就见老僧昏黄的老眼中盈满了泪水。这才恍然大悟：这老僧是在找寻自己的女儿！

心头一阵痉挛，我一下理解了老僧的心情，马上能感受到老僧心中的悲痛和绝望，如果在这里发现了自己女儿……真不知道以他现在的体质和精神，能否承受这突如其来的巨大噩耗！丧尽天良的日本人竟然制造出这等灭绝人性的人间惨剧，这里不知浸泡了多少中国人的冤魂！从进洞起就悬着的心已经被对鬼子的切齿憎恨和愤怒取代，我的拳头渐渐握紧，手心也攥得生疼。

老僧慢慢把脸凑上第三个玻璃罩子的时候，眼睛一下子瞪大了，嘴唇哆嗦着伸出一根指头，浑身像是通了电一样哆嗦不停，急剧地大口呼吸着，还没等开口就闭眼"咕咚"一声栽倒在地。

坏了！难道发现女儿了？

我一步冲到老僧面前，吴宏已经把他从地上扶了起来，正用手紧紧地按住他的人中，又翻开眼皮看了看，脸上神色才稍稍放松了些："问题不大，晕过去了。"

我站起身来，第一个反应就是去看玻璃罩子中的人皮，心里自然怀着十二分的悲痛，本以为一定是老僧的女儿，没想到放眼过去，发现里面居然还是个男人。

即便眼睛已经没有，从皮肤的纹理我也看得出来这个男人不算太老，腮帮上还有些发黄的胡须，肯定不是老僧的女儿。不知道他看到这人皮后有着这样惊惧的变化，到底是因为什么。难道老僧认识这个不幸罹难的男人？

吴宏在底下忙活了半天，老僧终于剧烈地咳嗽几声，缓过神来。他刚刚虚弱地睁开眼睛，就重新挺直了身体，无力地举起右手，直直地指着刚才那具人皮，嘴里喃喃地说着什么，吴宏俯下身去，轻轻把耳朵凑在他嘴边，仔细地听着。

只听了两个字，吴宏的脸色一下子就变了。他眉头陡然皱了起来，眼睛瞪得老大，我有点害怕，直接问："怎么了？怎么回事？"

吴宏抬起头，眉毛拧在一起，眼睛死死盯着玻璃罩中的人，低声说："是二狗！"

我当时就蒙了。在我的印象里，赵二狗是一个非常遥远的人物，我对这个心地善良、义气用事的小伙子的认识尚且停留在老僧的讲述中，即便到了今天，也应该是一个风烛残年的老者了，怎么会变成玻璃罩中的中年人？不过吴宏的这一句话硬是把我拉回了现实，既然在这昏黄的火光下老僧都能认出他来，想必没有错。

难怪老僧如此惊骇悲愤，以至于昏厥过去。昔日挚友变成眼前这副惨状，任谁也会悲痛欲绝、不能自已的。况且是当年救了老僧一命、始终仗义相助、亲如兄弟的赵二狗呢！

老僧醒了之后，眼神已经变得十分飘忽，身体虚弱得很。吴宏将他轻轻放在一边，呼出一口气，似有似无地看着我身后的黑暗，不知在想什么。只一会儿，他说："你照看一下老师傅，我走走看。"

我点点头，半蹲在老僧身边搀扶着他。老僧感觉到别人的相助，就支撑了一下身体想站起来，我忙轻按他的肩膀说："休息一下再说吧，老师傅，你受惊不轻。别着急起来。"

我不知道他听进去没有，反正暂时不动了。不过他的呼吸突然变得急促了起来，想必是思维重新回到了刚才的一幕，又激动起来。这个时候说什么都是多余的，况且我也嘴笨，根本不知道怎么办好，只好慢慢松开手，静待他自己情绪平复下来。

吴宏还是在往前面走，走了几步就停了下来，借着火光我注意到前方还有一个玻璃罩子，里面仍然有一具狰狞的人皮，然后就没有任何东西了。这小室中似乎不像刚才那两个一样干净，地上还有些碎物，没有光线也不知道是什么，只是能够隐约看到些阴影，影影绰绰地撒在周围。

眼看着吴宏走远了，我有些着急，便轻喊："老吴……"刚出口就看见吴宏已经扭头往回走了，似乎前方已经到了尽头，没有再发现什么。这样看来这小室横向也没多宽，只是比刚才的距离稍微大了一点而已。

我看见吴宏慢慢走近，心里踏实了许多，便摸黑伸手去扶地上的老僧，没想到一探手才发现，老僧不见了。

坏了！我心里一凉，这小小的暗室哪里去藏一个大活人？这老和尚身体不便，居然在我眼皮底下消失了！

咄咄怪事让我一下慌了神，肌肉陡然紧缩起来，也不管情况如何，仓皇地对着吴宏就喊："老师傅不见了！"

第五章 黑暗深处的真相 | **239**

这时吴宏已经走到离我比较近的地方，借着越来越亮的火光，我突然看见了老僧。

他就在离我几步远的地方，不知什么时候挪动过去的。亮光之处，我清楚地看到他手中拿了一个拳头大小的物什，正奋力举起向着赵二狗所在的玻璃罩砸去！

"住手！"吴宏大喊一声，奋力冲上前去，但是手上举着火折子又不敢丢掉，在这深邃的黑暗中失去亮光可不是闹着玩的。行动之间便迟疑了一些，只这一瞬间，我就看见老僧一张狰狞的老脸出现在火光下，肌肉都已经扭曲，脸涨得通红，一脸悲愤地将手中的东西狠狠地砸到玻璃罩上。

"哗啦"一声，我感到眼前一亮，一片反光晃了过来，二狗所在的玻璃容器被砸得稀烂，老僧因为惯性身体前倾，没及时闪开，腿一下撞到了碎掉的玻璃片上，一股鲜血马上冒了出来。

吴宏已经到了眼前，看此情况竟说不出话，只眼睁睁地目视着二狗的尸体一下倾倒出来，两条细细的手臂无力地垂在地上，扭曲成一个奇怪的形状。我心里一下明白，吴宏说得没错，如果不是填充了东西，单凭骨骼支撑的人体是绝没有可能摆成这样的姿势的。这里面一定注入了什么，来保证人皮的充盈。

事情发生也就是一瞬间的事，我们三人都愣在原地，等回过神来，谁都不敢动。这洞穴实在是太诡异了，难保没有什么其他的机关。老僧是个讲义气的人，自然对日本人怀着切齿的恨，做出这冒失的举动虽然情有可原，却马上陷我们于十分危险的境地。万一触动了什么机关，我们一定死无葬身之地。

时间一分一秒地过去，黑暗中只有吴宏手中的亮光在抖动，我的呼吸都几乎停止了，只是死死地瞪着一个点，纹丝不敢挪动。老僧似乎也明白了自己的处境，我和他距离不远，能听到他急促的呼吸声。

只有几秒钟的时间，我却感觉漫长得像是一年。

突然，耳边传来几声短促的"嗞嗞"声，但马上变得连贯起来，不过声音却始终十分微小，要不是我们神经极度紧张，可能还听不到这声音。因为自己想象中怕出现什么万箭齐发的危险情况，我只是在留意有没有什么突如其来的枪弹之类，对这种莫名的声音虽然感到奇怪，但却不是十分害怕，只是慢慢地看了看吴宏。

目光刚刚投向他，吴宏的脸一下变得煞白，大喊一声："糟了！毒气，跑！！"

致命毒气

　　这话像是炸雷一样在我耳边轰鸣，还没等反应过来，我就被吴宏一脚踹到门外。一爬起来就看见吴宏正在拽着老僧往外面拖，刚才老僧已经耗尽了最后一点力气，加上腿上又受了伤，现在完全不能自己动弹。吴宏屏息闭气，当机立断把火折子咬在嘴里，也就是几秒钟时间，生拉硬拽把老僧拖出了里面的暗室，此刻他脸色已经不对了，憋得通红不说，因为嘴里咬着火折子，留有一点间隙，我总觉得似乎有毒气已经浸润进去了。

　　电光火石之间，我想起刚才开门的秘诀，就伸手进去，两边一起按下暗门。刚才吴宏说过，这石门严丝合缝非常严实，估计能够挡住这毒气蔓延，只要石门落下，情况就乐观不少。

　　谁都没有想到，刚才迅速落下的石门这次却开始缓缓下降，这是我们始料未及的。吴宏身后还有一道石门，刚才我们进来时并没有关闭，他一把将我推出门去，脚步已经开始变得跟跄，不知是因为氧气不够还是中毒所致，我只在回首的一刹那看到吴宏黑红的脸庞上一双眼睛血红血红的，极度骇人。

　　不知哪里来的勇气，我像是疯了一样就往回冲，回身的瞬间，仿佛看到身后一个人影奔跑过来，我知道那是等在黑暗中的钱竞成。我顾不上通知他，心想只要帮吴宏把老僧拖过这道门，从里面按下暗门开关，我们就多了一份存活的可能！只是不知道这道门是不是也像刚才一样，开得快关得慢。如果也是那样，我们必定毙命于此了。

　　刚一回头，就被一个庞大的身体迎面撞上了，一下子栽倒在地，这下子我被顶得不轻，神志都有些恍惚，耳边只听到一声巨大的轰鸣，然后看到一阵腾起的尘土又听到压在我身上的人急促的呼吸声。

　　石门迅速地关上了。

　　我刚回过神来，就被身上压着的人一阵剧烈的咳嗽声震得耳朵嗡嗡响，等他慢慢翻过身来蹲在地上大声咳嗽干呕时，我才发现，这人正是吴宏。老僧却已经不见踪影。

　　我一下凑近吴宏，刚要开口问，转眼看见了他身后厚重的石门，马上明白了。

老僧被关在里面了。

想必刚才也是老僧从里面触动的关门机关，虽然只是那么一瞬间，但我从触底的动静可以判断这石门下落非常快，如果是吴宏伸手去开，别的不说，胳膊肯定是保不住了。也会给石门与底部留下空隙，只能从里面将开关按下，造成石门急速下落，挡住对面奔涌过来的毒气。

没等我多想，吴宏咳嗽几声，就一手捂嘴一手拽着我，从来时原路匆忙返回。钱竞成紧紧跟在我们身后，一路摸爬滚打地跑了出来。不知道什么时候，第一道刚才关闭的石门竟然打开了，我向着来时的路狂奔而去，一直跑到铁梯下方。上梯子的时候我趁空问："老僧……"

吴宏默不作声，只是闷头往外赶。一段长长的铁梯我们居然很快就爬到头了。这一路倒是没有什么艰险，也不知是我命大还是胆大，虽然吴宏一直以手掩鼻，但我就是屏息而已。这样到了一半的地方还是憋得伸头大吸了一口气，这时已经到了梯子的中央位置，并没有发现什么异常，心里便放心了许多。

我第一个爬上地面，首先看到沈逸之焦急的面孔，等把吴宏和钱竞成拉出洞口，我们三人赶忙拉着众人来到院子中央，大口大口地呼吸着空气。

说实话，我这辈子只有那次感到能自由地呼吸空气是多么的幸福，三个人张着死鱼一样的嘴巴，不停地喘气、咳嗽、捶胸顿足，足足折腾了半天才缓过劲来。

沈逸之一步上前，当头就问："我老哥呢？！"

我看他眼睛突出、语气急促就知道他实在是心焦得不轻，从我们出来开始，沈逸之的表情就已经不对了，一改平日沉稳练达的样子，焦躁不安、眉头紧锁，眼睛死死地盯着吴宏，急切地来回踱步。

吴宏刚刚有些红润的脸色一下变得铁青，也不知是因为刚才的折腾还是悲伤，一双大眼里含满了泪水："……牺牲了。"

沈逸之没有说话，还是死盯着吴宏。我小心地看了看周围，大家都默默低下头。只有钱竞成一脸惶恐地左顾右盼，不知道底下到底发生了什么事，刚才只顾一路狂奔，他完全不知所措。

其实刚才出来之后，地面上的人估计都已经猜到了大概，虽然下洞之前都有思想准备，老僧也是直言奔死地而去的，但现在真的发生了，还是让我们肝肠寸断。

不过这么多人,也只有我和吴宏清楚事情的经过。沈逸之显然在等着吴宏解释清楚,不然以他和老僧的交情,一定扒了吴宏的皮。

吴宏沉默了一会儿,重新抬起头的时候,脸色虽然还是十分悲痛阴沉,但是镇定了很多,他理了理思路说:"当时我们已经进入了几道石门,来到一间半大小室中⋯⋯"

他详尽地把当时的情形说了一遍,除了我之外,包括钱竞成在内都是第一次知道这惊心动魄的一幕,院子里没有丝毫声音,大家都在屏息静气地倾听。

吴宏说到我跌出石门之后的事情时,神色十分凝重,仿佛重新回到了那生死攸关的刹那:"⋯⋯当时我已经感到呼吸有些不对,憋气时间太长,已经开始吸气了,总觉得两眼发黑,嗓子里火辣辣地疼,脑袋昏沉沉的。我猛地把小孙推出门去,刚要回头,谁知道老师傅在后面把我死命一推⋯⋯"

吴宏把目光从前方挪开,眼睛里重新蒙上一层水雾:"我不知道他哪来那么大的力气,一把就将我推出了门外!我刚刚回过神来准备站起来的时候,石门就'刷'的一声关闭了。这扇门和里面的不同,关闭得非常迅速,我一回头的工夫门就像是刀切一样斩在地面上,不留丝毫痕迹。老师傅一定是在我拖他的时候就已经下定了决心,在推出我之后就把石门开关按下,保证了我们的安全。"

别说别人,就连我都刚明白为什么吴宏会一下子压倒在我身上,老僧最后拼尽全力将他推出门外之时,必是已经抱定牺牲的决心,这位一生充满着艰辛磨难的老者在这个时刻迸发出了惊人的力量,貌似怯懦的他其实内心里怀着巨大的勇气,为了我们这些仅仅见过一两次面的同志,怀着对吴宏无比的信任和期待,他用生命保障了我们的安全,那份坚定和决绝让在场的所有人都为之动容,沈逸之虽然什么都没有说,但眼神中分明饱含着巨大的悲伤。

吴宏说到这里慢慢把身体挺直,手沉重地抬起来,敬了一个军礼,说:"我没有完成保护严勇同志的任务⋯⋯我⋯⋯"

沈逸之一把扶住吴宏的手,拍了拍他的肩膀,并没有说什么。但我们都清楚,作为吴宏的直接上级,他对自己的爱将是十分了解的。如果有万分之一的可能,吴宏一定拼上性命保证老僧的安全。老僧进洞之时我们都已经有了思想准备,只是谁都没有想到,平时温文尔雅、憨直忠厚的老僧竟然去得这样英勇

第五章 黑暗深处的真相

悲壮！

　　而我，第一次看见吴宏闪亮的眼睛里涌出了大颗大颗的泪珠，那泪珠慢慢地划过面颊流淌下来。

　　抬起头的时候，吴宏的语气中仍然带着一丝哽咽，他目光向着沈逸之投去，说："我被推出石门的时候，老师傅还喊了一句话。"

　　沈逸之一把抓住吴宏的手，问："什么话？"

　　吴宏低下头，一滴滴的泪水渗入细碎的泥土中，他一字一顿地说："找——女——儿！"

　　我终于没有忍住，一股腥咸的泪水溢出眼眶。生死关头，这善良朴实的老人惦记的，不是自己宝贵的生命，竟然还是始终未能相认的女儿！多日来他喃喃自语的样子重新浮现在眼前，父爱如山，这位饱受苦难的老人始终背负着对家人的愧疚和对女儿的自责，踯躅独行了一生，终未如愿，这荒山野寺中，寄存了老人多少的期望和热盼！

　　沈逸之仰头望天，沉默不语了很久，等抬起头来，我们都看到了他暗红的眼圈。沈逸之缓声说："老哥一生命苦，孤苦伶仃独居山野，临终之时还是未能如愿！我想这只能我们去完成了，也算是对老哥在天之灵的告慰。"他仰天长叹，"老哥，多年之后兄弟和你终于相见，没想到你就此撒手人寰！不过老哥放心，我沈逸之有生之年一定完成你的愿望！"

　　一种悲壮而坚定的信心腾起在我的心中。我暗暗起誓，一定要将日本人的阴谋诡计暴露于光天化日之下，给所有当年被残害的无辜生灵和像老僧一样经受苦难的人一个交代。

　　沈逸之等大家情绪稳定了些，擦了擦眼眶，开口说："按照刚才吴宏的分析，这些门关闭的速度不同很可能代表一些特定的功能。门虽然闭上了，但是我认为毒气并不是存在于一个封闭的空间，我们都和日本人正面作战过——"他看看吴宏，继续道，"日本鬼子当年的毒气非常厉害，但是并没有到触之即死的地步。而且日本人做事情非常周全，事事都考虑周到。你们在下面最里面的小室中触发机关的时候，已经让毒气有了一个扩散的过程，石门下降得如此缓慢足以说明这是一个有预警机构的机关！我估计目的就是让误入其间的人困死在里面。这说明，这道门之后，很可能隐藏着一个巨大的秘密！"

　　我听了觉得有些不对，发问说："那干脆让石门像后面一道一样急速下来不就行了，为什么设计成缓慢下降呢？"

吴宏在旁边一直沉默不语，始终在低头考虑，这次他好像明白了什么似的插嘴说："因为后面一道门才是出去的关键，前面缓慢下降想必是因为里面的小室里没有排气孔，而后面的小室中有。"

我忍不住问："排气孔是干什么用的？"

沈逸之冲吴宏点点头，看来赞成他的观点，他解释说："排气孔是排出毒气用的。刚才我说了，日本人的毒气弥漫快，致命时间也很短暂。但是应该可以通过排气孔慢慢排出洞外，当年建造这个洞穴一定考虑到了误触机关的可能性，所以应该留有排气装置。只是不知道这么多年了，是不是还能使用。不过即便没有抽风机，凭着地下曲折的管道，况且还说不定有什么机关，也是可以慢慢排出去的。"

我听明白了，当即问沈逸之："你的意思是，我们还要下去？"

吴宏这次并没有等沈逸之说话，说："不。是我下去，你不能去。"

我一听就急了，问道："凭什么？"

沈逸之说："为了安全，我们不希望你有什么闪失。"

这是什么话！老僧刚才拼死把我们救出石洞，就是为了让我们弄清日本人的诡计，眼看秘密揭穿就在眼前，反而把我隔离在真相之外？我听了一腔热血涌上心头，耳朵里像是放了个鼓风机一样嗡嗡响，大喊一声："不行！我也要去！"

沈逸之可不这么想，他语气严厉地说："小孙，你不要感情用事！老哥牺牲了我也很悲痛，但是干革命工作不能凭冲动，你这样下去万一有什么三长两短，我们怎么向你的家人交代？要知道，保证你的安全也是我们的工作任务之一，来的时候我们安排得很清楚，绝不能让你出一点安全问题！"

我从没见过沈逸之对我这样说话，一下子有点接受不了，便气鼓鼓地沉默不语。

沈逸之也感到说话的口气有些过分，想了一想，换了缓和些的语气说："你听我一句劝，如果小吴下去发现安全了，我一定不阻拦你。现在实在是不行，你不要让我们为难。"

我虽然心里不服气，但是也说不出什么，毕竟人家是为了我的安全着想。我左思右想没有对策，却无意中看见了院子中的那口麻袋，突然脑子里灵机一动，反问刘忠国说："你的鹅还有吗？"

第五章　黑暗深处的真相　245

九死一生

刘忠国刚才一直站在寺庙门口附近查看外面的情况,先前的一些谈话都没有听到,但已经知道老僧为救吴宏将自己反锁在洞中的事情,把关节按得格格响,表情十分难过。现在听到我没头没脑地问这么一句,条件反射地问我:"你问这个干什么?"

我已经管不了那么多,只气呼呼地问:"到底有没有?"

刘忠国没有计较我任性的态度,看看旁边的麻袋说:"还有两只,怎么了?"

我回过头的时候,沈逸之的眉毛微微抖了抖,便赶在他没开口之前抢先说:"先放只鹅下去看看情况,我们再往洞深处走不就行了?"

听了这话,第一个表示反对的是吴宏。他说:"即便是有鹅可以试探一下情况,也得进入洞穴之中,我们现在还不知道毒气是不是已经散尽了。不管怎样,想进入里面的小室,都得重新把石门打开。门不开,我们怎么把鹅放进去?那么门开了,人不是也在旁边吗?这样不就失去放鹅的意义了吗?"

这话说得很有道理。我听了一时无语,刘忠国接着说话了:"小孙说的也不是没有道理,毒气的蔓延还是有一段时间的,你们可以先把它放在门口的位置,等门开了迅速离开,看看它的反应然后不就知道是不是有问题了?"

我听到刘忠国支持我的想法,很是兴奋,便充满期待地看了看沈逸之。他没有多说,只重新看了看我,我做了个握拳的手势,表示我的决心。沈逸之又把目光投向吴宏,后者没有任何表示,于是他对吴宏点点头,摆了摆手。

这就是允许了。我看见刘忠国伸手从麻袋中拿出一只鹅放在地上。只见这鹅的嘴巴上紧紧箍着一圈麻绳,甚至在翅膀和掌上也都被绑了一圈。

解开绳子后,鹅在地上甩了甩翅膀,扑腾了半天,很是惬意。这一路上都被捆绑,突然被放开了,难怪它如此高兴。我看着它心里很不是滋味,要是洞中的毒气没有消散,这鹅一定就死在里面了。想到前面它同伴的遭遇,我心头更是沉重,不由默默期待后面不要有事情发生才好。

吴宏冲身后的钱竞成挥挥手说:"你不要下去了,我和小孙看看情况再说。"

钱竞成刚才就有些害怕，一直站得远远的听着我们说话。吴宏说完默默地点点头，脸色有些微红，好像有点不好意思。

沈逸之对我的主意和陪同吴宏进入洞中也表示赞同，既然有了安全的措施，说话也就大胆了很多："抓紧时间。也不能排除严勇同志有生还的可能性，尽快弄清楚。有万分之一的可能也要将他搭救出来！"

吴宏重重地点了一下头，身上不知什么时候背上了一个背包，里面鼓鼓囊囊装了些东西。他嘴里咬着一块浸水的毛巾，把鹅抱在怀里，慢慢地重新进入洞穴。白鹅在他怀中不停地挣扎，似乎也知道这一去凶多吉少。我紧随其后进入幽深的黑洞里，心头扑通扑通跳动不已。

开始的时候没有什么异常，我用自己的湿毛巾捂着口鼻，走了一会儿放下毛巾小心地试着闻了闻周围，没有什么不良的反应，便慢慢放下心来。等到重新看到前面关死的石门，那种紧迫恐怖的感觉才重新一下子把我包裹起来，想到石门后就是老僧，又感到心里十分难过，脚步也变得沉甸甸的。

按照商量好的计划，我靠在后面的石门之前等待，吴宏一人用湿毛巾掩鼻擎着火折子入内，待将鹅放到门口后按动开关并迅速返回，这鹅一路上都在嘶哑地叫着，声音凄厉，反而方便我们获知情况。

我看到前方的火光慢慢飘远，等了一会儿，突然听到一阵轰鸣，声音沉重，仿佛什么怪兽挣断了身上的铁链一般，然后就是一阵急促的脚步声。我一听便知道吴宏已经按照约定打开石门，于是一把抓住身后的铁梯，随时准备夺路而逃。

吴宏一下子冲到我面前，做了个安静的手势，我们在一片漆黑中以湿毛巾掩鼻，凝神静气地竖耳倾听。对面鹅的叫声不时传来，开始还比较正常，后来感到其间有一丝恐惧，听上去像是惊慌失措的样子。我和吴宏紧张地绷紧了身体，随时准备逃离。不过，鹅的声音慢慢平稳下来，时间久了，我的听力重新锐利起来，竟然能够听到鹅翅膀扑地的声音，它的叫声也变得响亮透彻，不似有什么异样。

这鹅活得好好的。

这就够了。吴宏和我在黑暗中重新有了信心，摸着墙沿慢慢走向洞的深处。

鹅的叫声越来越响亮，我和吴宏心里都有了底：毒气想必已经散得差不多了。不知道这底下是谁设计的机关，居然用这么短的时间就把毒气释放完毕了。暂时也管不了那么多，我们小心前进，重新打燃火折子，照亮前方，一路摸索过去。

到了石门附近，果然看见那只鹅在角落里安详地梳理着自己的羽毛，不时歪歪扭扭地走两步，完全没有中毒的迹象，终于放下心来。

等到火光近前，刚看清楚眼前的景象，我的手一下子变得冰凉起来。

老僧面部青紫地躺在地上，身体扭曲成一个奇怪的姿势，已经死去多时了。最让我感到胆寒的是他的表情，双眼紧闭，五官都挤在一起，痛苦的样子竟有些狰狞可怖。他嘴边流出白色的唾沫，手心冲下痉挛成鸡爪的样子，指甲尽皆折断，地上有一道道深深的土沟，看样子是难以自制时失控刨出来的。我看到他的僧袍都被自己撕扯成条状，衣衫褴褛，浑身血痕，凄惨的景象令人不忍多看。

吴宏脸色铁青，低着头默默地把随身外衣脱下，将老僧的尸体轻轻挪到门外角落，把单衣盖在老僧身上，站起身来敬了个军礼，才重新迈步走进里面。

我不知道有什么表示才好，也举起手敬了个礼，眼眶还是感到有些发热，忙侧头去看吴宏，正好碰上他在冲我挥手，不知发现了什么情况。

等我赶过去，才发现吴宏现在所在的地方是打碎的玻璃罩的对侧，没想到这边竟然也有人皮标本，一路数去，也是四个。等全部查看完毕，我们吃惊地发现，两边各有四个人皮标本，相对而立，全部都是壮年男子，没有发现女人。

但吴宏和我来到打破的玻璃罩前时，不由大吃一惊！地上空空如也，第一次进来时掉下地面的赵二狗的尸体居然不见了！

这太不正常了。地下深处，毫无出口的地方，一具人皮难道能够自己长了脚跑走了不成？这毫无征兆的发现让我头皮发麻，别是这地下深处还有什么东西吧？

吴宏也十分震惊。他很快调整了情绪，让我在旁边注意动静，自己在二狗尸体落下的地方细细地查看起来，不过他翻来覆去地研究了半天，仍然没有发现任何问题。地上空空如也，除了碎玻璃，别说是人皮，连粉末都没发现一点。

在这暗无天日的地方，对着七具诡异的人皮，这种发现所带来的恐惧是致命的，连一贯镇定的吴宏都有些吃不住劲了。他举着火折子缓缓地朝四周看了看，对我做了个安静的手势，指指来时的道路，示意不要出声，我们悄无声息地按原路往回走。

我求之不得，脑子乱哄哄的，看看来时的道路，生怕那扇巨大的石门又轰鸣着掉下来，切断我们的去路。黑暗中完全看不到后方的景象，只有无尽的幽深像是一个巨大的嘴巴张开在我面前，鬼使神差地，我又想到了那双绿色的眼睛，心里一下哆嗦起来，不由加快了脚步。

所幸一路都没有事情发生，我脚下跌跌撞撞地走着，心里擂鼓一般轰鸣不已，暗暗祈祷千万不要碰上什么东西，不然在这地下阴冷黑暗的地方，不被生吞活剥也会被活活吓死的。

终于看见前面从上方投下来的微弱亮光，我知道我们走到铁梯所在之处了，心里一下子踏实了很多，虽然没有回到地面，但在我看来已经一步之遥了。我身上的力气像是一下子抽干了一样，腿软得没法继续走路，一屁股坐到了铁梯下方的空地上。

吴宏紧跟在我身后，不时回头看看后方。等到了这里，他神色也安稳了不少，显然放下心来。我不知道他触碰了哪里，墙上的石门居然慢慢合上了，这次感到真的安全了，不管里面有什么东西，我相信至少没有撞破这厚重石门的力量。

正庆幸的时候，就看到吴宏蹲下身子，从兜里拿出了什么东西，迎着灯光仔细地看着。

我也凑过去观察，发现这是个铁块，形状一头是半圆一头是方的，因为年代久远已经生锈了。吴宏把它翻个个儿，底部居然有几个日本字，我几乎全不认识，只能勉强看清其间好像有个"荣"字。

吴宏看样子也不认识，看我凑过来，便说："这是在刚才的玻璃碎片中发现的，估计老师傅就是用这个砸开的玻璃罩子。"他抬头看看上方说，"我们上去后让老沈看看，他懂日文，这应该是条线索。"

吴宏回头看了看，说："我想，秘密可能就在那些尸体上，估计日本人在这些人皮中藏有什么机密，所以煞费苦心将这里设计成一个陷阱，防止其他人入内。"

我当然同意。光是那奇怪消失的人皮就让我胆战心惊，谁知道这里面还有

第五章 黑暗深处的真相

什么秘密,日本人费尽心机去隐藏的,一定是个惊人的阴谋。从困龙湖一路走来,我已经感受到日本鬼子的血腥和残忍,那些丧尽天良、禽兽不如的做法除了让人感到无比的愤怒和不平,更让人从心底透出难以言说的震惊。若不是亲眼见到,我断然不敢相信人世间还有这种惨绝人寰的事情发生。

我扭头问吴宏:"下一步怎么办?"

吴宏看看对面那个黑洞洞的去处,抬头示意了一下。

我一下明白了,吴宏想去对面那个通道探查情况。我身上马上变得冷飕飕的,别的不说,这洞中的寒气就是从这个通道中冒出来的,刚才我们鬼使神差地去了对面,躲过了这刺骨的冷气,现在不同了,要进入通道,光温度就是个大问题。

吴宏显然没有考虑这些,这可能和他身上穿着厚厚的棉衣有关系,刚才下井的时候他就把这棉衣穿上了,因为外衣给老僧的尸体盖上,现在里面就是一个背心,外面披着棉衣,站立在入口附近。

我看着吴宏小心翼翼地进入通道中,只好咬牙跟在他身后弯腰前行。

刚刚走进去几步,就感到温度比刚才低了不少,完全不是先前的感觉了。不知哪里来的寒气慢慢地侵占我们的身体,一丝丝像银针一般扎到骨子里去,那种感觉不光是冷,更像是有什么东西对着骨头吹气一样。

我裹紧身上的棉衣,哆哆嗦嗦地一路慢慢蹭过去,走了大概十分钟的路程,我的脚就已经有些僵硬了。好在前面已经看到有个拐角,这一路走来都是直线前进,有个拐点很可能到了什么地界,至少能够歇息一下了。

果然,走到拐点之后,我看见吴宏的背影闪了一下,消失了。

我并不紧张。同样的事情在困龙湖边已经出现过一次,那次是罗耀宗不见了。这正好说明我的猜测没错,前面的地势一定有什么改变,吴宏是走到下一个路口去了。

从通道尽头跳下来的时候,我感觉有些头晕,实在没有想到,我们的面前居然出现了一个巨大的开阔地。

吴宏现在正站在下面的一块平坦的台子上奋力把手中的手电举高,试图看清楚里面的情况,但却是徒劳,不为别的,这地方比较大,光是手电微弱的光芒完全不能把这块区域映照清楚。我小心地从通道里面爬出来,一下子跪在下方的地面上,手上不知道碰触了什么,黏糊糊的十分恶心,我皱着眉头把手放到鼻子边上闻了闻,没有任何味道。

吴宏看了几眼,回头问我:"暖和点了吗?"

他一说我才发现,这里的温度似乎不如刚才在通道中寒冷,按说来到尽头,应该更加接近寒气的源头,却不知道为什么温度反而升了上去,虽然还是有丝丝寒意,但比之刚才已经好多了。我挥了挥僵硬的手,表示没问题。

吴宏往前方试探着走了几步,突然一下子停了下来,一动不动地背对着我。

有古怪!我眼睛一刻都没有离开他,凭感觉吴宏一定是碰上了什么危险或匪夷所思的事情,愣在了原地。情急之下我也慢慢离开平台,小心地摸索到吴宏身后。

诡异白蛇

雕像一样伫立的吴宏一直凝立在我前方,一点点靠近的时候,我死盯着他眼睛都不敢眨一下。几步之后,我已经离他大概有两米远,突然发现吴宏的手指轻轻地动了动,似乎是点了点地上的什么地方。

我突然想起来,在对面的通道中,吴宏发现人皮的时候,也有过这样一个动作,这是让我原地不要动的意思!

现在我可以肯定,吴宏一定是碰上了什么危险,生怕我也落入同样的境地。我浑身的肌肉一下子绷紧了,正打算从侧面慢慢挪过去,不管能不能帮得上忙都得试一试,耳朵里突然传来一丝细微的声音。

"左脚……"这细若游丝的声音正是吴宏发出来的,我连忙打眼往他的左脚看去,借着他手中的光芒,我马上看清了面前的情形,头发一下子炸了窝一样竖了起来!

就在吴宏的左脚边上,凭空又出现了一个巨大的深洞,从大小和形状来看,吴宏和我其实正好站在一个巨大深渊的环形边上,只要再往前挪动一步,吴宏就会坠下这黑洞洞的地穴中!

更让我毛骨悚然的是,在吴宏左脚的边上,黑暗的洞穴内侧,居然出现了两只绿莹莹的眼睛!

我的呼吸几乎停止下来,车底下黑暗中的那张面孔一下子跳进我的脑海,这里也有那东西！

即便被吓出了一身冷汗，我居然还有工夫仔细地观察了一下两点绿莹莹的光，从大小来看，并不如我们在路上碰到的绿眼怪物大，似乎小了几号。不过这时它们一直冲着我的方向闪亮，倒是没有眨眼，不知道到底是不是让我胆战心惊的怪物眼睛。

不管是什么，这深邃的黑暗都足以让我和吴宏害怕。我不知道怎么办才好，倒是吴宏似乎逮着了什么机会，神色一变，我眼前突然一片漆黑，什么都看不见了。与此同时，刚才那绿色的眼睛一下消失了，我近在咫尺居然没有发现它是向着什么方位离开的，可见速度之快。

不过这样一来，我们马上陷入黑暗之中，周围像是充盈着浓稠的墨汁，伸手不见五指，别说是吴宏离我有段距离，就是面对面和我站在一起，我都完全看不到他。

我一下子急眼了，大声喊道："老吴！"

我身体旁边传来沉闷的答应声，我忙向着那个方向小心地一点点挪动，心提到了嗓子眼，大气都不敢喘一下，要知道这可是在黑洞的边上，一步不慎就会坠入其中，谁知道下面有什么玩意儿？就算是没什么东西，摔我也摔死了。

因为紧张和刚才寒冷的关系，我的手都变得僵硬了，哆哆嗦嗦地不知道往什么地方放才好，当我慢慢把手放到地上辅助脚来往前面爬的时候，突然感到手背上有一个冰凉的东西滑了过去！

之所以说"滑"了过去是因为那东西的皮肤十分光滑，从我手背一掠而过，仅仅接触了一下，我就感到自己那片皮肤的温度陡然下降，当时竟然有种灼烧的感觉。

你可以想象在伸手不见五指的黑暗中突然有个东西从你手背擦过的感觉。我当时像是触电一样一下子把身体弓了起来，不管三七二十一就要往旁边跑，因为我总觉得，自己碰上的是什么东西的尾巴！

难道那绿眼的东西就在我旁边？

就在这时，一只大手猛地搭在我背上，一下把我按在原地，力气大得把惊慌失措的我推了一个踉跄。幸好没有挪动位置，虽然神经已经绷得快要断了，我仍然感到心里一顿，踏实了很多：至少吴宏还在。

就在我心情刚刚有所缓和的时候，眼前火光一闪，照亮了我前方的小块区域。我看见吴宏气喘吁吁地拿着一个火折子，满脸是汗地站在刚才的位置，神色慌张地问我："没事吧你？"

看到吴宏的一瞬间，我心里立刻镇定了许多，一下子想起刚才他奇怪的举动，便问道："刚才你发现什么了？怎么突然站住不动了？"

吴宏听了脸上露出一丝怪异的表情，指了一下自己前方的巨大孔洞说："你自己过来看吧。"

我马上挪到吴宏身边，探头下去一看，眼睛就直了。

下面的洞穴深不见底，小小的火折子根本照不到头，里面簌簌地冒出白色的气体，不知道是水蒸气还是什么东西。让我吃惊的是，洞口旁边，光线所及之处，我居然看见了一个奇怪的装置。

这是一个两米见方的铁皮柜子，前面有个金属的围栏，上方有几道手腕粗的金属缆绳连接着，直直地伸到黑暗的深处去。旁边还设有几个斜向的横杆，看这样子是让人攀爬所用。

我抬头用质疑的眼光看看吴宏，他舔了舔舌头说："滑梯。应该是当初日本人下去时用的，这东西是通电的，现在不知道还能不能用。"

这和我心里的猜测基本一致，这个洞中洞出现得太奇怪了，虽然不知道日本人的目的，但是既然有这样一个巨大的深渊，确实是一种预兆：这座山底部很可能才是问题的核心。

现在问题摆在我们面前：即便不考虑安全的问题，回不回来暂且不说，我们怎么下去？坐这个滑梯吗？

我突然想起吴宏其实并没有回答我的问题，心里也拿捏不准他是不是了解我刚才看到了那双绿色的眼睛，便开口问："你就是看到这个吓得动弹不了吗？"

吴宏在火光下的眼睛眯了起来，小声说："这个至于吗？我吴宏胆子不至于小到这个程度。刚才我在这里看到一条蛇。"

"蛇？"我没有想到是这样一种回答，难道我刚才看到的绿色光点就是蛇的眼睛吗？没等我问，吴宏就接着说："不过这条蛇有点古怪。它全身都是白色的，大拇指粗细，浑身雪白，没有一点瑕疵。"

看来我刚才看到的应该就是这条蛇，想到这里我也看看洞口周围，那里只有些细碎的土棱，不像是有小洞的样子。小时候我见过很多蛇，没有粗糙的表面它们是无法移动的，这条蛇有什么特异的能力，能够在这样的洞壁上游动自若呢？

下面是什么？

吴宏看我陷入沉思，也不管我，只是接着说："刚才我发现这洞口的时候，已经很吃惊，不知道怎么会出现一个洞中洞，刚要回头招呼你，就看到这条白色的蛇伸了一个脑袋在洞的边缘。奇怪的是，它全身都是雪白的，光线所及能够看到它身上细细的血管，白得如同透明一样。我刚把手电靠近，就看见它拱起上半身，蛇头高高昂起，轻轻地在我前方晃着圈，动作很古怪，不过我总觉得那是一副战斗的姿势。我平生都没有见过纯白的蛇，不过我想这样的环境产生的东西估计毒性十分厉害，便一下停住脚步，不敢妄动。不过我虽然不动了，它转圈的同时却一点点把头探到我面前，你过来的时候，已经到了我的腿边。如果不是因为你在旁边，我可能已经死命一搏、跳开一边了。"

我听了才明白刚才是怎样的惊险，心悸之余问了吴宏一句："那蛇的眼睛是绿色的吗？刚才我在旁边看见两个绿色的光点，是不是就是它的眼睛。"

吴宏的脸色一下子变了，语气也变得迟疑起来："我正要说到眼睛。刚才那条蛇把头探过来的时候我看得清清楚楚，蛇头上居然没有眼睛！"

我一下子蒙了。一条蛇怎么会没有眼睛？那我刚才看到的绿色光点是什么？

一股寒意沁进我的心里，好像那条蛇攀附在我的皮肤上一样。我结结巴巴地问吴宏："是不是……眼睛瞎了……或者被挖掉了……"

吴宏果断地摇摇头："蛇头上光滑匀称，完全被白色的皮肤覆盖着，眼睛的部位别说眼球，连个洞都没有。"

妈的，这事就怪了。我刚才难道看花眼了？不可能啊，我明明看到两个绿色的光点一闪而过消失了，我急忙问吴宏："那你有没有看到两个小小的绿色光点？"

吴宏看着我，眼睛放出晶莹的光芒："没有。"

我张口结舌，一句话都说不出来。现场陷入了可怕的沉默，过了足足几分钟，吴宏才打破寂静说："我紧张得不行，手里的火光抖了一抖，无意中却发现慢慢靠近我的蛇也跟着朝亮光的方向晃了晃。当时我一下子清醒了，是不是这条没有眼睛的白蛇是被我的亮光吸引过来的？于是我故意轻轻地拿开火光去另一个方向，果然白蛇轻轻晃着身体靠过去了。"

"所以你最后把火折子弄灭了？"我听明白了，问道。

"是的，"吴宏看看自己的衣兜说，"发现这点的时候，这条蛇已经游到我裤脚附近了，再犹豫就会爬到我身上来。所以我马上把火折子扔到了洞中，其实后来我是因为听到你急促的呼吸声才被迫打开手电的。谁知道这条蛇是不是离开了？不过这可是宝贵的光明，打死我也不会轻易丢弃的。"

我听到这里默不作声地站起身来，看看四周，确定没有什么异物再出现，才问吴宏道："我们还下去吗？"

这么问不是没有道理的。短短几个小时发生的事情几乎摧垮了我的神经。如果不是被近期的一系列事情锻造得意志坚定起来，我肯定已经崩溃了。刚才暗室中神秘消失的人皮让我心惊胆战，没想到在这里又遇上了不知是真是幻的两只绿色眼睛。情况尚不明朗的局面下，我们下到这深洞之中是不是太鲁莽了？

吴宏沉思了一下说："老实说，我也没有碰到过这种情况。通常我们都有着比较完备的装置和人员，现在这种情形，如果把老刘再带下来，就没有能够从技术上保证安全的人了。老沈倒是可以下来，不过上面一定要留人，以老刘的心机，我不放心。发电待援不是不可以，但时间不等人。我想既然我们已经走到这步了，不如加倍小心，下洞去看看。从现在的情况来看，倒也没发生什么实质性的危险。这种地下深处的洞穴，产生个把诡异的生物也不算奇怪，终日不见阳光，可能眼睛退化了。黑暗中很多东西的皮肤都是白色的，这个慢慢你会知道。不足为奇，在海底也是如此。"

本来吴宏这番话是来宽慰我的，不过他一提到海底，我马上想起了困龙湖里莫名的生物，不由抖了一下。吴宏也意识到了这点，停下话语，简短地说："所以我想，还是下去看看。你看……"

我也学会了吴宏的回答方式，没有正面应答，只问他："怎么下去？"

吴宏看了看刚才发现的滑梯，手电冲着旁边照了照，说："你看那边。"

我这才发现，巨大的铁质滑梯旁边，居然还有个木头架子钉起来的木箱，周围林立着一些滑轮之类，结构看上去很复杂。这次不用吴宏解释，我也看出来了，这东西也是为了下去使用的，弄不好是个备用装置。

很显然，这东西不用电。

吴宏不多说，首先小心翼翼地过去试了试滑梯上一个按钮一样的装置，没有任何反应。缆绳轻轻地晃了晃，几块碎石掉下深邃的黑暗中，让人感到莫名的恐惧。然后他把怀中一直绑着嘴巴的鹅先放在木箱上，手电递给我，然后自己轻轻踏了上去。

我把手电攥得紧紧的看着这一切，要是木箱不能承受住吴宏的重量，一下子坠落下去，可就完蛋了。不过还好，吴宏上去后没发现任何问题，木箱只是略微摇摆了一下就重新找到了平衡，看来那不只是一个普通的木质箱体，可能还设计了什么自动平衡的装置。

他小心地拽了拽手中的绳子，木箱"吱呀"一声下降了一米左右距离。然后他又试探着拉了拉旁边几条绳索，触动其中一条时，木箱重新升了上来。吴宏在微弱的光线中冲我笑了笑，做了个上去的手势。

我咬咬牙，一步跨了上去，吴宏慢慢和我站到了箱体的两边，灯光下我看着他坚毅的眼神，轻轻地点了点头。吴宏会意，伸手慢慢把绳子一点点放了下去。

开始下降了。我裹紧身上的衣服，蹲了下去，这样有利于保持稳定。随着下降深度的增加，我身上的凉意也越来越明显，刚才那种冰冷的渗透感重新回来了。吴宏也把自己的棉衣拉紧，默不作声地慢慢蹲了下来。

很长时间，我们都没有说过一句话。下面是什么样子的？我们下去后还能不能顺利地上来？这些问题都像是虫子一样不断地钻进我的脑海，挥之不去，我的耳内嗡嗡作响。面对底下无边的黑暗，我的思维好像也被冻僵了，时常断断续续地失去了方向。吴宏的注意力全在绳索上，虽然这个木箱的平衡感保持得不错，但他还是担心绳索突然断裂，所以十分紧张，慢慢往下放着粗大的绳子，丝毫不敢大意。

我看着吴宏的大手上下翻动，下降好长时间后，还不像是有尽头的样子。吴宏和我打个招呼，为节约电量，拧灭了手电。我心中又是一阵紧张：周围浓墨一样的黑暗一下子占据了整个空间，什么都看不到，只有空气中的一股奇怪的味道微微飘荡，似乎还带着一丝凉风吹过。

我脑子突然清醒起来：按说这种全封闭的环境下是不应该有风的，这说明下方还有其他的路线通往外面，不是深坑一个。这样我稍稍轻松了点，如果不是这样，那地底无疑就是一个死穴，我们下去一旦上不来就算是直接去见马克思了。

黑暗中我紧张的神经重新绷紧了，这一幕似曾相识，刚才在通道上方失去亮光时也是这种感觉……突然，我一个激灵，在木箱上猛地站了起来！木箱因为我的这个动作幅度很大地抖了一下，我听到吴宏大声说："你干什么！慢慢蹲下，保持平衡！"

我缓过神来，手脚都像是生了锈一样几乎动弹不得，费了好大劲才恢复到刚才的位置。

因为刚才的一刹那，我无意中想到一个让我魂飞魄散的细节：吴宏打亮手电的时候，他还是站在原地没有动，离我是有一段距离的。那黑暗中巨大无比的那股力量是哪里来的？那肯定不是吴宏的手！那到底是什么东西？！

黑暗的深处有什么？

在这样寒冷的环境中，我的后背居然被冷汗湿透了，我的背心一点点浸透了，黏糊糊地贴在背上。我脑子中一片空白，这说明有什么东西已经接触过我了。果然不出所料，这黑暗深处真的存在什么莫名的生物！因为我能够感受得到，那股力量绝不普通，如果不是吴宏的手，那就像是一种瞬间爆发的劲道，似乎是什么东西从我身上踩了一下离开了。

情况紧急。刚才奇怪消失的人皮和诡异的白蛇都没有给我们造成威胁，但这个不同，已经危及我们的生命，我是不是应该现在告诉吴宏？

黑暗中我能够感到吴宏在粗重地喘息，瞬间产生的想法让我对此也发生了怀疑：我身边的到底是不是吴宏？伸手不见五指的地方，谁能保证在我旁边发出急促呼吸的，不是其他什么东西？

想到这里我的汗毛又竖了起来，咬牙壮着胆子问："老吴！"

"干什么？"吴宏的声音很不高兴，听起来对我刚才的举动带着些不满。这我完全理解，如果刚才运气不好失去平衡打翻箱体，现在我们已经变成两具冰冷的尸体了。

不——我突然哆嗦了一下：也许，连尸体都没有了。

虽然语带埋怨，我听了却高兴得要死。不管怎么样，身边至少还有他在。确定无疑之后，我决定暂时不把这个恐怖的发现告诉他，现在毕竟在下降途中，绝不是分析问题的最佳时机，等到达深洞底部时再说也不迟。

又过了很久，在我的胡思乱想和神经质的紧张中，我感到一声轻微的碰撞，木箱一下子坐实了。

到底了。

一片火光出现，我看见吴宏紧张的脸色，脑门上竟然还带有点点汗珠。他又打亮了一个火折子，我借着亮光观察了一下周围，我们重新到达了一个类似刚下井时的窄小平台上，不同的是，周围没有光滑的石壁，全是泥土刮平后的土墙，除了前方有个一人高的隧道之外，无路可走。

吴宏看了看周围，一把把我拽到跟前，贴近我的脸轻声问："你刚才站起来干什么？"

我知道这问题困扰了他一路，便连忙把刚才匪夷所思的发现告诉他。吴宏听了咬了咬嘴唇说："注意安全吧。前面有什么都说不好，得打起十二分的精神来。"

然后他毅然放低火光，迈进隧道之中。

我深吸了一口气，感到有些头晕，也跟着吴宏走了过去。

走了大概十几米我就一头撞到吴宏的身上，他猝不及防地停在前面，站住不动了。

我趁着火光看了看，原来是隧道到头了。外面是一片漆黑的空间，无边无沿，不知道何处是尽头，我们就站在隧道和空间连接的边沿。吴宏想必是怕下面又是个深渊，不敢试探前行了。

我轻轻问："怎么办？"

吴宏低下头，在随身背的包里摸索着什么，过了一会儿，他竟然从里面拿出了一把奇怪的枪，前大后小，枪口很粗。迎着我诧异的目光，吴宏说："你有没有感到有风从这里刮过去？"

我当然知道。刚才在下降的时候我就感觉到了。现在进入隧道，这种感觉更加明显了，耳边能够感到有丝丝细微的风掠过，这里不像是隧道，倒像是个什么地方的通气管道一样。

看我点点头，吴宏接着说："这下面可能是个很大的空间，不然不会有这样的情形，刚才我们下来之前就没有任何空气的流动。我手里拿的是信号枪——"他说着转过身去，"你往后站一点，我打出照明弹后，如果顶部空间不够可能会反弹回来，别伤着你。一定要注意在照亮的瞬间观察外面的情况！"

我一下紧张起来，这下面的空间到底有多大？里面又存在什么未知的东西？我脑子中突然出现了一个想法，下面不会有一群绿眼怪物吧？或者是存在着什么巨大无比的东西，正在面前虎视眈眈地看着我们？

想到这儿我哆嗦了一下，吴宏已经把手里的枪举了起来，斜斜地冲着外面上方，小声说："注意看！"

一个红色的火球奔涌着腾空而起，尾部拖曳出一条优美的弧线，将整个外面的空间照射得如白昼一般。虽然紧张万分，不过它飞向上方的一瞬间，我鬼使神差地忘记了所有的恐惧，直勾勾地盯着头顶上绽放的炫目光芒，觉得这情景美丽极了。

这只是几秒钟短暂的感觉，马上我就重新被巨大的恐惧一把攥住了心脏。空中的美丽弧线只持续了一半就撞到顶部，信号弹一下子破碎得四分五裂，盈盈地照亮了周围的小范围空间，过了几十秒钟，渐渐地熄灭了。

不过这已经足够了，因为在刺目的信号弹爆裂在空中的一瞬间，我和吴宏马上看清了面前的景象。

准确地说，应该是底下的景象。就在那几十秒钟的时间里，从站立的平台之上，我们无比清晰地看见了外面那个神秘的空间。吴宏一下子怔在原地，变得像雕像一样僵硬，他的手在不自觉地颤抖着，慢慢松开了手中的信号枪，毫无知觉地任它滑落下去。

我腿一软，跪倒在地上。这一刹那，我毫无征兆地看见了那个毛骨悚然的场景。在以后的几十年里，每当回忆起那一刻，仍然能够让我瞬间大汗淋漓地颤抖不已，那种恐怖而震撼的情形牢牢地凝固在我的脑海中，像魔鬼一样不时露出它狰狞的面孔。

与此同时，远在地下的我们做梦也没有想到，就在我们惊恐地看着眼前的一切时，地上的寺庙中也发生了一件令所有人都感到匪夷所思的事情。

就是这件事，彻底改变了我们一行人的人生轨迹。

敬请关注《暗夜尽头，深水之下》第二部。